티어문 제국이야기

단두대에서 시작하는 황녀님의 전생 역전 스토리

TEARMOON
EMPIRE STORY
WRITTEN BY
NOZOMU MOCHITSUKI

VI

모치츠키 노조무 지음
Giise 일러스트

길덴
변경백령

티어문 제국
TEARMOON EMPIRE

신월지구

제도

가누도스 항만국
GANUDOS
PORT COUNTRY

초기 제국 영토
(중앙 귀족 영지군)

갈레리아해(海)

정해의 숲

루돌폰
변경백작령

페르쟝 농업국
PERUGIAN
AGRICULTURAL COUNTRY

제3부 달과 별들의 새로운 맹약 Ⅱ

TEARMOON
EMPIRE
STORY

선크랜드 왕국

키스우드
시온 왕자의 종자.
시니컬한 성격이지만
실력이 좋다.

시온 [조력]
제1왕자. 문무겸비의 천재.
이전 시간축에선 티오나를 도와
훗날 단죄왕으로 이름을 떨친
미아의 원수.
이번 삶에선 미아를
'제국의 에지'로 인정하고 있다.

[바람 까마귀]   선크랜드 왕국의
첩보대.

[백아(白鴉)]   어떤 계획을 위해 바람 까마귀 내부에
만들어진 팀.

성 베이르가 공국

[지원]

[지원]

라피나
공작 영애. 세인트 노엘 학원의
학생회장이자 실질적인 지배자.
이전 시간축에서는 시온과
티오나를 후방에서 지원했다.
필요하다면 웃는 얼굴로 살인할 수 있다.

[세인트 노엘 학원]
인근국의 왕후·귀족 자제가 모이는
엘리트 중의 엘리트 학교.

렘노 왕국

아벨
왕국의 제2왕자.
이전 시간 축에서는
희대의 플레이보이로 유명했다.
이번 삶에선 미아를 만나 진지하게
검 실력을 단련하기 시작했다.

[포크로드 상회]
클로에

여러 나라에서 활동하는
포크로드 상회의 외동딸.
미아의 학우이자 독서 친구.

혼돈의 뱀
성 베이르가 공국과 중앙정교회를 적으로 보며
세계를 혼돈에 빠뜨리려고 하는 파괴자 집단.
역사의 그늘 속에서 암약하지만, 상세는 불명.

---

s t o r y

붕괴한 티어문 제국에서 이기적인 황녀라 경멸받았던 미아는 처형당한 뒤 눈을 뜨자 12세로 돌아가 있었다.
두 번째 인생에선 단두대를 회피하기 위해 제국을 바로잡고자 동분서주.
과거의 기억과 주위의 착각 덕분에 혁명 회피에 성공한다.
그러나 미래에서 나타난 손녀 벨에게서 생각지 못한 핏줄의 파멸을 알게 되는 데다,
미래에서 가져온 책인 '성녀 미아 황녀전'을 읽고 성야제 날 밤에 자신이 암살당한다는 걸 알아버리는데……?

티어문 제국

미아

주인공. 제국의 유일한 황녀이자
제멋대로 굴던 황녀.
하지만 사실은 그냥 소심할 뿐.
혁명이 일어나 처형당했지만
12세로 회귀했다.
단두대 회피에 성공했지만,
벨이 나타나서는……?!

─ 손녀와 할머니 ─
─ 원수 ─

미아벨

미래에서 시간을 거슬러온
미아의 손녀딸. 통칭 '벨'.
─ 원수 ─

─ 혁명 ─

변경백가
루돌폰

티오나

변경백의 장녀.
미아를 학우로서 좋아한다.
이전 시간축에서는 혁명군을 주도했다.

세로

티오나의 남동생. 우수하다.

루드비히

젊은 문관. 독설가.
자신이 숭상하는 미아를
황제로 만들 생각이다.

─ 원수 ─

안느

미아의 전속 메이드.
가족은 가난한 상가. 미아의 충신.

디온

제국 최강의 기사.
이전 시간축에서 미아를 처형.

사대 공작가

루비

레드문
공작가의 영애.
남장미인.

슈트리나

옐로문 공작가의
외동딸.
벨이 사귄
첫 친구.

에메랄다

그린문 공작가의 영애.
자칭 미아의 절친.

사피아스

블루문 공작가의 장남.
미아 덕분에 학생회에 들어간다.

※ ── 미래 시간축에서의 관계   ※ ……… 이전 시간 축에서의 관계

일러스트 — Gilse

제3부
달과 별들의 새로운 맹약 II

THE NEW OATH BETWEEN THE MOON AND THE STARS

프롤로그 비보(悲報)! 그 계획이 마침내 움직이기 시작한다!

승마 대회도 끝나고 계절은 완전히 가을로 접어들었다.

하늘은 높고 황녀는 살찌는 가을……. 맛있는 것이 늘어나는 이 계절.

여느 때였다면 미아에게는 최고로 즐거운 계절이었을 테지만…….

"후우……."

미아의 입에서는 애절한 한숨이 흘러나왔다.

이유는 간단하다. 토실해져서 단것을 먹지 못하게 되었기 때문…… 이 아니다. 당연히 아니다!

말할 것도 없이, 성녀 미아 황녀전 때문이다.

아무리 미아의 뇌가 적절히 자기에게 불리한 걸 잊어버리도록 설계되어있다고 해도, 겨울에 들이닥칠 죽음을 잊을 수 있을 만큼 뻔뻔하지는 않다.

미아와는 대조적으로 언제까지고 본래의 두께를 되찾지 못하는 성녀 미아 황녀전. 승마 대회에서 우승한 기록은 갱신되었는데도 말이다. 여담이지만 빅토리 런 파트에는 관객석을 요정처럼 날아다녔다는 각색마저 들어가 있었다.

——안느는 에리스에게 제 이야기를 어떻게 해 놓은 거죠?

그런 생각으로 고개를 갸웃거리는 미아였다.

그건 그렇다 치고……. 미아는 고민했다.

"흐음……. 이건 역시, 다른 사람들의 힘을 빌릴 수밖에 없는 걸까요……."

승마 대회에서 타인의 힘에 기대는 것이 얼마나 중요한지 새삼 깨달은 미아였다.

"물론 황녀전에 대해 직접 이야기할 수는 없지만요……. 예를 들어 저를 암살하려는 계획이 있다거나, 그런 걸 말한다면 어떻게 될까요?"

아벨이든, 시온이든, 키스우드든…….

무력을 지닌 남자가 계속해서 자신에게 딱 달라붙어 있어 준다면…… 이건 충분히 막을 수 있는 사태가 아닐까?

그런 생각이 든 미아였지만……. 그 꿍꿍이는 빠르게도 무너지게 되었다.

도움을 요청하기로 결심한 다음 날. 세 사람에게 상담해보려고 하기 전, 아침에 황녀전을 확인해보자 거기에는 미아가 상담했을 때 '어떻게 죽는지'에 대해서 갱신되어있었기 때문이다.

미아는…… 호위하기 위해 따라다니는 아벨의 눈을 속이고 세인트 노엘에서 나가버렸다.

"끄으응. 이, 이 미래 속의 저는 무슨 생각을 하는 거예요!"

머리를 부여잡고 절규하는 미아였다.

하지만 동시에 으스스한 소름도 느꼈다.

"이래서는 마치 제가 누군가에게 조종당해 자발적으로 죽으러 가는 것 같잖아요……."

뱀의 유혹을 받아 비틀비틀 밖으로 나가는 자신……. 공허한 눈빛의 자신을 상상해버린 미아는 무심코 부르르 떨었다.

"게다가 잘 생각해 보면…… 성야제 밤에만 살아남는다고 해도, 다른 때에 계획이 실행된다면 의미가 없으니까요……. 아니, 애초에 저는 정말로 암살당하는 건가요?"

설령 자신의 주위를 수많은 호위로 에워싸서 암살자를 견제한다고 해도……. 그걸 평생 계속할 수는 없다. 그래서는 근본적인 해결이 되지 않는다.

최소한 암살자가 누구인지를 모른다면 할 수 있는 것이라고는 그때그때 상황에 따른 대중 치료식이 될 수밖에 없으니…….

애초에 무슨 일이 일어난 건지 잘 모른다는 점이 치명적이었다. 당사자인 미아가 죽어버렸기 때문에 정보가 거의 없었다. 황녀전을 아무리 읽어도 그저 '죽어버린다는 결과'만이 존재할 뿐이다.

"아뇨, 이 경우는 제가 호위의 눈을 속여서 직접 사지로 걸어 들어가는 짓을 했다는 것도 알 수 있어요. 그렇다면, 흐음……. 그날 하루만 저를 어딘가 기둥 같은 것에라도 묶어놓는다거나? 지하 감옥에 가둬두기……? 아니죠, 그것도 미루기에 불과하니까……. 흐음……."

미아가 그런 소리를 중얼거리면서 도서실 앞을 지나간 그때였다.

"앗! 미아 님."

도서실에서 나온 클로에가 말을 걸었다.

"어머, 클로에. 독서인가요?"

"네. 가을은 독서의 계절이라고 하잖아요."

클로에는 생글생글 웃으면서 가슴에 껴안은 책을 보여주었다.

"우후후, 기후가 쾌적해지니까요. 책을 읽기에는 좋은 계절이죠."

그런 말을 하면서도 미아는 조금 우울해졌다.

——만약 겨울에 죽어버린다면 에리스의 소설도 끝까지 읽지 못하게 될 거예요……. 왕자와 용은 대체 어떻게 될지…….

아직 완성되지 않은, 왕자와 용의 이야기.

미아가 지하 감옥에서 들었던 그 이야기만이라도 끝까지 읽고 싶었지만…….

——뭐, 애초에 제가 그 이야기를 들은 것도 지금으로부터 3년 이상 지난 뒤의 일인데, 그 시점에서 아직 완결되지 않았으니까 어쩔 수 없지만요…….

이야기를 끝까지 읽지 못한다는 것은 독서가에게는 통한의 고통이다.

어떻게든 읽고 싶은데 방법이 없는지 생각에 잠기는 미아였으나…….

"어라……?"

퍼뜩 깨달았다.

클로에가 내민 책의 제목이 '비경의 미식가 2'라는 것을…….

——클로에도 참, 독서라고 말하면서도 식욕에 침식되었잖아요! 어엿한 제 동지예요!

역시 가을은 수확의 계절. 먹을 것이 맛있는 계절이다.

"우후후, 무척이나 맛있어 보이는 책을 읽고 있었군요."

"맞아요. 이건 전 세계의 맛있는 음식을 기록한 책인데요, 이번

제2탄에서는 계절에 따른 맛있는 음식이 주제라서……. 아, 보세요. 요즘 계절에는 버섯 냄비 요리가 맛있다고 적혀있는데요……."

"오오……."

불현듯 미아의 눈이 반짝였다.

"버섯 냄비 요리……. 참으로 매력적이군요. 꼭 읽어보고 싶어요!"

키스우드의 수난의 나날이 다시 시작되려 하고 있었다.

제1화 라피나의 불안

"그럼 라피나 님. 학생회에서 이 경비계획서를 확인해주실 수 있겠습니까?"

"그래, 매번 고마워. 산테리."

라피나의 격려에 머리를 숙인 이는 초로의 남자였다.

그 남자, 산테리 밴들러는 이 세인트 노엘 섬의 경비를 총괄하는 베테랑 호위 신관이었다. 25살 때 이 섬에 부임한 뒤로 35년 동안 이 섬에서 나간 적이 없다.

자신의 임무를 자랑스럽게 여기는 장인이라는 풍모의 남자이다.

그리고 실제로도 그가 쌓아 올린 탄탄한 치안 유지 시스템은 이 섬에 대륙에서 제일 안전한 땅이라는 영광을 가져다주었다.

산테리 본인도 베이르가 공작에게 여러 번 훈장을 수여받았다.

그런 그가 제출한 경비계획서를 본 라피나는 미약하게 눈썹을 찡그렸다.

——작년과 거의 달라지지 않은 운용인 것 같은데…….

"무언가 문제가 있습니까?"

라피나의 반응을 바라보던 산테리가 공손하게 입을 열었다.

"라피나 님의 신변을 지키기 위해, 또 베이르가의 영광을 더럽히지 않기 위해 최선의 태세를 갖추었다고 생각합니다만…….""

그 말대로 확실히 경비 계획은 바늘 하나 들어올 틈이 없을 정도였다.

애초에 이 섬에서는 들어올 때 엄격한 확인 절차를 거치게 된다. 수상한 자가 섬에 들어오는 일은 거의 불가능하고, 외부에서 독극물이나 흉기를 들여올 수도 없다.

물론 헤엄쳐서 건너오는 게 불가능한 건 아니나 그쪽에는 그쪽대로 엄중한 함정을 펼쳐놓았다.

그 제국 최강의 기사만 한 실력과 센스가 있다면 침입하는 것도 가능할 테지만, 평범한 암살자에게는 불가능한 재주다.

이 섬은 말 그대로 외부와 단절된 낙원……. 라피나에게는 그런 인식이 있었다. 더해서 성야제 당일에 나오는 요리도 거의 완벽하게 관리되어 있다.

학생에게 제공되는 요리는 학원 깊숙한 곳, 일반인은 결코 드나들 수 없는 장소에서 조리 담당 신관이 만들게 되어있다. 심지어 독이 들어있는지 확인하는 것도 빼놓지 않는다.

평상시는 물론이고 성야제 당일은 무슨 일이 있어도 사건이 일어날 리 없다고…… 그렇게 믿었다. 라피나는……, 과거에 학생회장 일로 여유를 잃어버렸던 라피나는…….

하지만 미아가 학생회장이 된 덕분에 라피나에게도 조금 여유가 생겼다.

그렇기 때문에 깨달은 일이지만…….

──잘 갖춰진 경비 시스템이 있다고 해도……, 그걸 계속 사용하는 건 위험하지 않을까?

설령 그 경비 시스템이 철저하게 완성된, 완벽한 것이라고 해도……. 그로 인해 계획이 어그러진 자는 다음 기회엔 그 강고한 경비가 있다는 걸 전제로 놓고 계획을 짜지 않을까?

세밀하게 계산하여 경비병을 배치했을 때, 아무것도 모르는 사람이라면 그 병사에게 잡힐 것이다.

하지만 그자에게 동료가 있다면. 다음에는 '경비병이 세밀하게 계산된 위치에 배치되어 있다'는 전제하에 그 틈새를 파고드는 형태로 수를 쓰려고 할 것이다…….

──어쩌면 생각지도 못한 빈틈을 찔리게 되는……. 그런 일이 일어날지도 몰라.

그것은 막연한 불안, 애매모호한 위기감이지만……, 어딘가 확신과도 같은 절박함이었다.

무언가가 일어날 것 같은 느낌이 든다. 그런 예감에 사로잡힌 라피나는 의문을 던졌다.

"산테리. 이 경비 계획 말인데, 정말 이걸로 괜찮은 걸까?"

딱딱하게 굳어버린 사고방식만큼 위험한 건 없다.

안전하다는 믿음은 '어쩌면 위험할지도 몰라'라는 정상적인 우려를 무시하게 만들고, 사고력을 저하시킨다.

과신은 금물이라고, 그렇게 말하려고 했으나…….

"무슨 의미입니까? 지금까지 이대로 해서 실패한 적이 없다는 건 라피나 님께서도 잘 알고 계실 텐데요……."

산테리는 뜻밖의 지적을 들었다는 표정으로 말했다.

"그건 그렇지만, 그래도……. 어딘가에 놓친 부분이나 다시 확인해야 하는 점은 없을까?"

"없습니다. 이 섬의 경비로 파견된 저희 신관 일동은 분골쇄신

할 각오로 임하고 있습니다."

그 대답 끝에 산테리는 덧붙이듯이 말했다.

"만약 불만이 있으시다면 부디 저를 해임해주십시오."

다소 떨떠름한 모습으로, 그런 말을 했다.

──으음, 난감하네……

이것은 라피나에게는 골치 아픈 문제였다.

실제로 그를 제외하고 경비 시스템을 재구축하는 건 대단히 힘든 일이다. 오랫동안 이 섬의 경비를 담당해온 그의 견해는 참으로 훌륭했다. 반대로 그게 경직된 사고를 부르는 감도 있지만, 어쨌거나 그 지식은 우습게 볼 수 없으며 동시에 몹시 유익하였다.

그런 그를 경비에서 빼버릴 수 있을 리 없으니……

──명확한 문제라고 말할 수 없다는 게 까다롭단 말이지. 확실히 이 경비 계획은 탄탄하게 만들어져있고, 설령 그를 해임하고 내가 직접 계획을 세운다고 해도 자칫 잘못하면 지금보다 더 악화될 위험이 있어……

수정하는 바람에 기존의 것보다 나빠진다면 본말전도다.

하지만 아무래도 이대로는 안 될 것 같은 느낌이 들었다.

──내가 명령한다면, 그 명령대로 새 경비 계획을 만들어줄지도 모르지만……

그것 또한 문제였다.

자발적으로 의욕에 넘쳐서 처리하는 일감과 본의는 아니지만 명령에 따라 어쩔 수 없이 수행하는 일감으로는 천지차이의 결과가 나오기 마련이다.

──오히려 그런 마음의 빈틈을 찌르는 게 뱀의 특기 분야니까.

놀라울 정도로 교묘하게 마음속으로 파고들어 조종하는 것이 혼돈의 뱀.

산테리와 관계가 어그러지면 거기를 찌를 가능성이 아주 크다.

따라서 라피나가 해야 하는 일은 경험이 풍부한 산테리에게 자신의 위기감을 공유하는 것이지만…….

──아아, 어려워. 나 자신도 구체적으로 뭐가 위험한 건지 확실하게 잡힌 게 아니니까…….

경비 시스템의 여기에 구멍이 있다는 걸 안다면 그걸 지적해서 고치게 할 수 있다. 하지만 라피나가 느끼는 위기의식은 그런 게 아니다.

그건 말하자면, 경비의 구멍을 발견하기 위한 마음가짐을 지니라는 것.

지금의 산테리는 아마 자신이 구축한 경비의 구멍을 알아차리지 못할 테고, 알아채도 인정할 수 없을지도 모른다.

결과적으로 올해도 예년과 비슷한 경비 시스템으로 진행할 테지만…….

──뱀들이 가만히 있을 것 같지 않아.

어떻게 해야 할지 고민하는 라피나였다.

산테리가 방에서 물러난 뒤에도 그녀는 심각한 얼굴로 끙끙 앓았다.

그때, 불현듯 그녀의 시야에 들어온 것이 있었다.

그건 그날……. 학생회 선거일에 미아의 응원단이 달고 있던 붉은 천이었다.

"이런, 내가 또……. 후후."

"? 왜 그러십니까? 라피나 님."

마침 방으로 들어온 모니카가 의아해하는 표정을 짓자 라피나
는 쓴웃음을 돌려주었다.

"또 나 혼자서 다 짊어지려고 했지 뭐야. 이 건은 학생회에서
이야기해야 하는 사항이니, 그렇다면 상담해 봐야지."

라피나는 사뿐히 몸을 일으키더니 학생회실로 향했다.

제2화 미아 황녀, 이 세상의 진리에 눈을 뜨다!

"어……? 버섯……, 냄비 요리…………?"

그 단어를 들은 순간 키스우드는 귀를 의심했다.

별안간 나타난 위기에 이해력이 도통 따라잡지 못했다.

——왜 이런 이야기가 나왔지? 아니, 방금 전까지는 분명 성야제의 경비에 대해 이야기하고 있었는데…….

드물게도 라피나의 입에서 나온 불평 비슷한 이야기. 그것을 듣고 조심할 필요가 있을지도 모른다며 고개를 주억거리던 참이었다.

——그게 왜, 어째서? 어떻게 하면 이렇게 되는 건데?

위기는 지극히 갑작스럽게 찾아왔다.

그날, 학생회 회의에서 성야제의 경비 안건이 거론되었다.

"이날은 외부와 내부를 오가는 사람도 많아져. 물론 경비에는 만전을 기한다고, 말하고 싶지만……."

의제를 가져온 라피나는 거기서 말끝을 흐렸다.

그리고는 난감해하면서도 현재 상황을 설명해주었다.

——그렇구나. 어느 나라든 고생이 많은가 본데.

키스우드는 시온의 뒤에서 대기하며 작게 한숨을 쉬었다.

어디든 비슷비슷. 베테랑일수록 머리가 굳어버리고 중대한 실수를 저지르곤 한다.

타성이란 무서운 법이다.

하지만 문제는 그렇게 머리가 굳어버린 바람도 적절히 다뤄야만 한다는 점이다. 어떠한 인물이라 한들 잘 다루고 최대한으로 활용해야 한다. 특히 위에 서는 자에게는 그러한 자질도 요구된다.

——라피나 님도 고생이지만……, 사실상 뭔가 방법이 있긴 할까……?

그런 생각을 하면서 논의를 지켜보고 있던 키스우드의 눈앞에서 학생회장인 미아가 쾌활하게 제안했다.

"흐음……. 그럼 버섯을 채집하는 건 어떨까요?"

뭐가 어떻게 되어서 '그럼'이라는 접속사가 붙는 건지 모르겠다.

이야기의 인과관계가 완전한 미궁이었다. 도저히 이해할 수 없는 영역이다…….

키스우드는 말을 삼키는 것 말고는 할 수 있는 게 없었다.

하지만 상대는 제국의 예지. 자신의 주인인 시온이 인정했고, 키스우드 본인도 여러 번 혀를 내두른 상대이다.

분명 무언가…… 깊은 생각이 있는 게 분명하다. 틀림없다. 제발 그랬으면…….

마음속으로 절실한 기도를 바치면서도, 키스우드는 일말의 불안을 지우지 못했다.

——미아 황녀 전하는……, 때때로 버섯에 관련된 일로 폭주하니까…….

걱정은 그 점이었다.

어째서인지 버섯에 이상하리만치 집념을 불태우는 미아. 대체 그 머릿속에서 어떠한 논리가 펼쳐져 버섯 채집이라는 결론에 도달한 건지…….

──설마 맛있는 것을 먹여서 상대방의 마음을 사로잡으면 된다는 생각을 하는 건 아닐 테지만…….

자신만만한 표정인 미아에게 불안으로 가득한 시선을 보내면서도 키스우드는 흐름을 지켜보았다.

"그건……, 으음. 무슨 의미로 한 소리야? 미아 님."

라피나도 곤혹스러워하며 고개를 기울였다.

그 앞에서 미아는 여전히 자신만만하게 고개를 끄덕여 보였다.

"이 문제는 저에게 맡겨주실 수 있을까요……? 승리의 열쇠는 맛있는 버섯 냄비 요리에 있습니다!"

──입맛을 홀려놓으면 시키는 걸 듣게 할 수 있으니까요!

미아는 얼마 전 클로에게 빌려서 읽은 책에 적힌 내용을 떠올렸다.

"식욕이란 모든 인간에게 가장 근원적인 욕구이며, 그렇기에 그것만 사로잡는다면 상대를 지배하는 것도 가능하다."

미아는 그 글귀에 크게 감명을 받았다.

"이 책에는 인간의 진리가 적혀있어요!"

감동하여 책을 꼼꼼히 읽은 미아의 뇌는 현재 연애 모드에서 미식 모드로 진화했다!

그런 미아가 만반의 준비를 갖춰서 꺼내든 비장의 한수로서 이번에 제안한 것이 바로 버섯 냄비 요리였다.

——그 산테리라는 호위 담당자도 분명 버섯 냄비 요리면 한방에 나가떨어질 거예요!

여기서 제국의 미식가 미아의 노림수는 이중으로 펼쳐진다.

——그것으로 예행연습을 한 뒤에 성야제 밤에 학생회에서 냄비 요리 파티를 개최하면…….

황녀전에 의하면 미아는 호위를 부탁했던 왕자들의 눈을 속여서 밖으로 나간다고 했다.

미아는 그 이유가 무엇인지 생각했다.

결과, 한가지 가설에 도달했다.

"……무언가, 제가 밖에 나가고 싶어지는…… 그런 일이 일어났다거나?"

솔직히 그리 자신감 있는 가설은 아니었다. 미아는 스스로를 알고 있다. 혼자 밤나들이에 나서다니, 자신답지 않았다. 자신은 조심성 많고 사려 깊은 인간이니까. ……미아는 자신을 냉정하게 볼 줄 아는 눈을 지녔다고 생각했다. 물론, 그렇게까지 틀린 말도 아니긴 한데…….

"예를 들어 호수 근방에 캐러밴이 왔는데, 거기에 아주 희귀하고 맛있는 과자가 있다고 해도…… 갈 리가 없을 테고요……."

그렇다……. 갈 리가 없다. 그런 것으로 속아 넘어가리라는 생각은 조금도 들지 않았다.

하지만…… 클로에가 보여준 책을 읽었을 때, 미아는 알아버렸다.

이 세상의 진리……, 즉…….

"식욕이라는 근원적인 욕구 앞에서는 저처럼 의지가 강한 사람이라고 해도 유혹에 넘어갈지도 몰라요……."

예를 들어 성야제 전에 무척이나 맛있는 과자를 먹었다고 치자. 그리고는 그것을 한 번 더 먹을 수 있다고 꼬드기면 어떻게 될까?

그게 정말정말 맛있었다면? 그 토끼 냄비 요리보다 맛있는 것이었다면 어떻게 될까?

미아는 살며시 배를 쓰다듬었다. 지금은 배가 부르다.

하지만 만약 그때, 배가 무지막지 고프다면?

황람을 다뤄낸 자신이라면 도적이나 늑대의 공격을 받아도 따돌릴 수 있다고……, 그런 안이한 생각을 하며 밖으로 나가지 않을까……?

"저는 결코 식탐이 강한 사람은 아니지만…… 그럴 자신은 없어요. 아무래도 인간의 근원과 연결된 문제니까요. 분명 저만이 아니라 많은 사람이 손쉽게 넘어갈 게 분명해요……. 그걸 찔러온다면, 역시 뱀은 우습게 볼 수 없는 상대겠군요!"

그럼 이 경우, 해결법은 무엇이 될까?

미아는 생각했다. 생각한 결과…….

"만약 제가 제 의사로 세인트 노엘 밖으로 나가는 거라면……. 학원 내에서 밖에 나가는 것보다 더 즐거운 일을 하면 되지 않을까요? 밖으로 나가는 것보다 맛있는 것을 학원 안에 마련해둔다거나……."

그렇게 미아는 결론에 도달했다.

"역시 학생회에서 버섯 냄비 요리 파티를 개최하는 것 말고는 방법이 없겠어요!"

   이리하여 미아가 제공하는 버섯 냄비 요리 파티 계획이 조용히
움직이기 시작했다.

제3화 미아 황녀, 정론인 것도 같은 설명을 하다

"승리의 열쇠는 맛있는 버섯 냄비 요리에 있습니다!"

미아의 확고한 설득력에 무심코 그 자리에 있는 전원이 넘어갈 뻔한 그때.

"자, 잠깐 실례합니다."

즉시 키스우드가 목소리를 냈다.

자신의 주인, 시온이 잘못된 판단을 내리려고 할 때 막는 것이 그의 역할이다.

설령 일시적인 반감을 사버린다고 해도 주장해야 하는 때가 있다! 지금이 바로 그 순간이다!

그런 직감에 등이 떠밀린 키스우드는 미아 앞에 용감히 맞섰다.

"버섯에는 독이 든 것과 없는 것이 있어 그것을 분간하는 건 무척 어렵습니다. 저희끼리 하기에는 지나치게 위험하지 않나 생각하는데요…….'

"흐흥, 키스우드 씨는 이전부터 그걸 마음에 걸려 했었죠. 하지만 문제없습니다. 그건 이미 해결했으니까요."

"네……? 해, 해결하셨다고요? 그건 대체……?"

그 질문에 미아는 의미심장한 미소를 지었다.

"이 섬은 신께서 축복하신 섬이잖아요. 독이 있는 것은 자라나지 못하고, 들여올 수도 없어요. 그렇지 않나요?"

"아⋯⋯."

키스우드는 저도 모르게 할 말을 잃었다.

지상낙원, 대륙에서 제일 안전한 땅 세인트 노엘 섬.

그곳은 신이 축복하고 수호하는 땅이다.

노엘리쥬 호수의 맑은 물로 인해 이 섬에는 독성을 띤 식물은 자라지 못하고, 독을 지닌 동물도 살지 못한다.

그건 일종의 상식이라고 할 수 있을 만큼 사람들 사이에 뿌리 내린 인식이었다.

"아뇨, 하지만⋯⋯."

반론하려는 키스우드를 향해 미아가 조용히 미소 지었다.

"당신이 무슨 말을 하고 싶은 건지도 알고 있습니다. 만에 하나라도 독을 지닌 버섯이 섞여 있으면 큰일이라는 거겠죠. 그 위험성은 당연히 이해하고 있어요."

미아는 어디까지나 온화한 말투로, 마치 어린아이에게 들려주듯이 말했다.

⋯⋯조금 재수 없다.

"그렇다면 해박한 사람에게 동행을 요청하면 그만입니다. 사실 저는 최근에 그런 분과 만나게 되었거든요."

"버섯에 해박한 사람이요? 그건 대체⋯⋯."

"제국의 사대공작가 중 하나인 옐로문 공작가의 슈트리나 양이 버섯을 비롯한 식물을 잘 안다고 하더군요."

"옐로문 공작가의 영애가⋯⋯?"

뜻밖의 이름을 들은 키스우드는 생각했다.

"하지만 옐로문 공작가는 혼돈의 뱀과 관련이 있다는 혐의가 있지 않습니까? 믿을 수 있는 겁니까?"

그런 질문을 받아도 미아의 표정은 여전히 온화했다.

"그렇죠……. 그런 의혹이 있어요. 저는 슈트리나 양은 무관계하다고 믿지만……. 그래도, 만약 그녀가 뱀이었다고 했을 때…… 그렇게 노골적인 짓을 할까요?"

"그건……."

확실히 그건 정론이라고 할 수 있을지도 모른다.

아마도 옐로문 공작은 자신이 의심받고 있다는 걸 알고 있을 터. 그 딸인 슈트리나에게도 의혹의 눈이 향하고 있다는 걸 눈치채고 있을 것이다.

——슈트리나 양을 희생시켜 학생회 구성원 전원의 말살을 획책한다는 가능성도 있지만……, 의심받는다는 걸 아는 이상 전원이 동시에 그 요리를 먹을 확률은 낮지.

그리고 처음 먹은 사람이 쓰러지면 다른 사람은 당연히 입에 대지 않는다.

지효성의 독이 없는 건 아니나……, 애초에 마침 그런 독버섯이 이 섬에 자라고 있긴 할지……. 키스우드에게 그 계획은 운의 영향이 너무나도 강한 것처럼 보였다.

"게다가 학생회의 결속을 다지기 위해서는 함께 일하는 것만으로는 부족하지 않나, 그런 생각을 했었거든요. 친목을 도모하는 일도 없이 지금까지 와 버린 것은 제 부덕의 소치. 성야제라는 커다란 행사를 앞두고 다 같이 즐기면서 친목을 다지고 싶은데요……."

"그건……, 그럴지도 모르지만요……."

……어째서일까. 제국의 예지가 정론인 것도 같은 설명을 일일이 끼워 넣는 것에서 조금 짜증을 느끼는 키스우드였다. 이것에는 시온이 위험한 일에 뛰어들기 위해 이론으로 둘둘 무장할 때와 비슷한 짜증을 느꼈다.

그건 그렇다 치고…….

"그리고 마침 적절하게도, 슈트리나 양과 벨이 무척 사이가 좋아서 버섯을 채집하러 갈 때는 꼭 동행하고 싶다고 말해주었답니다."

그 후 미아는 라피나 쪽으로 시선을 옮겼다.

"라피나 님, 세인트 노엘 섬에는 그런 버섯 채집을 즐길 수 있는 숲 같은 장소가 있는 것으로 아는데요……."

화제가 넘어온 라피나는 작게 고개를 갸웃거렸다.

"확실히 이 섬의 동부에 규모가 작은 숲이 있지. 버섯이 자라는지는 모르겠지만……."

살짝 불안해하는 라피나에게 미아는 안심하라는 듯 손을 살랑거렸다.

"괜찮습니다. 슈트리나 양도 있으니까요……. 게다가 저 자신도 책을 조금 읽어서 조사했습니다. 그렇죠? 클로에."

"앗, 네. 맞아요. 얼마 전부터 미아 님께서 버섯 냄비 요리 파티를 실현하기 위해 책을 읽으며 준비하고 계셨습니다."

──그렇구나. 즉 이번 《책모》는 이전부터 계획을 세워놓은 거였어…….

키스우드의 머리에서 묘한 번역을 거쳐 갔지만…….

그걸 아는지 모르는지, 미아는 천연덕스러운 표정으로 말했다.

"독을 품은 것이 자라지 않는 축복의 섬, 신의 가호를 받은 안녕의 섬 세인트 노엘에서 슈트리나 양과 저라는 두 사람의 베테랑 버섯 가이드의 안내를 받을 겁니다. 만에 하나라도 걱정은 필요 없어요."

자신만만하게 가슴을 펴는 자칭 베테랑 버섯 가이드 미아를 보고 키스우드는……, 어째서일까……. 반대로 불안이 크게 부풀어 오르는 것을 느꼈다.

"지도를 받아왔답니다. 리나 양."

라피나에게서 무사히 지도를 털어온 미아는 바로 슈트리나의 방을 찾아갔다.

버섯 채집 계획의 기초를 잡기 위해서이다.

"미아 황녀 전하. 강녕하셨습니까."

문을 열어준 사람은 슈트리나의 종자인 초로의 여성이었다.

고지식해 보이는 표정의 얼굴. 그 눈동자에는 조금 과하게 날카로운 빛이 감돌고 있었다.

유능한 대신 제 일에 완고한 여성……. 그런 인상을 주는 사람이었다.

"안녕하신가요, 으음. 바르바라 씨였던가요?"

고개를 갸웃거리는 미아에게 그 여성, 바르바라가 머리를 깊이 숙였다.

"제 이름을 기억해주시다니 황공하옵니다……."

"어머, 그렇게 대단한 일은 아닌데요…….."

사실 미아는 바르바라 같은 타입은 그리 좋아하지 않는다.

——이 사람, 놀고 있으면 루드비히처럼 혼내고 구시렁거릴 것 같아요!

그런 고로 위험을 감지하고 부리나케 방 안으로 들어가는 미아였다.

방 안에는 슈트리나와 그녀에게 공부를 배우는 미아벨, 그리고 린샤의 모습도 있었다.

"안녕하세요, 리나 양. 늘 벨과 친하게 지내주어서 고마워요."

"아뇨, 그런 인사를 들을 만한 일은 아닙니다. 벨은 리나의 소중한 친구이니까요."

그렇게 말한 슈트리나는 생글생글 가련한 미소를 지었다.

"에헤헤, 고마워. 리나."

그걸 보고 벨도 기뻐하며 웃었다.

미아로서도 손녀와 친구의 사이가 화기애애한 것을 보면 자꾸만 흐뭇한 미소가 나왔다. 완전히 할머니의 마음이었다.

그 후 살짝 린샤 쪽으로 시선을 보냈다. 그러자 린샤가 작게 고개를 끄덕였다.

——흐음, 수상한 점은 없나 보군요……. 린샤 씨가 눈을 빛내고 있어 주니 참 든든해요.

미아는 안도의 한숨을 쉰 다음 마음을 다잡았다.

"아, 그래서 전에 이야기했던 예의 학생회 버섯 채집 말인데요, 지도를 받아왔습니다."

본론은 오히려 이쪽이다.

나물이나 약초, 버섯에까지 조예가 깊은 슈트리나와 이번 버섯 채집에 관해 상의하기 위해서 왔다.

"아아, 감사합니다. 미아 님. 그럼 바로 어떤 길로 갈지 계획을 짜도록 하죠."

참고로 슈트리나의 방은 미아의 방과 같은 구조였다.

가구로서 공부용 책상과 침대가 비치되어있지만 특별한 건 없다. 장식 같은 게 없는 방이었다.

절약하는 생활을 보내는 미아의 방과 비교해도 수수한 방이다.

"슈트리나 양은 본가에서 가져온 물건이 별로 없나 보네요."

"네. 옐로문은 사대공작가라고는 해도 역사가 길기만 할 뿐, 가장 약한 가문이니까요. 그렇게 사치할 수 있는 돈은 없습니다. 이런 방에 초대해서 면목 없습니다."

그렇게 말하며 쓴웃음을 짓는 슈트리나에게 미아는 조금 민망해졌다.

"아뇨, 뭐어. 제 방도 그리 다르지 않은걸요. 그보다 뭔가 곤란한 건 없나요? 저도 그리 자유롭게 쓸 수 있는 돈은 없지만요……."

"감사합니다. 하지만 리나는 괜찮습니다. 알고 싶은 건 도서실에서 조사하면 되니까요."

슈트리나는 아무렇지도 않다는 듯 말하고는 잠시 생각에 잠겼다.

"바닥에 지도를 펼치는 것도 그러니까……, 조금 예의에는 어긋나지만요."

혀를 빼꼼 내민 슈트리나가 침대 위에 지도를 펼쳤다.

"이 위에서 하지 않으시겠어요?"

"어머나! 재미있을 것 같은데요!"

어쩐지 다 함께 장난을 계획하는 것처럼 살짝 흥겨운 기분이 드는 미아였다.

그런 것은 아주 좋아한다!

하지만 동시에 조금 걱정도 들었다.

──저 바르바라 씨가 뭐라고 하지 않으려나요?

그쪽을 살펴보자 바르바라는 입구 근처에서 조용히 이쪽을 바라보고 있었다.

──한마디 주의라도 주지 않을까 했는데……, 조금 의외네요…….

고개를 갸웃거리면서도 미아는 룰루랄라 침대 위로 올라갔다.

버섯을 채집하러 갈 숲은 세인트 노엘 섬의 동쪽에 있었다.

"가 본 적은 없지만, 숲이 있었군요."

"그렇게 큰 숲은 아니지만, 버섯이 꽤 군생하고 있으니 즐길 수 있을 거예요. 그리 깊이 들어가지 않은 곳에서도 충분히 즐길 수 있고요."

"잘된 일이네요!"

많이 걸어 다닐 필요 없이 버섯 채집을 할 수 있다면 최상이다.

기본적으로 미아는 나태한 인간이다. 익히 알고 있을 테지만…….

"그리고 숲속 깊은 곳으로 가야 하지만, 베이르가 버섯이 군생하고 있습니다."

"어머나! 베이르가 버섯……. 여기에도 있었군요. 클로에의 책에서 읽었어요. 냄비 요리에 딱 맞는 맛있는 버섯이라던데요."

"역시 미아 님. 알고 계셨군요. 무척 깊은 맛이 나는 하얀 버섯이랍니다. ……하지만."

거기서 말을 끊은 슈트리나가 심각한 표정을 지었다.

"어머, 왜 그러시나요?"

"실은 아주 비슷한 가짜 베이르가 버섯이라는 것도 있는데, 이건 독이 있거든요."

"세상에, 독이 있다고요?"

"다만 그렇게까지 강한 독은 아니라, 사흘 정도 배탈이 나고 복통에 괴로워하는 정도로 끝나지만요……. 구분하는 건 전문가라고 해도 무척 어렵다고 합니다."

"흐음……, 전문가……."

팔짱을 끼고 무언가 생각에 잠긴 표정을 짓는 미아였으나…….

"그러니 베이르가 버섯은 피하는 게 좋을 것 같습니다. 따라서……."

슈트리나는 숲의 남쪽에서 들어가 입구 부근을 도는 코스를 제안했다.

"이 코스라면 크게 위험한 것도 없을 테지만, 너무 숲속 깊은 곳으로는 들어가지 않는 게 좋지 않을까 합니다."

"그렇군요, 그래요……."

미아는 '흐음' 하고 턱을 주억거렸다.

상의가 끝난 것은 저녁 식사 시간을 앞둔 시각이었다.

"무척 신세를 졌네요. 이 보답은 언젠가 꼭 하겠습니다."

그렇게 말하는 미아에게 슈트리나는 생글생글 가련한 미소를 지었다. 가련하게…… 그렇게 보이는 미소를.

"천만에요. 리나야말로 학생회 여러분과 함께 버섯을 채집할 수 있다니, 무척 영광입니다."

세인트 노엘 학원 학생회. 그 권위는 결코 우습게 볼 수 없다. 심지어 그 조직에 소속된 구성원 또한 대단했다.

선크랜드 왕국의 왕자, 베이르가 공국의 성녀. 이 두 사람과 가까워질 수 있다는 것만으로도 일반적인 귀족에게는 크나큰 의미가 있다.

그렇기 때문에 슈트리나는 미아에게 보답을 요구하지 않는다.

그것이 '자연스러운 일'이니까…….

"어머나. 그렇게 따지자면 벨도 마찬가지인걸요. 하물며 당신은 버섯의 안전성을 확인하기 위해 동행을 부탁하는 것이니, 보답은 확실하게 하겠어요."

미아는 그런 말을 했다.

——사람 좋은 황녀 전하……. 평판은 사실인가 보네.

슈트리나는 꽃이 흐드러진 듯한 미소를 지으며 말했다.

"감사합니다. 미아 님."

그때였다.

"후후후, 미아 언니. 보답을 마련하지 않으셨다니 실수하셨네요. 저는 이미 준비했답니다."

벨이 아주 득의양양한 얼굴로 말했다.

상정하지 않았던 움직임에 슈트리나는 조금 당황했다.

벨은 그런 슈트리나의 얼굴을 들여다보았다.

"자, 이거예요. 리나에게 주는 보답."

그리고는 자신만만하게 무언가……, 작은 털뭉치 같은 것을 내밀었다.

잘 살펴보자 그것은 말 비슷한 형태를 본뜬 인형이었다.

"으음, 벨. 이건……?"

"에헤헤. 마롱 선배에게 몰래 배운 말 인형이에요. 동물의 털을 사용해서 만든 건데, 기마 왕국의 수호부적이라나?"

——트로이야구나……. 기마 왕국에 전해 내려오는 전통적인 부적…… 이었던가.

슈트리나는 그 부적에 대해 알고 있었다.

과거에 기마 왕국 사람이 보여준 적이 있었기 때문이다.

동물의 털을 섬세하게 엮은 그것은 만들기 아주 까다롭다. 그래서 숙련자가 아닌 벨이 만든 부적은 도저히 말의 모습으로는 보이지 않았다.

개인 것 같기도 하고, 무언가 정체를 알 수 없는 징그러운 동물 같기도 했다.

받는다고 해도 기뻐할 만한 물건이 아니다.

하지만 너무나도 예상하지 못한 보답에 슈트리나의 마음에 미약한 잔물결이 일었다.

"고마워, 벨. 리나는 너무 기뻐."

슈트리나는 고개를 살짝 기울여 여느 때와 같은 미소를 지으려고 했다. 감정이 너무 담기지 않은, 그러면서도 가식적으로도 연기로도 보이지 않는 미소.

꽃이 피어나듯이 가련하며 동시에 누구에게나 호감을 주는 미소…….

"에헤헤, 기뻐해 줘서 저도 기뻐요. 리나. 오늘도 공부를 가르쳐줘서 고마워요."

태평해 보이는 벨의 미소와는 대조적으로, 슈트리나는 철저히 계산된 미소를 지었다.

두 사람을 배웅한 뒤 슈트리나는 벨에게 받은 부적으로 시선을 내렸다.

잠시 그것을 바라본 뒤, 이윽고 무심하게 휙 집어던졌다.

바르바라는 그것을 말없이 주워들었다.

"어때? 바르바라, 잘 유도했을까?"

슈트리나의 질문에 바르바라는 고지식한 얼굴로 고개를 끄덕였다.

"네, 슈트리나 님. 그 반응을 보면 아마도 숲속 깊은 곳으로 발을 들여놓지는 않을 것 같습니다……."

"그래. 그렇다면 당일은 리나도 같이 갈 테니 쓸데없는 것을 보여주지 않고 끝낼 수 있겠지."

슈트리나는 쿡쿡 웃었다. 가련한 곳이 산들바람에 살랑이는 것처럼 사랑스럽게 웃었다.

그 목소리가 불현듯, 아주 조금 불안해하는 음색으로 바뀌었다.

"저기, 바르바라. 아버지께서 리나를 칭찬해주실까?"

"네. 주인님께서는 아가씨를 높이 평가하고 계십니다. 계획을 제대로 달성하시면 반드시 칭찬의 말씀을 들으실 수 있다고 생각합니다."

"그렇겠지. 리나는 완벽하게 완수할 거야. 그러니까 분명 아버지께서도 칭찬해주실 게 분명해. 우후후, 벌써 기대된다."

빙글, 빙글. 슈트리나는 춤이라도 추는 것처럼 방 안을 돌았다.

그런 슈트리나를 말없이 바라보고 있던 바르바라가 불현듯 생각났다는 듯이 입을 열었다.

"그런데, 아가씨……."

바르바라는 조금 전에 주운 트로이야를 내밀며 말했다.

"이것은 처분해도 괜찮겠습니까?"

"버린다는 뜻이야? 으음……."

사랑스럽게 고개를 갸웃거린 슈트리나가 말했다.

"그건 아깝지 않을까?"

"네? 아깝다고, 말씀하셨습니까?"

의아해하는 바르바라를 앞에 두고도 슈트리나는 어디까지나 미소를 무너트리지 않았다.

"부적 같은 건 딱히 믿지 않지만, 그 아이를 통해 미아 님과 가까워지기 위해서는 충분히 이용할 수 있는 도구라고 봐. 그러니까 잘 보관해놔."

"……그렇습니까."

바르바라는 슈트리나를 물끄러미 바라보았으나, 이내 천천히 책상의 서랍을 열고 트로이야를 넣었다.

제4화 가장 오래되고 가장 약하다는 의미

　미아가 세인트 노엘에서 꿍꿍이를 꾸미고 있을 무렵, 루드비히와 디온도 움직이고 있었다. 옐로문가에 대해 조사하기 위해서.
　훗날 미아 여제의 심복이 되어 절친한 친우로 우호 관계를 다지게 되는 두 사람이지만, 이렇게 둘이서만 행동하는 건 처음이었다.
　디온은 루드비히의 집무실에 오자마자 바로 말했다.
　"그런데 구체적으로 어떻게 할 생각이야? 루드비히 씨. 관계자를 한 명 한 명 때려눕힐 거라면 즐겁게 협력할 거고, 귀찮으니까 황녀 전하께 알리지 않고 처분해버릴 거라면 내키지는 않지만 협력은 해줄게."
　마치 루드비히를 시험하듯이 장난기 어린 미소를 짓는 디온. 반면 루드비히는 어디까지나 냉정하게 고개를 저었다.
　"그건 미아 님의 심기를 어지럽히는 일이 될 거다. 만약 그렇게 한다고 해도 마지막 수단으로 미뤄야지."
　굳이 그 방법을 부정하지 않은 루드비히가 어깨를 으쓱했다.
　"하지만 아직 우리에게는 할 수 있는 일이 있을 거야."
　루드비히는 생각을 정리하듯이 느릿한 어조로 말했다.
　"예전에도 말했듯이 가누도스 항만국에서 돌아온 뒤로 계속 부하에게 감시를 시켰다. 공작가의 집사, 메이드를 비롯한 사용인, 옐로문 파벌에 속한 주요 귀족들도. 하지만……, 현시점에서 눈에 띄는 성과는 없어. 감시하는 자를 공격하는 것도 포함해 옐로 문 가 쪽에서는 아무런 반응이 없다. 애초에 물샐 틈 없는 감시라는 건 당연히 불가능할 테니, 무언가 뒤에서 움직이고 있을지도 모르지만……."

루드비히는 잠깐 침묵했다가 다시 입을 열었다.

"어쩌면 가누도스 항만국의 정보를 듣고 움직임을 자중하고 있을지도 모르고."

"뭐, 그렇겠지. 하지만 그렇다고 해도 외부와 연락을 완전히 끊어버린 건 아니잖아? 그 안에 교묘하게 섞어놓은 걸 수도 있어."

디온의 의문에 루드비히는 긍정했다.

"그래. 예를 들어 세인트 노엘에 다니는 딸에게는 정기적으로 편지를 보내고 있다더군."

"세인트 노엘……, 황녀님의 학교인가. 뭐, 공격 대상으로서는 타당해. 그래서, 그 편지에도 수상한 점은 없었다고?"

루드비히에게 날카로운 시선을 보내는 디온.

"이봐, 아버지가 딸에게 마음을 담아서 쓰는 편지라고. 그걸 멋대로 읽으라고 시켰을 리가……."

"있지. 루드비히 씨라면 당연히. 만약 안 시켰다면 터무니없이 무능한 놈이고."

입꼬리를 씨익 올리는 디온을 향해 루드비히는 쓴웃음을 지었다.

"뭐, 시켰긴 해……. 그리고 이것 또한 예상했었다고 해야 하나, 수상한 구석이 없는 평범한 글귀였어. 근황을 물어본다거나, 지닌 능력을 활용해서 열심히 하라는 격려 등……."

"무능한 놈 같은 소릴 하긴 했지만, 참 인정사정 안 봐준다니까. 아버지가 딸에게 보내는 편지를 훔쳐보다니…….."

놀리는 듯한 말투인 디온에게 루드비히도 어깨를 으쓱했다.

"미아 님의 안전을 위해서니까. 필사적으로 임할 만도 하지. 하지만 아쉽게도 수확은 없어. 어떻게든 옐로문가의 내정을 살피고 싶은데…….."

팔짱을 끼고 작게 신음하는 루드비히. 그런 그의 모습을 즐겁다는 듯 바라보던 디온이었으나…….

"흠, 그런데 실제로 공작가의 일부만이 음모에 가담했다는 게 가능한가?"

별안간 그런 소릴 했다.

"내 생각에 그런 커다란 음모는 일족 전체가 엮여있지 않을까 하는데."

"그래……. 나는 공작 한 명만이 음모에 가담했다는 것도 충분히 가능하다고 봐."

루드비히는 안경을 고쳐 쓰면서 말했다.

"흐응. 근거는?"

"비밀이라는 건 아는 사람이 늘어날수록 밖으로 새어나가기 쉬워져. 이 세상의 진리 중 하나지."

"그렇군. 하지만 옐로문 공작가에 대해서는 작은 소문조차 들어본 적이 없었어. 이건 지극히 한정된 사람, 경우에 따라서는 공작 한 명만이 음모에 가담했고 남은 혈족들은 아무것도 모르는 선량한 사람들이라는 걸 시사한다……. 뭐 그런 건가?"

"그래. 물론 무척 특별한 가문이라면 이야기는 달라지지만……, 흐음……."

루드비히는 그렇게 말한 뒤에 다시 침묵에 잠겼다.

"왜 그래? 루드비히 씨."

"아니, 문득 생각난 건데……. 옐로문 공작가가 수행하던 역할이 무엇이었는지."

"수행하던 역할? 이라니?"

고개를 갸웃거리는 디온에게 루드비히는 냉정한 어조로 말했다.

"예를 들어, 레드문 공작가는 흑월청에 강한 영향력을 지녔지. 영향력을 지닌다는 건, 달리 말하자면 그 방면에 뛰어난 귀족으로서 유사시에는 힘을 발휘할 것을 기대받는다는 뜻이야."

"뭐, 그렇겠지."

디온은 팔짱을 끼며 고개를 끄덕였다.

"마찬가지로 그린문 공작가는 외국과의 교류가 깊어. 외국에서 들여오는 지식이나 물품의 가치를 이른 단계에서 깨닫고 그 방면으로 영향력을 키워왔어. 교육이나 학문 분야에 지나친 영향력을 지닌 것은 나로서는 그리 바람직하게 보지 않지만, 그 방면에서의 역할을 짊어졌다고도 할 수 있지."

"확실히. 그렇다면, 블루문 공작은 다른 힘 있는 중앙 귀족들을 통솔하는 역할이라 보면 되나?"

"그래. 어쨌거나 사대공작가에는 각각 수행하는 역할이 있어. 하지만……. 그렇다면, 옐로문 공작가는?"

루드비히의 질문에 디온은 짧게 침묵했다.

"흠, 사대공작가 중 가장 오래되었으며 가장 약한 가문……. 간단히 생각하자면 역사가 긴 핏줄이지. 건국 이래 황제 일족과 고락을 함께하며 피를 나눈 가문이라고 생각할 수도 있는데……."

"지금이라면 모를까, 초대 황제 폐하는 그렇게 단순하게 생각하진 않았겠지. 적어도 우정이 출세에 영향을 주는 타입으로는 보이지 않아. 어디까지나 상상이지만……."

자신의 목적을 위해 나라를 세우자는 생각을 하는 인물이다.

"그런 낭비를 허용했을 것 같지 않아. 그렇다면 당연히 있었을 거다. 옐로문 공작가가 수행해야 하는 역할이……. 혹은 현재도 수행 중인 역할이……. 어쩌면 거기에 무언가 힌트가 숨어있을지도 모르지."

"'가장 오래된' 부분이 아니라면 다른 쪽을 말하는 건가? 가장 약하다는 것에 어떤 의미가 있는지, 뭐 그런 거?"

그렇게 말한 뒤 디온은 어깨를 으쓱했다.

"약하다는 것에 의미가 있을 것 같진 않지만……."

"아니, 그렇지만도 않아. 최약체라면 적어도 눈에 잘 띄지 않지. 디온 씨처럼 강하다면 적에게도 아군에게도 널리 알려져서 움직이기 불편할 때도 있잖아. 같은 원리다."

"그렇군……. 그건 그럴지도 몰라."

"그래……. 드디어 알았어. 우리가 해야 하는 건 아는 것이야. 옐로문 공작에 대해. 지금만이 아니라, 더 예전부터. 이 제국에서 그들이 어떠한 위치에 있었는지……. 그 끝에 적의 정체를 파악할 수 있는 힌트가 있을지도 몰라. 그리고 미아 님께서 원하시는,

일족 중에 누가 뱀의 관계자인지에 대한 정보도……."

　이리하여 당면한 방침이 정해졌다.
　루드비히와 디온은 제국의 역사에 숨어있는 어둠으로 다시 발
을 들여놓았고……. 그리고…… 미아는 세인트 노엘의 버섯 군생
지에 발을 들여놓았다.

제5화 미아 할머니, 과장하다!

슈트리나의 방을 뒤로하고 자신의 방으로 돌아온 후.

목욕을 마치고 보드라운 잠옷으로 갈아입은 다음 찾아온 휴식의 시간.

미아는 문득 벨을 보았다.

침대 위에 앉은 벨은 방금 막 갈아입은 보들보들한 잠옷의 소매에 얼굴을 누르며 헤실헤실 행복하게 웃고 있었다.

벨은 이 포근하고 보들보들한 잠옷을 아주 좋아해서, 매번 갈아입을 때마다 얼굴을 문지르거나 냄새를 맡곤 했다.

그런 벨의 모습을 보고 미아는 떠올렸다.

——그러고 보면 옛날에는 저도 저런 식으로 감동했었죠…….

푹신푹신한 이불과 만월 양의 털을 듬뿍 사용한 이 보들보들한 잠옷이 있다면 참으로 행복한 감동에 젖곤 했다…….

——젊다는 건 참 근사해요……. 순수하게 감동할 수 있고…….

손녀를 본 할머니는 온화한 미소를 지었다…….

"할머니가 아니에요! 저도 아직 젊다고요!"

노인의 기분에 침식당할 뻔한 자신을 어찌어찌 고무하는 미아였다.

그 목소리를 들은 벨이 고개를 갸우뚱 기울였다.

"네? 왜 그러세요? 미아 언니."

"아뇨, 아무것도 아니에요. 그보다 벨, 최근 혼자서 무언가를 하는 것 같더라니, 리나 양에게 준 그것이었군요."

"아, 네. 맞아요. 마롱 선배와 친해졌더니 가르쳐주셨어요. 에
헤헤, 리나는 처음 사귄 제 친구니까, 선물을 줄 수 있어서 다행
이에요."

그렇게 말하며 벨은 기쁜 얼굴로 웃었다.

"그래요. 정말 잘됐네요."

손녀가 건전하게 우정을 키워나가는 모습을 보고 자꾸만 따뜻
한 눈빛을 보내게 되는 미아 할머니였다. 요즘은 할머니 성분이
맹렬하게 침식하고 있다.

"그나저나 당신, 의외로 손재주가……."

그 《트로이야》의 모습을 떠올리며 벨의 손으로 시선을 옮겼다.
전혀 눈치채지 못했는데, 그녀의 검지에는 하얀 천이 감겨 있었
다. 아무래도 다치기라도 한 모양이다.

미아는 보지 못한 것으로 치고 말을 이었다.

"……손재주가, 그…… 좋네요. 의외였어요."

살짝 과장된 평가를 내려 주는 미아였다.

모처럼 직접 만든 부적을 친구에게 선물했다고 기뻐하고 있기
때문이었다. 어설픈 완성도였다는 사실은 지적하지 않아도 될 일
이었다. 할머니의 배려인 셈이다.

"후후후. 그렇죠? 제가 이래 보여도 꽤 능력이 좋답니다."

그런 미아에게 벨은 득의양양하게 가슴을 펴더니, 조금 그립다
는 듯 눈을 가늘게 휘었다.

"에리스 어머니에게 열심히 배웠으니까요. 하지만 좀처럼 가르

처주지 않으셔서 고생이었어요. 저는 황녀니까 그런 건 하면 안 된다고 하시고……. 그래서 마을 아이들은 다들 할 줄 아니까 못 하는 게 부자연스럽다고 설득했죠."

"벨……."

그런 식으로 논리를 짜 맞추다니, 이 아이도 가혹한 환경 속에서 열심히 머리를 굴리면서 살아왔다는 것을 절절하게 느끼는 미아였으나…….

"에헤헤, 루드비히 선생님이 이렇게 말하면 된다고 알려주신 대로 따라 한 것뿐이지만요……."

"…………벨."

자신과 비슷한 냄새를 진하게 풍기는 손녀에게 미아는 미묘한 표정을 지었다.

"그렇게 설득한 뒤에는 다양한 것을 가르쳐주셨어요. 제국의 사정이 점점 나빠진 뒤에는 특히 열심히, 요리도 바느질도요. 제가 혼자서도 살아갈 수 있도록 한다면서……."

"그랬었군요……."

미아는 벨이 살아온 가혹한 환경을 머릿속에 그렸다.

벨의 손재주가 뛰어난 것은(……뛰어난?), 그래야 할 필요가 있었기 때문이다.

만약 벨이 바느질을 잘한다면(그렇게까지 잘하진 않는 것 같았지만……) 그녀가 그렇게 되어야만 하는 환경에 놓여있었기 때문이다.

지하 감옥에 갇혀서 몇 년을 보낸 자신과, 숨어서 사는 도망 생활을 할 수밖에 없었던 벨.

누가 더 힘들었는지는 간단히 말할 수 없지만, 그래도 이 아이도 고생이 많았다며 미아의 눈시울이 조금씩 뜨거워졌을 때였다.

"후후후, 집안일도 기본적인 건 할 줄 알아요. 그러니 생활력은 미아 언니보다 제가 더 뛰어날걸요! 미아 언니는 요리도 해본 적 없지 않으세요?"

벨의 아주 시건방진 표정으로 말했다.

"새…… 생활력……?"

무언가 정체를 알 수 없는 감각이 미아의 가슴을 깊게 꿰뚫었다.

솔직히 벨이 말하는 생활력이라는 게 무엇이 기준인 건지는 알 수 없었다…….

애초에 미아는 황녀이다. 고귀한 신분이자, 사람들에게 떠받들어지는 입장이다.

요리 같은 건 못 해도 상관없고, 집안일이나 바느질 같은 걸 못 해도 전혀 부끄러운 일이 아니다. 부끄러워할 필요는 없지만…….

──생활력…….

그 단어가 가시처럼 박혔다.

생활력이 떨어진다……. 그런 말을 들은 것이, 마치 '너는 살아갈 능력이 없다!'라는 말을 들은 듯한, 그런 기분이 들었다…….
자신이 정말로 살날이 얼마 남지 않은 할머니가 되어버린 기분이었다…….

──이, 이래서는 안 돼요! 아벨에게 버려질지도 몰라요! 최근에는 올겨울에 살아남는 데만 필사적이어서 오붓한 시간도 보내

지 못했는걸요!

미아는 떨쳐 일어났다!

자신은 아직 앞날이 창창하다! 생활력이라는 것으로 벨에게 뒤질 수는 없다.

"하, 하지만 저도 할 때는 한답니다. 지난번에도 샌드위치를 만들었는걸요?"

혼신의 반론 개시!

"네? 미아 언니가요?"

벨은 깜짝 놀란 얼굴로 미아를 바라보았다.

"네. 별것 아니더군요!"

여기서 미아는…… 살짝 과장을 섞었다.

"그것도 말 모양의 혁신적이고 예술적인 샌드위치였어요."

한층 더 과장했다! 과장!! 또 과장!!!

"마, 말 모양이요?!"

"그래요. 당장에라도 달려나갈 것 같은 재현도였어요. 맛도 아주 뛰어났죠…….."

이렇게 된 이상 물러날 수 없다며 있는 힘을 다해 과장할 것을 결의한 미아! 생활력이라는 능력이 벨보다 떨어지지 않는다며 스스로를 세뇌했다.

"궁정 요리에도 뒤지지 않는 맛이었어요. 맛있게 구워낸 고기의 냄새, 아삭아삭한 채소, 폭신폭신한 빵이 그것을 감싸주는 게 정말정말 맛있었답니다."

"와아! 대단해요! 역시 미아 언니예요."

반짝반짝 순진무구한 동경의 눈빛을 보내는 벨.

"저도 미아 할머니의 요리 먹어보고 싶었는데……."

"우후후, 그렇겠죠……."

벨의 존경 어린 시선에 기분이 한껏 들뜬 미아였으나…….

"……흐음. 그러게요. 확실히 그렇게 하면 아벨에게도……, 흠흠."

직후, 무언가를 떠올린 표정을 지었다.

"아아, 이거 좋은 생각이 떠올랐어요!"

밝은 미소를 짓는 미아였다.

그 '좋은 생각'……. 이리저리 치여 사는 '그 사람'에게는 한층 독을 투하하는 듯한 짓이었지만…….

당연히 그런 건 당사자조차 알 길이 없었다.

제6화 뜨거운 우정이 싹트다!

대국 선크랜드의 왕자, 시온 솔 선크랜드의 심복 키스우드는 우수한 청년이다.

천재라 불리는 시온에게 뒤지지 않는 검술 실력을 자랑하며 재치도 있다.

예법도 일류에다 시원스러운 미소에 마음을 빼앗기는 여성도 수두룩하다.

올바른 일을 위해서라면 다소 무모해지는 주인을 적절히 보좌하고, 세심히 지키고……, 어떠한 위기에도 자신의 검과 냉정한 판단력으로 극복해왔다.

그 온화한 미소가 무너지는 사태는 거의 없다.

……아니, 없었다고 해야 할까.

이 세인트 노엘에 오기 전까진…….

──왜……, 왜지……. 어째서 이렇게 연속으로 문제가 일어나는 거지……?

키스우드는 들이닥친 재앙에 무심코 눈앞이 어질어질해졌다.

그 재앙은 가련한 소녀의 모습으로 그의 앞에 나타났다.

눈이 부실 정도로 환한 미소를 지으면서 그 가련한 소녀, 미아가 말했다.

"또 그때처럼 저희끼리 샌드위치를 만들려고 하는데요. 도움을 부탁드릴 수 있을까요?"

"네헤……?"

키스우드의 입에서 괴상한 목소리가 흘러나왔다.

……여태껏 겪어본 적이 없을 만큼 어마어마한 위기가 키스우드를 덮쳤다.

버섯 채집 행사가 정해지고 며칠 뒤, 그는 미아의 부름을 받았다.

학생회실에 온 그에게 미아는 바로 이렇게 말했다.

샌드위치를 만들고 싶으니까 도와달라고…….

순간 잘못 들은 줄 안(혹은 그렇게…… 생각하고 싶었던) 키스우드는 다시금 미아를 바라보았다.

"그, 그러니까, 무슨 말씀이십니까?"

"이번에 버섯을 채집하러 갈 때 점심으로 먹기 위한 샌드위치를 저희끼리 만들려고 하거든요. 그러니 키스우드 씨에게 그걸 도와달라고 부탁드리는 건데요……."

키스우드는 두통을 참기 위해 관자놀이 부근을 누르면서 말했다.

이 이야기는 무언가가 잘못되었다! 하지만 대체 어디가 잘못된 걸까……?

충격이 너무 큰 나머지 혼란에 빠지려고 하는 머리를 열심히 정리하면서 말했다.

"저기…… 대단히 실례지만 자세히 설명해주실 수 있겠습니까. 어디가 이상한 건지 잠시 생각해 보고 싶은데요……."

"네? 이상한 부분은 어디에도 없는데요……. 며칠 전 숲으로 버섯을 채집하러 가기로 했잖아요?"

"네, 뭐. 그렇죠……. 본의 아니게도……."

키스우드는 한숨을 쉬었다. 썩 수긍하진 못했으나, 아무튼 버섯을 캐러 가는 건 확실하다.

"숲속을 찬찬히 걸어 다닐 것이라면, 아침에 나가 오후에 돌아오는 일정이 시간적인 여유를 확보할 수 있다고 보거든요."

"네. 타당한 계획입니다."

라피나에게서 받은 지도를 사용해 면밀하게 세운 계획은 확실히 훌륭했다. 이 정도라면 운동에 익숙지 않은 미아나 클로에도 문제없이 즐길 수 있을 터이다.

"점심은 당연히 숲속에서 먹게 되겠죠. 조사해봤더니 피크닉에 딱 적절한 공터가 숲속에 있다고 해요. 그래서 그곳에서 점심을 먹으려고 하는데……."

"네, 이 장소를 말씀하시는 거군요. 공터에서 점심을 먹는 것도 친목을 다진다는 의미에서는 좋은 생각이 아닐까요."

나쁘지 않은 계획. 무난한 이야기다. 키스우드는 이해했다며 고개를 주억거렸다.

"그래서 제가 샌드위치를 만들어가려고……."

"거기다!"

무심코 예법을 잊어버린 키스우드였다.

"그겁니다, 미아 황녀 전하."

"네? 뭐가요?"

"샌드위치를 가져가겠다고 말씀하시는 건 이해했습니다. 하지만 그걸 왜 미아 황녀 전하께서 만드셔야만 하는 거죠?"

"아뇨, 저만 만드는 게 아니라 안느, 클로에, 티오나 양, 리오라 양도 함께 만들 거예요."

……지난번에 키스우드가 지휘한 영애들이었다.

오합지졸이라고는 안 하겠지만……, 그……. 몹시 그런 구성원이다.

그때 느꼈던 두통을 떠올리고 다시 머리가 어지러워지는 키스우드였다.

그런 와중에 키스우드의 고생 따윈 알 바 아니라는 양 미아는 자신만만하게 선언했다.

"지난번에는 처음 만든 거였는데도 그렇게 잘 만들어졌는걸요. 그때의 경험을 살리면 주방의 요리사에게 부탁하는 것보다 맛있는 걸 만들 수 있을 게 분명해요!"

그 상쾌할 정도로 우쭐대는 얼굴을 보고 조금 짜증이 솟구치는 키스우드.

"게다가 이번에는 라피나 님께서도 참여하실 예정입니다!"

엄숙하게, 신탁을 고하는 성녀와도 같은 말투로 미아가 말했다.

낭보도 뭐도 아니거든! 하고 소리치고 싶은 걸 꾹 삼킨 키스우드는 크게 심호흡했다. 그 후 다시금, 새롭게 추가된 요소를 고찰하기 시작했다.

"라피나 님께서……?"

"네. 부탁드렸답니다. 참 든든하죠."

──든든…… 정말로 그럴까? 그래……. 성녀 라피나는 지혜가 빼어나며 춤 같은 운동도 특기라고 하지. 손재주가 좋은 분인

것 같으니, 요리도 즐길 가능성은 부정할 수 없을…… 지도.

그렇다. 그 가능성을 배제할 수는 없다. 없지만……!

——그런 모래사장에서 모래 한 알을 찾아내는 듯한 가능성에 거는 짓은 도저히 못 해!

키스우드의 이성이 경고했다. 그것은 너무나도 위험한 도박이라고…….

"그, 그건, 글쎄요. 여러분은 바쁘신 몸이지 않습니까. 역시 이런 건 주방의 전문가에게 맡기시는 게……. 저도 이래저래 바쁘기 때문에 감독하러 가지 못할 수도 있고요……."

자신이 도와주지 않는다면 시도를 못 하지 않을까……? 같은 희망적인 생각을 하던 키스우드였으나…….

"어머. 키스우드 씨, 그렇게 바빴나요? 그렇다면 무리하지 않아도 괜찮습니다. 이번에는 저희 여자들끼리만……."

"철회하겠습니다. 아니 정말로, 제가 없는 곳에서 무턱대고 행동하지 말아 주세요!"

허겁지겁 자신의 말을 취소했다.

미아와 영애들의 폭주·민폐를 생생하게 상상해버렸기 때문이다.

감시도 하지 않고 영애들끼리만 요리하게 둔다는 것은 말도 안 되는 폭거.

——하지만 이건, 자칫 잘못하면 독버섯 이전에 시온 님의 위기가 아닐까?

부르르 떠는 키스우드……. 였으나, 그곳에 도움의 손길을 뻗는 인물이 나타났다.

"이야기는 잘 들었어, 키스우드."

학생회실 입구에 서 있는 사람은 제국 사대공작가의 한 축인 블루문 공작가의 장남이자 학생회 서기보좌이기도 한 소년…….

"사피아스 님……?"

사피아스 에트와 블루문이 상큼한 미소를 짓고 있었다.

의외의 인물이 등장하자 키스우드는 고개를 갸웃거렸다.

사피아스는 그런 키스우드의 어깨에 손을 툭 올린 후 미아 쪽을 보았다.

"어머나, 사피아스 공자. 제 계획에 무언가 문제라도 있나요?"

"네. 말씀드리기 대단히 죄송하지만……."

사피아스는 심각한 얼굴로 고개를 저었다.

"미아 황녀 전하, 그 계획에는 부족한 게 있습니다."

"어머! 제 완벽한 계획에 부족한 것이라고요? 그건 대체 뭔가요?"

놀라는 미아의 옆에서 키스우드는 현기증을 느꼈다.

──제발 부탁이니까 쓸데없는 소리는 하지 말아줬으면…….

그런 그의 기도를 뒤로 사피아스는 말했다.

"간단합니다. 서프라이즈가 부족합니다, 황녀 전하."

"서프라이즈……?"

생각하지 못한 말에 눈을 깜빡이는 미아. 그런 미아에게 사피아스는 득의양양하게 말했다.

"그렇습니다, 서프라이즈요. 모처럼 버섯 채집이라는 스페셜한 이벤트를 하게 되었는데, 듣자 하니 그 샌드위치 만들기는 이미 경험하셨다고 하지 않습니까. 그러면 신선함이 떨어지죠."

"신선함……."

"오해를 각오하고 말씀드리자면, 미아 황녀 전하의 생각은 한 번 홍차를 우려낸 뒤의 찻잎 같은 것입니다. 말하자면 재활용입니다."

"재, 재활용……."

미아가 '으윽' 하고 신음했다.

"그렇군요. 듣고 보니 확실히 그 말이 맞아요. 그 검술대회 때는 제가 만들 예정이 아니었는데 직접 만들게 되어서 임팩트가 있었던 거죠. 하지만 이번에는 그걸 바랄 수 없다는……."

미아는 손뼉을 쳤다.

"무슨 말을 하고 싶은 건지 알겠습니다. 즉, 이번에는 샌드위치가 아니라 조금 더 손이 많이 가는 요리를 만들라는 거죠?!"

"아뇨, 그게 아닙니다."

사피아스는 조금 당황하며 말했다.

"지난번에 미아 님과 영애들께서 만들었다고 하셨으니, 이번에는 저희 남자들이 만드는 건 어떻겠냐는 제안을 드리는 겁니다."

"어머나, 여러분이요? 하지만……."

미아는 잠시 내키지 않는 듯한 반응을 보였으나…….

"네. 물론 두 왕자 전하께서도 협력해주실 겁니다. 아, 키스우드. 왕자 전하를 위한 에이프런을 준비해줄 수 있겠나?"

"네? 에이프런?!"

미아의 목소리가 살짝 높아졌다.

"……사피아스 님, 감사합니다."

두 사람의 설득을 들은 미아가 방에서 나가자마자 키스우드가 말했다.

사피아스는 그런 그를 향해 어깨를 으쓱 올리며 익살을 보였다.

"아니, 별일은 아니야. 네 반응을 보아하니…… 그거지? 미아 황녀 전하의 요리 실력이 좀 불안한 거지?"

──아아……. 이건, 이런 일이…….

키스우드는 패색이 짙은 전투 속에서 동맹군이 구해주러 왔을 때와도 같은 감동을 맛보고 있었다. 심지어 그 상대가 자신이 그리 좋게 평가하지 않았던 남자였으니 한층 더 큰 감동이었다.

위기상황의 공유……. 설마 이 학생회 안에서 이런 일이 있을 줄은 생각하지 못했다.

그렇다. 미아 루나 티어문의 카리스마에 잠식당한 사람들은 다들 그녀에게 심취하여 의심한다는 걸 잊어버린다. 그것은 그 성녀 라피나조차 예외가 아니었다.

자신의 주인 시온이나 아벨 왕자도 미아를 좋게 보기 때문에 잘못된 판단을 내릴 때가 있다.

인간은 평면적이지 않다. 모든 것을 완벽하게 해낼 수 있는 사람은 없다. 그럼에도 미아는 뭐든 할 수 있다고, 그녀가 꺼낸 말이라면 괜찮다고. 어느새 그런 무책임한 긍정이 퍼져있었다.

하지만, 그래. 하지만 그렇지 않다.

적어도 요리라는 영역에서는 미아 황녀는 믿을 만한 사람이 아니다.

그런 인식을 공유할 수 있는 사람, 동지를 이 학생회 구성원 속에서 찾아낼 줄이야…….

"아니, 사실은 나도, 그…… 좀……. 약혼자가 한때 요리에 빠진 적이 있었거든. 대귀족의 영애이니까 그런 건 사용인에게 맡기면 되지 않냐고 했는데, 그래도 꼭 직접 만들고 싶다고 고집을 부렸지. 벌써 꽤 오래전의 일이지만……. 아니, 하하. 참 심했어. 지금이니까 웃을 수 있지만."

그렇게 말하며 쾌활하게 웃는 사피아스.

"기본적으로 나는 사랑하는 여성이 만들어준 요리는 남기면 안 된다고 생각하지만……, 이 부분은 강하게 주장하고 싶어. 그건 '요리'에 한정했을 때야. 석탄이나 핏덩어리는 요리라고 할 수 없어."

"……사피아스 님, 그쯤 하세요."

키스우드는 주위에 사람이 없는지 두리번두리번 시선을 굴리면서도 고개를 끄덕였다.

"음, 그래. 뭐, 그건 넘기고. 그때 그녀를 설득한 게 지금의 방식이었어. 여자는 직접 요리를 만들어보고 싶다는 욕구를 지니기도 하지만, 남자가 요리하는 걸 구경하고 싶다는 욕구도 함께 지니고 있는 법이거든."

"그렇군요……. 크게 배웠습니다."

기본적으로 키스우드는 인기가 많다. 하지만 한 여성과 오래, 그리고 깊이 사귀는 일은 거의 해본 적이 없었다. 애초에 시온을 모시다 보면 바빠서 연애에 신경을 쓸 수 없을 때가 많았다.

따라서 약혼자라는 한 여성과 계속 교제하면서 상대방의 단점을 알고서도 사랑한다고 공언할 수 있는 사피아스에게 아주 조금 존경심을 품고 말았다.

게다가…….

"뭐, 그렇게 그때 그녀를 조금 의심하고 말았거든……. 그녀의 동생도 그렇지만 나도 요리 실력에는 조금 자신이 있어. 아무래도 목숨이 달린 일이었으니……. 내가 맛없는 것을 만들면 역시 자기가 만들겠다고 할지도 모르는 상황이었으니까……."

의외의 특기를 폭로하는 사피아스. 이로써 학생회 남성진은 요리를 해본 적이 없는 시온과 아벨, 요리를 할 줄 아는 키스우드와 사피아스라는 2대 2의 상황이 되었다. 사피아스의 종자도 요리를 할 수 있다면 도움을 요청할 수 있을지도 모른다.

키스우드는 한 가지 고민거리에서 해방된 셈이었다. 무심코 '휴우우' 하고 큰 안도의 한숨을 쉬었다.

"그런 것이라면 어쩔 수 없죠. 시온 전하께는 제가 말씀드리겠습니다."

"그래. 서로 협력하며 이 위기를 극복하자."

그렇게 사피아스가 내민 손을 키스우드가 단단히 마주 잡았다.

이렇게 기묘한 우정이 성립되었다.

나라를 초월한 두 사람의 우정은 사피아스가 학원에서 졸업하여 제국으로 돌아간 뒤에도 계속 이어졌다. 제국의 예지, 미아 루나 티어문이 악역이라는 역할을 담당한 희귀한 에피소드라고 할 수 있을지도 모른다.

제7화 사피아스의 비명……

남성진의 요리 건은 착착 진행되어갔다.

키스우드가 손을 써서 시온은 흔쾌히 승낙했다. 아벨 또한 즐겁다는 듯 받아들였다. 이리하여 피크닉에 가져갈 샌드위치는 학생회 남성진이 만드는 게 결정되었다.

──으, 으으윽……. 모처럼 저의 생활력을 보여줄 기회였는데 말이죠. 그만 넘어가 버리고 말았어요. 과거의 저를 때려주고 싶어요.

그렇게 후회에 사로잡히면서도 그날 아침, 미아는 조리실을 찾아갔다.

학생회 남성진은 이 조리실을 통째로 빌려서 샌드위치를 만들 예정이다.

"어머, 미아 님. 일찍 왔네."

들어가자마자 라피나가 말을 걸었다. 참고로 이미 교복으로 갈아입은 상태였다.

버섯을 채집하러 가는 장소는 슈트리나가 말하길 숲속이라고 해도 외곽에 해당된다고 한다. 하이킹 같은 것이니까 교복을 입고 가면 된다고 해서, 그 조언에 따라 오늘은 다들 교복을 입고 가기로 했다.

"안녕하세요, 라피나 님. 라피나 님이야말로 일찍 오셨네요. 아직 키스우드 씨나 다른 남성진들도 오지 않았는데……."

"우후후. 나도 그들이 어떤 것을 만들지 궁금했거든. 게다가 지난번에 나는 참가하지 못했으니까. 외롭잖아?"

"아, 혹시 라피나 님. 샌드위치 만들기 기대하고 계셨어요?"

"물론이야. 모처럼 미아 님이나 다른 사람들과 즐겁게 요리할 수 있겠다고 생각했는데……."

라피나는 시무룩하게 어깨를 떨궜다.

"아, 아아, 죄송합니다. 라피나 님. 제가 사피아스 공자의 말재간에 넘어가는 바람에……."

크게 당황하며 손을 허둥지둥 퍼덕이는 미아. 그걸 본 라피나는 쿡쿡 웃었다.

"후후, 농담이야. 미아 님. 아쉬운 건 사실이지만, 딱히 화난 건 아니니까."

그 대답에 안도의 숨을 내쉬는 미아였으나…….

"하지만……, 그래. 사피아스 공자가……."

어째서일까……. 그렇게 중얼거리는 라피나의 눈은 그리 웃고 있지 않은 것처럼 보였다.

왠지 사피아스를 무언가에 말려들게 만들어버린, 그런 예감이 들었지만…….

깊이 생각하기 전에 새 인물이 들어왔기 때문에 미아는 생각을 중단했다.

그쪽으로 시선을 돌린 미아는 무심코 탄성을 질렀다.

"어머나!"

그곳에 있는 사람은 네 명의 남자들이었다.

선두에 서 있던 사피아스……에겐 별 관심이 없었고. 미아는 주로 다른 세 사람에게 눈을 빼앗겼다.

사피아스 다음으로 들어온 사람은 키스우드였다.

여느 때와 같은 검은 집사복 위에 하얀 에이프런을 두르고 있었다. 평소엔 딱 봐도 여성에게 인기가 많은 미남이라는 분위기인 그가 에이프런을 두르자 조금 가정적으로 보이는 게 신기했다.

다음에 들어온 건 시온이었다.

교복 위에 키스우드처럼 에이프런을 걸치고 있었다.

보통 블레이저 위에 에이프런을 두른다면 조금은 위화감이 있을 테지만……, 시온은 완벽하게…… 한치의 어색함 없이 소화하고 있었다.

어떤 차림새여도 고고함을 잃지 않는 시온을 본 미아는 무심코 기가 막혀 했다.

──정말이지. 이 녀석은 무슨 옷을 입어도 얄미울 정도로 잘 어울린단 말이죠. 벨이 봤다면 환호성을 질렀을 거예요. 그 아이가 잠꾸러기라 다행이네요.

자신은 슬쩍 제외해버리는 미아였다.

그리고 마지막 한 사람…….

"안녕, 미아. 너도 견학하러 온 거야?"

가벼운 미소를 짓는 아벨.

시온과 마찬가지로 교복 위에 에이프런을 걸친 그를 보고…… 미아는 자기도 모르게 굳어버렸다.

그런 미아를 보고 아벨의 표정이 확 변하며 조금 불안해하는 얼굴이 되었다.

"으음, 어디 이상해? 이런 차림을 하는 건 처음이라서, 어딘가 이상한 점이 있다면 가르쳐줬으면 하는데……."

그리고는 살포시 뺨을 붉혔다.

미소년의 수줍어하는 얼굴을 본 미아는, 그저 한 마디…….

"…………최……, 최고."

그 후로 말을 잃어버렸다.

"미아?"

의아해하는 아벨에게 미아는 당황하며 고개를 저었다.

"괘, 괜찮아요. 무척 잘 어울려요……. 아, 하지만……."

미아는 아벨의 에이프런 끈이 등 부근에서 풀려있다는 걸 발견했다. 그걸 고쳐주기 위해 그의 등 뒤로 돌아가려다가……, 무슨 생각을 한 건지 정면으로 다가가서 팔을 등으로 감아 껴안는 자세로 고쳐주었다.

"네. 이걸로 완벽해졌어요."

그리고는 눈을 위로 굴려서 아벨을 바라보며 귀엽게 싱긋 웃었다.

……참으로 가증스럽다! 불여우라는 명칭에 부끄럽지 않은 짓이었다!

기습에는 약한 미아이지만, 자신이 먼저 들이댈 때는 역시 성숙한 누나인 만큼 여유가 있었다.

미소년이 쑥스러워하는 모습을 찬찬히 뜯어보고 싶다는 못된 어른의 본성을 적나라하게 드러냈다!

"고, 고마워, 미아. 열심히 맛있는 걸 만들게."

아벨은 그렇게 말하며 수줍게 웃었다.

그 모습을 본 미아는 생각했다.

——여, 역시, 최고예요……. 아아, 과거의 저는 정말 옳은 선택을 했어요!

그런 식으로 이래저래 만끽하는 미아였다.

……참고로, 미아가 별 관심이 없다고 외면해버린 사피아스도 교복 위에 에이프런을 걸치고 있었다.

뭐, 미아에게는 그러거나 말거나 관심이 없었지만…….

"어머나, 우후후. 사피아스 공자도 에이프런이 잘 어울리네요. 아, 그러고 보면 미아 님에게 들었는데, 오늘 남자들끼리 요리를 하자고 말한 게 사피아스 공자라면서요? 흐으응. 뭐 딱히, 뭐가 어떻다는 건 아니지만. 그랬구나. 흐응."

"히, 히이이이익!"

——하고 사피아스의 비명소리가 들린 기분이 들었지만, 미아에겐 아무래도 상관없었다.

제8화 버섯 마이스터 미아, 숲의 부름을 받다!

"와아아! 세, 세상에! 미아 언니, 그 천칭왕이 에이프런을 입고 있어요!"

조리실에 들어오자마자 미아벨이 환호성을 질렀다.

눈동자를 반짝반짝 빛내면서 시온에게 시선을 빼앗기는 모습은…… 참으로 변함이 없었다. 미아벨 대흥분 티어문이다.

——정말이지, 벨은 어쩔 수 없다니까요. 제 손녀지만 참 부끄러워요.

그렇게 한탄하는 미아였으나……, 이전 시간축에서 시온을 처음 봤을 때.

"어머나! 그 시온 왕자의 교복 차림! 아아, 정말 말 그대로 지고의 왕자! 근사해요!"

이런 소릴 하면서 난리를 쳤었다. 미아 대흥분 티어문이었다.

당연하게도 그런 건 이미 기억 저편으로! 날려버린 미아였다.

이어서 다른 여성진들도 조리실에 들어왔다. 클로에, 티오나, 리오라에 린샤까지…….

참으로 호기심이 넘치는 소녀들이었다.

"그럼 오늘 점심 때 먹을 샌드위치 만들기를 시작하겠습니다."

여성진이 떠들썩하게 재잘거리는 가운데 남성진은 작업을 개시했다.

"저는 여느 때처럼 시온 전하를 보좌하겠습니다. 사피아스 님께서는 죄송하지만, 아벨 전하와 함께 작업해주실 수 있겠습니까?"

"상관없어. 그래서 메뉴는 어떻게 할 거지? 샌드위치의 속은?"

사피아스는 팔짱을 끼며 키스우드가 늘어놓은 재료에 시선을 주었다.

"네……. 무난하게, 지난번과 똑같이 구운 고기와 화이트소스. 아, 그리고 모처럼 만드는 것이니 이번에는 계란지단을 넣어보려고 합니다."

"그래. 개운한 맛을 위해 채소를 많이 넣은 걸 만들어도 괜찮을 것 같군."

"그렇군요. 확실히 고기는 위에 부담스러울 수도 있으니까요. 그럼 채소와 계란지단을 넣은 것과 고기가 메인인 것. 그리고 얇게 썬 베이컨과 채소를 넣은 것. 이렇게 세 종류를 만들기로 하죠."

키스우드와 사피아스의 대화를 듣고 미아는 무심코 신음했다.

──흐음, 제법이잖아요…… 사피아스 공자. 그 키스우드 씨와 대등하게 논의할 수 있다니, 대단한 생활력이에요! 이거 지고 있을 순 없죠!

미아는 주먹을 불끈 쥐고는.

"일손이 부족하지는 않은가요? 여기서 가만히 구경만 하는 것도 그런데, 무언가 도와드릴 일이라도……."

이런 말을 했다!

하지만 그런 위험에 대처하는 속도는 생각보다 빨랐다.

여느 때는 키스우드 혼자서 했지만, 이번에는 사피아스도 도와 줄 수 있기 때문이었다. 찰나의 아이 콘택트 후 사피아스가 움직였다.

"아뇨, 그건 너무나도 황공한 일입니다. 부디 그곳에서 관람해 주시기 바랍니다."

참으로 신속한 대응이었다. 게다가!

"이번에는 시온 전하와 아벨 전하께서 실력을 보여드릴 차례이니까요. 그 활약을 빼앗지 말아 주세요."

키스우드가 타이르듯이 거들었다.

"그, 그런가요? 그런 거라면……, 뭐…….."

훌륭한 연계 플레이에 완전히 움직임을 봉쇄당한 미아였다.

그런 미아의 눈앞에서 왕자들의 요리가 시작되었다.

"그럼 아벨 전하, 저희는 그 채소를 썰도록 하죠. 아, 채소를 잡는 쪽의 손은 계란을 쥐듯이 둥글게. 네, 그렇습니다. 그렇게 하시면 손가락을 베이지 않습니다."

"오오…….."

미아는 무의식중에 눈을 크게 떴다.

사피아스에게 친절한 지도를 받고 있는 아벨. 그걸 본 미아는 히죽히죽 얼굴이 풀어지는 걸 느꼈다.

──후후후, 그 아벨이 조금 서툴지만 열심히 하는 모습이라니. 정말 보기 좋네요!

그렇게 흐뭇해하며 바라보고 있었지만……. 잠시 후, 미아는 깨닫고 말았다.

채소를 써는 아벨의 손놀림이 점점 그럴싸해지더니…….

──어, 어라? 저보다 더 잘하는 것 같은데요?

깨달으면 안 되는 사실을 깨닫고 말았다.

그리고 말할 것도 없이 손재주가 좋은 시온 또한 깔끔하게 빵 반죽을 만들어갔다. 여성진의 시선이 시온에게 못 박혀서 떨어질 줄 몰랐다.

게다가 미아에게 오산이었던 것이, 사피아스의 요리 실력이었다. 명백하게 미아보다 훨씬 뛰어났다.

즉 미아는……. 아니, 이 자리에 모인 쟁쟁한 여성진의 대부분은…….

──학생회 남성진보다…… 실력이 떨어져요!

무시무시한 사실을 앞에 두고 미아는 경악했다.

이번 과제는 생활력이라는 것을 보여주는 것이었다. 그 점에서 이 상황은 절대적으로 곤란했다.

"아, 그, 그래요. 그렇다면 모양에 공을 들이는 게……. 역시 요리란 눈으로 보고 즐기는 것이죠. 지난번에는 말 모양이었으니까, 이번에는 버섯 모양이라거나……."

그런 제안을 하기 시작하는 미아였지만……, 이번에도 키스우드와 사피아스가 빠르게 반응했다.

"아뇨, 괜찮습니다. 미아 황녀 전하."

질풍의 키스우드.

"하지만……."

"정말로 괜찮습니다."

철벽의 사피아스.

게다가…….

"아, 미아. 걱정해주는 건 고맙지만, 조금만 더 우리가 하게 해주지 않겠어?"

사랑스러운 아벨마저 그런 말을 하니 미아는 아무런 말을 할 수 없게 되었다.

그 후에도 미아는 왕자들의 실력을 적나라하게 보았고……, 패배감에 짓눌렸다.

——이, 이건 확실하게 저보다 더 손재주가 좋아요…….

초인인 시온은 그렇다 쳐도, 노력파인 아벨과 비교해도 명백하게 뒤떨어지는 자신의 실력.

자신의 힘으로는 상대도 되지 않는다……. 그렇게 깨달은 미아는 어떻게든 자신의 존재를 보여주기 위해 머리를 굴리고 또 굴려서, 이윽고…… 한 가지 진리에 도달했다. ……도달하고 말았다……!

그것은…….

——그래요. 착각하고 있었네요. 저는 제국의 미식가가 아니에요. 저는 제국의 예지. 생활력이라는 말에 휘둘릴 필요가 없었어요. 제가 보여줘야 하는 건 넘쳐나는 지식량. 그리고 베테랑 버섯 가이드로서의 실력이에요!

……그렇다고 해도 결국은 음식과 관련된 분야가 아닌가…… 하는 지적을 해서는 안 된다.

이 세상에는 건드리면 안 되는 게 존재하는 법이다.

"해주겠어요! 맛있는 버섯 냄비 요리를 위해!"

남자들의 생활력에 촉발되어 미아 안에서 무언가가 불타올랐다. 그 열정이 등을 떠미는 대로 미아는 자신의 방으로 돌아왔다.

　"안느, 옷을 갈아입을게요. 이런 교복으로 숲에 들어가다니, 버섯 마이스터의 이름에 어울리지 않아요!"

　"네. 알겠습니다. 미아 님!"

　마치 무언가의 인도라도 받은 것처럼, 미아의 모습도 마음도 숲속 깊은 곳을 향해 일직선으로 달려갔다.

제9화 기괴! 버섯 황녀!

여하간, 점심으로 먹을 샌드위치 만들기도 무사히 끝나고 버섯 채집 준비가 모두 갖춰졌다.

학생회 구성원은 각자 준비를 마치고 학원의 교문에서 집합했다.

남은 것은 학생회장, 미아를 기다리기만 하면 될 때……. 그들은———— 보았다!

멀리서 접근하는 실루엣……. 그 모습은, 말 그대로………… 버섯이었다!!

그 작은 머리에 뒤집어쓴 것은 버섯의 머리 부분 같은 하얀 모자였다. 몸에는 두꺼운 긴소매의 옷과 마찬가지로 두툼한 바지. 발에는 산으로 향하는 사냥꾼이 신을 법한 투박한 부츠를 신고 있었다.

"어……?"

경악한 그 목소리가 대체 누구의 입에서 나온 건지는 확실하지 않다. 확실하진 않지만, 누구의 목소리였다고 한들 이상하지 않을 것이다.

그 정도로 충격적인 복장이었기 때문이다.

"안녕하세요, 여러분. 버섯을 캐러 가기에 정말 좋은 날이네요."

생글생글, 환하게 웃고 있는 미아. 그런 그녀에게 슈트리나가 대표로 입을 열었다.

"저기, 미아 님……. 그, 그 복장은……?"

"아, 리나 양."

미아는 슈트리나 쪽으로 시선을 돌려 평범한 교복을 입은 것을 확인하고는 살짝 승리자의 미소를 지었다.

"실은, 리나 양. 저는 올해 여름에 무인도에서 살아남았다는 귀중한 경험을 했답니다."

"네? 그, 무인도, 말씀이세요?"

"그래요. 에메랄다 양과 놀러 갔었죠. 그건………… 제법 강렬한 경험이었어요. 뭐, 그건 됐습니다. 아무튼, 그때 배운 것인데, 산이나 숲에서 피부를 드러내는 건 그리 현명한 선택이 아니더라고요."

미아는 마치 어린아이에게 타이르는 듯한 온화한 미소를 지었다.

"숲속에서 피부를 노출하면 벌레에게 물릴지도 모르고, 다칠 가능성도 없지는 않잖아요? 그러니 숲에 들어갈 때 긴소매, 긴 바지를 입는 건 합리적이라고 할 수 있어요."

"하, 하지만 오늘 가는 건 숲의 입구 근처니까……."

"입구라고 해도 숲은 숲이에요. 방심은 금물입니다. 낮은 산이라며 준비를 소홀히 한 채로 방심하며 발을 들여놓으면 생각지도 못한 함정에 걸려 넘어지는 법. 제대로 된 준비가 필요해요."

……뭐 그렇게 정론 같은 소리를 늘어놓는 미아였지만……. 영락없이 베테랑 버섯 가이드 같은 모습인 미아를 보고 몇 명은 내심 매섭게 지적했다.

'이 인간, 반드시 숲속 깊은 곳까지 들어갈 생각이잖아!'라고.

그리고 슈트리나 또한 그것을 알아차린 사람 중 한 명이었다.

그녀는 순간적으로 표정을 사악 지웠지만……, 곧바로 여느 때와 같은 미소를 되찾았다.

"그렇군요. 역시 미아 님이세요. 준비는 중요하죠."

"네, 바로 그거예요. 제대로 준비하고 임하지 않으면 버섯에게 실례인걸요."

마치 버섯의 화신, 버섯의 여신처럼 신성함마저 느껴지는 얼굴로 미아가 말했다.

그런 미아를 보고 슈트리나는 주저했다.

──미아 황녀 전하가 숲속 깊은 곳까지 갈 생각인 건 확실해 보이지만……. 그건, 리나가 이야기한 베이르가 버섯을 보러 가고 싶기 때문일까? 아니면…… **그것**을 눈치챘기 때문에?

슈트리나는 화사한 미소를 지으면서 생각에 잠겼다.

──아니……, 그건 아닐 거야. 역시 리나가 괜한 말을 하는 바람에 호기심을 자극해버린 걸까……. 그렇다면 내 실수야.

이건 경계해야 한다, 이건 주의해야 한다, 하면서 따로 이름을 거론하면 거기에 관심이 쏠리게 되기도 한다. 의식 밖으로 밀어두는 게 오히려 숨기는 데 유리한 경우도 왕왕 있으니…….

──뭐, 같이 가는 거니까 미아 황녀 전하가 숲속으로 깊이 들어가려 할 때 자연스럽게 주의를 다른 곳으로 돌리면 되겠지……. 게다가 그게 있는 건 분명 벼랑처럼 깎아지른 곳의 아래쪽이었으니 그냥 가봤자 찾을 수 없을 거야…….

그런 생각을 하고 있을 때.

"에헤헤, 리나. 기대돼요."

바로 옆에서 벨이 방긋방긋 웃고 있었다. 참고로 벨은 슈트리나와 마찬가지로 평범하게 교복을 입었다.

"저는 버섯 채집을 해본 적이 없거든요. 리나는 어때요?"

"으음, 리나도 이런 식으로 다 함께 무리 지어 가는 건 처음이야."

그러면서 슈트리나는 벨의 가방에 시선을 주었다.

"아……, 그건."

퍼뜩 알아차렸다. 벨이 가방에 달고 있는 그것은 얼마 전 벨이 슈트리나에게 선물한 것과 같은 트로이야였다.

"아, 에헤헤. 리나와 같은 걸 만들어봤어요. 우정 아이템 느낌으로."

"아, 그 부적이구나. 리나도 달고 올 걸 그랬나. 더러워지면 안 되니까 고이고이 책상 서랍에 넣어놨는데……."

"아하하, 리나는 걱정도 많네요. 아무리 고이 보관해도 더러워지거나 잃어버리거나 하는 법이니까, 신경 쓰지 말고 써도 괜찮아요. 망가지면 제가 또 만들어드릴게요."

생글생글 순수한 미소를 짓는 벨. 그런 벨을 보면 어쩐지, 조금…….

──아무래도 상관없잖아, 그런 건…….

슈트리나는 고개를 저었다.

"고마워, 벨. 그럼 다음부터는 달고 다니도록 할게."

여느 때처럼, 꽃이 피어나는 듯한 가련한 미소를 지었다. 곱디고운, 더없이 고운…… 그런 미소였다.

제10화 버섯 퍼스트!

학원에서 나와 걷기를 잠시. 목적지인 숲에 도착하자마자 일동은 감탄의 한숨을 흘렸다.

눈앞에 아름다운 노란색으로 물든 숲이 펼쳐져 있었기 때문이다.

나뭇잎 사이로 쏟아지는 빛을 받은 노란색 길. 선명하고 밝은 색채로 감싸인 노란색 숲은 시선을 빼앗길 만큼 화사하게 미아 일행을 맞아주었다.

"신기한 숲이네요……."

무심코 중얼거린 미아의 말에 바로 뒤에 있던 라피나가 웃었다.

"어머, 미아 님. 혹시 단풍을 처음 보는 거야?"

"단풍? 그건 이 나무의 종류인가요?"

이전 시간축에서 숲에는 조금도 관심이 없었던 미아였지만, 무척이나 신비로운 나무에 자꾸만 시선이 갔다.

"우후후, 단풍은 가을이 되면 나뭇잎의 색이 변하는 현상을 말하기도 해. 붉은색으로 물드는 나무도 있지만, 여기에 심은 나무는 노란색으로 물들어."

"어머나, 그렇게 신비로운 현상이 있군요……."

그렇게 말하며 미아는 슬쩍 망상했다.

──흐음, 이 숲이라면 학원과도 가까우니까……. 다음에 아벨과 단둘이 오는 것도 나쁘지 않을 것 같네요……. 그렇게 와서 손을 잡고……, 흠……. 나쁘지 않아요!

그런 생각을 하고 있을 때였다.

"……노란색 숲."

불현듯 미아의 귀에 목소리가 들려왔다.

시선을 돌리자 그곳에 있는 건 숲을 바라보는 슈트리나였다.

늘 꽃 같은 미소를 짓고 있는 그녀지만, 지금은 그 얼굴에 표정이 완전히 사라진 상태였다.

"왜 그러시나요? 리나 양."

의아해하며 말을 걸어보는 미아였으나…….

"앗, 아뇨. 아무것도 아닙니다. 그저 색상을 보니 옐로문 공작가와 연이 있을 것 같은 나무라는 생각이 들어서요."

마치 변명하듯이 말한 뒤 슈트리나는 여느 때와 같은 미소를 지었다.

"후후후, 그렇군요. 저도 옐로문 공작가의 관계자였다면 노란색으로 물드는 숲에 자연스럽게 관심이 갔을 거예요."

"이해해주셔서 기쁩니다. 그럼 갈까요."

그렇게 말한 다음 슈트리나는 걷기 시작했다.

숲은 전체가 고운 노란색으로 물들어 있었다. 머리 위만이 아니라 낙엽으로 인해 발을 딛는 땅에도 노란색 양탄자가 깔려있다.

"와아! 대단해라! 대단해요, 여기!"

미아벨이 폴짝폴짝 뛰면서 숲속으로 뛰어 들어갔다.

"앗, 벨. 조심해. 이 낙엽은 밟으면 미끄러지니까."

마치 언니가 동생을 돌보듯이 슈트리나가 그 뒤를 쫓아갔고,

그 뒤로는 린샤가 어깨를 으쓱하며 따라갔다.

"이게 단풍이라는 거군요. 저도 처음 봤어요."

클로에가 노란색 잎사귀를 집어 들고 신기해했다.

"정말 노란색 잎사귀라니 신기해……. 아, 세로에게 기념 선물로 말려서 보내줘야겠다."

옆에서 티오나도 잎사귀를 주웠다.

"아아, 숲, 그리워요. 이런 곳이, 세인트 노엘에도 있었다니……."

티오나의 뒤에서는 리오라가 흥에 겨워 콧노래를 흥얼거렸다.

남자들도 호기심 어린 눈으로 숲속을 구경했다.

"아름다운 장소네요, 미아 님."

미아의 옆에서 안느가 흐뭇하다는 듯 눈을 휘었다. 일행 사이에는 참으로 평온한 분위기가 흘렀…… 지만.

"즐거운 하루가 되면 좋겠어요."

그런 말을 들어도 미아는,

"네, 그러게요……."

맞장구를 치면서도 그 목소리는 어딘가 건성이었다.

미아는 다른 사람들과는 달리 예리한 눈빛으로 주위를 둘러보았다. 그 시선이 향하는 곳은 머리 위에 있는 나뭇잎도, 발치를 장식하는 낙엽도 아니다. 나무 밑동에 자라난 버섯뿐이다!

더없이 버섯 지상주의인 미아였다!

스스슥……. 날카로운 시선으로 주위를 경계하던 미아였으나……. 불현듯, 무언가를 발견한 건지 조용히 달려나갔다!

──저건…… 틀림없어요, 버섯!

먹이를 향해 달려드는 맹수처럼 버섯을 향해 달려가는 버섯 헌터 미아! 더없이 버섯 퍼스트인 미아였다!

지금 미아의 눈에는 온전히 버섯밖에 보이지 않는다! 버섯 말고는 눈에 보이는 게 없었다!

따라서! 당연히 발치도 보이지 않았고…… 미끌! 내디딘 발이 미끄러졌다.

"흐어?"

주욱 위로 미끄러지는 발. 그 뒤를 쫓아가듯이 노란색의 낙엽이 허공에 흩날렸다. 그렇게 정신을 차렸을 때는 미아의 몸이 공중을 날고 있었다.

"……흐어?"

시야가 어마어마한 기세로 돌아가며……, 몸이 어마어마한 기세로 뒤로 기울었다. 미아는 자기도 모르게 눈을 질끈 감았다.

"위, 험해라. 조심해야지."

직후, 그런 다정한 목소리와 함께 미아는 누군가의 품에 안겼다.

"…………흐어?"

얼간이 같은 소리를 내며 눈을 뜬 미아. 그 시야에 들어온 것은…….

"괜찮아? 미아."

미아의 얼굴을 살피는 아벨의 얼굴이었다.

하지만…… 오늘의 미아는 버섯 헌터 모드였다. 버섯 퍼스트이다!

그래서 아벨이 안아서 받아주든 말든 알 바 아니었다.

그렇다! 지금 미아의 눈에는 버섯 말고는 보이는 게 없…….

——아아, 아벨……, 정말 다부진 얼굴이에요……. 아침에 봤던 에이프런 차림과의 차이가 참으로…… 근사하네요!

…………전혀 버섯 퍼스트가 아니었다.

"미아, 괜찮아? 어디 다친 곳이라도……."

"아, 아아, 아뇨, 괜찮아요. 멀쩡해요, 문제없어요."

미아는 당황하며 아벨에게서 떨어졌다.

"참, 보기 흉한 모습을……."

뺨을 붉히는 미아를 향해 아벨은 작게 고개를 저었다.

"딱히 보기 흉한 건 아닌데……, 후후."

그리고는 장난기 어린 미소를 짓더니 미아의 머리카락으로 손을 뻗었다.

"어……? 어, 어……?"

혼란에 빠진 미아의 눈앞에서 아벨은 미아의 머리카락에 붙어 있던 낙엽을 떼어주고는.

"후후, 미아는 어떤 머리 장식을 달아도 잘 어울려."

그런 말을 남기고 가버렸다.

뒤에 남겨진 미아는…….

"………………허어?"

머릿속에서 버섯이 반 이상 날아가 버린, 가짜 버섯 퍼스트였다!

제11화 늙은 루드비히의 신학적 추론

"루드비히 선생님, 신은 정말로 있는 거예요?"

그날, 미아벨이 오자마자 바로 던진 질문에 루드비히는 고개를 갸웃거렸다.

"흐음…… 갑자기 무슨 말씀이십니까? 미아벨 황녀 전하."

우선 어렵게 손에 넣은 찻잎으로 홍차를 우리면서 이야기를 들어보았다. 그러자…….

"실은 여기에 오는 도중에 조상님의 지혜를 얻을 수 있다는 《신의 항아리》라는 걸 팔고 있었거든요. 가격이 좀 비쌌지만, 그걸 사용하면 미아 할머니의 지혜를 빌릴 수 있을지도 몰라서……."

기대하는 마음에 눈을 반짝반짝 빛내며 그런 말을 하는 미아벨. 루드비히는 그녀의 호구력에 약간 걱정하면서도 잠시 생각에 잠겼다.

대답을 주는 건 간단하다. 제국은 중앙정교회가 구축한 종교권 내에 있는 국가다. 따라서 그곳에 사는 사람들은 자연스럽게 신의 존재를 믿는다.

그러니 '있다'고 말하면 그만이고, 만약 미아벨이 황녀의 지위를 되찾았을 때를 위해서라도 그렇게 가르치는 게 좋을 것이다.

하지만. 루드비히는 생각을 바꿨다. 틀에 박힌 답을 주는 건 간단한 일이지만, 그건 미아벨에게는 도움이 되지 않는다.

'생각한다'라는 건 귀중하다. 따라서 루드비히는 그냥 답을 주는 게 아니라, 미아벨이 직접 생각해 볼 수 있도록 논리를 전개해 나갔다.

"음······. 저는 신이라는 존재는 있다고 생각합니다."

여기까지는 지극히 평범한 견해다. 하지만 여기에 근거를 덧붙였다.

"그렇지 않다면 설명할 수 없는 일이 세상에는 많이 있으니까요."

"예를 들면 어떤 일인가요?"

고개를 갸우뚱 기울이는 미아벨에게 의자를 권하며 루드비히는 안경을 고쳐 썼다.

"글쎄요······. 예를 들어, 이해하기 쉬운 건 인간이겠죠. 미아벨 황녀 전하나 저 같은."

"네······? 저나 루드비히 선생님이요?"

의아하다는 듯 눈을 깜빡이는 미아벨. 루드비히는 장난기 어린 미소를 짓더니, 안경을 벗고 미아벨의 앞에 내려놓았다.

"이 안경은 잘 만들어져있다고 생각하지 않으십니까? 왜 이걸 쓰면 앞이 더 잘 보이게 되는지, 미아벨 황녀 전하께선 생각해 보신 적이 있습니까?"

벨은 안경을 들었다가 렌즈를 살펴봤다가 하면서 작게 고개를 저었다.

"이 안경이라는 도구는 자세한 원리는 제쳐놓고서라도, 아주 오래전의 현자가 지혜를 짜내어 인간의 눈 구조를 고찰하고 어떻게 보이는지를 분석해서 오차를 조절한다는 '의도'를 지니고 구조를 만들어냈습니다. 이건 지혜를 지닌 자가 '이런 것을 만들자'라는 발상을 떠올리고 만들어낸 것이죠. 예를 들어 이 안경의 재료인 유리와 철이 놓여있다고 해서 의도가 없는 비가 깎아내거나, 지혜가 없는 바람이 모양을 다듬는 일은 없잖아요?"

루드비히는 안경을 다시 쓴 뒤에 말을 이었다.

"그럼 이 안경을 만들고 쓰는 인간은 어떻습니까? 수많은 세공품이나 예술작품보다 훨씬 정교하게 완성된 인간이라는 생물은…… 대체 어떻게 만들어졌다고 생각하십니까? 바람이나 비가 흙을 깎아내서 만들어낸 것이라고 생각하십니까?"

"아뇨, 아닙니다."

그렇게 대답한 미아벨이 작게 고개를 저었다.

루드비히는 신. 즉, 인간보다도 힘과 지혜를 지니고 세계를 설계한 존재가 있음을 숙고 끝에 확신했다.

그 방법까지는 몰라도, 루드비히는 믿고 있다. 인간, 그리고 이 세계는 적어도 지혜를 지닌 자가 '만들자는 의도'를 지니고 만들어낸 것이라고…….

그렇지 않다면 설명할 수 없는 게 이 세계에는 너무 많았다. 인간만이 아니라 동물도, 식물도, 곤충도…….

누군가가 세밀하게 설계해서 만들어냈다고. 그렇게 생각할 수밖에 없다고…… 그는 판단했다.

문득 과거에 스승에게 들었던 말을 떠올렸다.

『이 세계의 삼라만상 모든 것을 아무런 생각도 해보지 않고 신과 악마의 소행이라 여기는 것은 '인간을 생각하는 존재'로 설계한 신의 뜻을 저버리는 게 되지. 그건 신의 과업을 대단하다 칭송하는 신앙과 모순된다. 하지만 삼라만상을 신과 악마와는 상관이 없다고 여기며 사고하는 것 또한 시야를 좁히고 우리가 사고의 자유를 저해하는 게 되지.』

그 이후 루드비히는 최대한 균형 잡힌 감각을 유지하며 만물을 볼 수 있도록 자신을 제어하려 노력했다.

가능하다면 미아벨도 그런 식으로 생각하는 습관을 들이길 바라는 그였으나…….

"그럼 역시 기적의 항아리도 진짜인 건가요?!"

루드비히는 잔뜩 들뜬 얼굴로 당장에라도 항아리를 사러 뛰쳐 나갈 것 같은 미아벨을 다급히 막았다.

"진정하십시오. 미아벨 황녀 전하. 신이 있다고 해도 기적의 항아리라는 게 실존하는지는 별개의 문제입니다."

"네? 어째서인가요? 루드비히 선생님."

또다시 어리둥절한 얼굴로 고개를 갸웃거리는 미아벨.

'딱 듣기에도 수상하잖냐!' 하는 지적을 삼킨 루드비히는 잠시 생각에 잠겼다. 그 후 다시 입을 열었다.

"세계를 만든 것이 신이라고 합시다. 신이《세계를 관장하는 섭리》를 정교하게 만들어냈다고 봅시다. 하지만 기적이란 그 세계를 관장하는 섭리를 뒤엎는 게 되지 않겠습니까?"

죽어버린 조상의 지혜는 손에 넣을 수 없다. 그게 세계의 섭리다. 항아리가 일으키는 기적이란 그 섭리를 뒤엎는 게 된다.

미아벨은 고개를 작게 기울였다.

"네, 그렇네요!"

그리고는 이렇게…… 이해한 건지 아닌지 애매한, 조금 기운이 넘치는 대답을 돌려주었다.

　루드비히는 쓴웃음을 지으며 말을 이었다.

　"자신이 정성스럽게 만든 섭리를 뒤엎는 짓을 신이 그렇게 쉽게 허락할까요? 저라면 제가 소중히 만든 규칙을 그리 간단하게 깨트리고 싶지 않습니다만……."

　기적이란 좀처럼 일어나지 않는 법이다. 만약 그게 일어난다면, 그야말로 세계 전체가 무너질 정도로 큰 위기가 찾아왔을 때가 아닐까? 루드비히는 그렇게 생각했다. 적당히 만든 섭리라면 쉽게 깨질 수 있을지도 모르지만, 이 세상을 관장하는 섭리는 조사할수록 완성된 존재였다.

　──하지만, 그렇다면 지금 이 시대는 기적이 일어나도 이상하지 않을 것 같은 기분도 들어……. 성황제 라피나의 폭거, 선크랜드와 티어문의 위기. 많은 사람이 죽고 역사가 망가져 버릴지도 모르는 이런 시대이기 때문에 그분의 예지(叡智)를 빌린다는 기적이, 어쩌면 일어날지도 모르지만…….

　루드비히는 고개를 도리질하며 그 생각을 구석으로 밀어냈다. 그 후 미아벨을 바라보았다.

　"기적이란 필요하기 때문에 일어나는 법. 결코 안이하게 손에 넣을 수 있는 게 아닙니다. 그렇기에 이 세계의 섭리에서 크게 벗어나는 기적을 주장하는 자를 보았을 때는 단단히 주의하셔야 합니다. 신의 이름을 제멋대로 이용하여 사람들을 속이려고 하는 자는 얼마든지 있으니까요……."

그날의 공부 도중, 늘 그랬듯이 쿨쿨 잠들어버린 미아벨을 두고 루드비히는 조금 전의 대화를 떠올렸다.

"모든 것은 논리로 설명할 수 있다. 그리고 신의 기적은 쉽게 일어나는 일이 아니다……. 신의 기적……. 그리고 축복받은 땅도 마찬가지, 인가……."

'신의 축복'으로 독을 지닌 식물이 일절 존재하지 않는 세인트 노엘 섬.

엄중한 경비체제 아래, 외부에서 독을 반입하는 것도 불가능할 학원 내에서 일어난 대량독살사건…….

대륙을 뒤흔들어놓은 커다란 사건을 두고 다양한 억측과 추론이 존재했다.

경비의 허점을 찔러 외부에서 들여보낸 것이라는 설, 어떠한 조건에서만 독성을 발휘하는 특수한 독이라는 설 등. 몇 가지 유력한 가설은 있지만, 아직 정설이라 부를 수 있을 만큼 확실한 건 존재하지 않았다.

그 후에 찾아온 대륙의 동란기 때문에 사건의 기억이 흐릿해져서 진상규명은 불가능하다고 불리고 있다.

아마도 후대의 역사가들은 세기의 수수께끼라는 식으로 기록할 것이다. 하지만…….

"믿음이란 무서운 것. 결국 그런 거겠지……."

루드비히 휴이트에게는 짐작 가는 방법이 있었다.

그것은 경비의 빈틈을 노린 것도 아니고, 무언가 복잡한 독을 사용한 것도 아니고…….

훨씬 더 간단한 것. 믿음을 이용한 소소한 트릭.

즉…….

"'신의 축복'으로 인해 정결한 물이 흐르는 세인트 노엘에는 독성을 지닌 식물이 자라지 않는다……. 그 전제가 애초에 착각인 거야……."

세인트 노엘 섬에는 신의 축복을 받을 법한 특별한 전승은 존재하지 않는다. 그러니 세인트 노엘 섬이 설령 축복을 받았다고 한다면, 그건 '축복을 받은 나라인 신성 베이르가 공국의 일부이니까'라는 이유 말고는 없다.

하지만 그렇다면 축복을 받은 나라, 베이르가에는 독초가 존재하지 않는 걸까?

그렇지 않다. 가짜 베이르가 버섯은 그 이름 그대로 베이르가 공국 내에 널리 퍼져있는 독버섯이다. 즉 신이 축복한 땅이라고 해도 독을 지닌 것은 엄연히 존재한다.

그럼에도 세인트 노엘 섬에만 독초가 존재하지 않는다는 건 논리적인 모순이다.

"논리로 따진다면……, 세인트 노엘에 독초가 자라지 않는다는 말은 거짓말이라는 게 돼."

그렇다면, 그게 거짓말이라면 그건 과연 어떻게 된 일이었을까?

악의 없는 미신, 별다른 의미가 없는 거짓말이라는 생각도 물론 할 수 있다.

하지만 적극적인 목적을 지닌 것일 가능성도 충분히 넘친다.

《신의 항아리》의 경우, 그 『목적』은 비싸게 팔기 위해서. 그렇다면 세인트 노엘 섬의 경우에는?

"경비의 눈을 속이기 위해서…… 라는 게 유력한 후보겠지……."

독을 '들여오는 것'이 불가능해도, 애초에 섬에 독성을 지닌 동식물이 존재하면 아무런 의미가 없다. 그럼에도 불구하고 경비를 책임지던 자들은 방심했다.

밖에서 들여오는 것만 막으면 된다고 그쪽에 모든 힘을 쏟아붓는 바람에 섬 내부를 고려하지 않았다.

"맹점은 그 기적에 대한 신앙……."

대륙의 동란기 때 루드비히는 그 사건에 대해 조사했다.

결과 한 가지 기묘한 사실을 발견했다.

그것은 세인트 노엘 섬에 얽힌 그 소문이…… 의외로 그리 오래된 믿음이 아니라는 것.

어느 시점인지 명확하게는 말할 수 없다. 하지만 '세인트 노엘에는 독초가 자라지 않는다'는 소문은 세인트 노엘 학원이 개교한 당초에는 존재하지 않았다.

초창기 학생 중에는 위험할지도 모르니 경솔하게 섬의 식물을 입에 대지 말라는 주의를 들었다는 기록이 남아있다.

어느 시점부터 발생한 기묘한 미신. 만약 그걸 퍼트린 게 세인트 노엘 섬 안에서 강력한 독초를 발견한 사람이었다면……? '작은 계기'로 우연히 발을 들여놓은 장소에서 강력한 독을 발견해버린 사람이라면……?

그리고 그 미신이, 밖에서 들어오는 독에만 경비가 집중되도록 의도적으로 퍼트린 소문이라면…….

"당시 경비책임자, 산테리 밴들러라는 남자는 35년 동안 섬의 경비를 담당했지. 그가 부임하기 전에 그 정보가 퍼져있었다면……."

과연 누가 그 소문을 흘린 걸까…….

그는 이미 조사해서 추론을 세웠다. 당시 세인트 노엘에 다니던 인물, 그리고 암살사건이 일어났을 때 **우연**히도 늘그막에 얻은 딸이 마침 세인트 노엘에 다닌, 그런 인물을…….

"옐로문 공작……, 가장 약하며 가장 오래된 귀족……. 대체 무슨 생각을 했던 걸까……."

루드비히는 과거를 꿰뚫어 보려는 듯 스윽 눈을 가늘게 좁혔다. 하지만 곧바로 피로에 젖은 한숨을 쉬었다.

"설령 알아냈다고 해도 소용없는 일인가. 그분께선 세상을 떠나셨으니. 이제 와서 성황제 라피나에게 진상을 밝혀봤자 성황제는 멈추지 않을 테지. 아쉬운 일이야."

그런 씁쓸한 중얼거림을 벨이 듣는 일은 없었다.

제12화 행복! 미아, 마침내 버섯을…… 캐다!

　아벨과 조금…… 아주 쪼오오끔 좋은 시간을 보낸 뒤에도 미아에게는 행복한 순간이 기다리고 있었다.

　"오, 오오……."

　다시금 조금 전에 발견한 버섯을 향해 접근한 미아.

　그 버섯에 손을 뻗으려다가…… 퍼뜩 불안을 느꼈다.

　어디선가 방해가 들어오진 않을지…… 걱정이 되었기 때문이다.

　렘노 왕국 때는 사냥꾼 무지크가 참견했다.

　무인도에서도 키스우드가 이런저런 이유를 대며 나물만 캐게 했다.

　제국에서도 주방장에게서 버섯에는 손을 대지 말라며 제지당했다.

　그랬는데 드디어…… 드디어!

　미아는 버섯을 향해 떨리는 손을 뻗었다. 하지만 버섯에 닿기 직전, 그 손이 멈췄다. 그리고는 슈트리나 쪽을 돌아보았다.

　예전에 마주친, 붉은색의 위험한 버섯…… 샐러맨더 드레이크를 떠올렸기 때문이다.

　──그 버섯은 건드리기만 해도 큰일이 나는 버섯이라고 했었죠…….

　확인하듯이 슈트리나를 바라보았다. 그러자 슈트리나는 미아가 가리킨 곳을 들여다보고는…… 살며시 고개를 끄덕였다.

순간, 미아는 환한 미소를 지었다.

그리고는 과감하게 손을 뻗어 버섯을 잡았다.

——아아…… 버섯이란 이런 감촉이 나는군요……. 서늘하고 조금 오돌토돌해요.

감동에 젖어 부르르 떨면서도 미아는 그 버섯을 조심스럽게 뜯었다.

우둘투둘한 바위같이 생긴 갈색 버섯을…….

"축하드립니다. 미아 님. 그건 갈색 바위 버섯이네요."

"갈색 바위 버섯……. 먹을 수 있는 건가요?"

"조금 얼얼한 맛이 나지만, 먹지 못하는 건 아니에요."

그 말을 듣고 미아의 가슴속에 서서히 감동의 물결이 솟아올랐다.

——아아, 제가…… 드디어 제 손으로 먹을 수 있는 버섯을 캤어요!

고절(苦節)을 지켜오길 1년하고도 조금……. 드디어 금지된 버섯 채집에 성공한 미아는 대단히 만족스러워했다!

"좋아요, 팍팍 캐 주겠어요!"

의욕이 넘쳐난 미아는 정신없이 집중하며 버섯을 캐 나갔다.

노란색 잎사귀에 파묻히듯 고개를 내밀고 있던 파란 버섯을 잡았다. 그러자…….

"아, 그건 갈색바위 버섯과 가까운 종류로, 파란 바위 버섯이에요. 아주 딱딱하지만 푹 끓이면 다소 부드러워지니까, 못 먹을 정도는 아닐 거예요. 독도 없습니다."

슈트리나가 즉시 설명해주었다. 든든한 버섯 가이드였다.

"흠, 그렇군요. 이것이 파란바위 버섯……. 책에서 읽은 적이 있어요."

그렇게 중얼거리며 다음 버섯으로 향했다.

슈트리나의 조언 하에 고른 코스는 참으로 절묘했다. 다양한 장소에서 자라는 버섯을 보고 미아의 흥분 게이지는 하늘 높은 줄 모르고 치솟았다.

"앗, 이런 곳에도……!"

다음에 미아가 발견한 것은 미아가 쓴 모자만큼 거대한 버섯이었다.

"와, 대단해라! 미아 님. 그건 귀암 버섯이에요. 그렇게 큼직한 건 흔치 않죠. 조금 투박하고 얼얼한 맛이 나지만 먹지 못할 정도는 아니에요."

이어서 파란색의 거대한 버섯에 손을 뻗는 미아. 즉시 슈트리나가 다가와 해설해주었다.

"그건 파란 귀암 버섯이네요. 귀암 버섯의 친구인데, 조금 쓴 맛이 나지만 노력하면 먹을 수 있습니다."

몹시 우수한 버섯 가이드의 면모였다.

"우후후, 많이 채집했네요."

그렇게 실컷 버섯을 캐며 행복해 보이는 미소를 짓는 미아였으나……. ……문득, 정신을 차렸다.

──어라……? 이상하네요……. 어쩐지 제가 별로 활약하지 못한 것 같은데요……?

기억을 되짚어보자 그냥 신이 나서 버섯을 캐고 다니기만 한 느낌이 든다……. 제국의 예지로서의 면모를 보여주기 위해 모처럼 기합을 넣었는데도, 전혀 멋진 모습을 보여주지 못하고 있었다.

미아는 그 원인을 자신보다 먼저 해설해주는 슈트리나에게서 찾았다.

——흐음……. 제가 버섯에 조금 밝은 숲 베테랑이라고 해도…… 본직이라고는 하기 어려우니, 지식에서 뒤지는 것도 무리는 아니죠…….

……뭐, 슈트리나도 딱히 본직인 건 아니지만…….

아무튼, 미아는 숲 베테랑으로서 자신의 자존심을 지키기 위해 슈트리나에게 말했다.

"저기, 리나 양. 저만이 아니라 다른 분을 도와드려도 괜찮은데요."

"네, 알겠습니다. 미아 님."

생글생글 가련한 미소를 짓는 슈트리나였지만 전혀 떨어질 기색이 없었다. 제 손으로 버섯을 캐려고 하지도 않았다.

어째서인지 미아에게 딱 달라붙어서 감시라도 하는 것처럼 눈을 떼지 않는다.

물론 제국 귀족가의 영애로서 황녀의 곁을 따라다니며 모시는 자세는 문제될 게 아니지만……. 이래서는 마치 전문가를 대동하고 숲에 놀러 온 대귀족의 자제다. 어린이다.

미아의 '버섯 베테랑'으로서의 자존심은 성대하게 상처받았다! ……아니 뭐, 딱히 미아는 버섯 베테랑도 아니지만…….

게다가 한 번 냉정해진 머리로 생각해 본 미아는 어떠한 사실을 깨달았다.

——심지어 제가 캔 버섯은 얼얼하거나 쓰거나 투박한 맛이 나는 등, 어쩐지 썩 맛있지 않은 버섯밖에 없는 것 같은데요……?

아주아주 잘 생각해 보면 슈트리나는 계속 '먹을 수는 있다'는 묘한 해설을 첨부했던 것 같았다!

——아뇨, 아니에요. 분명 이 근방에는 그런 버섯만 자라는 거고……, 장소가 나쁜 것뿐이에요!

"리나, 이 버섯은 어떤가요?"

"아, 벨. 대단해라. 그건 상어알 버섯이야. 아주 맛있는 버섯이지. 냄비 요리에 넣으면 입 안에서 살살 녹아."

——장소가 나쁜 거예요!

미아 할머니의 자존심은 성대하게 상처받았다!

——이렇게 된 이상, 역시 가야겠어요……. 숲속 깊은 곳……. 맛있는 버섯이 자라는 군생지로……!

"미아 님, 슬슬 점심을 먹지 않을래?"

라피나가 그렇게 제안할 때까지 미아는 열심히 버섯을 캤다. 그 귀기 어린 모습에 아무도 말을 걸지 못했기 때문이다.

결과 안느가 짊어지고 있던 바구니에는 버섯이 산더미처럼 쌓였다.

그중에 6할은 '뭐시기 바위 버섯'이라는, 좀 얼얼한 맛이 강한 버섯이다. 2할은 쓴맛이 강한 버섯이고, 나머지 1할이 평범하게 먹을만한 버섯이었다.

신통치 않은 성과에 미아는 떨떠름한 표정이 되었다. 베테랑 버섯 가이드로서는 받아들이기 어려운 성과였다.

"조금만 더⋯⋯."

그렇게 말하려는 미아에게 라피나는 난처해하는 표정을 지었다.

"기획한 사람으로서 성과를 내야만 한다는 마음은 이해하지만⋯⋯. 그래도, 안느 양이 피곤해하니까."

그 말에 미아는 퍼뜩 깨달았다.

확실히 신나게 버섯을 캐고 다니는 것만이라면 모를까, 그 버섯을 들고 다녀야 하는 안느는 힘들었을 것이다.

"듣고 보니 그렇네요⋯⋯. 안느에게 무리를 시켰어요."

미아는 조금 반성했다.

"미안해요, 안느. 피곤하죠?"

"무슨 말씀이세요. 미아 님, 이런 건 아무렇지도 않답니다."

쾌활하게 웃으며 가슴을 크게 두드리는 안느.

"하지만 저는 그렇다 쳐도, 미아 님께서 한 번 휴식하시는 게 좋을 것 같습니다. 무리는 금물이니까요."

그리고는 미아를 염려 하는 표정을 지었다.

그런 안느를 본 미아는 조금 감동했다.

——안느는 역시 충성스러운 사람이에요⋯⋯. 저에게 불평 한 마디 안 하다니⋯⋯.

감동해서⋯⋯.

——안느는 숲 초심자⋯⋯. 저 같은 숲 베테랑이 아닌데, 이렇게 무리하고⋯⋯.

감동해서⋯⋯⋯⋯?

──이 충성심에 부응하기 위해서도 열심히, 맛있는 버섯 냄비 요리를 만들어야겠어요!

　　변함이 없는 미아의 결의였다.

　　그렇게 미아 일행은 공터로 이동했다. 그곳에는 이미 점심을 먹을 준비가 끝난 상태였다. 지면에 깔린 돗자리 위에 다들 편하게 앉아서 즐겁게 담소를 나누고 있었다.

　　의외로 미아가 입에서 나오는 대로 주절거렸던 이유, 즉 학생회의 결속을 다진다는 의도는 정말 뜻밖이게도 멋지게 성공했다. ……정말정말 의외이게도!

　　함께 요리를 만들며 결속을 다진 남성진. 특히 여태까지는 묘하게 거리가 있던 사피아스가 그들 사이에 훌륭히 녹아들었다.

　　여성진 쪽도 숲속의 즐거운 분위기 덕분에 무척 화기애애했다.

　　"이런 것도 나쁘지 않네요."

　　그걸 본 미아도 어쩐지 즐거워졌다. 말할 필요도 없는 일이지만, 이전 시간축에서 이런 식으로 숲에 놀러 와 즐거운 점심시간을 보낸 적은 한 번도 없었다.

　　"그러게. 귀족도 평민도 없이 다 함께 공터에 앉아 샌드위치를 먹는 시간……. 역시 미아 님, 무척 근사한 점심시간이야."

　　바로 옆에서는 라피나가 무언가 감동한 모습으로 웃고 있었다.

　　"미아 언니, 이쪽이에요. 이쪽."

　　그때 벨이 부르는 목소리가 들렸다. 그 부름에 따라 미아는 돗자리 위에 앉았다.

참고로 옆은 아벨, 반대쪽엔 시온이 앉아있다.

양손의 꽃이다.

인생의 봄을 구가하는 미아였다!

······그래봤자, 잊어버렸을지도 모르지만 옷차림은 은근히 촌스러운 버섯 의상이었다.

좌우로 미남 왕자를 거느린 버섯 공주 미아인 셈이다!

참고로 시온 옆에는 벨, 그 옆이 슈트리나였다.

벨은 벨대로 몹시 흐뭇해했다.

"그쪽의 성과는 어땠어? 미아. 제국의 위신은 유지되었나?"

앉자마자 시온이 말을 걸었다. 드물게도 장난기를 발휘하는 시온을 보며 미아는 가슴이 훈훈해지는 걸 느꼈다.

──우후후, 아무리 시온이라고 해도 어차피 아직은 어린아이로군요. 이 정도로 신이 나다니, 완전히 어린애예요!

자신이 그랬다는 건 깔끔하게 무시해버린 미아는 도전적인 미소를 지었다.

"후후후, 뭐. 적어도 선크랜드에겐 지지 않았을 거랍니다, 시온."

"그런가? 너무 고자세로 나오지 않는 게 좋을 것 같은데······."

그렇게 말하며 시온이 시선을 보내는 방향······. 그곳에는 바구니 가득 들어찬 버섯이 산을 이루고 있었다. 심지어 미아의 기억이 정확하다면 슈트리나가 '맛있는 버섯이에요'라고 말한 버섯들이었다.

미아는 '크윽' 하고 신음을 삼키면서 자신이 캐온 버섯을 보았다. 미아의 기억이 정확하다면 슈트리나가 '먹지 못할 정도는 아니에요'라고 말한 버섯들이었다.

"……승부는 아직……, 아직, 끝나지 않았어요."

쥐어짜 내듯이, 아직 지지 않았다며 발버둥을 치는 미아.

"후후, 그래. 착실하게 체력을 회복하고 오후 시간을 대비하도록 하자."

그걸 본 시온은 즐겁게 웃으면서 여유로운 태도로 대답했다.

그런 대화를 주고받는 미아의 눈앞에 차가운 물이 담긴 잔이 불쑥 나타났다.

"수고했어, 미아. 그 복장으로는 덥지 않아?"

"어머나, 아벨. 감사합니다. 잘 마실게요."

확실히 전신을 덮는 옷은 조금 더웠다. 땀을 훔치면서 아벨에게 받은 물을 입에 댔다.

차가운 물이 목을 적시는 감각에 미아는 작게 숨을 내뱉었다.

──자각하지 못했지만 피곤했던 모양이에요. 점심때는 푹 쉬어야겠어요.

그런 생각을 하며 미아는 새삼 눈앞에 놓인 요리에 시선을 주었다.

──그나저나……. 흐음, 남자들의 실력을 보도록 할까요.

미아는 마치 부모의 원수라도 보는 것처럼 날카로운 시선으로 샌드위치를 관찰했다.

"그럼, 먹어보겠습니다."

그렇게 말하며 샌드위치를 들었다.

──흠. 모양은 아주 상식적인 형태네요……. 평범한 빵 모양

이에요……. 독창성이 부족하군요. 감점.

잘났다는 양 평가를 내린 미아가 빵을 뜯어 입에 넣었다.

"흐음……. 빵의 맛이 제법 좋은데요. 이 은은한 단맛이 참으로 근사해요……."

기본적으로 미아는 어린이 입맛이다. 단 것은 무조건 맛있다고 인식하는 경향이 있다.

"하하, 칭찬해주다니 영광이야."

상큼한 미소를 지은 시온이 대답했다.

"……그러고 보면 빵을 구운 사람은 시온이었죠?"

"역시 대단해요, 미아 언니!"

환호성을 지르는 벨에게 미아는 차가운 눈빛을 보냈다.

──정말이지, 벨도 참 곤란하다니까요. 뭐, 확실히 맛있지만요. 그래도 그건 어차피 빵의 맛일 뿐이에요. 제가 먹는 건 샌드위치. 그래요, 속과 빵의 조화가 중요하죠. 그 완성도가 문제예요!

뭐 그렇게…… 거들먹거리면서 평론가 행세를 한 미아는 이번엔 샌드위치를 크게 베어먹었다.

순간! 미아가 눈을 부릅떴다.

──마…………, 맛있어요!

아삭하게 씹히는 잎채소의 소리. 동시에 입에 퍼지는 계란의 풍미. 부드러운 산미를 지닌 화이트 크림과 짭조름한 훈제 고기의 맛이 입 안에 펼쳐졌다…….

──어, 어째서 처음 만드는 건데 이런 맛을 낼 수 있는 거죠? 치사해요…….

"어때? 열심히, 최선을 다해서 만들었는데……."

문득 얼굴을 들자 아벨이 불안해하는 얼굴로 바라보고 있었다. 살짝 시선을 움직였더니 시온도, 키스우드도, 사피아스도 미아의 감상을 듣기 위해 가만히 기다리고 있었다.

그걸 본 미아는 패배를 깨달았다.

생활력으로 이겼다는 둥, 졌다는 둥……. 그런 건 아무래도 상관없어졌기 때문이다.

오늘이라는 이날을 순수하게 즐기는 그들이 승리했음이 미아의 눈에 명백히 보였다.

그래서…….

"……맛있네요. 아주 맛있어요."

미아는 솔직한 감상을 입에 담았다. 남성진은 그 말을 듣고 뿌듯해하며 웃었다.

그런 그들이 조금 부러워진 미아였다. 그리고.

──맛있는 것을 만들어준 여러분을 위해서도, 역시 맛있는 버섯 냄비 요리를 만들어드려야겠네요. 최고의 버섯을 찾으러 갈 필요가 있어요!

조금도 흔들리지 않는 미아의 결의였다!

──그보다, 그래요. 생각해 보니 이번 버섯 채집에는 제 목숨이 걸려있었죠…….

우물우물 샌드위치를 먹으면서 미아는 가까스로 떠올렸다.

샌드위치로 영양을 보급한 덕분에 드디어 미아의 뇌세포가 활동을 시작한 건지도 모른다.

애초에 미아는 왜 버섯을 캐러 가자는 말을 꺼냈는가.

맛있는 버섯 냄비 요리를 먹기 위해서? 아니, 그렇지 않다!

성야제 날 밤, 먹을 것의 유혹을 받지 않기 위해서이다.

학생회에서 아주아주 맛있는 극상의 버섯 냄비 요리 파티를 열고, 그것으로 혼돈의 뱀이 준비한 음식의 유혹에서 자신을 지키고자 하는 작전이다.

지극히 진지한 이유이다! 목숨이 걸려있다.

하지만 어떠한가. 방금 전까지 미아가 캔 버섯에 그렇게 대단한 매력이 있었나? 뱀이 극상의 디저트를 준비해놓았을 때, 그걸 뿌리칠 수 있을 것인가?

얼얼한 맛이거나, 쓴맛이 나는 버섯들로…… 미아의 위를 사로잡기 위해 적이 마련할 음식의 유혹을 물리칠 수 있는 버섯 냄비 요리를 만들 수 있을까?

안타깝게도…… 답은 '아니오'다.

훨씬 더 맛있는 버섯이 필요하다.

역시 숲속 깊은 곳에 있는 그 버섯……, 베이르가 버섯이 필요하다.

문제는 어떻게 숲속으로 들어가냐는 것인데…….

――다른 사람들에게 제안해봤자 기각당할 것 같아요. 오히려 감시가 심해질 우려도 있으니, 어떻게 저 혼자 갈 수는 없을까요……. 그렇다면……, 다른 사람들의 눈을 속일 필요가 있겠네요. 특히…….

미아는 벨의 옆에 앉아있는 슈트리나에게 힐끗 시선을 주었다.

——슈트리나 양이 안내해준다며 제 옆에 달라붙으니까요…….
어떻게든 따돌려야 해요. 흐음, 어떻게 해야 할까……. 더 맛있는
버섯을 캐러 가기 위해서는 어떻게 해야…….

"미아 님?"

"……그래요, 맛있는 버섯이 필요해요……. 더, 더 맛있는……."

낮게 중얼거리던 미아는 어느새 자리에서 일어나 있었다. 아무
런 생각도 없이, 그만 무의식중에…….

"미아 님, 무슨 일이야?"

라피나의 목소리를 들은 미아는 그제야 정신을 차렸다.

저도 모르게 서 있는 미아를 향해 사람들의 시선이 모여 있었다.

"아, 어, 으음? 저는, 그, 잠시……."

버벅거리면서 제대로 된 문장이 나오지 않았다.

——이, 이런. 그만 마음이 너무 앞서가는 바람에…… 몸이 멋
대로!

미아, 당황하다.

당황하고 당황하고 또 당황해서 당황한 나머지…… 반사적으
로 튀어 나간 말은…….

"자, 잠시, 버섯을 따러 다녀올까 하고……."

고스란히, 무엇하나 거짓 없는 본심이 튀어나오고 말았다.

성대한 실수다!

——윽! 너무 솔직했어요! 숲속으로 혼자 버섯을 뜯으러 간다
고 하면 반드시 막으려고 할 텐데!

미아의 뇌세포가 식사로 인해 활동하기 시작했다는 건 아무래

도 착각이었던 모양이다.

미아의 뇌에는 역시 맛있는 샌드위치가 아니라 달콤한 것이 필요했다.

——으으, 어떡하죠……. 이, 이걸 만회할 방법이 전혀 떠오르지 않아요…….

비탄에 잠겨드는 미아였으나…….

"버섯을 따러……, ……아아."

미아의 말을 듣고 그 자리에 있던 전원이 무언가를 알아차렸다는 양 고개를 끄덕였다.

그리고는.

"그럼 조심해서 다녀와."

살짝 어색해하는 얼굴로 그렇게 말해주었다.

"어……, 어라?"

예상하지 못한 반응에 미아는 고개를 갸웃거렸다.

유일하게 안느만이 따라오려고 했다.

"아, 안느는 쉬고 있어도 괜찮아요."

그런 안느를 미아가 급히 막았다.

——안느는 저와는 다르게 숲 초심자니까요. 무리시킬 수는 없죠.

미아는 안심시켜주듯이 웃었다.

"혼자서도 괜찮으니까요."

그 말을 끝으로 미아는 공터를 뒤로했다.

참고로……, 그 자리에 있던 사람들은 다들 이렇게 생각했다.

미아의 발언은 소위 볼일을 보러 갈 때 흔히 '꽃 따러 다녀온다' 고 하는 말을 버섯 채집에 맞춰서 살짝 응용한 것이라고…….

설마 점심을 먹던 도중에 조용히 일어나더니 혼자 버섯을 캐러 가겠다고…… 그런 소릴 할 리가 없다고……. 그런 상식이 그들의 판단을 어그러트렸다.

"후후후, 잘 풀렸네요."

아무튼 적절히 학생회 구성원들을 떨어트린 미아는 콧노래를 흥얼거리며 숲속 깊은 곳으로 성큼성큼 걸어갔다.

목적지는 극상의 버섯, 베이르가 버섯의 군생지이다.

"그나저나 다들 흔쾌히 보내주었는데, 어째서일까요?"

끊임없이 고개를 갸웃거리는 미아였지만……, 곧바로 감이 왔다!

"아뇨, 그렇겠네요. 딱히 놀랄 필요는 없었어요. 저는 숲 베테랑. 맛은 그렇다 쳐도 그렇게 많은 버섯을 모아온 제 실력을 드디어 인정해주었다는 거겠죠!"

그렇게 생각하자 확 의욕이 솟아나는 미아였다.

"흐음, 분명 지도에 의하면 그 공터에서……."

기합이 잔뜩 들어간 미아는 숲을 가로지르면서 길이 나지 않은 곳을 걸어갔다.

머지않아 미아가 가는 길을 가로막듯이 작은 낭떠러지가 모습을 드러냈다.

"낭떠러지…… 네요. 흐음……, 이건 지도에는 없었는데요……."

팔짱을 끼며 미아는 낭떠러지 아래로 시선을 주었다. 하지만 그 경사면에도 노란색 나뭇잎이 무성했기 때문에, 그게 커튼처럼 시야를 막아서 아래쪽까지는 보이지 않았다.

"아래가 보이지 않는 게 문제네요. 어떻게든 낭떠러지 아래로 내려가야 하나⋯⋯, 아니면 우회해서 나아가야 하나⋯⋯. 이 낭떠러지에서 내려간 곳에 버섯 군생지가 있는지, 아니면 우회한 곳에 있는지⋯⋯."

대략 보았을 때 낭떠러지는 그렇게까지 높지는 않아 보였다. 잘 하면 내려갈 수 있을 것 같았다.

잠시 생각에 잠기는 미아. 그 후 자신의 직감을 믿기로 했다.

"그래요, 우회가 정답이겠죠! 베테랑 버섯 가이드의 감이 그렇게 말하고 있어요!"

⋯⋯⋯⋯딱히 낭떠러지 아래로 내려가는 게 힘들 것 같다는 맥 빠지는 이유가 아니다. 어디까지나 미아는 자신의 감을 따랐을 뿐이다.

"흐음⋯⋯. 그럼 낭떠러지를 따라 왼쪽으로 가 볼까요⋯⋯."

그렇게 미아는 낭떠러지를 오른쪽에 두고 걷기 시작했⋯⋯ 는데.

"미아 님!"

얼마 걷기도 전에 그런 목소리가 쫓아왔다.

"어라⋯⋯, 저건?"

멈춰 서서 돌아보자 그곳에는 종종걸음으로 달려오는 슈트리나의 모습이 보였다.

들켰으니 어쩔 수 없다며 미아는 그녀가 다가오는 걸 기다렸다.

이윽고 바로 앞까지 온 슈트리나는 평소와 다르지 않은, 꽃 같은 미소를 짓더니…….

"미아 님도 참. 이러시면 안 되죠. 혼자서 이렇게 깊은 곳으로 들어오시다니……."

미소를, 짓더니…….

"…………만약, 무슨 일이 생기면 어떻게 하실 생각이셨어요? 미아 님."

그대로…… 목을 툭, 기울였다. 인형처럼 갑작스럽게.

그 얼굴은 변하지 않았다. 여전히 미소 짓고 있었다.

그 동작 또한 어린아이 같은, 사랑스러운, 앳된 동작인데…….

그런데.

그런데…… 어째서일까? 미아는 오한이 도는 것을 느꼈다.

——어, 어라? 닭살? 어째서요……? 왠지, 등이 싸늘해진 느낌…….

"미아 님. 어떻게 하실 생각이셨어요? 무슨 일이, 생기면……."

자신을 올려다보는 슈트리나. 미아는 반사적으로 한걸음 뒷걸음질을 치려다가…….

"미아 언니, 리나!"

다음 순간, 슈트리나의 등 뒤에서 벨이 달려오는 게 보였다. 이쪽을 향해 손을 흔들면서 환한 얼굴로 다가왔다.

"벨도 참……. 기다리라고 했는데……."

그걸 본 슈트리나가 중얼거렸다. 동시에 미아를 짓누르던 오한이 흐려진 듯한 느낌이 들었다.

——지, 지금 그건, 대체……?

고개를 갸웃거리는 미아였지만 그 생각은 곧바로 끊어지고 말았다. 왜냐하면.

"꺄악!"

달려오던 벨이 앞으로 굴렀기 때문이다. 지면을 가득 뒤덮은 노란색 잎사귀에 발이 미끄러진 모양이었다.

"앗……."

누군가의 입에서 목소리가 새어나갔다.

성대하게 넘어진 벨에게서 무언가가 허공으로 슈웅 날아가는 게 보였다.

"저건……?"

어안이 벙벙해져서 그걸 바라보는 미아의 눈앞으로 느리게 곡선을 그리며 날아가는 그것은…… 벨이 정성을 담아서 만든 작은 트로이야였다.

말 모양의 부적은 그대로 낭떠러지 쪽으로 날아가 아래로 떨어지나 싶더니……. 그 직전, 낭떠러지의 경사면에 자라난 나뭇가지에 아슬아슬 걸렸다.

"아, 아아……. 다행이에요."

숨을 죽이고 있던 미아는 자기도 모르게 후우 한숨을 쉬었다.

그건 아무래도 옆에 있던 슈트리나도 마찬가지였던 건지, 거의 동시에 숨을 뱉는 소리가 들렸다.

그리고는 정신을 차린 듯 슈트리나가 벨에게 말했다.

"다행이야. 저 정도라면 가져올 수 있겠어, 벨."

하지만 벨은 나무에 걸린 부적을 보고 잠시 침묵한 뒤 작게 고개를 저었다.

"아뇨, 위험해요. 실수하면 낭떠러지에서 떨어질 테니까요."

그렇게 말한 벨이 웃었다.

"또 만들면 그만이니까요, 괜찮아요. 소중히 붙들고 있어도 잃어버릴 때는 잃어버리는 법. 그냥 그뿐이에요."

말은 그렇게 하면서도…… 벨은 조금 쓸쓸한 표정을 지었다.

그걸 본 미아는 묘한 죄책감에 사로잡혔다.

애초에 미아가 무리해서 혼자 깊은 곳으로 들어오지 않았다면 이런 일은 일어나지 않았을 테니……. 소심한 양심이 욱신거렸다.

게다가 미아는 알고 있다. 벨이 슈트리나와 똑같은 부적을 갖겠다며 열심히 만들었다는 걸.

확실히 또 만들면 그만일지도 모른다. 하지만.

──저건, 벨이 마음을 담아 만든 유일무이한 물건이에요. 그렇다면 그렇게 쉽게 포기하면 안 되죠.

다행히 부적은 굵은 나뭇가지에 걸려있다.

잘 노력하면 충분히 가져올 수 있을 것 같았다. 아무튼 미아는 숲 베테랑이니까!

기회를 잡은 미아는 벨에게 말했다.

"벨, 확실히 그 말이 맞아요. 아무리 소중히 아껴도, 놓치지 않도록 꼭 붙잡고 있어도 사라질 때는 사라지는 법. 그건 맞는 말이에요. 하지만……."

그렇게 미아는 부적이 걸려있는 나무에 손을 댔다. 나무는 낭떠러지에 대각선으로 뻗어있는데, 올라가는 건 그리 어렵지 않아

보였다.

"미아 언니…… 무슨?"

깜짝 놀라 눈을 크게 뜨는 벨을 향해 미아는 말했다.

"그건 처음부터 포기할 이유가 되지는 않아요. 그게 사라지지 않도록 온 힘을 다해 움켜쥐는 노력을 게을리해도 되는 변명은 되지 않아요!"

그렇게 선언한 미아는 나무 위로 올라갔다.

──괜찮아요. 저는 숲 베테랑. 버섯 베테랑이니까 나무 타기도 쉽게 할 수 있을 거예요.

기묘한 자신감에 넘친 미아 할머니는 손녀에게 멋진 미소를 보여주었고…… 다음 순간.

"흐아아아아아아악!"

발이 미끄러져서 낭떠러지 아래로 떨어지고 말았다.

제13화 가장 오래되고 가장 약한 충신

　루드비히는 자신이 지닌 인맥을 최대한을 활용해 정보를 수집했다.

　동문들에게 비밀리에 접촉하여 옐로문 공작에 관한 이야기를 닥치는 대로 긁어모았다.

　"먼저 옐로문 공작가 및 그 파벌이 담당한 역할을 다시 조사해 보려고 했는데……. 그 결과, 청월청에 있는 후배가 하고 싶은 말이 있다고 하더군."

　"변함없이 발이 넓은데, 루드비히 씨."

　어딘가 질린다는 얼굴의 디온을 향해 루드비히가 미소를 돌려주었다.

　"다들 괴짜지만 이럴 때에는 도움이 돼지."

　약속 장소는 제도의 한 곳. 비교적 큼직한 주점의 개별실이었다.

　"오랜만입니다, 루드비히 선배."

　가게에 들어가자마자 한 청년이 붙임성 있는 미소를 지으며 말을 걸었다.

　"여전히 잘해나가고 있는 모양이구나."

　옛날과 달라진 게 없는 후배의 태도에 쓴웃음을 지으면서 루드비히는 그쪽 자리로 향했다.

　"선배도 여전히 성가신 일에 발을 걸쳐놓고 있는 것 같은데요. 얼레? 선배 뒤에 있는 사람은…… 혹시 그, 황녀 전하의 검이라는……?"

루드비히의 뒤에 선 디온에게 시선을 준 청년이 말했다.

디온은 작게 어깨를 으쓱했다.

"뭐, 언제까지 갈지 보장은 못하지만 현재는 그렇게 인식해도 돼. 디온 알라이아다."

그렇게 말한 디온이 감정하듯 날카로운 시선을 청년에게 보냈다.

"하하하, 듣던 대로 무서워 보이는 사람인데요. 루드비히 선배, 용케 이런 사람과 어울려 다니시네요."

디온의 살기를 슬쩍 흘려넘긴 청년이 손을 내밀었다.

"질베르 부케입니다. 편하게 질이라고 불러주시면 좋겠어요."

질베르의 손을 마주 잡으면서 디온은 흥미진진하다는 듯 루드비히에게 눈을 돌렸다.

"루드비히 씨의 동료는 정말 흥미로운 인재가 모여 있는 것 같은데."

"에이, 저 같은 건 보잘것없는 청월청의 일개 문관에 불과한걸요."

티어문 제국의 청월청.

제국에 존재하는 다섯 개의 관청 중 그 부서가 담당하는 것은 제도의 행정에 관련된 분야였다.

간단히 제도의 행정이라고 해도 그 업무는 다방면에 걸쳐있지만……. 그중에는 제국 중앙귀족과 완충재 역할을 하는 것도 포함되어 있었다. 따라서 제국 내 문벌귀족의 사정을 자세히 알고 싶다면 청월청 사람에게 물어보는 게 가장 빠르다는 건 익히 알려진 사실이다.

"그나저나 대귀족도 황실도 질색이던 루드비히 선배가, 설마 미아 황녀 전하를 모시게 될 줄은 상상도 못 했는데요. 대체 무슨 일이 있었던 거죠?"

"하하, 너도 함께 모셔보면 알게 될 거다. 미아 황녀 전하께선 모시는 보람이 있는 분이셔. 스승님께서도 지금은 미아 황녀 전하를 위해 진력해주고 계시지."

"맞아요. 그것도 의외였단 말이죠. 루드비히 선배만이 아니라 그 고집불통인 스승님까지 마음을 여시다니."

루드비히의 강력한 계몽 활동에 마음이 흔들리는 듯한 질베르였다.

실력 좋은 대변인, 루드비히의 활동에 휴일은 존재하지 않는다.

"아무튼, 옐로문 공작가에 대한 정보였죠?"

주문한 술이 나오자 질베르가 이야기를 되돌렸다.

"그래. 무언가 마음에 걸리는 정보가 있다고 했는데……."

"으음, 마음에 걸린다고 해야 하나. 선배에게 살짝쿵 충고해드리려고 온 거라서요."

거기서 한번 말을 끊은 그가 주위를 둘러본 후에 목소리를 낮추고 소곤거렸다.

"그 디온 씨에게 호위해달라고 한 건 잘하셨어요. 옐로문 공작을 캐고 다니려면 최대치의 경계가 필요하거든요."

"그 정도인가? 여태까지 겪은 일을 통해 나름대로 경계는 필요하다고 생각했지만……."

"……뭐, 선배의 '나름대로'는 저희가 하는 경계랑은 차원이 다르지만요. 그래도 경계 수준을 한 단계 올리는 걸 권장합니다."

질베르는 어깨를 으쓱하며 고개를 내저었다.

"아무튼, 저로서는 그런 놈들에게 시비를 거는 선배의 의중을 모르겠지만요……. 어디 보자. 어디서부터 이야기하면 되려나……. 애초에 선배는 왜 옐로문 공작이 가장 약한 귀족이라 불리게 된 건지 알고 계세요?"

"물론이지. 게오르기아 공의 모반 때문이잖아?"

지금으로부터 약 200년 전, 티어문 제국이 시작된 이래 가장 큰 규모의 내란이 될 법했던 사건.

당시 옐로문 공작가의 가주, 게오르기아 에트와 옐로문 공작은 몇몇 유력 귀족과 함께 황실에 반기를 들었다.

그 규모도 기세도 결코 우습게 볼 수 있는 수준이 아니었기에 다들 제국을 양분하는 커다란 내란이 일어날 것이라고 확신했다.

하지만 그 결말은 다소 허망하게 뜻밖의 방향으로 흘러갔다.

게오르기아가 그의 동생, 가르디에의 손에 쓰러져서 반란군이 허무하게 무너지게 된 것이다.

게오르기아를 비롯해 협력한 귀족들은 전원 처형당했고, 각 가문의 명성은 땅으로 추락했다.

게다가 본래 반란을 막은 공적을 평가받아야 할 입장인 동생 가르디에 또한 궁지에 몰렸다.

애초에 공작가에서 문제를 일으킨 것이니, 그 문제를 가문 내에서 해결했을 뿐이지 않냐며 야유하는 자가 나타난 것이다.

그리고 그 이상으로 컸던 게, 가르디에가 음모에 가담한 가문의 사람들을 구명해달라고 탄원한 것이었다. 본래대로라면 일족이 모조리 쓸려나가도 이상하지 않은 처지인 사람들을 옹호한 그를 비난하는 목소리가 작지 않았다.

최종적으로 형은 제국에 반기를 들 만큼 패기가 넘치는 인물, 동생은 소심한 배신자라는 평가마저 받게 되는 형국.

그래도 옹호를 받은 가문의 사람들은 가르디에에게 고마워하며 옐로문 파벌에 가담하게 되었다.

이후 옐로문 파벌에는 항쟁에 져버린 패배자, 중앙귀족에서 소외된 변경백 등이 잇달아 모이게 되었다.

이리하여 패배자 집단, 가장 오래되었으며 가장 약한 옐로문 파벌이 완성되었는데…….

"그럼 그 사건이 전부 계산된 일이라고 한다면, 뭐라고 말할 수 있을까요?"

질은 마치 수수께끼를 내는 어린아이처럼 즐거워하는 말투로 말했다.

"단순한 모반이 아니라, 그 이상의 의도가 있었다면…….

루드비히는 잠시 팔짱을 끼고 생각에 잠겼다.

"설마 벌레 유인등인 건가?"

그 대답에 질베르는 짝짝 박수를 보냈다.

"아주 절묘한 표현인데요. 역시 선배. 이건 조금 조사해보면 알 수 있는 건데요. 옐로문 파벌에 속한 귀족 중에는 항쟁에 지기 전부터 공작과 친분이 있던 자들도 있거든요. 예를 들어 당시 황제와도 엇비슷한 권세를 자랑하던 후작이 있었는데, 후계자인 아들이 잇달아 병사해서요……. 사교계에서도 외면당하는 걸 우연히 사이가 좋았던 옐로문 공작이 동료에 넣어주었다는 이야기가 있는데요……."

질은 포도주를 한 모금 홀짝인 후 히죽 웃었다.

"이 이야기, 좀 수상하지 않으세요?"

"그렇군. 후작의 권세를 깎기 위해 자식들을 암살했다는 건가……. 제국에게 방해가 되는 자들에게 접근해 믿게 만든 후 그 세력을 축소한다. 후작 본인이 아니라 후계자를 노린 데다, 황실과는 거리가 멀어진 존재이기 때문에 큰 혐의가 향하지도 않겠군."

"그렇게 생각하면 옐로문 공작가가 식물학, 약초학에 밝은 가문이라는 것도 조금 걸리는 게 있지 않으세요?"

"……원예에 조예가 깊다는 평화로운 이야기라면 좋을 테지만……. 아니겠지. 약은 독도 될 수 있으니까."

"네. 독을 사용한 암살로 제국에 해가 되는 자를 매장해온 일족. 그게 옐로문 공작가라는 게 제 생각입니다."

질은 별다른 감흥도 없다는 양 그렇게 말했다.

최약체로 추락했기 때문에 황제의 수하로 보이지 않는다. 하지만 파벌로서는 성립하기 때문에 뒤가 구린 욕구를 지닌 자들이 모여든다.

제국에 해를 끼치는 해충을 끌어당기는 벌레 유인등 역할.

확실히 그건 제국이 '평범한 나라'라면 중요한 역할이었을 것이다.

하지만 루드비히는 초대 황제의 꿍꿍이를 알고 있다. 그것까지 고려한다면…….

"가장 약하고, 중앙 귀족과 거리가 멀기 때문에 반농 사상에 물들지 않은 신흥 귀족…… 변경백들에게도 접근하기 쉽고…… 필요하다면 암살도 용이하다……. 그런 구조였나……."

제국이 반농 사상을 퍼트리기 위한 일종의 시스템이었다고 한다면, 옐로문 공작가가 담당해온 역할은 몹시 크다. 그런 역할을 짊어졌기 때문에…….

"그래, 가장 오래되고 가장 약한 충신인가……."

"아무튼 조심하는 게 좋을 겁니다. 암살은 옐로문의 특기 분야인 모양이니까요."

질베르는 그렇게 말한 뒤 씨익 웃었다.

제14화 노랑고, 하양고…… 그리고…… 붉은

"으, 으응……."

작게 한숨을 쉰 미아는 천천히 눈을 깜빡였다.

안개가 낀 듯 흐릿한 시야……. 두 손으로 눈을 북북 문질렀다. 그 후 몸을 일으켜 주위를 둘러보았다.

"어라……? 여기는……."

미아는 자연스레 말문이 막혔다. 그곳은 참으로 아름다운 장소였기 때문이다.

머리 위에는 울창한 노란색 나뭇잎. 그 잎사귀가 팔랑팔랑 떨어져 내린다. 그 너머에 있는 지면은 마치 눈이라도 쌓인 것처럼 새하얗게 물들어 있었다…….

"이건……, 하얀…… 버섯?"

미아는 자신의 주위를 보고 작게 숨을 삼켰다.

그렇다. 미아는 하얀 버섯이 지면을 뒤덮은 장소에 누워있었다.

몸 아래쪽을 보자 마치 미아를 부드럽게 받아주듯이 말랑말랑한 버섯 양탄자가 펼쳐져 있었다.

"아, 그랬죠……. 저는 낭떠러지에서 떨어졌는데…… 이 버섯들이 제 몸을 받아준 거로군요."

미아는 조금 사랑스럽다는 듯이 하얀 버섯을 어루만졌다. 그리고는 문득 오른손이 무언가를 붙잡고 있다는 걸 알아차렸다.

그것은 벨이 만든 말 모양 부적, 트로이야였다.

"휴우. 어떻게 잃어버리지 않아서 다행이에요……. 여기서 떨어트리기라도 했다간 찾기 힘들었겠죠."

미아는 조심조심 일어났다. 다행히 다치진 않은 건지 어디도 아프지 않았다.

두꺼운 버섯 수트 또한 미아의 몸을 지키는 데 한몫한 모양이었다.

그렇다. 미아는 지금 막 버섯의 가호를 받은 황녀, 버섯 프린세스로서 각성하려 하고 있었다.

……버섯 프린세스가 대체 뭘까.

"그나저나 전화위복이라는 게 이런 걸 말하는 거겠네요……. 의도치 않게 찾아내고 말았어요……. 베이르가 버섯을."

미아는 시야를 가득 채우는 하얀 버섯들을 보고 자기도 모르게 히죽 웃었다.

"어쩜 이리 근사한지……. 마음껏 캘 수 있겠네요."

슈트리나는 버섯 군생지가 있다고 말했는데, 여기는 말 그대로 베이르가 버섯(임시)의 군생지인 모양이다.

"아아, 아주 좋아요. 어서 다른 사람들을 불러야……."

그렇게 말하며 주위를 둘러보던 미아는 퍼뜩 어떤 것을 알아차렸다.

"어라……? 저건……."

자세히 보자 하얀 버섯으로 이루어진 양탄자 중간중간에 색이 다른 장소가 있었다.

마치 순백의 설원 위에 흩뿌려진 핏방울처럼…… 점점이 흩어져있는 붉은색. 불길한 붉은색의 정체……. 과거에 본 적이 있는 그것은…….

"미아 님!"

"미아 언니!"

귀여운 목소리들과 함께 무언가가 낭떠러지에서 내려오는 소리가 들렸다.

"아, 두 사람도 와 주었군요……."

이윽고 나타난 벨과 슈트리나의 모습을 본 미아는 시선을 위로 올렸다.

──흐음, 이 두 사람이 내려온 걸 보면 그리 높지 않은 것 같으니, 다른 사람들도 내려올 수 있겠네요. 버섯 채집에는 문제없겠어요. 오히려 문제는 여기에 있는 버섯인데…….

그렇게 생각에 잠겨 있는 미아에게 다음 순간, 풀썩하는 소리와 함께 몸에 충격이 가해졌다!

"으허억!"

비명을 지르며 엉덩방아를 찧는 미아. 상황을 확인하자 자신을 향해 달려든 벨의 모습이 보였다.

"흐엉, 무사하셔서, 다행이에요. 미아 언니."

미아를 꽈아악 끌어안는 벨.

"정말이지, 벨은 어리광쟁이로군요……."

미아는 그 머리를 부드럽게 쓰다듬어주었다.

"자요. 당신의 소중한 것도 제대로 되찾았답니다."

그리고는 벨의 작은 손에 트로이야를 돌려주었다.

"아⋯⋯, 이건⋯⋯."

"당신이 열심히 만든 부적인걸요. 쉽게 풀리지 않도록 단단히 묶어두세요. 다음에도 되찾을 수 있다는 보장은 없으니까요."

미아는 거들먹거리며 설교하는 말투로 말했다.

도저히 나무타기에 실패해서 낭떠러지 아래로 떨어진 사람의 말로 들리지 않는, 위엄에 넘치는 말이었다.

"⋯⋯감사합니다, 미아 언니."

벨은 또다시 미아를 와락 끌어안았다.

"후후후⋯⋯."

손녀의 응석에 만족스러워하는 미아였다.

한바탕 미아에게 어리광을 부린 뒤 새삼 주위를 둘러본 벨이 환호성을 질렀다.

"그나저나 굉장히 예쁜 장소예요, 미아 언니."

달려나가려고 하는 벨을 미아가 화급히 막았다.

"멈추세요, 벨. 그런 식으로 버섯을 짓밟으면 안 되죠. 이 버섯은 맛있는 버섯이라고 하니까요."

모처럼 발견한 베이르가 버섯이 짓밟히면 안 된다며 미아는 크게 당황했다.

"네, 알겠습니다."

그렇게 일단은 멈춘 벨이었지만, 당장에라도 다시 달려나갈 것 같은 기세로 주위를 둘러보았다. 그러다⋯⋯.

"아, 리나. 저거, 저 빨간 버섯은 뭐예요? 저것도 맛있는 버섯인가요?"

벨은 바로 하얀 버섯 사이에 숨어있는 붉은 버섯을 발견한 모양이었다. 근처에 있는 슈트리나에게 물었다.

……자신에게 물어보지 않은 게 조금 서글픈 미아 할머니였다. 그래서…….

"글쎄, 기억이 잘 안 나는데. 아마 맛있지 않은 버섯이었던 것 같아."

슈트리나의 대답을 듣고…… 히죽 입꼬리를 끌어올렸다.

"어머나! 리나 양, 저 버섯에 대해서는 잘 몰랐나 보네요."

득의양양하게 말한 미아는 벨을 향해 고개를 돌렸다.

"저건 샐러맨더 드레이크라고 하는 맹독버섯이랍니다."

그리고는 가슴을 펴고 말했다. 잔뜩 우쭐거리면서, 신나게 우쭐거리면서 뻐겼다!

이보다 더 잘난 체할 수 없을 만큼 뻐겨댔다!

"참고로 건드리기만 해도 위험하니까……, 벨……."

미아는 살금살금 붉은 버섯을 향해 다가가려고 한 벨의 목덜미를 붙잡았다.

"안 돼요. 버섯은 위험한 게 많으니까, 저희 같은 베테랑의 말을 잘 들어야만 한답니다. 그렇죠? 리나 양……, 어라? 리나 양?"

대답이 없는 것에 의아해진 미아는 슈트리나를 향해 시선을 돌렸다. 그러자 어째서일까……. 슈트리나는 고개를 숙이고 있었다. 그 얼굴은 앞머리에 가려져서 표정이 보이지 않았다. 하지만…….

——어, 어라? 이상하네요……. 조금 전과 마찬가지로, 왠지 오한이…….

뭐라 말할 수 없는 오한이 미아의 등골을 타고 올라왔다.

하지만 그것도 바로 사라졌다.

"우후후, 미아 님께서는 정말 버섯에 대해 잘 알고 계시네요. 리나는 많이 놀랐어요."

남은 것은 모든 것을 덧칠해버리는 듯한, 가련한 슈트리나의 미소였다.

그 완벽한 미소가 어째서인지 미아에겐 조금 무섭게 보였다.

"아무튼 일단 돌아가는 게 좋을 것 같네요."

계속 여기에 있을 수는 없다며 미아는 동료들이 있는 곳으로 돌아가기로 했다.

미아 일행을 찾고 있던 학생회 구성원들은 세 사람이 돌아오자 다들 안도하는 표정을 지었지만.

"실은 숲속에서 독버섯을 발견했답니다."

그런 미아의 말에 바로 눈썹을 찡그렸다.

"그게 정말이야? 미아 님……."

그중에서도 가장 심각한 표정을 지은 사람은 라피나였다.

베이르가 공작 영애인 라피나는 이 세인트 노엘 섬에서 일어나는 일에 절대적인 책임이 있다.

학생회장 자리에서 내려온 지금도 그것은 변하지 않는다. 당연히 이 섬의 경비에 관련될 법한 일에 무관심할 수가 없었다.

"네, 틀림없어요. 샐러맨더 드레이크라고 하는, 무척 독성이 강한 버섯이에요. 붉은색에 아주 예쁘게 생긴 버섯인데……."

"호, 혹시나 해서 드리는 말씀이지만 미아 황녀 전하, 그걸 가지고 돌아오진 않으셨죠?"

키스우드가 당황하며 끼어들었다.

"당연하죠. 건드리기만 해도 위험하다고 하니까요……."

렘노 왕국의 사냥꾼, 무지크가 단호하게 막았던 것을 떠올렸다. 분명 맨손으로 만졌다간 큰일이 날 것이다.

덩치가 큰 남자와는 비교적 궁합이 좋은 미아다. 충고에도 순순히 귀를 기울인다.

"아……, 네, 그렇죠. 아무리 미아 황녀 전하셔도 그렇게 위험한 것을 가지고 돌아오시진 않겠죠."

무의식중에 한 발언이었다는 듯 안도의 한숨을 쉬는 키스우드. 그걸 본 미아는 살짝 울컥하는 걸 느꼈다.

"몹시 예쁜 버섯이었으니 장갑이 있다면 캐왔을 테지만요."

그렇게 가벼운 농담을 던지자…….

"저, 절대 안 됩니다!"

키스우드의 얼굴이 창백하게 질렸다.

그 반응을 본 미아는 내심 '우후후, 조금 재미있는데요……?' 하며 흉악한 미소를 지었다. 젊은 남자를 놀리면서 즐기는 불여우 미아였다!

"아, 생각났어. 그거인가……. 그때 사냥꾼이 그런 이야기를 했는데……."

미아의 이야기를 듣던 시온이 고개를 주억거렸다.

"저기, 그 버섯이라면 저도 도감에서 본 적이 있습니다. 아주아주 강력한 독이라서 먹는 건 물론이고, 건드리기만 해도 피부로 독을 흡수하는 바람에 죽어버리기도 한다거나…….”

클로에가 옆에서 보충설명을 했다.

“그래……. 그런 버섯이 이 세인트 노엘에……. 이 섬은 독을 지닌 것은 자라지 않을 텐데…….”

고개를 숙이고 무언가 생각에 잠기는 라피나. 다음에 입을 연 사람은 키스우드였다.

“그렇다면, 다 함께 캔 버섯도 위험하지 않겠습니까? 만에 하나라는 것도 있으니까요…….”

“괜찮아요. 그걸 위해 리나 양의 확인을 받은 거니까요. 그렇죠? 리나 양.”

미아가 말을 던지자 슈트리나는 작게 고개를 끄덕였다.

“맞아요. 조금 전까지 캔 것은 비슷한 종류의 독버섯은 없을 테니까, 먹어도 괜찮을 겁니다. 하지만 일단 주방의 전문 스태프에게도 확인을 받는 게 좋을 것 같아요.”

“그렇군요……. 하긴, 전문가가 봐주신다면…….”

그런 대화를 지켜보며 미아는 작게 한숨을 쉬었다.

——아아, 모처럼 베이르가 버섯을 발견했는데……. 이래서는 캐러 가자는 말도 못 꺼내겠네요. 이대로 학원으로 돌아가게 될 테고, 숲도 당분간 출입이 금지되지 않을까요…….

그것은 무척이나 안타까운 일이었다.

모처럼 베이르가 버섯이 그렇게 많이 있었는데, 그토록 맛있다는 그 버섯을 먹지 못하는 건 너무너무 안타까웠다.

한숨을 내쉰 미아는 자리에 앉으려다가…… 문득 깨달았다. 깨닫고…… 말았다!

　——어라……? 어라라? 이, 건……?

　자신의 옷에서 느껴진 위화감. 부자연스럽게 불룩 튀어나온 주머니에, 자신도 모르는 사이에 들어와 있던 이물질. 그것은 낭떠러지에서 굴러떨어질 때 우연히 주머니에 들어가 버린 하얀 버섯…….

　——이건…… 베이르가 버섯……? 하지만 어느새?

　조금 전 일을 떠올리며 미아는 고개를 갸웃거렸다.

　——그 벼랑에서 굴러떨어졌을 때 주머니 속에 들어왔나 보네요……. 흐음……. 하지만 이걸 먹는 건 역시 위험하겠죠…….

　하얀 버섯 수트를 입은 미아가 귓가에서 속삭였다.

　『맞아요. 리나 양이 말했잖아요. 베이르가 버섯과 아주 비슷하게 생긴 독버섯, 가짜 베이르가 버섯이라는 게 있다고……. 게다가 이 섬에도 독버섯이 자란다는 건 이미 샐러맨더 드레이크로 증명되었으니까요. 위험을 감수할 수 없어요.』

　하지만 이 말에 빨간 버섯 수트를 입은 버섯 악마 미아가 반대했다.

　『무슨 말을 하는 건가요? 모처럼 찾아낸 맛있는 베이르가 버섯을 눈뜨고 버리다니, 말도 안 되는 우행이에요. 게다가 만약 독버섯인 가짜 베이르가 버섯이었다고 해도 배탈이 좀 나는 것뿐이잖아요. 게다가.』

　한층 몰아붙이듯이 속삭이는 버섯 악마 미아.

　『저는 이미 명실공히 버섯 베테랑. 지식에 더해 실제 버섯 채집도 경험했고…… 심지어 베이르가 버섯을 훌륭히 찾아냈잖아요.

그래요. 저는 이미 버섯 프린세스를 자칭해도 괜찮을 정도로는 베테랑이 되었어요. 그런 제가 봤을 때 그 버섯은…… 어떻게 보이나요?』

미아는 다시금 그 하얀 버섯을 뜯어봤다. 물끄러미, 진짜인지 가짜인지 판별하듯이 뜯어보고는…….

"흠……. 이건 먹어도 괜찮은 버섯이에요!"

미아의 직감은 빠르게 결론을 내렸다.

"게다가 이런 식으로 주머니에 들어온 것 자체가 기적이나 마찬가지인걸요. 이건 신께서 저에게 선물하신 게 틀림없어요. 그렇다면 저는 하늘의 뜻을 따를 뿐!"

어딘가 먼 곳에서 '기적은 그렇게 쉽게 일어나지 않는 법입니다!' 하고 소리치는 루드비히의 목소리가 들린 것도 같았지만……. 지금의 미아에게는 들리지 않았다.

그렇게 미아는 천연덕스러운 얼굴로 숲을 뒤로했다.

제15화 미아 황녀······ 투입하다! 그리고 먹다!

이리하여······ 미아의 비원(悲願)이었던 버섯 파티가 시작되었다.

세인트 노엘 학원의 식당에는 몇몇 개별실이 존재한다. 그곳에 주방에서 만든 것을 날라 식사회를 개최할 수 있다.

학생회만이 아니라 사전에 예약만 한다면 누구든 사용할 수 있는 시설이다.

미아 일행이 캐온 버섯은 주방으로 보냈다. 거기에서 전문 직원의 검사를 받은 후에 냄비에 넣어 푹 끓이는 것이다.

주방에 들어가자 그곳에는 세인트 노엘의 경비책임자, 산테리의 모습도 있었다.

고지식하며 완고해 보이는 눈매로 미아 일행을 바라본 그가 머리를 깊이 숙였다.

"수고하셨습니다, 여러분. 버섯 채집은 즐겁게 다녀오셨습니까?"

"네, 후후. 몹시 만족스러운 시간이었답니다."

일동을 대표해 미아가 대답했다.

"그렇습니까. 섬을 관리하는 사람으로서 더없는 기쁨입니다. 심지어 이번에는 저까지 학생회의 파티에 초대해주시다니······. 이 산테리, 지극히 영광입니다."

"아닙니다. 당신 같은 분이 계시니까 저희가 안심하며 이 학원에서 생활할 수 있는 것이니 치하하는 것은 당연한 일인걸요. 오늘은 요리를 즐겨주세요."

그렇게 산테리와 대화를 마친 후 미아는 바로 주방 안으로 이동했다. 최대한 자연스럽게…… . 눈에 띄지 않게…… .

"아, 다녀오셨습니까. 미아 황녀 전하."

안면을 튼 주방 직원이 미아에게 인사했다.

"방금 막 돌아왔답니다. 준비에 고생이 많네요."

사근사근하게 요리사들을 치하하는 미아.

참고로 종종 주방을 찾아오는 미아는 요리사들과 완전히 아는 사이가 되었다.

올 때마다 소소하게 음식을 주워 먹는 미아였지만…… , 의외로 그 평판은 나쁘지 않았다.

그건 오로지 안느가 평소 인맥을 열심히 만들어왔기 때문이었다.

기본적으로 미아는 안느에게 주는 돈만은 아끼지 않았다. 그래서 학원 밖에서 기분전환을 할 수 있도록 정기적으로 돈을 주고 있었다.

하지만 안느는 그 용돈을 받을 때마다 매번 거리로 나가 이것저것 사들인 뒤 학원의 직원에게 나눠주었다. 미아가 보내는 선물로서.

따라서 미아는 배려심 넘치는 황녀 전하로 널리 알려지게 되었다.

정작 본인은 그것을 모르지만, 학원에서 일하는 평민들에게도 상당한 인기인이 되어가고 있었다.

아무튼, 친절하게 웃으면서 맞아주는 요리사들에게 인사하며 미아는 버섯이 산더미처럼 쌓인 바구니로 걸어갔다. 뒤에서 따라

온 요리사가 버섯 더미를 보고 쓴웃음을 지었다.

"그나저나 굉장히 많이 캐오셨네요. 이걸 한 번에 요리에 쓰는 건 조금 고생이겠어요. 미아 황녀 전하께서 가져오신 버섯은 밑준비도 좀 어렵고……."

"그런 것 같더군요……. 그런데, 참고로…… 이건 어디까지나 지적 호기심에 의한 질문인데요. 베이르가 버섯을 요리할 때는 어떻게 하는 건가요?"

"네? 베이르가 버섯도 캐오셨어요?"

요리사가 깜짝 놀란 듯이 물었다.

"아뇨, 물론 없는데요. 어디까지나 지적 호기심에서 나온 질문이라……."

"아, 그렇군요. 으음, 글쎄요……."

요리사는 잠시 생각에 잠긴 뒤 고개를 살짝 틀었다.

"베이르가 버섯은 그냥도 맛있으니까, 가볍게 씻은 뒤 두 조각이나 세 조각으로 잘라 푹 끓이면 되지 않을까요."

"오……. 그렇게 간단하게 조리해도 되는 거군요……. 그거 좋은 소식……. 아, 실례. 손이 더러워졌네요……. 어디 손을 씻을 수 있는 곳이 없나요?"

미아는 부자연스럽게 손뼉을 짝 쳤다. 참으로 속이 뻔한 태도였지만…….

"아, 숲속에 다녀오신 거니까 손을 씻으시는 게 좋겠네요. 이쪽으로 오세요."

"제 손은 워낙 섬세해서 깨끗한 물이어야만 하는데, 괜찮을까요?

식재를 씻을 수 있을 정도로 깨끗한 물이어야 해요."

"네, 물론이죠. 평소 재료를 씻을 때 쓰는 물이 있으니까 그걸 사용해주세요."

"그렇군요. 고마워요."

미아는 생글생글 웃으면서 주머니 속으로 손을 스스슥 찔러넣었다.

──흐음, 깨끗하게 씻어서 큼직하게 자른 뒤에 냄비에 넣는다……. 간단한 것 같으면서도 제법 어렵네요.

미아는 손을 씻는 척하면서 손바닥 속에 가려둔 버섯을 씻었다. 꼼꼼하게, 날로 먹어도 괜찮을 만큼 정성스럽게……. 그것은 마치 숙련된 마술사와도 같은 교묘함이었다.

평소엔 그리 손재주가 좋은 편이 아닌 미아지만, 버섯에 관해서만 그 기술이 일시적으로 증폭된 것 같았다. 역시 버섯 프린세스로서 각성해가고 있는 건지도 모른다.

……버섯 프린세스가 대체 뭘까……?

버섯을 다 씻은 뒤, 미아는 그대로 시선을 좌우로 힐끔힐끔 날리며 냄비를 향해 다가갔다. 한 번 더, 힐끔힐끔……. 살금살금…….

──가장 경계해야 하는 사람은 저 산테리 씨예요……. 저분의 눈이 어디로 움직이는지 읽어내면서, 3…… 2, 1……, 지금!

찰나, 미아는 움직였다. 그 움직임은 말 그대로 신의 속도!

네 조각으로 자른 버섯을 냄비 속에 투입. 그 후 천연덕스러운 얼굴로 슬쩍 그 자리를 벗어났다.

휴우우, 휴우우, 하고 불지도 못하는 휘파람을 불면서…….

뒤에 남은 것은 무언가를 완수한 듯한…… 형언할 수 없는 성취감이었다.

그렇게 일단 냄비 앞에서 멀어진 미아는 개별실로 이동했다. 그곳에서 잠시 담소한 뒤 타이밍을 노려 주방으로 돌아왔다.

마지막 마무리 작업에 들어가기 위해…….

──만약 누가 먼저 발견한다면 분명 먹지 말라고 막을 거예요. 저는 그 베이르가 버섯이 진짜라는 걸 알지만 아마 들어주지 않겠죠. 이걸 해결하기 위해서는 이 방법밖에 없어요!

미아는 서둘러 주방에 침입한 뒤 즉시 냄비 앞으로 다가갔다.

"앗, 미아 황녀 전하. 안 됩니다. 아직 요리 중인……."

"우후후, 그냥 맛을 보는 것뿐이에요. 시식. 한 입만, 한 입만요."

그렇게 말한 미아는 바로 냄비의 뚜껑을 연 다음 옆에서 막기 전에 바로 눈에 들어온 하얀 버섯 조각을 재빨리 입에 넣었다.

우물우물, 꼬득꼬득…….

뭐라 말할 수 없는 식감, 입 안에 퍼지는 싱그럽고 맛있는 향기…….

미아의 얼굴이 황홀해졌다.

"……흐음, 이건 맛이 제법……. 깊이가 있고, 참으로……. 아아, 역시 너무 맛있……?!"

이변은…… 별안간 닥쳐왔다!

배에서 느껴지는 묘한 감각.

꾸르르륵……. 참으로 불길한 소리와 함께 그것이 미아를 덮쳤다.

"윽……. 어, 어라? 왜, 배, 배가, 힉, 아, 아파?!"

찌르는 듯한 통증에 미아는 그 자리에 주저앉았다.

"윽, 으윽. 이, 이이, 이건……. 아, 안, 돼요……."

동시에 목구멍 속에서 무언가가 치밀어오르는 듯한 불쾌한 감각이 퍼졌고…….

"우, 우읍……."

강렬한 구토감과 복통을 느끼며 미아의 의식이 아득해졌다.

제16화 버섯의 성인(聖人), 미아의 대처

독버섯을 먹고 기절한 미아는 그 후 사흘간 안정을 취해야 했다.

다행히 바로 구토약이 처방되어 위를 모조리 비워버렸기 때문에 독의 영향은 최소한에서 그칠 수 있었다.

황녀의 위신이라는 측면에서는 다행이 아닐 수도 있지만, 아무튼 미아는 바로 건강을 회복했다.

덕분에 라피나에게 이번 일은 자신의 부주의로 일어난 일이니 주변 사람들에게 여파가 미치지 않도록 해달라고 전할 수 있었다. 그러지 못했다면 지금쯤 혼돈의 뱀 전용으로 '전문가'들을 모아 심문부대를 편성해 보냈을 것이다.

뭐, 그건 됐고…….

"끄응. 심심해요. 너무, 너무 심심해요."

미아는 침대 위에서 지루함에 몸부림쳤다.

어중간하게 기운을 차리는 바람에 누워서 안정을 취하는 게 고통스러워졌다.

심지어 식사는 밍밍한 환자식이 되는 바람에 미아의 일상은 단숨에 즐거움이 없는, 칙칙한 회색이 되고 말았다.

동정의 여지라고는 눈곱만큼도 없는, 완전무결한 자업자득이지만…….

그런고로 심심함을 달래기 위해 미아는 전속 작가인 에리스가 보낸 원고를 또 읽어보려고 했으나, 안느에게 허망하게 **빼앗겨**버리고 말았다.

이렇게 되자 아무것도 할 수 있는 게 없어진 미아는 현재 지루함으로 몸이 썩어버릴 것 같은 상태였다.

"아, 맞아요……. 저기, 안느. 무언가 재미있는 이야기를 해줄 수 있나요?"

미아는 방을 청소하던 안느에게 말을 걸었다.

갑자기 재미있는 이야기를 하라는 것도 상당히 무모한 요구다. 하지만 미아는 이 정도 응석은 부려도 괜찮다고 생각했다.

충신 안느라면 이 정도는 용서해줄 거라고…….

그래서…….

"어……, 어라?"

아무리 기다려도 대답이 돌아오지 않자 미아는 순간 당황했다. 그리고는 안느에게 시선을 주었다. 안느는 아주 잠시 미아 쪽으로 시선을 던지더니, 얼굴을 휙 돌리고 말았다.

"……어?"

명백하게 상태가 이상하다…….

그것을 기민하게 감지한 미아는 다급히 안느에게 말했다.

"잠깐, 무슨 일 있나요? 안느."

그렇게 말을 걸어도 이쪽을 돌아보지 않는 안느. 아무래도 무언가 화가 난 것 같았다. 하지만…… 그 이유를 알 수 없었다.

"무, 무슨 일인가요? 제가 당신에게 무슨 잘못이라도……?"

전혀 짐작 가는 게 없었지만 미아는 허둥지둥 침대 위에서 몸을 일으켜 무릎을 꿇고 앉았다.

——어쩌죠? 대체 왜……?

보통은 주인에게 종자가 이런 방식으로 불만을 드러내는 일은 있을 수 없다.

확실히 미아와 안느의 관계는 평범한 주종이 아니다. 미아는 안느를 특별한 종자로 아끼고 있으며, 이 정도의 무례는 아무렇지도 않아 한다.

하지만 안느가 미아의 총애를 믿고 이렇게 나오는 일도 여태까지는 없었다.

제대로 종자로서 예를 갖췄다.

그런 안느가 미아를 무시했다. 화를 내며 미아의 부름에 대답하려 하지 않는다.

이것은 어지간히 심각한 일이라며 미아는 안절부절못했다.

잠시 무거운 침묵이 흐르고……. 그 후, 안느가 입을 열었다.

"미아 님……. 또…… 저를 두고 가셨어요."

안느는 미아와 눈을 마주치려 하지 않은 채 쥐어짜듯이 말을 뱉었다.

"네? 아, 아아……. 그건……."

당신이 피곤해하는 것 같아서……. 그렇게 변명하려고 한 미아였지만…… 안느의 얼굴을 보고 무심코 숨을 삼켰다.

"숲속에서, 벼랑에서 떨어지셨다고……. 저는 심장이 멈추는 줄 알았어요."

안느가 미아를 향해 고개를 돌렸다. 그 눈동자는 촉촉하게 젖어있고 눈꼬리에도 흐릿한 눈물이 맺혀 있었다.

"……안느."

그 얼굴을 보고 다시 당황하는 미아. 생각해 보니 이런 식으로 안느를 울리는 건 처음이라……, 그래서 어떻게 해야 좋을지 알 수 없었다.

"게다가…… 버섯도 그래요……. 미아 님께는 분명 깊은 생각이 있으셨던 거라고 믿어요. 그러니…… 왜 독버섯을 캐 오셔서 냄비에 넣었는지, 왜 그것을 직접 드셨는지는 물어보지 않겠습니다……. 하지만……."

거기서 말을 끊은 안느의 얼굴이 확 일그러졌다.

뚝, 뚝. 끊임없이 흐르는 눈물.

안느는 떨리는 목소리로 말했다.

"만약……, 만약……. 다음에 위험한 일이 있을 때는 저도 반드시 따라가겠습니다. 어디까지든 같이 가겠습니다. 아무리 위험한 장소라고 해도 가겠습니다. 말에도 탈 수 있게 되었어요. 검술도 필요하다면 익히겠습니다. 그러니까……, 그러니까. 저를……, 두고 가지 말아주세요."

"안느…… 당신은……."

깊이 머리를 숙이는 안느를 앞에 두고 미아는 순간 말문이 막혔다. 콧속이 매워지는 바람에 목소리가 떨리지 않도록 조심해야만 했다.

잠시 침묵한 뒤……, 미아가 말했다.

"당신은……, 정말로 제 심복이군요……. 안느."

그녀가 보여주는 충의에 미아의 마음은 깊이, 절실하게 감동했다. 하지만…….

"네……. 당신의 마음은 잘 알았습니다. 그 충성심, 제 마음속에 담아둘게요."

애매모호한 말만 할 뿐……, 약속은 하지 않았다.

왜냐하면 미아는 알기 때문이다. 이대로 가면 자신의 목숨이 겨울에 끝나버린다는 것을…….

그리고 죽을 때는 안느를 휘말리게 할 수도 있다는 것을…….

──만에 하나, 혹시 제가 죽어버린다면……. 거기에 안느를 휘말리게 할 수는 없어요.

그녀가 보여주는 충성에, 다정함에 그런 식으로 부응할 수는 없다고……. 미아는 마음속으로 고개를 저었다.

──게다가 벨도 있으니까요…….

만약 자신이 죽는다면 소중한 손녀를 누구에게 맡겨야 하는지…….

문득 미아는 미래의 자신을 떠올렸다.

독살당했다는 자신도 분명 딸이나 손녀를 맡길 상대가 있었기 때문에 안심하고 죽을 수 있었지 않을까. 상당히 고통스러운 죽음이었다고 해도…….

──뭐, 뭐어. 아무튼요. 딱히 자진해서 위험을 겪으려고 하는 것도 아니니까요. 당일은 제 방에 틀어박혀 있으면 그만이고. 네, 괜찮아요. 분명…….

그런 미아의 심정을 아는지 모르는지, 안느는 눈물로 빨개진 눈동자를 들어 미아를 물끄러미 바라보았다. 마치 미아의 속마음을 간파하려는 것처럼.

"후후, 그런 눈으로 보지 말아주세요, 안느. 저도 그렇게 제 발로 위험에 뛰어들고 하진 않으니까요."

얼버무리듯이 웃는 미아를 봐도 안느는 계속 입을 열지 않았다.

…………참고로, 이 '조금 멋진 에피소드' 풍의 주종 대화는……, 미아가 독버섯을 홀랑 먹어버리는 바람에 발생한 이벤트지만…….

그것을 지적할 만큼 눈치 없는 사람은 이 자리엔 없었다.

사흘이 지나고, 완전히 회복한 미아였으나……. 다시 배가 쿡쿡 쑤시는 일이 기다리고 있었다.

라피나에게서 다과회에 초대받았기 때문이다.

이 타이밍에 다과회라니! 미아는 이게 다과회라는 명목의 호출이라는 것을 순식간에 이해했다.

심지어 그 자리에는 섬의 경비책임자인 산테리도 동석한다고 한다.

"……이거 혼나겠네요……. 틀림없이 혼날 거예요!"

선거 때 봤던, 라피나의 붉게 물든 눈을 떠올린 미아는 부르르 떨었다.

그랬다. 최근에는 완전히 방심하고 있었지만…… 라피나 오르카 베이르가는 기본적으로 무서운 사람이다.

이번처럼 제멋대로 행동해서 주위 사람들에게 폐를 끼쳤으니 화를 내지 않을 리가 없었다. 그럼에도 불구하고 저지르고 말았다.

일단 주방에서 일하는 누군가가 책임을 떠맡게 되는 일은 회피했으나, 그건 어디까지나 최소한의 조치.

질책을 안 받을 리가 없다.

"까, 깜빡 잊고 사자의 꼬리를 밟아버렸어요……. 으으. 어떻게든 변명을 생각해야겠네요……. 어떻게든……."

그렇게 중얼거리면서 미아는 다과회 장소를 찾아갔다.

절묘하게도 그곳은 며칠 전 냄비 요리 파티를 열려고 했던 식당의 개별실이었다.

"실례합니다, 라피나 님……."

방에 들어간 미아는 살짝 긴장했다.

그곳에는 이미 라피나와 바람 까마귀 소속이었던 모니카, 그리고 경비 담당자인 산테리의 모습이 모여 있었다.

미아가 들어오자마자 엄한 표정이던 산테리가 날카롭게 노려보았다.

──아아……. 역시 즐거운 이야기를 나누는 자리가 아니었어요……. 으으윽, 배가 또 아픈 것 같아요…….

무심코 배를 누른 미아를 본 라피나가 걱정된다는 듯 눈썹을 찡그렸다.

"혹시 아직 배가 아픈 거야?"

"아, 아뇨, 그건……."

미아는 말을 하다 말고 문득 생각했다…….

──앗, 아직 몸이 안 좋다고 하면 동정해서 크게 화를 안 낼지도 몰라요. 아니면 반대로 아무렇지도 않다고 해야 큰 피해가 없

었던 게 되니까, 그쪽이 덜 혼나려나요? 으으. 까다로운 갈림길이네요.

가해자이자 피해자인 미아의 포지션은 참으로 미묘했다.

살짝 고개를 숙이고 침묵하는 미아를 향해 라피나는 의외로 부드러운 목소리로 말했다.

"무리하지 말고 앉아, 미아 님. 이제 막 병상에서 일어난 사람에게 미안해. 오늘은 배에 좋은 차와 과자를 마련했으니까 무리하지 않는 선에서 먹어."

"그, 그럼…… 그 말씀대로……."

미아는 우선 의자에 앉아 작게 한숨을 쉬었다. 그 후 메이드로 전직한 모니카가 따라준, 독특한 향이 나는 향초차를 입에 가져갔다.

──아아, 무척…… 마음이 차분해져요…….

살며시 숨을 뱉으면서 미아는 오늘의 방침을 정했다.

──아무튼 사과해야겠죠. 이번 일은 도저히 빠져나갈 구석이 없으니까요. 그렇다면 진지하게 사과하고 또 사과하고 무작정 사과하는 거예요. 그러면서 어떻게든 잘 넘길 수단을 찾을 수밖에 없어요.

방침은 정해졌다. 미아는 다시금 라피나 쪽을 보았다.

"이번에는 제가 멋대로 행동하는 바람에……, 뭐라고 사과를 드려야 할지……."

그리고는 머리를 깊이 숙였다.

"……그래. 미아 님, 당신은 정말 멋대로 행동했어."

미아의 사과를 들은 라피나가 고개를 끄덕였다. 하지만 바로 그 얼굴이 슬프게 일그러졌다.

"하지만 그렇게 만든 건 우리 쪽이지. 미안해, 미아 님."

아무튼 마구마구 사과해서 이 자리를 헤쳐나갈 속셈이었던 미아였기 때문에, 이 반응에는 다소 허를 찔렸다.

"분명 무척 고민하고 검토한 끝에 시행한 거겠지?"

"네? 아, 네, 뭐……."

미아는 작게 고개를 끄덕이며 고민했다…….

──뭐, 확실히……. 라피나 님을 비롯한 다른 사람들에게 들키면 말릴 테니까, 몰래 넣어서 혼자 몰래 먹은 거니까요……. 그런 점에서는 자신들이 그렇게 하게 만들었다고 생각할 수도 있겠죠……. 게다가 저는 그게 독버섯인지 아닌지 많이 고민했고……. 그런데 그게 어떻다는 거죠?

라피나가 무슨 말을 하고 싶은 건지 빠르게 머리를 굴린 미아는 다음 순간 깨달았다!

──아하, 그렇군요! 알겠어요. 즉 라피나 님은 제가 다른 사람들에게 맛있는 버섯 요리를 먹이고 싶어서 독단으로 행동했고, 그 일에 책임을 느끼고 계시는 거군요?

확실히 주위에서 막지 않을 것이라고 생각했다면 제대로 슈트리나에게 감정을 부탁했을 테고, 자신이 먼저 맛을 보지도 않았을 것이다.

미아는 눈앞에 활로가 열린 느낌을 받았다. 좁고 구불구불해서 위태로운 길이긴 했지만…….

──갈 수밖에 없어요……. 이 좁은 길을 전력으로 달려가는 것 말고는 방법이 없어요!

미아는 각오를 굳힌 뒤 무겁게 고개를 끄덕였다.

"많이, 고민했죠."

우선은 안이하게 독성 여부를 판단한 게 아니라는 것을 어필! 그리고!

"여러분을 위한 게 어떤 것인지 많이 생각해 보고 한 일이에요."

여러분을 위해 한 일이었거든요! 제가 먹고 싶어서 그런 게 아니에요!! 하고 어필! 또 어필!!

그렇게 정상참작을 노리는 스탠스였다.

참으로 고식적이다!

말을 마친 뒤 라피나의 얼굴을 힐끔 훔쳐본 미아는 정답임을 느꼈다.

──라피나 님께선 생각했던 것보단 덜 화나신 것 같으니까, 이, 이거 가능하지 않을까요?!

그런 생각에 미아가 안도하려던 바로 그때…….

"정말이지 일을 성가시게 만드셨습니다. 미아 황녀 전하."

산테리의 엄한 목소리가 울려 퍼졌다.

그쪽을 보자, 산테리는 차가운 눈으로 미아를 노려보고 있었다.

제국 내에서였다면 미아에게 이런 태도를 보이는 건 용서받을 수 없는 일이지만……. 안타깝게도 여기는 베이르가 공국. 성녀 라피나의 영역이다. 미아의 억지가 통하는 장소가 아니다.

게다가 일반적으로 미아가 저지른 짓은 혼나는 게 당연한, 변호의 여지가 없을 만큼 크나큰 실수였다.

　비판은 감수할 수밖에 없는 미아는 입술을 꾹 다물고 최대한 반성하고 있다는 '느낌'의 표정을 만들었다.

　"확실히 무시무시한 독버섯을 발견한 것은 황녀 전하의 공적입니다. 그 독버섯을 파악하지 못했던 건 저희의 잘못이지요. 하지만 이번에 황녀 전하께서 하신 일은 전통 있는 세인트 노엘 학원 학생회의 명예를 크게 실추하는 것입니다. 자칫 잘못했다간 베이르가와 티어문, 쌍방에 국가적 문제가 될 수도 있는 사태였습니다."

　미아로서는 지당하신 말씀이라는 대답밖에 하지 못하는 상황이었다. 아마 루드비히도 비슷한 잔소리를 쏟아냈을 것이다.

　일부 인간 말고는 이번 사건의 정보를 숨겼다고 해도……. 만약 미아의 아버지에게 알려졌다면 큰일이 일어났을 것이다.

　소규모의 전쟁이라도 발발했으리라는 건 의심할 여지가 없다.

　그렇기 때문에 미아는 어깨를 축 떨구고, 그저 그 비판을 얌전히 받아들이는 자세를…… 보였으나…….

　"이 세인트 노엘 섬의 치안을 책임지는 자로서, 세인트 노엘 학원의 명예를 지키는 자로서는 도저히 간과할 수 없……."

　"입 다물어. 산테리."

　뜻밖의 방향에서 날아온 목소리.

　라피나가 첨예한 분노가 깃든 눈동자로 산테리를 노려보고 있었다.

　"당신은 알아차리지 못한 거야? 미아 님의 생각을……."

　"…………네?"

예상하지 못한 발언에 입을 떡하니 벌리는 산테리……, ……와 미아.

특히 미아는 아주 많이 놀랐다.

대체 라피나가 무슨 소릴 하는 건지 조금도 이해하지 못한 미아였다.

"이번 미아 황녀의 행동……, 그것은 성인과도 필적하는 행위이거늘. 당신은 그걸 모르는 거야?"

"…………네?"

상정하지 못한 흐름에 미아는 그저 눈을 깜빡이기만 했다.

"서, 성인이라고 말씀하셨습니까? 그건, 대체……?"

영문을 모르겠다는 표정의 산테리(……와 미아)에게 라피나가 조용한 어조로 물었다.

"산테리. 당신은 진심으로 미아 님이 이기적인 목적 때문에 그런 짓을 했다고 생각하는 건가?"

"그게 아니라고…… 라피나 님께서는 그렇게 말씀하시는 겁니까?"

라피나는 무겁게 고개를 끄덕였다.

"당연히, 그런 게 아니야. 그렇지? 미아 님."

화살이 날아온 미아도 무겁게 고개를 끄덕였다.

솔직히 라피나가 무슨 말을 하는 건지 하나도 이해하지 못한 미아였지만, 그건 그거고……. 흐름에 거스르지 않고, 권위에는 순순히 굴복하는 미아다움이 빛을 발하는 행동이었다.

미아의 고요함을 가장한 표정을 보고 만족스러운 미소를 짓는 라피나.

"그래. 미아 님이 그렇게 어리석고 제멋대로인 행동을 할 리가 없어. 장난을 치려고 한 것도 아니고. 애초에 이상하다고 생각하지 않아? 버섯을 캐러 간 숲에서 맹독 버섯을 발견한 것. 그리고 일부러 독성이 약한 버섯을 가져와 아무에게도 알리지 않고 비밀리에 냄비에 넣은 데다, 그걸 넣은 본인이…… 본인만, 먹는다고? 이런 게 우연일까? 마치 일부러 자신이 독을 먹으려고 행동한 것 같잖아."

"그건, 뭐…… 평범한 행동 같진 않습니다만……."

미아의 행동이 이상했다는 건 산테리도 인정하는 바였다.

"미아 님의 행동에는 제대로 된 목적이 있었어."

라피나는 확신에 찬 말투로 단언했다.

"모, 목적……. 그건……."

미아는 군침을 삼키고 라피나의 말을 기다렸다. 지금 밝혀지는, '자기 자신'의 행동 뒤에 숨어있던 놀라운 목적을 알기 위해!

"그 목적은……, 성야제의 경비 체계를 개선하는 것……."

"무슨?! 그건 무슨 의미입니까? 저희의 경비에 부족한 점이라도?"

뜻밖의 말에 못마땅한 표정을 짓는 산테리. 그 태도에서는 자신의 일 처리에 대한 흔들림 없는 자부심이 느껴졌다.

"없다고…… 말할 수 없지 않나? 미아 님은 독을 '들여올 수 없는' 이 섬에서, 독을 넣을 수 없는 장소에서 만든 냄비에 돈을 넣고…… 그리고 먹었는데?"

"그건……."

산테리는 순간 주춤거렸지만, 바로 고개를 내저었다.

"그렇군요. 확실히 이 섬 내부에 독버섯이 자란다는 걸 발견하신 것은 공적입니다. 저희가 상정하지 못한 일이긴 했습니다. 하지만 설령 이 섬에서 치사성의 독버섯을 입수할 수 있다고 해도, 그걸 성야제의 경비를 뚫고 음식에 넣을 수 있다고 보지는 않습니다. 상황이 다르지 않습니까?"

산테리의 말을 듣고도 라피나는 엄숙한 표정을 무너트리지 않았다.

"그래……. 확실히 학생이 먹는 것, 연회에서 제공되는 음식에 넣는 건 불가능할지도 모르지. 오늘보다 더 엄중하게 경비할 테니까. 하지만……, 그렇다면 종자들에게 내놓는 음식이라면 어떨까?"

라피나는 산테리를 올려다보았다.

"오늘 우리 학생회 임원에게 제공된 음식과 성야제 날 종자들에게 제공되는 음식. 어느 쪽이 더 엄중한 감시하에서 만들어진다고 생각해?"

암살이 거행되는 건 딱히 성야제로 한정되지 않는다. 평소 학생회 구성원들에 대한 경비 역시 무척 엄중하게 이뤄진다.

그러니 성야제 날 종자들을 경비하는 것과 비교해서 어느 쪽이 엄중하냐고 묻는다면, 학생회 구성원 쪽이라고 대답할 수밖에 없는 산테리였으나…….

"하지만, 종자…… 말씀이십니까?"

산테리는 의아해하는 얼굴로 물었다.

"그건 확실히, 종자들에게 제공되는 음식이라면 독을 주입하는 것도 가능할지도 모르지만……. 하수인이 그 자들에게 독이 든

요리를 내놓는 짓을 하겠습니까?"

"나라의 요인을 암살하고 그 나라에 혼란을 불러오는 게 목적이라면 그렇게 할 의미는 없겠지. 하지만 우리 세인트 노엘 학원의 평판에 흠을 내기 위해서라면 어떨까?"

그것은 산테리 본인이 한 말이었다. 이번 같은 불상사는 세인트 노엘 학원 학생회, 영예로운 그 명예에 흠을 내는 일이라고.

"만약 각국의 종자들이 이 세인트 노엘에서 살해당한다면? 혼돈의 뱀과 싸우기 위해 사람들을 이끌어야 하는 입장인 베이르가 공국이 이러한 실수를 저질러버린다면 단결에 균열이 생길 거야……. 그렇게 생각하지 않아?"

라피나는 조용히 눈을 감고 말했다.

"미아 님은 그 위기를 증명해준 거야. 자신의 몸을 던져서."

"설마……. 대제국의 황녀가 그러한 짓을 할 리가……."

산테리는 경악한 표정으로 미아를 바라보았다. 갑자기 시선이 날아오는 바람에 방심했던 미아는 순간 혼란에 빠졌다. '손이라도 흔들어야 하나……?' 하고 팔을 들어 올리려던 차에…… 라피나의 목소리가 가로막았다.

"아니, 미아 님이라면 하겠지……. 다른 누군가가 다칠 바에야, 자신이 다치는 걸 선택할 거야. 미아 님은 그런 사람이니까……."

그런 사람이 아닌 미아로서는 '그, 그렇게 띄워주실 필요는 없는데요……'라는 생각이 절로 들었으나…… 당연히 입 밖에 내지는 않았다.

권위에는 굴복하는 게 미아의 기본 전술이다.

라피나가 그렇게 말한다면 그게 맞는 말이다!

"당신도 잘 알고 있을 거야, 산테리. 소중한 친구를 위해서 목숨을 던지는 것. 이보다 더 거대한 사랑은 없다고, 중앙 정교회의 성서에는 그렇게 적혀있다는 걸. 하지만 그걸 주저 없이 실천할 수 있는 사람이 과연 얼마나 있을까? 경비의 허점, 독살의 위험성을 명명백백히 드러내기 위해 직접 독버섯을 먹는 것⋯⋯. 누군가를 위해⋯⋯ 종자를 위해, 평민을 위해⋯⋯. 그렇게 할 수 있는 사람이 있을까?"

왠지 자신의 평가가 위험수위까지 상승한 것을 느낄락 말락 한 미아였지만⋯⋯, 반론은 하지 않았다.

라피나가 그렇게 말한다면 그게 맞는 말이다!

――미아 님이라는 사람은 누군가를 위해 자진해서 독버섯을 먹는, 자기희생적인 사람⋯⋯. 어디 사는 미아 님인지는 모르겠지만, 라피나 님께서 하시는 말씀이니 틀림없어요!

스스로를 그렇게 타이르는 미아였다.

"실은 학생회에 상담했었어. 성야제의 경비가 불안하다고. 그랬더니 미아 님이 그 건은 자기에게 맡겨달라고 하고는, 당신을 그 냄비 요리 파티에 불러 달라고 말해주었어."

라피나는 가슴 위로 살며시 손을 올렸다.

"그러니 이번 소동은 전부 나 때문이야⋯⋯. 만약 비난을 받아야 할 사람이 있다면, 그건 나야."

그리고는 조용히, 잔잔한 목소리로 이렇게 말했다.

——희생이라……. 그리운 단어군.

라피나의 이야기를 들으며 산테리 밴들러는 문득 먼 옛날의 기억을 떠올리고 있었다.

그는 원래 공국의 위병이었다.

어릴 때부터 성서를 굳게 믿어왔던 그는 장래엔 성직자가 되리라고 촉망받는 소년이었다. 하지만 그가 선택한 것은 공국군의 위병이라는 길이었다.

성서의 가르침인 《희생정신》이 제 몸을 방패로 삼아 귀인을 지키는 위병과 겹친다고 생각했기 때문이다.

그렇게 그는 위병이 되었고, 영예로운 세인트 노엘 섬의 경비 주임이라는 위치까지 승진했다.

지난 수십 년 동안 성심성의껏, 자신의 업무에 매진해왔다는 자부심이 있었다. 하지만…… 언제부터였을까? 거기에 교만함이 끼어든 것은…….

——신의 가르침에 따라 사람들을 지키기 위해 헌신해왔다고 생각했지만…… 어느샌가 내가 해온 일을 신처럼 받들고 있었나…….

설마 자신이 아직 어린 소녀에게 희생을 강요해버렸을 줄은…….

어딘가 쓸쓸해진 얼굴이 된 산테리가 미아를 향해 머리를 숙였다.

"제 생각이 고루했던 나머지 미아 황녀 전하께 크나큰 고통을 강요해버린 것을 어떻게 사죄해야 할지 모르겠습니다."

그리고는 라피나에게 고개를 돌리고 역시나 깊이 머리를 숙였다.

"라피나 님, 저를 부디 경비에서 제외해주십시오……. 또한 필요하다면 어떠한 벌이라도 받겠습니다."

"안 돼, 산테리. 아쉽지만 그건 인정할 수 없어."

하지만 산테리의 각오는 라피나에 의해 깔끔하게 거부당했다.

"어째서입니까……? 저는 미아 황녀 전하께 독버섯을 먹도록 했습니다. 책임을 져야만……."

"확실히 물러나는 것도 아름다운 태도라고 할 수 있을 테죠. 자신의 행동에 죄책감을 느끼고 벌을 청하는 심정도 이해할 수 있습니다. 하지만…… 미아 님은, 그런 걸 바라지 않아."

그렇게 말한 라피나는 미아를 보았다.

"네? 아, 네……. 그래요……."

완전히 사태를 따라잡지 못하는 상태였던 미아는 갑자기 날아온 화제에 살짝 당황했다.

놀란 가슴을 달래기 위해서 눈앞에 있는 차에 손을 뻗어 한 모금. 작게 숨을 흘리며 생각을 정리했다.

——뭐, 제가 멋대로 독버섯을 먹는 바람에 이 사람이 퇴직하는 건 뒷맛이 나쁠 것 같고요……. 나중에, 만약 안이한 생각으로 독버섯을 먹었다는 게 들키면…… 그야말로 큰일이 날 거예요.

늘 최악의 사태에 대비한다. 그것이 바로 소심한 사람의 전략이다.

하잘것없는 이유로 충신을 해고하게 되었다는 걸 알면 라피나는 분명 화낼 것이다.

그건 무섭다! 상상만으로도 배가 쓰렸다.

——여기서는 나중에 들켜도 괜찮도록 수습해두는 게 마음이

편할 거예요. 동시에 너무 파고들려 하지 않도록 잘 덮어버리면 더 좋고요.

그렇다면…….

재빠르게 계산을 마친 미아는 성녀와도 같은 온유한 미소를 지었다.

"저는 '멋대로 독버섯을 먹었다'는 죄를 라피나 님께 용서받았습니다."

먼저…… 자신의 행동을 불문에 부치는 걸 '기정사실'로 만든다. 여기에 더해.

"저는 딱히 그렇다고 생각하지 않지만, 라피나 님께서 제게 죄책감을 느끼시는 것 같네요. 그러니 저는 굳이 이곳에서 선언합니다. 라피나 님이 제게 저지른 죄를 용서하겠노라고."

라피나가 이번 일로 고뇌하다가 이상한 짓을 하지 않도록 못을 박는다. 이 이야기는 이걸로 끝내고 다시 끌어내지 않도록! 하는 조치였다.

불리한 진실에 '그건 이미 끝난 일'이라면서 뚜껑을 덮어버리려는 미아의 억지가 빛나는 순간이었다.

그리고 마무리로…….

"저도 라피나 님도 용서를 받았으니, 당신 혼자 죄를 짊어지게 하는 건 공평하지 않다고 생각해요. 그러니 당신 또한 용서받아야 합니다."

산테리 탓으로 돌려서 이 자리를 빠져나간다면 분명 나중에 화근이 남는다.

책임을 지게 된 자는 훗날까지 불만이 계속 남아, 그게 원동력이 되어 어떠한 계기로 과거를 파헤치려고 들지도 모른다.

그러면 곤란하다. 미아가 생각하는 이상적인 결말은 전부 흐지부지 덮어버리는 것이었다.

설령 나중에 밝혀진다고 해도 문제가 되지 않도록 하면서도, 밝혀낼 마음조차 들지 않도록 한다.

이중삼중으로 보호막을 두른 뒤 미아는 성취감에 젖어 산테리를 보았다.

그리고 불현듯 깨달았다.

산테리의 완고해 보이는 얼굴이 아주 조금 무너져있다는 사실을. 그것은 굳이 비유하자면, 그래⋯⋯. 단단히 굳었던 눈이 녹아, 그 아래에서 부드러운 흙이 고개를 내민 것 같은⋯⋯ 그런 인상이었다.

어쩌면, 지금이라면⋯⋯.

미아는 급히 덧붙이기로 했다.

"다만, 한 가지 말씀드리자면⋯⋯. 저는 당신이 해온 일에 경의를 표하고 있답니다."

먼저 칭찬. 이것이 기본이다.

"앞으로도 그 직책에 몸과 마음을 바쳐 매진해줄 것을 기대합니다."

그리고 씨를 뿌린다.

산테리의 업무는 학생들의 목숨과 직결되는 중요한 일이다. 그러니 한층 더, 열심히 정성을 쏟게 만들 수 있다면 그게 최선이다.

──지금이라면 경비에 소홀히 하지 말라고 해도 순순히 들어줄 것 같은 분위기니까요……. 게다가 어쩌면, 산테리 씨의 경비에 기합이 들어가 제 암살이 막혀버릴지도 모르고…….

성야제에 일어날 자신의 사망을 막기 위해 쓸 수 있는 수단은 다 써둔다.

소심한 사람의 전략이다.

"아…… 그렇군요. 확실히……."

미아의 말을 들은 산테리는 순간 멍한 표정을 지었다가.

"확실히, 당신은 성인이라는 이름에 걸맞은 분이십니다. 그렇다면 이 산테리, 그 말씀을 가슴에 새기고 직무에 임하겠습니다."

미아 앞에 한쪽 무릎을 꿇은 뒤 맹세의 말을 늘어놓았다.

산테리 밴들러는 평생을 세인트 노엘 섬의 경호를 위해 쏟게 되었다.

이 늙은 경비 주임은 늘 젊은이의 의견을 듣고 싶어 하며, 결코 그것을 경시하지 않았다고 한다.

"나는 나보다 지혜로운 사람이 있다는 걸 안다. 경험을 쌓고 나이를 먹은 내 사고방식이 자꾸만 경직된다는 것도 알지. 그렇기에 경험이 부족하다고 해도 유연한 사고방식을 지닌 젊은이의 생각을 진지하게 들어야만 해. 예측하지 못한 모든 사태에 대처할 수 있도록, 모든 것을 검토하고 늘 시야를 넓게 가져야만 한다."

그 노인의 신조는 세인트 노엘 경비의 초석이 되었고, 섬의 치안은 한층 더 단단하고 튼튼해졌다.

제17화 슈트리나는 친구가 없다

슈트리나 에트와 옐로문은 가련한 소녀였다.

늘 꽃이 피어나는 듯한 미소와 새가 재잘거리는 듯한 목소리로 가슴이 두근거리는 이야기를 해준다.

수많은 사람 사이에 둘러싸여 사랑받는 귀여운 소녀.

사교계에 참석하면 그녀의 주위는 늘 사람으로 가득했다.

……하지만 그녀에게는 친구가 없었다. 왜냐하면…… 그것은.

"설마 미아 황녀 전하 본인이 가짜 베이르가 버섯을 먹다니, 예상하지 못했어."

하루의 끝이 가까워지는 밤.

그것은 햇빛을 두려워하는 악인이 사악한 계획을 세우는 시간…….

슈트리나는 자신의 방에서 머리카락을 다듬고 있었다.

리드미컬하게 머리카락을 슥슥 빗기는 소리가 울려 퍼졌다.

의자에 앉은 슈트리나의 아름다운 머리카락을 종자 바르바라가 신중하게 관리하는 중이었다. 베테랑 메이드에 걸맞게 그 손놀림은 참으로 훌륭했다.

"정말 최악의 사태야. 설마 샐러맨더 드레이크가 발견되다니……."

손거울로 자신의 머리카락이 단정해지는 걸 보던 슈트리나가 문득 생각했다.

그러고 보면 최근에는 목욕하는 횟수가 늘어났다.

미아 황녀에게 접근하기 위해 입욕에 적합한 약초를 찾거나, 미아가 동생처럼 아끼는 벨과 함께 목욕하거나…….

그런 생활을 보냈기 때문인지, 슈트리나의 머리카락은 여태껏 본 적이 없을 만큼 아름답게 반짝였다.

──뭐, 그런 건 아무래도 상관없는 일이지만…….

슈트리나는 눈을 감고 이야기를 계속했다.

"아버지에게서 연락은?"

"최근에는 미아 황녀 측의 감시가 강해져 경솔하게 연락할 수 없다고 하십니다. 아마 편지도 감시의 대상이겠죠."

"어머나, 무례한 사람들이네. 딸이 아버지에게 보내는 편지도 훔쳐보다니……."

물론 편지에 위험한 내용을 적을 때는 옐로문 가에 오래전부터 전해 내려오는 암호를 사용해서 적고 있긴 하지만……. 그래도 방심은 할 수 없다.

상대는 그 제국의 예지가 거느리는 수하이니까.

"아버지가 그 사람들을 처리해주실 때까지 편지로 연락하는 건 위험하려나. 아아, 귀찮게 구네."

한숨을 흘리는 슈트리나. 그런 그녀에게 바르바라의 감정 없는 목소리가 물었다.

"왜 그 자리에서 미아 황녀 전하를 처리하지 않으신 겁니까?"

"그 자리에서? 그 두 사람을 리나 혼자서 죽여야 했다고, 그렇게 말하는 거야?"

"슈트리나 아가씨라면 그것도 불가능하지 않다고 봅니다."

속을 들여다보는 듯한 시선으로 바라보는 바르바라에게 슈트리나는 미소 지었다.

"죽이기만 하는 거라면 당연히 가능하지. 하지만 그곳에서 죽이고 나면, 수색하러 온 사람들이 샐러맨더 드레이크를 발견할 거야. 게다가 리나가 의심을 받겠지. 그렇게 되면 의미가 없잖아?"

그때 슈트리나가 할 수 있는 일은 거의 없었다.

학생회 구성원이 샐러맨더 드레이크를 발견하지 못하게 하는 것. 혹은 발견했다고 해도 그게 맹독을 품은 버섯임을 모르게 하는 것…….

그것 말고 성야제의 독살 테러를 성공시킬 방법은 없었다.

제국의 황녀, 미아를 죽인다면 그 죽음은 반드시 주목을 끈다.

설령 낭떠러지에서 떨어져 죽었다고 위장해봤자 현장 주위를 조사할 게 뻔하다. 황제는 사랑하는 딸의 죽음에 분노하고 슬퍼하며 공국에 철저한 조사를 요구할 것이다.

그 결과 슈트리나에게 혐의가 갈지도 모른다.

만약 그렇게 되면…… 암살 계획을 실행할 수 없게 된다.

"리나는 그게 의미 없는 일이라고 생각했는데, 틀린 거야?"

고개를 살짝 기울이는 슈트리나에게 바르바라는 말없이 시선을 보냈으나…….

"그렇군요, 현명한 판단이셨습니다……. 역시 슈트리나 아가씨이십니다."

작게 머릴 숙인 뒤, 바르바라는 조용히 슈트리나의 등 뒤로 돌았다. 그러고는 그녀의 아름다운 머리카락을 빗으로 가다듬었다.

"하지만 역시 미아 황녀는 방해되는군요……. 이대로는 우리의 계획을 방해할 것이 확실합니다."

"그래. 리나도 어떻게든 해야 한다고 생각해."

노래하듯 낭랑한 억양으로 슈트리나가 말했다.

"오……? 아가씨께서도 그렇게 생각하십니까?"

반면 바르바라는 약간이지만 의외라는 표정이었다.

"어라, 당연하잖아? 제국의 재정비, 렘노 왕국의 혁명 저지에 이어 이번 일까지. 이렇게 계속해서 계획을 무너트리는걸. 누구나 어떻게든 해야 한다고 생각할 거야."

"그렇습니까. 마침 잘 됐군요. 그렇다면 성야제의 암살 타깃을 미아 황녀로 바꾸는 것도 동의하십니까?"

그 말에는 아무리 슈트리나라고 해도 놀란 표정이 되었다.

"참 쉽게 말하네. 독을 입수할 수단도 사라졌고, 대체 어떻게 미아 황녀 전하를 처리하려는 거야?"

어깨 뒤를 돌아보는 슈트리나. 그러자 바르바라가 그녀를 끌어안듯이 목에 팔을 감았다.

"이것을…… 사용하시면 되지 않겠습니까."

바르바라는 무언가를 슈트리나의 목에 걸어준 뒤 몸을 떼었다.

그 후에 남은 것, 슈트리나의 목에 걸려있는 것……. 그것은 벨이 선물해준 트로이야였다.

"그 소녀는 미아 황녀가 아끼는 아이 아닙니까. 아가씨께서도 이용할 생각이라고 말씀하셨죠? 그걸 걸고 있는 모습을 보여줘서 기쁘게 해주고…… 달콤한 말로 마음을 조종하면 됩니다. 마음을 지배하는 건 우리 뱀의 특기⋯⋯. 그렇지 않습니까?"

"하지만⋯⋯."

무어라 말하려던 슈트리나였으나, 마치 그것을 지워내듯 바르바라의 말이 겹쳐졌다.

"지금까지도⋯⋯ 몇 번이나 그렇게 해 오셨잖아요?"

그 말을 듣자 슈트리나의 얼굴에서 표정이 사라졌다.

반대로 바르바라는 끈적한 미소를 머금었다.

"괜찮습니다. 잘 될겁니다. 이 바르바라가 옆에 있으니까요."

마치 뱀이 웃는 것처럼⋯⋯.

슈트리나 에트와 옐로문은 가련한 소녀였다.

누구나 그녀를 사랑하고 소중히 여기지만, 친구는 한 명도 없었다.

왜냐하면 그녀가 아버지의 말에 따라 친해진 아이는⋯⋯ 그녀의 친구는 다들 파멸했기 때문이다.

아버지가 죽고, 어머니가 죽고, 때로는 친구 본인이⋯⋯.

하지만 슈트리나는 딱히 슬프다고 생각하지 않았다. 상대는 자신과 같은 귀족이다. 우정을 맺을 때는 반드시 뒤가 있고, 선물에는 타산이 있다. 분명 그렇다. 그럴 게 틀림없다⋯⋯.

그러니⋯⋯ 사라진다고 해도 개의치 않는다.

슬프지도 않고, 괴롭지도 않다⋯⋯.

어느새 슈트리나는 친구가 그녀 앞에서 사라졌을 때, 그 아이에게 받은 선물을 버리는 게 습관이 되어있었다.

──지금까지도 몇 번이나 해왔던 일……. 또 버리면, 아무렇지도 않을 거야.

그렇게 슈트리나는 목에 걸린 말 모양의 부적을 꽉 움켜쥐었다.

제18화 사투! ……사투?

한편 미아가 독버섯을 먹고 끙끙 앓아누웠을 때…….

루드비히와 디온은 마차 안에 있었다.

질베르와 만나 옐로문 공작가의 위험성을 실감한 루드비히는 곧바로 행동을 개시했다.

정보수집과 동시에 분열 공작을 가한 것이다.

그것은 거대한 집단에 대적할 때 사용하는 기본적인 수법이었다. 그 집단이 크면 클수록 단단하지 않다. 압력을 가하든, 우호 관계를 쌓든, 접근할 방법은 얼마든지 있다.

옐로문 공작가가 제국에 적의를 지닌 자들을 대상으로 하는 유인 장치라면……, 그 밑에 모인 자들은 전부 적으로 대하는 것은 어리석은 행위이다.

그렇게 루드비히가 가장 먼저 노린 곳이 중앙귀족들에게 소외당하는 변경 귀족들이었다.

아군이 없기 때문에 옐로문 공작가에 의탁한 사람들이니, 그 외에 받아줄 곳을 만들어준다면 이탈시키는 것도 가능할 터.

그리고 루드비히가 변경 귀족의 구심점이 되어달라고 협력을 요청한 사람은 루돌폰 변경백이었다.

"날이 저물었군……."

마차 밖을 살펴본 루드비히는 작게 한숨을 쉬었다.

목적지까지 가는 길은 그렇게 험난하지 않다고 해도, 달빛에 의지하며 나아가기에는 위험이 동반된다.

통상적으로는 야영할 만한 상황이었으나…….

"조금 속도를 늦추고 그대로 전진하지. 지금은 시간이 아깝다."

마부에게 지시를 내리는 루드비히를 향해 디온이 고개를 주억거렸다.

"그래……. 그렇게 하는 게 좋겠어. 덤으로……."

그리고 디온은 눈을 아주 조금 좁히고는…….

"속도도 늦추지 않는 게 좋을 것 같은데."

"무슨 의미지?"

루드비히가 눈썹을 찡그린 직후, 멀리에서 사나운 짐승의 포효가 들렸다.

"지금 이건?"

무심코 입에 담은 의문에 대답하듯 마차 옆으로 호위 병사가 말을 붙였다.

"무슨 일이지?"

날카롭고 짧은 디온의 질문에 대답하는 병사의 목소리 또한 짧고 오해할 여지가 없는 내용이었다. 하지만…….

"아무래도 늑대가 공격해온 모양입니다."

루드비히는 저도 모르게 귀를 의심했다. 무심코 잘못 들은 게 아닌지 반문하고 말았다.

"늑대? 이런 곳에?"

병사는 고개를 끄덕인 뒤 후방으로 불을 붙인 화살을 쏘았다.

아름다운 궤도를 남기며 날아간 화살은 지면에 박힌 순간 주위를 비추어주듯이 폭발했다.

그 순간, 똑똑히 보였다.

검고 거대한 늑대의 그림자……. 수는 세 마리.

"제국 내에 사람을 습격하는 늑대 무리가 있었다니……. 처음 듣는데……."

의아하다는 듯 루드비히가 눈썹을 찌푸렸다.

"……아니, 평범한 늑대가 아닌 것 같아. 미약하지만……, 말발굽 소리가 들려."

문을 열고 마차에서 상반신을 내민 디온이 후방을 보며 눈을 가늘게 떴다. 다음 순간, 매끄러운 동작으로 활을 겨눴다. 키리리릭 시위를 당기고는…… 쏘았다!

연속으로 세 발.

어둠을 가로 찢는 화살이 향하는 곳. 늑대들 사이에서 묵직한 빛이 번뜩였다.

그것이 달빛을 반사하며 빛나는 칼날임을 한 발짝 늦게 알아차렸다.

다시 호위 기사가 불화살을 쏘았다. 그것이 허공에서 두 쪽으로 갈라져 떨어졌다.

"검은 말을 탄 남자…… 인가?"

마차 안에서 후방을 살피던 루드비히가 작게 중얼거렸다.

"오, 제법인데. 이 어둠 속에서 화살을 튕겨내다니……."

즐거운 듯 휘파람을 분 디온이 웃었다.

"적은 한 명인가?"

"아마도. 뭐, 주위에 조종당하는 늑대를 배치해둔 것 같으니 엄밀하게는 한 명이라고 할 수 없을 테지만……."

"늑대술사라는 건가. 특이하군……. 하지만…… 이쪽이 방해가 되어 마침내 암살자를 보냈다는 건가? 혼자 왔다는 건 다소 부자연스러운 느낌도 드는데."

고개를 갸웃거리는 루드비히에게 디온이 어깨를 작게 움츠렸다.

"딱히 이상한 건 아니야. 나라도 호위가 10명 정도라면 모조리 죽이고 표적의 목을 베어버릴 수 있거든. 적에도 비슷한 실력자가 있어도 신기한 일은 아니지."

그러더니 그는 마차 주위에 있던 세 명의 호위병에게 말을 걸었다. 다들 예전에는 디온의 부대에 소속되어 있던 실력 좋은 병사들이었지만…….

"너희는 루드비히 씨를 지키면서 루돌폰 변경백령으로 가라. 백작에게 보호를 요청해. 이 사람에게 상처 하나 입혀서는 안 된다."

"디온 대장님은 어떻게 하실 거요?"

"하하하, 여기서 즐겁고 신나게 발을 잡아놔야지. 아, 말 한 마리 빌려 갈게."

"혼자 남으실 겁니까?"

걱정하며 묻는 병사에게 디온은 작게 고개를 저었다.

"적은 실력자야. 솔직히 나 말고는 힘들어."

마차 옆을 달리던 호위 기사에게서 말을 한 마리 빌린 디온은 웃으면서 말했다.

"그럼 루드비히 씨. 잠시 작별하자고."

"당신이라면 괜찮을 거라고는 생각하지만…….''

"당연하지. 아니, 솔직히 말하자면 재미있을 것 같은 상대라 내가 상대해주려는 것뿐이야.''

씨익, 시니컬한 미소를 지은 디온이 말했다.

"그러니까 오히려 조심해야 할 사람은 루드비히 씨야. 내가 없는 동안 칼 맞고 그러지 마.''

그 후 디온은 검을 빼 들고 의기양양하게 말머리를 돌렸다.

곧바로 질주하는 세 마리의 늑대가 디온을 향해 일제히 덤벼들었으나…….

"미안하다. 아쉽게도 동물과 싸우는 건 너무 많이 해서 질렸거든.''

그 이빨을 어렵지 않게 피해낸 디온이 향하는 곳은 그 너머. 늑대들을 디온에게 보내고, 자신은 마차로 향하려고 한 흑마 탄 암살자 쪽이었다.

어둠을 몸에 두른 흑마. 그 위에 탄 남자 또한 칠흑의 로브를 걸치고, 검은 복면으로 얼굴을 가리고 있었다.

표정을 알 수 없는 암살자를 향해 디온은 검을 겨냥하고 일섬!

철갑옷째로 베어버릴 듯한 묵직한 참격! 적은 그걸 가까스로 회피했다.

제 몸의 일부처럼 말을 조종하는 남자를 향해 디온은 즐겁다는 양 웃음을 보였다.

"여, 좋은 실력인데. 내 검을 정면에서 받아내지 않은 건 특히 현명한 판단이야.''

웃으면서 말머리를 돌린다. 동시에 암살자도 움직임을 맞추듯이 깔끔하게 방향을 전환했다.

한 번, 두 번, 세 번, 네 번.

칼날이 교차하고 불꽃이 튀었다.

검을 나눠본 디온은…… 곧바로 자신이 불리하다는 걸 알아차렸다.

──오. 놀라운데. 마상전으로는 내가 불리한가. 힘은 내가 더 강하지만, 속도와 말을 다루는 실력은 완전히 뒤진……!

직후, 별안간 암살자의 검이 짓쳐들어왔다.

매끄럽고 화려하게 날아온 찌르기는 디온의 옆구리를 깊이 꿰뚫고 등으로 빠져나──온 것처럼 보였지만…….

디온은 입꼬리를 끌어올리고 말했다.

"뭐, 딱히 상대방에게 유리한 환경에서 싸워줄 의무는 없지."

잘 보면 검은 디온의 옆구리를 스쳤을 뿐이다. 오히려 암살자의 팔이 디온의 옆구리에 단단히 붙들려버렸다.

"잠깐 따라와 주겠어? 괜찮아. 서로 무장도 가볍고, 뭐. 말에서 떨어진 정도로 다칠 만큼 연약하지도 않잖아?"

그렇게 디온은 뒤로 몸을 내던졌다. 암살자의 팔을 이보다 더 단단할 수 없을 만큼 꽉 붙든 채로……. 그 몸은 땅을 향해 떨어져 내렸고…….

하나로 뒤엉키듯 낙하한 두 사람이었지만, 그대로 땅바닥에 내동댕이쳐지지는 않았다.

허공에서 몸을 떼어놓고 각자 착지. 곧바로 참격을 나누며 한

걸음 거리를 벌렸다.

"자, 그럼 인간답게 대지 위에서 칼부림을 하자고. 서로 숨이 끊어질 때까지, 마음껏 죽이자."

디온은 쌍검의 다른 한쪽도 빼 들면서 미소 지었다.

"그래서 암살자 양반. 이름을 밝힐 필요는 있나?"

직후, 복면의 남자가 움직였다.

정직한 정면 돌격에서 날아오는 참격을 검으로 막아내며 디온은 흥미진진하다는 듯 휘파람을 불었다.

"등 뒤로 돌린 늑대에게서 시선을 떼어놓기 위해 무식하게 돌격해오셨다는 건가. 머리 좀 굴렸네."

후방에서 어마어마한 속도로 치닫는 늑대들의 발소리.

디온은 거친 숨소리를 들으면서 웃었다.

"연계가 잘 맞는 움직임이야. 어떻게 동물을 조종하고 있는 건지……."

그 직후, 디온은 눈앞에 있는 상대를 향해 발차기를 날렸다. 그 반동으로 뒤쪽으로 훌쩍 뛰어오른 그는 몸을 돌리면서 검을 옆으로 그었다.

달빛을 반사하며 번쩍이는 섬광. 그것은 맹수인 늑대들조차 겁을 먹게 만들 정도로 날카롭게 벼려진 살기.

주춤주춤 멈춰선 늑대들을 일별한 디온은 작게 어깨를 으쓱했다.

"이런, 역시 짐승이라고 해야 하나. 아니면 어차피 짐승이라고 해야 하나. 내 간격에 들어오지 않은 건 제법이지만……. 그대로 돌격했다면 한 마리는 나를 물어뜯을 수 있었을지도 모르는데 말이야. 위험을 감수할 줄을 모르니…… 어차피 짐승이군."

디온은 오른손에 든 검을 어깨에 올리고 왼손에 든 검을 부웅 휘둘렀다.

"뭐, 하지만 만약 돌격해왔다면 모조리 베어버렸을 가능성도 당연히 있긴 한데……."

노려보는 눈빛을 받은 늑대들이 한 걸음 물러났다.

이것으로 누가 강자인지 서열 정리가 끝나버렸다. 짐승에게 그 상하 관계는 커다란 의미를 갖는다.

절대적인 강자에게 의지의 힘으로 도전한다는 무모한 짓을 저지를 수 있는 건 인간밖에 없다.

"그럼 이쪽을 마저 해볼까."

그렇게 디온이 시선을 돌린…… 직후, 남자가 불현듯 뒤로 물러났다.

"어라?"

순간 어리둥절해진 디온이었으나, 남자가 고속으로 달려온 흑마에 올라타는 것을 보고 이마를 쳤다.

"어이쿠, 실수했다. 말을 잊어버렸어……. 늑대를 조종해서 싸우는 놈이니, 말로도 그 정도의 곡예는 부릴 수 있을 텐데."

힐끗 쳐다보자 늑대들의 모습도 이미 사라진 뒤였다.

"깔끔하게도 물러나는군. 뭐, 이만큼 시간을 벌었으면 루드비히 씨도 잘 도망쳤을 테지만. 그나저나 과묵하기도 하지……. 목소리 정도는 들어주려고 했는데 한마디도 안 했잖아……. 게다가……."

디온은 주위를 둘러보고 작게 어깨를 움츠렸다.

"과연 내가 빌린 말은 어디로 가 버린 걸까……."

제19화 어리석고 나약한 사기꾼의 술회

제도의 근교, 중앙귀족 영지군의 동쪽에 위치한 장소.

옐로문 공작령. 영주의 저택은 그 영도에 세워져 있다.

제국을 대표하는 사대공작가의 소유치고는 다소 작은 편이지만, 그래도 일반적인 귀족과는 비교도 할 수 없을 만큼 커다란 저택.

그 안뜰, 수많은 꽃으로 가득한 정원에 한 남자가 우두커니 서 있었다.

나이는 50대 후반 정도일까. 몸은 나이에 걸맞게 둥글둥글하고, 배는 불룩 튀어나와 있다.

어딘가의 토실토실 황녀가 게으름을 피운 결과 이런 모습이 되리라는 환각을 보게 되는 토실토실 체형이었다.

두리번두리번. 정신 사납게 움직이는 작은 눈. 그 눈 밑에는 짙은 그늘이 드리워져 있었다.

"……하지만, 그건……. 그렇지만, 으음…… 독버섯……."

무언가를 중얼거리는 그 남자, 로렌츠 에트와 옐로문 공작은 정원 안을 서성서성 이리저리 돌아다니고 있었다.

불현듯 뚜벅뚜벅 딱딱한 발소리가 가까워졌다.

나타난 사람은 나이가 지긋한 집사였다. 반듯한 자세로 제 주인을 향해 걸어온 집사는 공손히 머리를 숙였다.

"실례합니다. 주인님."

고지식한 목소리로 부르는 말에 주인…… 로렌츠의 어깨가 흠칫 긴장했다. 하지만 바로 상대의 정체를 알아차리고는…….

"아, 아아……. 비셋인가. 놀랐군. 잠시 생각에 잠기는 바람에……."

민망하다는 듯한 미소를 짓는 로렌츠를 향해 집사, 비셋은 엄격한 표정을 무너트리지 않았다.

"생각에 잠기신 와중에 면목이 없습니다. 서둘러 보고해드릴 일이 있어 찾아왔습니다……. 실례지만 혹시, 어젯밤부터 계속 여기에 계셨습니까?"

"으, 으음. 뭐, 그렇지. 아무래도 중대한 일이니까, 태평하게 자고 있을 수 없어서."

심약하게 대답한 로렌츠는 '흐아암' 하고 하품을 팼다.

"그럼 잠기운을 날리기에 좋은 차를 가져오겠습니다. 보고는 그 후에……."

"그래, 미안하다……. 비셋."

그렇게 말하고 발걸음을 돌리는 집사를 향해 로렌츠는 절절한 한숨을 흘렸다.

"하지만 주인님. 조금은 주무시지 않으면…… 건강에 좋지 않습니다."

돌아오자마자 비셋은 바로 잔소리를 했다. 하지만 로렌츠는 그에게 쓴웃음을 돌려줄 뿐이었다.

"그, 그래. 그렇게 하고 싶은데……. 나는 사기꾼이니까. 그것도 썩 우수하지 않은 사기꾼이니, 원하는 것을 손에 넣기 위해서는 지혜를 쥐어짜야만 해."

로렌츠는 눈가를 주먹으로 꾹꾹 누르면서 말했다.

"성야제까지는 시간이 얼마 없어. 머리를 굴릴 수 있는 시간은 한정적이야……."

"실은 그 성야제 건으로 보고해드릴 일이 있습니다."

집사의 말에 로렌츠의 어깨가 흠칫 떨렸다.

"뭐지? 뭔가 상황에 변화라도……?"

"네. 실은 그 숲에 있는 독버섯……, 샐러맨더 드레이크가 미아 황녀 전하에게 발견되었다고 합니다."

"아……."

로렌츠는 하늘을 우러러보고는…… 그 후, 나약한 미소를 지었다.

"큰일이네……. 그래, 제국의 예지……. 미아 황녀 전하는 그 정도인 건가……."

웃음밖에 안 나온다는 듯 로렌츠가 한탄했다.

"이런, 정말로 대단해. 미아 황녀 전하는……. 나 같은 건 아무리 지혜를 쥐어짜도 기껏해야 **미루는** 것밖에 못 했는데……. 심지어 그 뒷수습을 딸에게 시키는 한심한 짓까지 하고 있는데……. 정말, 대단해……. 그래서, 그 후의 정보는 아직 들어오지 않은 건가? 바르바라는 어떻게 할 생각일까?"

"아쉽게도 불명입니다. 미아 황녀 전하의 가신들이 퍽 우수한 모양인지라. 게다가 제국 내의 바람 까마귀가 일소된 게 뼈아픈 손해였습니다."

"아, 아아, 그랬지. 그것도 미아 황녀 전하가 한 일이었지. 아니, 대단해. 정말."

로렌츠는 고개를 내저으며 깊은 한숨을 흘렸다.

"그리고, 아무래도 늑대술사는 실패한 모양입니다."

"연전연패잖아. 뭐, 미아 황녀 전하의 검은 우수하다고 하니까 놀랄만한 일도 아니지만······. 그나저나 뱀이 자랑하는 '늑대술사'가 실패하다니······. 필시 그들도 당황하고 있겠군."

"자칫 도리어 당할 뻔했다고 합니다······. 아무래도 늑대술사를 한번 돌아오게 하고 싶다고 합니다만······."

"그래······."

쭈뼛쭈뼛. 시선을 이리저리 방황하면서도 안도의 숨을 내쉬는 로렌츠였으나······.

"뭐, 우리가 그걸 결정할 수 있는 것도 아니니까. 제대로 협력해서 국외로 보내고······."

문득 그 얼굴에 진지한 기색이 깃들었다.

"돌아가게······, 방향은······ 세인트 노엘, 베이르가를 경유해서······."

비셋은 작게 중얼거리기 시작한 로렌츠를 조용히 바라보았다.

그 시선을 알아차린 건지 로렌츠는 다시 평소와 같은 심약한 미소를 지었다.

"그나저나 매번 고생시키는구나. 너도 슬슬 고향이 그립지 않아? 본래대로라면 그때 그들과 함께 돌아가도 되는 거였는데······."

"주인님께 받은 은혜를 다 갚을 때까지는 돌아가지 않을 겁니다. 게다가······."

비셋은 아주 조금, 부드러워진 표정으로 말했다.

"전, 주인님 밑에서 일할 수 있는 것을 자랑스럽게 생각합니다."

"빈말은 됐어. 나는 나약하고 어리석고 거짓말쟁이야. 그래서 작은 것이라고 해도 손에 넣으려면…… 모든 지혜를 쏟아야만 해."

로렌츠는 다시 생각에 잠기더니……. 잠시 후 입을 열었다.

"내 머리로는 도저히 모든 정세를 다 읽지 못하겠어……. 하지만 세인트 노엘에서 일이 일어날지도 몰라. 이쪽도 쓸 수 있는 수단은 전부 동원하기로 할까……."

제20화 미아의 우울 ~미아 황녀, 배덕의 끝을 보기로 결의하다!~

가을도 깊어지고 점점 겨울의 발소리가 들리기 시작하는 추운 하루. 성야제를 일주일 뒤로 앞둔 어느 날.

미아의 방에 친구 라냐 타하리프 페르쟝이 찾아왔다.

페르쟝 농업국에서는 매년 성야제 날 자국의 과일로 만든 디저트를 제공한다. 각국의 왕후·귀족의 자제가 모여 있는 세인트 노엘이다. 클로에 같은 상회 관계자도 많기 때문에, 눈도장을 찍어두면 큰 장사로 발전할 가능성이 크다.

그런고로 페르쟝의 왕녀들은 기합을 넣고 매년 신상품을 홍보해왔다.

이날, 라냐는 성야제에 내놓을 예정인 디저트를 지참하고 미아의 방에 와 있었다. 미아에게 시식을 부탁해 조언을 듣는 것이 표면적인 이유였지만……. 진정한 목적은 따로 있었다.

그것은…….

"저기……. 안느 양, 잠시 괜찮을까요?"

별다른 일 없이 티타임이 끝나고 미아의 방에서 나온 라냐가 우뚝 멈춰 섰다. 그리고는 배웅하러 나온 안느에게 작은 목소리로 물었다.

"네, 무슨 일이세요?"

고개를 갸웃거리는 안느에게 순간 주저하는 라냐였으나, 이윽고 결심한 듯 입을 열었다.

"미아 님께서 기운이 없으신 것 같았는데, 무슨 일이 있었나요?"

사실 라냐가 디저트를 지참해온 것도 미아를 걱정했기 때문이었다.

최근 미아는 기운이 없었다.

늘 가라앉은 표정을 지었고, 문득문득 우울에 젖은 한숨을 흘렸다.

오늘도 디저트를 먹고 기운을 되찾을 수 있도록 고르고 고른 것을 가져온 라냐였으나…….

"미아 님께서 과자를 남기시다니 처음 있는 일이라서…… 동요하고 말았어요…….."

그렇다. 조금 전 미아의 접시에는 지극히 드물게도 과자가 남아있었다.

언제나 재주도 좋게 부스러기 한 톨 남기지 않고 깨끗하게 비워버리던 미아가 말이다.

참고로 오늘 가져온 것은 과일을 듬뿍 사용한 파이였다. 미아가 남긴 것은 파이의 끄트머리 쪽, 조금 단단해진 부분이다. 달콤하고 부드러운 부분은 또 다 먹어 치웠다는 점이 미아다웠다.

그건 그렇다 치고. 최근 미아에게 식욕이 없어 보인다는 건 이미 주변 사람도 익히 아는 사실이었다.

식당에서도 반드시 한 입 정도는 남기게 되는 바람에 주방에서 일하는 사람들도 걱정했다.

"혹시 독버섯을 먹고 배탈이 났던 영향이 아직 남아있나?"

그런 생각에 소화에 좋은 것을 만들어주기도 했지만 그렇게 추가한 요리도 역시 한 입 정도는 꼭 남겼다.

빵 부스러기도 남기지 않는 주의인 미아에게 이것은 무척이나 희귀한 일이었다.

참고로 이미 깨달으셨을 테지만, 통상적으로 나온 요리의 9할과 추가로 나온 요리의 9할을 먹었기 때문에 먹은 양 자체는 오히려 늘어났다…….

먹을 것을 남기지 않는 미아가 남겼다는 인상이 너무 강했기 때문에, 안타깝게도 그 진실을 알아차린 사람은 한 명도 없었다.

"마음 써 주셔서 감사합니다. 라냐 왕녀 전하."

안느는 머리를 깊이 숙인 뒤 괴로운 듯 얼굴을 일그러트렸다.

"하지만 저도 모르겠습니다. 참으로 한심한 이야기지만…….
미아 님께서 무언가 고민하시는 건 확실하다고 보지만……, 제게 말씀해주지 않으십니다."

"그렇……군요."

라냐는 걱정된다는 듯 안느의 얼굴을 바라보았다.

"분명 무언가 이유가 있을 거예요. 미아 님이시니까요. 그러니 너무 낙심하지 말아요. 제 쪽에서도 기운이 나시도록 생각해보도록 할 테니까요."

그렇게 말한 뒤 떠나가는 라냐를 향해 안느는 머리를 깊이 숙였다.

방으로 돌아오자 미아가 멍하니 창밖을 바라보고 있었다.

애절한 한숨을 흘리는 미아를 보고 안느는 비통한 표정을 지었다.

"미아 님⋯⋯."

미아가 독버섯을 먹고 쓰러졌을 때가 떠올랐다.

──미아 님, 그때 약속해주지 않으셨어⋯⋯. 사지로 향할 때 내가 동행하는 걸 허락해주지 않으셨어.

안느는 미아의 말을 똑바로 들었다. 한 마디 한 마디 놓치지 않도록 전부 들었다. 따라서 미아가 일부러 언급을 피했다는 것도 눈치채고 있었다.

──어쩌면⋯⋯ 근시일 내로 그때 같은 위험한 일이 일어나는 걸 수도 있어. 그래서 미아 님께서는 불안해하시는 거야⋯⋯. 하지만 날 끌어들이지 않도록 혼자 안고 계시는 건지도 몰라.

게다가 최근 안느에게는 마음에 걸리는 일이 있었다. 그건⋯⋯.

──요즘 미아 님의 피부가 조금 거칠어진 느낌이 들어. 혹시⋯⋯ 무언가 걱정거리가 있어서 주무시지 못하는 게 아닐까⋯⋯?

그 사실을 알아차린 뒤로 몇 번 밤중에 미아를 살펴보러 간 적이 있었으나, 그때는 푹 잠든 것처럼 보였다. 하지만⋯⋯.

──미아 님이시라면 내가 걱정하지 않도록, 약해진 모습을 보이지 않으실 가능성도 있어. 미아 님은 그런 경향이 있으시니까⋯⋯.

⋯⋯그랬던가? 안느에게는 비교적 약점을 마구 보여주는 듯한 느낌도 드는데⋯⋯.

아무튼. 안느는 미아를 몹시 걱정하고 있었다. 진심으로 걱정했다.

하지만⋯⋯ 미아가 정말로 밤에 잠을 이루지 못할 만큼 고민에 시달리고 있냐면…….

사실 그렇지는 않았다.

주위에 실컷 걱정을 끼치는 중인 미아이지만……. 실제로는 기운이 없……지 않았다.

"후우……."

이런 애절한 한숨을 쉬고 있지만 결코! 기운이 없는 건 아니다.

왜냐하면 '후우' 하는 한숨을 쉬면서도 그 손은 배 주위를 문지르고 있기 때문이다.

즉, 과식이다!

물론 정신적으로 평소와 다르다고는 할 수 없었다.

죽는 날이 가까워지고 있기 때문에 당연히 평소와 같을 수는 없었지만……. 그래도 계속 겁을 먹고 움찔거려봤자 의미가 없다고 선을 그었다.

──그래요. 죽음을 회피하기 위한 준비는 대강 끝내두었으니…….

성야제 날 밤, 즉 미아가 죽게 될 시간에는 예정대로 학생회의 파티를 일정에 넣어두었다. 경비도 강화했다. 할 수 있는 일은 했으니 뒷일은 어쩔 수 없다.

태세 전환이 빠른 게 미아의 장점이다.

그렇다면 왜 미아의 상태가 이상한가. 그 이유는 무척이나 간단한데…….

──하지만…… 만에 하나 죽어버렸을 때를 위해 후회를 남기

지 않는 것도 중요해요. 어차피 죽어버린다면…… 제 마음대로 살아도 괜찮지 않을까요?!

그렇게 미아는 성야제 날까지 이 생활을 구가하기로 결심했다. 소위 '내일 세상이 멸망하면 뭘 하든 상관없잖아!'라는 논리다.

그렇다. 미아는 지금 당장의 삶에 충실하기로 정했다.

그런 미아가 하기 시작한 것. 그게 식사라는 측면에서의 사치였다.

──맛있는 부분만 먹고 나머지는 남기기……. 아깝다는 말을 하지 않고, 맛있는 부분만 먹고 남기기……. 이것이 바로 궁극의 사치죠!

잊어버렸을지도 모르지만, 미아는 일단 대제국의 황녀다.

오랫동안 잊고 살았지만 사치를 부리는 방식은 제대로 파악하고 있다.

──후후후, 아아. 배덕의 끝을 보겠어요! 해낼 거라고요!

그렇게 미아는 실제로 그것을 실행했다. 그래…… 실행은 해봤는데…….

──역시 이걸 남기는 건…… 좀 아까운데요……? 조, 조금만 더 먹고 남길까……? 하지만 이것도 충분히 맛있고……. 아무래도 남기는 건 아까운 것 같은…….

완전히 구두쇠 기질이 몸에 배어버린 미아였다.

그 결과 맛있는 부분만 골라 먹는 정도로 딱 맞는 양이 되도록 주문했는데(조금 넉넉하게 주문했다는 소리다), 그걸 개미 눈물만큼 남기고 다 먹어 치운 데다 주위에서 걱정하며 특별 메뉴까지 내어주는 형국이다…….

그렇게 섭취한 음식량은 뱃살의 토실함이 조금 걱정되는 수준이었다.

게다가 피부가 거칠어진 원인도 그 엉망인 식생활 때문이었다.

식생활의 균형이 무너져버린 결과, 피부에 여실히 영향이 드러나게 되어버렸다.

그건 마침 사치에 익숙하지 않은 사람이 무리해서 맛있는 것을 잔뜩 먹어버린 결과 배탈이 나는 것과 비슷했다.

어느새 미아는 사치를 부릴 수 없는 건강체가 되고 말았다.

"역시 식사는 평소처럼 하는 게 제일 좋겠어요……."

그렇게 결론을 내린 미아였다.

"하지만 그 외의 길로 배덕의 끝을 보려면, 남은 건……."

미아는 고민했다.

먼저 교실에 낙서를 하고 돌아다닌다는 시시껄렁한 아이디어가 떠올랐지만, 바로 기각했다.

세상이 멸망한다고 믿었는데 실제로는 멸망하지 않았을 때의 비극……. 그 위험도를 제대로 인식하고 있었기 때문이다.

교실을 망치고 다녔는데 만약 황녀전의 내용대로 가지 않는다면 모처럼 살아남았다고 해도 라피나에게 다른 의미로 죽을 것이다.

너무 무모한 짓은 할 수 없다.

"애초에 그건 재미있지 않을 것 같고요……. 으음……, 나쁜 짓을 저질러놓고도 즐겁다는 건 의외로 어려운 일이네요."

악을 행할 때에도 용기가 필요한 법이다. 미아의 소심한 마음가짐으로는 악행을 즐길 수 없었다.

잠시 고민한 끝에 미아는 손뼉을 쳤다.

"아, 그래요. 어차피 죽어버린다면 아벨과 잔뜩 시간을 보내고 싶어요. 말을 타고 데이트하러 가거나, 거리를 걸어보는 거예요!"

좋은 아이디어를 떠올렸다며 미아의 가슴이 두근거렸다.

"애초에 최근 저는 살아남는 것에만 필사적으로 매달리느라, 평소 생활에 윤택함이 없었어요. 아벨과 더 데이트도 하고, 버섯을 캐러 가야 했는데 말이죠! 통한의 실수를 저질렀군요. 제대로 만회해야……."

미아는 순간적으로 멈칫했다.

"하지만 아벨에게도 일정이 있을 테니……, 데리고 돌아다니는 건 폐가 되려나요……."

잠시 생각에 잠기는 미아.

"아뇨. 신경 쓸 필요는 없죠. 왜냐하면 저는 성야제 날 밤에 죽어버릴 테니까요. 마음대로, 이기적으로 살아주겠어요!"

마침 딱 적절하게 '배덕한' 행위를 발견한 미아는 히죽 웃었다.

"우후후, 지금의 저는 무적이에요!"

이렇게 미아는 찰나주의적인 삶을 살아가기 위해 아벨이 있는 곳으로 향했다.

제21화 제국에서 사라진 남자… 찰나주의자 미아 황녀 습격!

"후우……."

아벨 렘노는 복도를 걸으며 깊은 한숨을 쉬었다.

성야제를 앞둔 학원 내에는 활기로 넘쳐흐르는데, 그의 기분은 계속 가라앉기만 했다.

"대체 어떻게 된 걸까, 미아는……."

미아가 기운이 없다는 건 아벨도 당연히 눈치채고 있었다.

계속 그녀를 따라잡고 싶다는 생각에 노력해왔다.

그녀를 지킬 수 있는 남자가 되고 싶어서 검술을 연마하고, 그 지혜에 가까워지고 싶어서 면학에 힘썼다.

하지만 아무리 노력해도 아벨은 미아가 무슨 일로 고민하는 건지 전혀 알 수 없었다. 아니, 그것만이 아니라…….

"……그렇게 고민하면서도 미아는 나에게 한 마디도 상담해주지 않아."

그게 은은한 충격이었다.

확실히 미아는 자주 그 천재성에 맡긴 행동을 한다. 얼마 전, 다들 간담이 철렁해졌던 독버섯 소동도 마찬가지다. 천재이기 때문에 주위에 설명을 소홀히 하는 경향이 있다.

그건 알지만……. 상담해주지 않아서 섭섭해하는 건 어디까지나 자신의 성격이 못났기 때문이고……, 그게 꼴사나운 짓이라는 것도 이해하지만…….

그래도…… 속상했다.

그렇게 며칠 동안 끙끙 앓은 아벨은 굳게 결심하고 시온을 찾아가기로 했다.

"내 눈에는 보이지 않는 일도 시온에게는 보였을지도 몰라."

아벨 안에서 시온 솔 선크랜드는 아직까지 닿을 수 없는 높다란 벽이다. 언젠가는 뛰어넘고 싶어 하지만, 그 격차가 너무나도 커서 매번 패배감을 느끼는 상대이다.

솔직히 그런 시온에게 조건을 구하는 건 조금 자존심이 상하는 일이었으나……. 지금은 그 이상으로 미아가 걱정이었다.

그런 이유로 아벨은 시온의 방을 찾아왔으나…….

"어? 너는…….."

"아벨 전하. 강녕하셨습니까."

그곳에서 의외의 인물과 마주치게 되었다. 메이드인 모니카였다.

"안녕, 모니카. 너구나…….."

그녀가 간첩으로서 렘노 왕국에 잠입해있을 때는 자주 얼굴을 보는 사이였으나, 이 세인트 노엘에 온 뒤로는 만날 기회가 거의 없었다.

"잘 지내는 것 같아 다행이야."

"네. 라피나 님께서 잘 대해주십니다."

"그래……. 하지만 그런 네가 왜 시온의 방에?"

그 질문에 대답한 사람은 시온이었다.

"잠시 도와달라고 하고 싶은 일이 있어서, 협력을 받고 있었어."

그 말을 증명하듯 시온의 눈앞, 책상 위에 종이가 난잡하게 쌓여있었다.

"그보다 아벨, 너야말로 무슨 일이지? 웬일로 내 방에 오다니."

"아, 실은 최근 미아가 기운이 없어 보여서, 무언가 짐작 가는 바가 없는지 상담하러 온 거였는데……. 하지만 방해가 되는 모양이니 다음에 다시 올게."

"아니, 상관없어. 잠시 쉬려던 참이니까."

시온은 기지개를 켜더니 크게 하품을 했다.

"그래? 그나저나 피곤한 것 같은데, 대체 뭘 하고 있었던 거야?"

의아해하며 눈썹을 찡그리는 아벨에게 시온이 한 장의 종이를 내밀었다.

"아, 실은…… 이걸 조사하고 있었어."

"음? 이건……. 이아손, 루카스, 맥스, 타나시스, 비셋……. 뭐지? 이 이름은."

낯선 이름의 나열에 아벨은 내심 고개를 갸웃거렸다.

"미아가 기운이 없다는 건 나도 눈치채고 있었어."

그렇게 말한 시온은 어깨를 으쓱했다.

"그래서 걱정은 했지만, 아쉽게도 그녀에게 기운을 북돋아 줄 방법은 떠오르지 않았지. 대신 나는 내가 할 수 있는 일을 하려고."

"네가 할 수 있는 일……?"

"그래. 그날 이후 나는 계속 바람 까마귀에 대해 다시 조사했어. 렘노 왕국에서 저지른 실태를 만회하기 위해, 명예를 회복하기 위해서 무엇을 할 수 있는지 계속 생각하면서."

그 말에 아벨은 학생회 선거 때 시온이 했던 말을 떠올렸다.

학생회 선거에 입후보하라는 미아의 권유를 듣고 시온은 명예를 만회할 기회는 직접 만든다며 거절했었다.

"거기 적힌 이름은 제국 내에 잠복해있던 바람 까마귀의 구성원이 사용했던 이름이다."

"바람 까마귀……? 제국 내에서 물러나게 한 사람 중 누군가가 사용했다는 거야?"

"아니, 그게 아니고. 제국 내에서 행방이 묘연해진 구성원이 사용했던 이름이야."

"행방이 묘연해졌다……."

그 말에 번뜩이는 게 있었다. 아벨은 목소리를 조금 낮추고 말했다.

"혹시…… 이전, 뱀의 정보를 물어왔다고 말한 자를 가리키는 거야? 제국 사대공작가 중 하나가 혼돈의 뱀과 관여해있다는 정보를 주었다는……."

"그래. 역시 감이 좋군. 그 말이 맞아."

시온의 말을 보충하듯 모니카가 입을 열었다.

"그분은 제 스승이기도 하셨던 분으로……. 제국용 첩보망의 기초를 구축한 사람이었습니다. 현지의 협력자들을 이끄는, 첩보책임자라 불리는 직위를 지닌 분이셨죠."

"만약 그 남자가 살아있다면……. 그가 지닌 정보는 분명 미아에게 도움이 될 거라고 생각했는데……."

시온은 작게 고개를 내저었다.

"좀처럼 쉽게 풀리지 않는군."

"역시 이미 제거당했을 가능성이 높다는 거야?"

"그것도 있지만, 여기서부터는 조사에 한계가 있어. 제국에 파견했던 바람 까마귀는 전원 본국으로 철수시켰으니까. 일단 모니카에게 바람 까마귀의 긴급용 연락법을 시도하게 해봤지만 현재 반응은 없어."

그렇게 말하며 어깨를 움츠리는 시온이었지만, 아벨은 감탄하면서 그를 바라보았다.

──시온은 착실하게 자신이 해야 할 일을 하며 미아의 힘이 되려 하고 있어. 그런데 나는 뭘 하는 건지…….

저도 모르게 한숨을 쉬는 아벨이었지만, 문득 시온이 그 어깨를 두드렸다.

"정신 차려, 아벨. 미아가 기운이 없다면 그걸 불어넣어 주는 건 네 역할이니까."

"하하하, 자신은 없지만……. 그래도, 그래. 아무쪼록 노력해 볼게."

미아가 무슨 생각을 하는지 이해하는 건 어렵다. 그 고민을 공유해주는 일도, 어쩌면 없을지도 모른다.

하지만 미아에게 기운을 불어넣는 정도는 할 수 있을 테니…….

"나는 내가 할 수 있는 일을, 해야겠지."

그렇게 지극히 진지한 대화를 나누는 남성진 앞에.

"아, 이런 곳에 계셨군요. 아벨, 잠시 괜찮을까요?"

찰나주의자, 미아가 습격했다!

"찾았답니다. 시온의 방에 와 있었군요."

아무렇지도 않게 그런 말을 입에 담는 미아였지만, 잘 생각해 보면 알 수 있을 테지만 여기는 남자 기숙사다. 그렇게까지 엄밀한 규정은 없지만 기본적으로는 여학생의 출입이 금지되어있다.

적어도 마음에 둔 남자에게 놀러 가자고 말하기 위해 성큼성큼 발을 들여놓아도 되는 장소가 아니다.

하지만 방탕아 모드인 미아는 그런 건 신경 쓰지 않았다.

아무튼 지금의 미아에게는 무서울 것이……, ……조금밖에 없다.

그렇다. 소심한 미아는 마침내 대범한 미아로 성장했다.

……내버려 뒀다간 다른 곳이 대범해지지 않을지 약간 걱정되긴 하지만…….

"미아. 남자 기숙사에 오다니, 대체 무슨 일이야?"

놀라는 아벨에게 미아는 살짝 장난기 어린 미소를 지었다.

"실은 잠시 같이 가주셨으면 하는 곳이 있어서요. 지금 시간 괜찮나요?"

"어? 어, 어어. 으음."

아벨은 시온에게 시선을 돌렸다. 그러자 시온은 쓴웃음을 지었다.

"레이디의 요청이잖아. 삼가 받들어 모시는 게 신사의 매너 아니겠어?"

그러더니 아벨을 향해 작게 윙크했다.

"대화하던 도중에 미안해. 그럼, 잠시 다녀올게."

그렇게 주저하는 아벨을 순조롭게 데리고 나온 미아……였으나.

"그래서, 나는 어디에 같이 가면 되는 걸까?"

고개를 갸웃거리는 아벨의 물음에 미아는 무심코 머뭇거렸다.

"으음……, 그게요……."

여기까지 와놓고 계획이 전혀 없었다!

마을로 놀러 나가 과자점을 순회하는 게 좋을까? 하는 생각이 잠깐 들었지만, 기숙사에서 밖으로 나오려고 했을 때 차가운 바람이 불어닥쳤기 때문에 곧바로 포기했다.

──이렇게 추운 날에 밖에 나가는 건 조금 내키지 않아요.

추위가 심한 날이면 침대에서 나가기 싫어하는 미아이다. 겨울의 추위가 매서운 거리에서 데이트를 한다는 건 선택지에 존재하지 않는다. 흔적도 없다.

──그렇다면, 학원 안에서…… 음?

그때였다. 불현듯 미아의 귀에 포착된 소리. 그것은 통통 튕기듯이 즐거운 음악이었다.

미아는 자기도 모르게 빨려 들어가듯 음악이 들린 방향인 그랜드 홀로 향했다.

성야를 기념하는 촛불 미사 후에 열리는 성대한 연회. 그 연회를 위해 준비 중인 그랜드 홀에서는 현재 꾸미기 작업이 한창이었다.

어딘가 장엄한 분위기가 감도는 나무 벽에는 평소엔 안에 넣어두는 황금 세공이 들어간 성화가 걸려있었다. 벽의 천장 부근에는 화사한 붉은 천이 늘어져 떠들썩한 축제의 느낌을 연출했다.

그리고 홀의 전방에는 거대한 악기를 든 악단이 서 있었다. 아무래도 당일 연주할 춤곡의 리허설을 하는 모양이었다.

그걸 본 미아의 뇌리가 번뜩였다.

"춤……. 아, 그래요."

머릿속에 신입생 환영회로 열린 무도회 때의 일이 떠올랐다. 지금 생각해 보니 그날 이후 이런저런 일이 많아 아벨과 춤을 춘 적이 없었다.

"음, 그래요. 모처럼 왔으니 성야제 전에 아벨의 춤 실력을 봐 드리겠어요."

"어? 그건 무슨……."

"죄송하지만 여기 잠시 빌릴게요."

"잠깐, 미아!"

당황하는 아벨의 손을 꼭 붙잡은 미아는 홀의 한구석, 비어 있는 공간으로 향했다.

주위에 있는 사람들이 놀라거나 말거나 미아는 아벨에게 살며시 몸을 붙였다.

"자, 춤춰요. 아벨."

그렇게 미아는 스커트 자락을 우아하게 들어 올렸다.

처음에는 어안이 벙벙해져 있던 아벨이었지만, 이윽고 입가에 쓴웃음이 번졌다.

"오늘은 유난히 세게 나오네, 미아."

그 지적에 미아는 도발하는 듯한 미소를 지었다.

"어머나, 모르셨나요? 저는 원래 제멋대로인 황녀로 유명하답니다."

"그래? 그렇다면 평소대로 돌아왔다고 해야 하나……. 그렇다면 협력하지 않을 수 없지."

그렇게 말하더니 아벨도 미아에게 몸을 붙였다. 그렇게 두 사람은 미려한 스텝을 밟기 시작했다.

주위에서 성야제 준비가 진행되는 와중에 춤을 추는 두 사람……. 얼핏 보면 로맨틱하게 보일 수도…… 아니, 솔직히…… 방해였다. 완벽한 방해꾼이었다. 이 인간들, 주위에서는 열심히 일하는데 분위기 파악 좀! 이라는 말이 절로 나오는 수준이었다.

그렇게 막무가내인 젊은이 두 사람을 앞에 두고 악단의 단원들은 기가 막혀…… 하지 않고, 오히려 신이 났다!

원래가 흥이 많은 사람들이다. 심지어 그들은 신입생 환영 무도회에서도 연주를 담당했던 사람들이었다. 그날 밤 보여준 미아의 춤을 아는 그들은 열광적인 밤을 떠올리고 즉흥적으로 두 사람의 춤에 맞춰 곡을 연주하기 시작했다.

떠들썩하고 흥겨운 곡에 미아는 신이 나서 웃었다.

"어머…… 우후후. 저희 둘이 악단을 독점했네요."

그러면서 음악에 맞춰 화려하게 춤췄다.

그 초일류급 춤을 오늘은 아벨도 따라잡았다.

"어머나, 아벨. 춤 실력이 향상된 것 같은데요?"

"하하, 그거 영광인데. 실은 보여줄 기회는 없었지만, 그날 이후 이쪽도 연습했었거든."

조금 득의양양한 얼굴이 된 아벨에게 미아는 승리의 미소를 돌려주었다.

"우후후, 칭찬해드려야겠네요. 그럼 조금 더 어려운 스텝을 밟아볼까요."

미아의 움직임이 격렬해졌다.

아벨과 호흡을 맞춰서 춤추는 게 즐거워서 정신없이 스텝을 밟았다. 때로는 몸을 떼어놓고, 다음 순간에는 몸을 맡기며 빙글, 빙글. 아벨의 주위를 요정처럼 날아다녔다.

시간을 잊어버릴 정도로 즐거운 한때.

꿈만 같은 시간…….

불현듯…….

"있잖아, 미아. 나는…… 나로는 부족할까?"

아벨이 진지한 얼굴로 물었다.

"? 부족하다니, 무슨 뜻인가요?"

"네가 최근 무언가 고민이 있다는 건 알고 있었어. 그래서 걱정했지. 나에게도 시온에게도 아무 말도 해주지 않았잖아. 어쩌면 아무에게도 말하지 않고 혼자 끌어안고 있는 게 아닌지…….."

"아벨…….."

저도 모르게 감동해서 말문이 막혀버린 미아에게 아벨은 여전히 진지하게 말했다.

"나는 네 고민을 나눠 들 수 없는 걸까? 나는 보다시피 평범한 인간이니까 아무것도 못 할지도 모르지만, 그래도 네 부담이 조금이라도 가벼워진다면 뭐든 할 생각이야."

다정하게 염려하는 말에 미아의 가슴이 뭉클해졌다. 가슴속에 담아둔 모든 것을 털어놓고 싶어졌다.

하지만……. 미아는 턱 끝까지 치솟은 마음을 전부 삼키고 장난기 어린 미소를 지으며 말했다.

"그럼, 그래요……. 제 춤 실력을 따라잡으시면 그때 가르쳐드릴게요. 저의 소중한 비밀을."

모든 것을 밝혀도 해결되지 않는다는 건 이미 알고 있었다. 비밀을 밝힌다고 해도, 자신은 그들의 눈을 속이고 세인트 노엘 섬에서 나가버리니까.

그리고 그렇게 되었을 때 황녀전이 보여준 미래는 말을 하지 않았을 때보다 훨씬 비극적이었다.

미아를 잃고 모든 것을 놓아버린 아벨은 비참한 최후를 맞이한다. 시온도 마찬가지로 선크랜드를 기울게 만든다. 다른 사람들도 충격을 받아 다시 일어서지 못하게 되고 만다.

미아의 영향력이 얼마나 강했는지 보여주기 위해 적힌 서술. 그것을 떠올리기만 해도 미아는 아무런 말도 할 수 없게 된다.

──털어놓는다면 저를 지키지 못했다는 후회가 한층 강해지고 말아요. 그래서 아벨마저 불행해진다면, 저는 죽어도 눈을 감을 수 없어요…….

다양한 대책을 짜내면서도 결국 죽음을 받아들이고 있는 자신에게 미아는 환멸을 느꼈다. 고개를 내젓고는 작게 중얼거렸다.

"……지금은 괜한 생각은 하지 말고, 춤을 즐기도록 하죠."

그것은 무척이나 충실한 시간이었다.

왠지 오랜만에 진심으로 웃은 듯한 기분이 들었다.

하지만 너무너무 즐거워서, 지금 당장 죽어도 괜찮을 정도로 즐거웠는데도 미아의 마음속에는 작은 응어리가 남았다.

——어쩐지 아직 남겨둔 게 있는 느낌이 들어요. 뭐죠……?

미아가 그 사실을 깨닫는 것은 조금 더 시간이 지난 뒤였다.

떠올릴 수 있는 모든 악행(주방에서 음식 주워 먹기, 침대 위에서 과자 먹기, 아침부터 달콤한 것을 먹기 등……)을 모조리 섭렵한 미아가 딱 하나 남겨놓은 것…….

거기에 성야제에서 살아남기 위한 마지막 조각이 있다는 것을, 미아는 아직 모르고 있었다.

제22화 황녀 미아의 깃발 아래에서 ~단단히 맺어진 우정~

　그날 루드비히는 루돌폰 변경백의 저택을 방문했다.

　얼마 전에 의뢰한, 변경 귀족을 회유하는 건에 대한 상황을 확인하기 위해서였다.

　"잘 왔다, 루드비히 씨. 건강해 보여서 다행이로군."

　루드비히의 방문을 받은 루돌폰 변경백은 온화한 미소를 지었다. 그 미소에는 친근함과 상대를 배려하는 마음이 보였다.

　본래 평민인 루드비히와 변경백 사이에는 명확한 신분의 차이가 있다.

　아무리 중앙 귀족에게 소외당하는 변경 귀족이라고 해도 귀족은 귀족. 루드비히가 중앙정부의 관료이자 미아의 신뢰가 두터운 인물이라고 한들, 거기에는 엄연한 차이가 존재한다.

　그럼에도 불구하고 두 사람 사이에는 기묘한 우정 같은 게 있었다.

　그것은 신분 차이나 나이 차이를 초월하는 감각…… 미아 황녀의 깃발 아래에 모인 동지 사이에만 존재하는, 확고한 동료 의식이었다.

　굳게 악수를 나눈 후 루드비히는 손님용 의자에 앉았다.

　"성가신 부탁을 드려서 죄송합니다."

　"천만에. 큰 은혜를 입은 미아 황녀 전하를 위해서라면 이쪽으로서도 전력을 다할 수밖에 없지."

"그렇게 말씀해주시니 감사드립니다……."

루드비히에 의한 옐로문 파의 분열 공작, 그것은 조금씩 일정한 효과를 거두기 시작했다. 루돌폰 변경백의 협력도 더해져 변경 귀족들을 떼어놓는 데 성공해가고 있었다.

그렇게 루돌폰 변경백 아래에 모인 변경 귀족들은 아직 파벌이라고 부를 수 있을 법한 수준은 아니지만…… 추후에는 사대공작가 중 어느 곳의 세력에도 속하지 않는 새로운 세력으로 묶을 수 있다면 좋겠다고 생각하는 루드비히였다. 그리고 그것을 중추삼아 미아 개인의 파벌, 말하자면 황녀파를 형성해간다면…… 같은 계산도 하고 있었다.

──뭐, 그쪽은 차차 생각하면 되지만, 문제는…….

"흐음, 표정이 어두운 것 같은데. 무슨 일이 있었나?"

눈썹을 찡그리는 루돌폰에게 루드비히는 쓴웃음을 지어 보였다.

"실은 변경 귀족 외의 다른 귀족들 쪽은 뜻밖에 난항을 겪고 있어서 말입니다."

보통 커다란 조직일수록 단단하지 못하다. 하물며 옐로문 파에는 어쩔 수 없는 사정으로 몸을 의탁하는 귀족도 많을 터이다.

그렇게 대단한 결속력이 있을 리 없다고…… 생각했는데…….

"뭐, 그렇겠지. 배신하면 죽음이 기다리고 있으니, 그리 쉽게 넘어오지 못하지 않겠어?"

옆에서 듣고 있던 디온이 작게 어깨를 으쓱했다. 하지만 루드비히는 고개를 저었다.

"아니, 그렇지만도 않아. 공포에 속박된 자는 그 공포에서 도망치고 싶다는 잠재의식을 갖고 있는 법이야. 따라서 그 공포에 대항할 수 있는 힘을 지닌 자가 손을 내민다면 그 손을 잡을 확률이 크지."

루드비히는 얼마 전, 숙련된 암살자가 자신을 노렸다는 것을 은근슬쩍 소문내어 퍼트렸다.

미아 황녀 전하의 신하인 자신이 '누군가'에 의해 강력한 암살자의 표적이 되었으나 동료인 디온이 무사히 지켜주었다는 이야기를.

그것은 곧 옐로문 파벌로부터 공격을 받는다고 해도 물리칠 수 있을 만한 힘을 지녔음을 표명한다.

중요한 부분은 숨겼으나 아는 사람이 들으면 알 수 있는 정보 유출 방법.

옐로문 파벌의 귀족들에게도 당연히 정보가 들어갔을 텐데…….그럼에도 이탈자가 나타나지 않았다.

"미아 황녀 전하의 관용과 그 예지에 대해서는 익히 주지되어 있어. 문벌귀족들이 보면 거슬리는 존재일 테지만, 파벌에서 이탈하고 싶어 하는 자에게는 딱 좋은 피난처가 될 텐데…….."

애초에 최근 미아는 그린문 공작 영애와 우애를 쌓고 블루문 공작 영식을 자신이 이끄는 학생회에 들여 아군으로 포섭, 더불어 레드문 공작 영애마저 자신의 근위대에 넣어버렸다.

그들은 공작가의 가주는 아니다. 하지만 사대공작가 중 세 가문은 적어도 미아에게 호의적이라고 해석할 수 있는 상태다.

여기에 머릿수는 적지만 실력은 뛰어난 황녀전속 근위대도 있다.

미아는 소수정예의 실행부대를 자유롭게 움직일 수 있다. 더불어 3대 세력으로부터 적극적이지는 않지만 어느 정도의 지지는 얻고 있는, 제국의 중심인물이 되었다.

그 권세는 얕보기 어려울 것이다.

"그런데도 전혀 반응하지 않는다는 건 조금 묘한 느낌이야……."

무심코 팔짱을 끼고 생각에 잠긴 루드비히에게 루돌폰 변경백이 헛기침으로 주의를 끌었다.

"그런데 루드비히 씨. 예의, 미아 황녀 전하의 예언 말인데……."

변경백은 아주 조금 낮아진 목소리로 말했다.

"아무래도 적중할 것 같더군."

그 말을 들은 루드비히는 눈을 깜빡였다.

"역시…… 그쪽에도 그 징조가 나타났습니까?"

루드비히의 질문을 들은 루돌폰은 차를 한 번 홀짝인 뒤 고개를 크게 끄덕였다.

"우리 영지 내의 밀 수확이 안 좋아. 다른 변경 귀족의 이야기를 들어도 다들 비슷하더군. 올해부터 내년에 걸친 수확물은 확실하게 줄어들 거다. 물론, 그게 언제까지 계속될지는 모르겠지만……."

미래의 일은 알 수 없다. 하지만 적어도 미아는 올해 밀 수확량이 감소한다는 예언을 적중시켰다. 그리고 그 사태에 철저히 대비하라고 엄명을 내렸다.

따라서…….

"최악의 예상이 적중하지 않는다면 그게 제일 좋은 일이죠. 하지만 만약 적중했을 때, 대비해두지 않았다면 질책은 면하지 못했겠군요."

"미아 황녀 전하께선 우리를 믿고 그 예언을 맡겨주셨다. 그리고 '대비하라'고 말씀해주셨다. 그렇다면 그 신뢰에 부응해야겠지."

이렇게 루드비히는 기근이 발생해 식량이 부족해졌을 때의 공급에 대해, 그 호위에 대해, 그 외 다양한 일을 상세하게 상담한 후 루돌폰 변경백의 저택에서 물러났다.

그 길로 미아 학원 도시의 진행 상황을 확인하러 간 루돌폰에게 한 통의 소식이 전해졌다.

그 연락을 보낸 이는…….

제23화 뒹굴뒹굴 미아가 잊어버린 것
~이번에야말로 좋은 친구가 되기 위해~

"으음……. 무언가 신나게 했다는 느낌은 들지만……, 아직 잊어버린 게 있는 느낌이 들어요……."

성야제까지 앞으로 이틀. 그리 많이 남아 있지 않았다. 할 수 있는 일은 점점 줄어들고 있었다.

그런 와중에 미아는 침대 위에서 뒹굴뒹굴하고 있었다. 찰나주의적인 삶을 살아가기로 결심했기 때문…… 이 아니다. 기본적으로 미아는 아무 일도 없을 때면 뒹굴뒹굴 노는 생물이다.

그때 시온이 찾아왔다.

"미아, 잠시 상담하고 싶은 게 있는데 괜찮을까?"

노크 소리와 함께 들린 시온의 목소리.

"어머. 시온이 여자 기숙사에 오다니, 별일이네요……."

미아는 침대 위를 데굴데굴 굴러가더니 바닥에 탁! 내려섰다. 그리고는 자신의 옷차림을 내려다보고……, 조금 구깃구깃해진 실내복을 살펴보고는…….

——흐음, 뭐. 시온이니까 딱히 상관없겠네요.

안정적인 게으름을 발휘했다.

판단을 마친 미아는 생글생글 웃으며 시온을 맞았다.

시온은 미아의 복장을 보고 순간 당황한 모습을 보였으나…….

"쉬고 있었나……. 이거, 미안한데……."

면목이 없다는 듯 머리를 숙였다.

아무래도 미아가 자다 일어났다고 착각한 모양이었다. 실제로 방금 전까지 침대 위에서 데굴데굴 굴러다니고 있었으니 완전히 틀린 건 아니었다.

"딱히 상관없어요. 당신이 여기에 왔다는 건 어지간한 용건일 테니까요. 지금은 안느가 없으니 차를 내오지는 못하지만……."

그렇게 미아는 시온을 방 안으로 들였다.

"그래서, 상담이라니 뭐죠?"

"그래. 실은 네 가신인 루드비히 씨에게 부탁하고 싶은 게 있어."

"어머, 루드비히에게요? 뭔가요?"

"단도직입적으로 말하자면, 예전에 이야기한 제국 내에서 사라진 바람 까마귀의 첩보원의 수색을 부탁하고 싶다."

"제국 내에서 사라진 바람 까마귀의 첩보원……."

……어라? 그런 사람이 있던가……? 내심 고개를 갸웃거리는 미아였다.

"아무리 미아라고 해도 기억나지 않는 건가. 제국의 사대공작가에 뱀이 접근했다는 정보를 제공한 인물인데……."

"……아, 아! 그랬죠. 그분 말이군요!"

마치 기억하고 있다는 양 어필하는 미아였지만…… 실은 기억나지 않았다. 미아는 딱히 기억해두지 않아도 되는 일은 잊어버릴 수 있는 편리한 두뇌의 소유주이다.

"그런데 그분을 왜 찾는 거죠?"

그런 의문을 느낀 미아였지만 이어지는 시온의 설명을 듣고 수

긍했다.

"그렇군요……. 확실히 아군으로 포섭할 수 있다면 든든하겠어요. 역시 시온이에요."

"후후. 전에 말했잖아. 명예를 회복할 기회는 내 힘으로 만든다고……."

시온은 장난기 어린 미소를 짓더니 어깨를 움츠렸다.

"잔뜩 멋진 척을 하고 있지만, 이렇게 미아의 손을 빌려야만 한다는 게 꼴사납군……. 솔직히 학원에 머무르면서 할 수 있는 일에는 한계가 있거든."

"어머. 딱히 자신을 비하할 필요는 없는데요…… 그래서, 구체적으로는 무엇을 조사하면 되는 거죠?"

"아, 이거 말인데……"

시온이 건넨 종이를 본 미아는 눈썹을 찌푸렸다.

"으음, 이건……? 맥스 : 상인, 비셋 : 집사, 타나시스 : 지방 문관……?"

"이건 그 남자가 사용한 가명과 가짜 신분이다."

"호오……, 그렇군요. 참고로 몽타주 같은 것은 없는 건가요?"

"아쉽게도. 변장술도 능한 사람이라고 해."

"그래요……. 뭐, 그럴 테죠……."

미아는 고개를 주억거리며 종이를 바라보았다.

──그나저나 역시 대단한데요, 시온. 아벨에게서 들은 대로 혼돈의 뱀과 싸우기 위해 제대로 전략을 짜고 있어요……. 아, 그래요!

불현듯 떠오른 아이디어. 미아는 손뼉을 치고 말했다.

"시온, 시험 삼아 물어보고 싶은 게 있는데 괜찮을까요?"

"응? 뭔데? 내가 대답할 수 있는 일이라면 얼마든지……."

갸웃거리는 시온을 향해 미아는 만족스럽게 고개를 끄덕인 뒤 말했다.

"만약, 어디까지나 가정이지만요. 앞으로 이틀 뒤에 숨이 끊어진다면 당신은 어떤 행동을 할 건가요?"

갑작스럽고 참으로 난해한 질문이었다. 하지만 시온은 팔짱을 끼고 성실하게 고민했다.

"앞으로 이틀이라……. 시간이 별로 없으니 그리 많은 일은 하지 못할 테고, 그래……. 먼저 은혜를 입은 사람들에게 인사를 하고……."

작게 신음한 뒤 말을 이었다.

"그 후엔, 폐를 끼친 사람들. 나 자신의 미숙함, 완고함 때문에 사과하지 못했던 사람들에게 사과할 것 같군."

"어머나! 시온에게도 그런 사람이 있나요?"

놀라서 큰 소리를 내는 미아를 보고 시온은 쓴웃음을 지었다.

"그야 한두 명은 있지. 만약 평범하게 사는 와중에 아무에게도 폐를 끼치지 않고 아무에게도 사과할 필요가 없다고 생각한다면, 그건 오만이 아닐까."

시온은 어깨를 으쓱하며 말했다.

──그렇군요……. 확실히 시온이라면 그럴지도 몰라요.

마음속으로 흠흠 고개를 주억거리면서 수긍하는 미아였다.

──물론 제 경우는 이 인간과는 달리 폐를 끼친 사람도 없고, 사과할 필요는 없지만요…….

그리고는 참으로 오만한 생각을 했다!

"흐음, 하지만……. 뭐, 그렇군요…….."

미아는 시온을 향해 자세를 바로잡은 후 머리를 깊이 숙였다.

"시온, 당신에게 감사 인사를 드릴게요."

"응? 뭐야. 갑자기 무슨 일이야?"

"아벨에게 들었답니다. 당신이 저를 걱정해서, 하다못해 부담을 줄여주기 위해 이런저런 행동을 하고 있다고. 걱정을 끼쳐서 죄송해요."

그 인사를 들은 시온은 몹시 떨떠름한 표정을 지었다.

"아벨 녀석, 쓸데없는 소릴……."

그리고는 한숨을 쉰 뒤 입을 열었다.

"으음, 착각하지 말아줬으면 하는데. 나는 어디까지나 명예 회복을 위해 행동한 것뿐이야. 날 위해서…….."

"네, 알고 있답니다. 당신은 당신이 하고 싶은 일을 한 거예요. 하지만 저도 인사하지 않으면 좀 답답할 것 같았거든요. 그러니까 이렇게 머리를 숙인 겁니다. 그냥 그뿐이에요."

미아는 생긋 웃었다.

"저는 저를 위해 마음대로 인사한 것뿐이니까 부디 신경 쓰지 마세요."

그런 미아를 본 시온은 잠시 침묵하더니…… 깊은 한숨을 내쉬고는…….

"그래…… . 젠장, 역시 격려하는 역할을 아벨에게 양보하는 게 아니었나……"

작은 목소리로 중얼거렸다.

……시온은 모른다.

미아가 마음속으로.

──이 자식에게 빚을 만드는 건 좀 불편하니까요. 인사도 머리를 숙이는 것도 공짜. 그렇다면 해 둬서 나쁠 것 없죠!

이런, 조금 쓰레기 같은 생각을 하고 있었다는 사실을.

그리고…… 그가 모르는 것이 하나 더 있었다.

그것은 이때 그가 한 말이 미아의 마음에 계속 남았다는 것.

감사의 인사를 하지 못한 사람은 없는지, 사과하지 않은 사람은 정말로 없는 건지.

지금 시간축에서는 없어도, 이전 시간축에서는……?

계속해서 마음에 남은 질문은 마치 인도하는 빛처럼, 미아가 잊고 있던 존재를 깨닫게 해주었다.

시온이 나간 뒤 루드비히에게 보낼 서간을 빠르게 작성한 미아는 다시 침대 위로 다이빙했다.

"흐아암, 피곤해요……."

편지를 한 장 쓴다는 중노동을 마치고 피곤에 절어있는 미아였다. 팔다리를 내던지고 베개에 얼굴을 푹 파묻었다.

"그나저나 폐를 끼친 사람에게 사과한다니……. 그렇군요, 확실히 미련 없는 죽음을 맞이하기 위해서는 필요한 일이겠네요…….
하지만 저에게는 그런 사람이 없단 말이죠."

이전 시간축에서라면 모를까, 미아는 계속 수정하는 나날을 보
내왔다.

과거에 해고했던 주방장은 지금도 착실히 제국의 주방장으로
서 일하고 있다. 아버지에게 그 충성스러운 근무태도에 부응해달
라고 말해두기까지 했다.

손을 쓸 수 없어질 때까지 사정을 몰랐던 신월지구에도 적극적
으로 사람을 보냈다. 죽어가던 거리는 조금씩 활기를 되찾아가고
있다.

이전 시간축에서 미아가 저질렀던 죄라고 할 수 있을 법한 것
들을 하나씩 수정해서 뒤바꿔놓았다.

그럼에도 불구하고……. 어째서일까. 시온의 말이 묘하게 마음
에 걸렸다.

"뭐…… 착각이겠죠. 그보다 제 경우엔 감사를 전해야 할 사람
이 더 많을 것 같아요. 안느, 루드비히, 아벨, 시온, 클로에, 라피
나 님…… 그리고…… 티오나 양에게도 일단은 인사를……."

그때였다. 불현듯 위화감이 미아를 덮쳤다.

미아는 죽음을 맞기 전, 소중한 친구들에게 자연스럽게 감사의
인사를 하려고 했다.

그중에는 과거의 숙적이었던 시온도 들어가 있었다. 이미 그와
의 관계에서 응어리는 거의 없다. 키스우드나 리오라 등에게도
감정의 골은 느끼지 않는 미아였다.

뭐, 디온은 현재진행형으로 무서우니까 별개로 치고……. 그 외 주변 사람들은 대충 순순히 친구라고 부를 수 있게 되었다.

　하지만…… 어째서일까? 티오나만큼은 아주 조금 마음에 걸리는 것이 있었다. 친구라 부르기에는 골이 있는 것 같은……. 무언가, 그렇게 부르는 걸 방해하는 것이 있는 듯한…… 그런 느낌.

　그 순간, 미아의 뇌리에 어떤 풍경이 되살아났다.

　따끔따끔하게 얼얼한 손바닥…….

　어안이 벙벙해져 있는 한 소녀의 얼굴…….

　자신의 추종자들이 매도하는 목소리…….

　"가난한 귀족의 딸이 시온 왕자님과 친하게 지내다니, 분수를 몰라도 너무 모르는 것 아닌가요?"

　험악하게 모욕하는 자신의 목소리.

　계속…… 계속 잊고 있던 게 생각났다.

　"아, 그래요……. 그랬, 었죠……. 사과해야만 하는 일…… 있었네요……. 티오나 양에게 그때의 일을…… 사과하지 않았어요……."

　미아는 이전 시간축에서 시온 왕자와 친하게 지내는 티오나를 보고는……, 그게 너무 속상해서……. 시온 왕자에게 무시당했던 게 서글퍼서…….

　자신의 내면에서 생겨난 격정에 맡겨 티오나의 뺨을 갈겼다.

　생각해 보면 그건 미아가 유일하게 수정하지 못한 문제였다.

　왜냐하면, 그건…….

　"제가 뭘 하기도 전에 없는 일이 되어버렸으니까요……."

　역사의 흐름 속에서 없었던 일이 되어버린 사건.

그것은 딱 하나, 수정해서 청산하지 못했던 '미아의 죄'였다.

물론 냉정하게 생각해 보면 티오나는 자신을 처형한 인물이다.

뺨을 때린 정도라면 그걸로 상쇄했다고…… 그렇게 말할 수 있을지도 모른다.

하지만 그건…… 그렇게 계산할 수 있는 문제가 아니었다.

미아는 그날의 일이 자신의 마음속에 남아있다는 걸 뚜렷하게 자각했다.

어떤 논리로 계산하든 마음에 걸리는 건 마음에 걸린다. 특히 죽음을 코앞에 두었을 때, 남은 시간이 얼마 없어 할 수 있는 일이 한정적인 지금은…… 고집을 부릴 때가 아니었다.

"어쩌면……, 저는 그것 때문에 순순히 티오나 양과 친구가 되지 못했던 것 같은 느낌이 들어요."

수정으로 인해 그 죄가 사라진다고 한다면, 단두대를 회피한 시점에서 이미 티오나에게 느낄 원한은 없다. 게다가 그녀는 렘노 왕국 때도 선거전 때도 미아를 위해 열심히 노력해주었다…….

"마음을 터놓을 수 있는 친구가 되어도 이상하지 않은데, 왠지 감정의 골이 있는 듯한 느낌이 들어요. 이 답답함을 어떻게든 하지 않으면 죽어도 눈을 감지 못할 거예요."

그건 드디어 찾아낸 대답.

물론 이젠 그 당시의 티오나에게 사과할 수는 없다.

게다가 기억에 없는 일로 사과해봤자 티오나는 당황할 뿐이리라.

……하지만 그런 건 알 바 아니었다.

아무튼 미아는 마이 퍼스트. 심지어 지금의 미아는 찰나주의에 입각해 살고 있는 여자다.

남이 어떻게 생각하는지는 중요하지 않다.

"만약 그때의 일을 제대로 청산해두었다면……. 만약 성야제 밤에 제가 죽어서 한 번 더 과거로 돌아갈 수 있다면…… 그때는 분명 티오나 양과 좋은 친구가 될 수 있을 거예요."

왠지 마음이 개운해진 미아는 고개를 끄덕였다.

"흠, 좋은 일은 서두르라고 하죠."

다음날, 미아는 티오나를 만나러 가기로 했다.

사과의 증표로 호화로운 과자 선물을 들고. ……딱히 자기가 먹고 싶었기 때문인 건…… 아니다.

제24화 각인된 후회 ~전해진 말과 닿지 않은 소원~

티어문 제국에서 일어난 혁명전쟁 당시 혁명군을 이끌었던 성녀 티오나 루돌폰.

그런 그녀가 전선에 선 적은 한 번도 없었다.

물론 혁명군의 수장이자 상징인 그녀가 숨을 거두는 일은 없어야 한다는 이유도 있지만, 단순히 검술 실력이 평범한 수준이었기 때문이라는 것도 이유 중 하나였다.

하지만 그녀는 제 손을 더럽히지 않는 것을 기꺼워하지 않았다.

사람들의 도움이 되고 싶다. 자신도 함께 싸우고 싶다……. 그렇게 생각한 그녀가 내놓은 대답. 그것이 궁술이었다.

활의 명수인 룰루 족의 리오라 룰루에게서 가르침을 받은 티오나는 재능을 훌륭하게 개화했다. 그 실력은 혁명군 중에서도 상위권을 자랑하며, 많은 적병이 그녀의 활 앞에서 목숨을 거두게 되었다.

그렇게 혁명전쟁은 끝이 났다.

황실은 무너지고 황제는 처형. 미아 황녀의 처형도 며칠 뒤로 다가왔다.

드디어 싸움이 끝났다……. 그럼에도 티오나는 매일매일 수백 발의 활을 쏘는 연습을 빠트리지 않았다.

마치 '더는 되돌릴 수 없는 무언가를 되돌리려 하는' 것처럼…….

몇 번이고, 몇 번이고 활을 쏘았다.

그렇게 활 연습을 마친 티오나에게 한 남자가 찾아왔다.

"루드비히 휴이트……. 당신이 시온 왕자님이 말씀하셨던……, 미아 황녀 전하의 밑에서 일하던 분이었죠?"

"면회에 응해주셔서 감사합니다. 티오나 님."

"중요한 때에 중요한 역할을 받으셨군요. 당신의 정치 수완은 시온 왕자님도 높게 평가하시는 것 같았습니다. 앞으로도 이 제국을 재건하기 위해 협력해주셨으면 좋겠는데요. 드세요."

그렇게 말하며 티오나는 루드비히에게 차를 권했다.

그 잔에는 손을 대지 않은 채 루드비히는 티오나를 똑바로 바라보았다.

"오늘 이곳으로 발걸음을 옮긴 것은 부탁드리고 싶은 일이 있기 때문입니다."

"…………."

티오나는 일부러 천천히 차를 입에 머금었다.

그 향을 즐기듯이 살며시 눈을 휘고는.

"부탁…… 말인가요. 시온 왕자님께 연결해달라는 이야기라면 기꺼이 받아들이겠지만……."

탐색하는 시선으로 루드비히를 바라보았다.

"미아 황녀 전하를 만나주셨으면 합니다."

반면 루드비히가 꺼낸 말은 지극히 단순한 내용이었다.

"무엇을 위해서죠? 이제 와서 만난다고 해도 나눌만한 이야기는 아무것도 없다고 보는데요……."

티오나는 딱딱한 목소리로 말했다. 그런 그녀에게 루드비히가 뜻밖의 말을 했다.

"세인트 노엘에 다닐 때, 미아 님께서 당신의 뺨을 때린 적이 있다고 들었습니다."

"⋯⋯⋯⋯?"

"미아 님께서는 계속 당신에게 그날 일을 사과하고 싶다고 말씀하셨습니다. 그 기회를 달라고⋯⋯."

"⋯⋯그건, 저기⋯⋯ 무슨 말씀이시죠?"

티오나는 당혹스러워져서 무심코 고개를 갸웃거렸다.

그렇다. 세인트 노엘 학원에서 수도 없는 괴롭힘을 받은 그녀는 미아의 비실비실한 싸대기 따위 기억에 남아있지 않았다. 애초에 아픈 걸 싫어하는 미아가 자신의 손을 써서 때린 일이다. 따라서 그 위력은 마치 뺨을 쓰다듬는 수준이었다⋯⋯.

당한 쪽으로서는 그저 어리둥절할 뿐이었고⋯⋯ 분노보다는 당황이 더 컸다.

예상하지 못한 티오나의 반응에 어안이 벙벙해진 듯한 루드비히였지만, 한 번 헛기침을 하고 다시 입을 열었다.

"부디 미아 황녀 전하를 만나주실 수 없겠습니까? 그리고 미아 님과 대화해주셨으면 합니다. 그러면⋯⋯."

"변하는 건 없습니다."

가로막듯이 날아간 말. 그 후 티오나는 루드비히를 노려보았다.

"이제 와서 사과를 받아봤자 의미는 없습니다. 아무것도, 그 무엇도 변하지 않습니다. 아버지는 돌아오지 않으십니다. 황실에, 대귀족에게 짓밟혀서 죽어간 백성들도 살아 돌아오지 않으니까요."

티오나는 한 번 더 차를 입에 가져갔다.

——미아 루나 티어문을 **용서해서는 안 돼**…….

자신을 타이르듯이, 그 몸에 새겨넣듯이……. 티오나는 내심 중얼거렸다.

——만날 필요도 없어. 말을 나눌 필요도 없고, 그 인간성을 알 필요도 없어. 필요가 없으니까, 하지 않아…….

티오나는 무서웠다.

대화를 해보고 그녀의 인품을 알게 된다면……, 그랬다가 만약 정이라도 생긴다면……? 그녀를 용서해주고 싶어진다면……?

——그러면 아버지가…… 너무 비참하잖아.

확실히 미아 황녀는 반성하고 있을지도 모른다. 대화해보면 의외로 좋은 사람일지도 모른다. 자신이 저지른 죄를 바로잡을 수 있는 사람일지도 모른다.

하지만…… 그래도 아버지는 돌아오지 않는다. 그 원한을…… 풀어드릴 수도 없다.

따라서 자신은 미아를 용서해선 안 된다고…….

티오나는 그렇게 결의하고 있었다.

"저는 미아 황녀 전하를 용서하지 않습니다."

결연하게, 완고한 어조로 티오나가 말했다.

"시온 왕자님에게 구명해달라 말씀드리지도 않을 겁니다……. 하지만……."

거기서 처음으로 그녀는 머뭇거렸다.

"하지만……, 당신이 시온 왕자님을 면회하겠다고 하신다면……
그걸 방해하지도 않을 겁니다."

그것은 자비인가……? 아니, 그게 아니다.

그건 도피였다.

티오나는 미아라는 사람과 마주 보는 것을 거절한 것이다.

미아의 생사여탈에 관여하고 싶지 않다고, 자신의 의사를 그곳
에 두고 싶지 않다고.

자신의 마음이 움직이지 않도록…….

그녀를 결코……, 용서하지 않기 위해…….

그러니까…….

미아의 처형이 집행되고 잠시 시간이 지난 뒤…….

루돌폰 변경백의 암살이 황제의 명령에 의해 이뤄진 일이 아니
라는 사실을 알게 되었을 때…….

티오나는 후회했다.

"그때…… 미아 황녀 전하와 대화했었다면 좋았을지 몰라……."

냉정하게 생각했을 때, 처형은 피할 수 없었으리라. 티오나가
무언가를 해봤자 미아를 구하지는 못했을 것이다.

하지만, 그래도……. 아니, 그렇기 때문인 걸까……? 다시는
대화할 수 없다는 걸 뼈저리게 알기 때문인 걸까?

마지막까지 미아와 한마디도 나누지 않은 것이 티오나 안에 계
속 후회로 남아있었다.

그 후회는 영혼에 각인하듯이 중얼거렸던 '미아를 용서하면 안 된다'는 다짐을 덮어쓰고…… 티오나의 마음속에 깊이 새겨졌다.

"……이상한 꿈을 꿨어……."

성야제를 다음 날로 앞둔 그 날, 티오나는 세인트 노엘 학원의 활 연무장에 있었다.

렘노 왕국 사건에서 자신의 검이 전혀 도움이 되지 않는다는 것을 통감한 티오나는 고민한 끝에 활을 배우기로 했다.

다행히 그녀의 종자인 리오라는 활의 달인이었다. 그녀에게 가르침을 받은 티오나는 이전보다 일찍 타고난 재능을 개화해나가고 있었다.

그날의 연습을 마치고 땀을 닦고 있을 때 어떤 인물이 찾아왔다.

"티오나 양, 잠시 괜찮을까요?"

"……네? 미아, 님……?"

기묘한 꿈과 겹쳐지는 듯한 상황. 하지만 자신을 찾아온 사람은 미아의 신하가 아닌 미아 본인이었다…….

"잠시 하고 싶은 이야기가 있는데, 이후에 시간 괜찮은가요?"

미아의 질문에 티오나는 그저 고개를 끄덕일 수밖에 없었다.

"그, 죄송합니다. 미아 님. 마침 지금 활 연습을 하고 온 직후라서 땀 냄새가 날지도 모르니……. 다, 다과회 권유라면 바로 갈아입고 올게요……."

"어머, 타이밍이 좀 안 좋았네요……."

미아는 티오나의 복장을 보고 '흐음' 하며 중얼거렸다.

확실히 티오나의 머리카락은 땀으로 조금 젖은 것처럼 보였다.
계속 저 상태로 있으면 기분이 안 좋을 테지…….

"아, 그래요. 그럼 이 기회에 함께 목욕하러 가죠."

"……네?"

어리둥절한 얼굴로 눈을 깜빡이는 티오나에게 미아는 웃음을
지었다.

"마침 클로에에게 재미있는 입욕제를 받았거든요. 피로가 풀린
다지 뭐예요. 모처럼이니까 사용해봐요."

라냐와 마찬가지로 미아를 걱정한 클로에가 가져온 입욕제. 오
늘 써보지 않으면 쓸 기회가 사라질지도 모른다.

"음, 마침 잘됐네요."

미아는 만족스럽다는 듯 고개를 주억거리며 공중목욕탕으로
향했다.

오후 이른 시간이었기 때문일까. 공중목욕탕에는 사람이 없었다.

최적의 타이밍이라는 양 미아는 뜨거운 물이 찰랑거리는 탕에
입욕제를 흩뿌렸다.

"미, 미아 님. 저기, 괜찮은 건가요? 이렇게 마음대로…….."

"후후후, 문제없어요!"

미아는 자신만만하게 고개를 끄덕였다. 아무튼 지금 미아는 찰
나주의적인 삶을 살고 있기 때문이었다.

무단으로 목욕물에 입욕제를 타는 것쯤은 아무렇지도 않다……

고 생각하는 미아였으나……. 직후, 어마어마한 기세로 연기가 피어오르는 바람에 간담이 서늘해졌다.

새하얀 연기는 목욕탕을 가득 채우며 퍼져나가 근처에 있는 티오나의 모습마저 보이지 않게 될 정도였다.

"미, 미아 님?"

"……괘, 괜찮…… 을, 거예요……. 분명, 아마도……."

철벽같은 자신감이 휘청휘청 흔들렸다. 미아의 배짱은 순식간에 쪼그라들어 본래의 소심함으로 돌아가 버렸다.

아무리 그래도 이건 위험하지 않을까……? 하는 의문이 들기 시작했을 때, 간신히 연기가 흐려졌다.

아직 수증기치고는 색이 진한 느낌이 들지만, 이 정도라면 문제없겠지. 분명 괜찮을 거야, 응, 괜찮아…….

이렇게 스스로를 타이른 다음 '후우' 하고 숨을 돌린 미아는 그제야 알아차렸다.

"어라, 이 향기는 월형초(月螢草)의 향기인가요……?"

"그런 것 같아요. 무척 좋은 향기……."

티오나도 기분이 좋아 풀어진 얼굴로 대답했다.

그 후 두 사람은 빠르게 몸을 씻고 욕조로 향했다.

뜨거운 물에 들어가 다시금 길게 숨을 내쉬는 미아.

──아아, 클로에가 마음이 안정되는 향이라고 했었는데. 정말 그 말대로네요…….

조금 전까지는 긴장해서 파도가 출렁거리던 미아의 마음도 지금은 잔잔한 호숫물과 같은 모습이 되었다.

——이 상태라면 자연스럽게 이야기할 수 있겠어요. 우후후, 클로에에게 고마워해야겠는데요.

두 팔과 다리를 길게 뻗어 기지개를 켠 미아가 '끄응' 하고 신음했다.

그때.

"우후후, 다행이다……."

바로 옆에서 티오나가 작은 웃음소리를 흘렸다.

"어라? 무슨 일인가요?"

고개를 갸웃거리는 미아에게 티오나가 말했다.

"미아 님, 조금 살이 오르신 것 같아서요."

"……네?"

꽝꽝 얼어붙는 미아.

조금 전까지 잔잔한 호수 같았던 미아의 마음이 순식간에 소용돌이쳤다!

하지만…….

"조금 걱정했거든요. 다들……. 미아 님께서 최근 식욕이 없는 것 같다고 들었으니까요."

"아, 아아, 그런 거였군요. 저를 걱정해서……."

묘하게 석연치 않은 기분을 느끼면서도 미아는 고개를 끄덕였다. 그 후 자신의 위팔을 조물조물 주물러보았다.

——딱히 살이 찌거나 하진 않았죠? 전에도 이 정도로 말랑말랑했으니까……. 여름이 오기 전부터 이런 느낌이었던 것 같은데…… 어라?

"그래서, 그……. 하고 싶은 이야기라는 건 뭔가요?"

무언가 중대한 사실을 깨달을 뻔했던 미아였으나, 티오나의 목소리를 듣고 정신을 차렸다.

"아, 아아, 그랬죠……."

미아는 잠시 자세를 바로 한 뒤 숨을 크게 들이마셨다가 내쉬었다.

"저는 당신에게 사과해야만 하는 일이 있습니다."

"네?"

갑작스러운 미아의 말. 티오나는 그저 눈을 깜빡였다.

그러거나 말거나 미아는 말을 이었다.

"저는…… 당신에게 심술을 부렸어요……. 당신에게 심한 짓을 했어요……."

목욕탕 안에 미아의 목소리가 조용히 울려 퍼졌다.

"무, 무슨 말씀이세요? 저는 그런 기억이……. 미아 님께서는 무척 잘 대해주셨는걸요. 미아 님께서 제게 심술을 부리셨을 리가 없어요."

생각지도 못한 발언에 당황하는 티오나.

"미아 님께서…… 그런……."

"어머? 저도 심술 한두 개쯤은 부린답니다. 예를 들어 의중의 남자와 너무 가까운 모습을 본다거나……."

"하, 하지만 저는 아벨 왕자님과 그렇게까지 가깝지는……."

그때였다.

불현듯 티오나의 뇌리에 어젯밤에 꾼 꿈속의 광경이 떠올랐다.

자신에게 사과하고 싶다고 했던 미아. 그걸 거절했다가 나중에 크게 후회한 자신…….

그것은 그냥 꿈일 뿐이다. 깊게 생각할 필요가 없는 꿈인데…….

하지만 티오나의 마음에는…… 분명하게 각인된 감정이 있었다.

그래서…….

"……저는 미아 님께서 무슨 말씀을 하시는 건지 잘 모르겠습니다. 하지만…… 만약, 미아 님께서 제게 잘못을 하셨고…… 이렇게 사과하시는 거라면……, 아마…….."

미아를 용서해서는 안 된다고 생각하는 자신이 있다.

용서할 수 없는 게 아니라…… '용서해서는 안 된다'고.

……그것은 무척 괴로운 일이었다.

──누군가를 계속 원망하는 건……, 어쩜 그렇게 괴로운 일인지…….

티오나는 꿈의 뒷이야기를 상상했다.

미아를 계속해서 원망하는 인생……. 그게 얼마나 빛과 색채를 잃어버린 나날이었을지.

그 원한이 잘못된 것이었음을 알았을 때…… 얼마나 미아와 대화하고 싶었는지를.

티오나는 미아의 얼굴을 똑바로 바라보았다.

"아마 미아 님을 용서할 겁니다. 그때의 저는, 분명…….."

티오나의 말을 들었을 때…….

"아…….."

미아의 얼굴에서 무언가가 떨어져 나간 듯이 표정이 사라졌다. 다음 순간, 그곳에 퍼진 것은 안도의 미소였다.

"아……, 다행이에요……. 이제 여한이 없어요."

하지만 그렇게 중얼거리는 얼굴은 어딘가 티오나를 불안하게 만들었다.

마음속에서 초조함의 불꽃이 타올랐다.

"저기, 미아 님……. 저는 미아 님과 더 많이 이야기하고 싶어요."

그것은 티오나의 영혼에 각인된 갈망.

그 꿈속에서는 이뤄지지 않았던 마음.

지금이라면 이룰 수 있는 소원.

미아는 티오나의 말을 듣고 순간 멍한 표정을 지었으나…….

"그래요……. 그렇다면……, 네. 성야제가 끝나면…… 여유롭게 대화하기로 해요."

"성야제요……?"

"네, 성야제요. 그날을 무사히 넘기고 나면…… 그때는 찬찬히 대화하도록 하죠."

확실히 학생회 구성원이다 보니 성야제가 끝날 때까지 긴장하고 조마조마해 하는 건 이해할 수 있다.

하지만……. 어째서일까……. 티오나의 가슴에 불길한 감각이 꿈틀거렸다.

"그럼 오늘은 어울려주셔서 감사합니다."

미아는 웃으면서 일어났다. 티오나에게는 그 모습이 어째서인지 무척 아스라하게 보였다.

마치…… 밤이 끝나는 것과 함께 주역의 자리에서 쫓겨나는 달 처럼…….

"앗……."

하지만 그 분위기는 곧바로 사라졌다.

"아, 미아 언니. 우연이네요."

"안녕하세요, 미아 님."

목욕탕에 벨과 슈트리나가 나타났기 때문이다.

"어머. 두 사람은 지금부터 목욕하러 온 건가요?"

"그럴 생각인데요……. 왠지 조금 주위가 탁하지 않나요?"

어리둥절한 얼굴로 고개를 갸웃거리는 벨.

"클로에에게 받은 입욕제를 사용해봤답니다. 연기 같은 게 잔 뜩 나와서 재미있었어요."

흐뭇해하며 웃는 미아의 모습에서는 조금 전까지 머물렀던 아 련함은 조금도 느껴지지 않았다.

이리하여 성야제 당일이 되었다.

제25화 움직이기 시작한 음모 ~미아 할머니의 결사적인 각오~

【성야제 당일, 여덟 번의 종소리(AM 8:00)】

운명의 하루는 지극히 조용히 막을 올렸다.

아침. 꾸물꾸물 침대에서 일어난 미아는 안느를 데리고 공중목욕탕으로 향했다.

그곳에서 밤사이에 흘린 땀을 씻은 뒤 세수를 하고 몸단장을 마쳤다. 미아가 아침부터 정신이 맑은 것은 드문 일이었다.

"흐음…… 이 정도면 될까요……?"

"미아 님, 오늘은 무척 기합이 들어가셨네요."

조금 놀란 표정인 안느에게 미아는 살며시 미소 지었다.

"그렇죠. 뭐, 오늘 정도는……."

그 후 미아는 아침 식사를 하고 학생회실로 향했다.

"어머, 미아 님. 좋은 아침."

안으로 들어가자 곧바로 라피나가 말을 걸었다.

"라피나 님? 어라……. 오늘 학생회에 무언가 일이 있었던가요?"

경비체제 확인, 축하연 준비의 진척도, 섬의 출입자 확인 등등……. 학생회에서 파악해둬야 하는 일에는 이미 한 번 확인을 마친 뒤였다.

애초에 당일에는 학생회 구성원이 해야 할 일이 거의 없을 텐데……

"아니, 괜찮아. 무슨 일이 생기면 모여달라고 하게 될 테지만……. 후후후, 그날 이후 산테리가 열심히 일해주고 있으니 우리가 할 일은 없지 않을까?"

라피나는 웃으면서 말했다.

"이것도 미아 님 덕분이야."

"그렇지는 않은데요……."

맞는 말이다. 미아는 식욕에 충실히 따라서 독버섯을 먹었을 뿐이니까.

"하지만 그렇다면 대체 왜 이런 곳에 계신 거죠?"

"잠시 감회에 젖어있었어."

라피나는 고요하고 부드러운 미소를 지었다.

"내가 이곳의 주인이 아니게 된 지 벌써 1년이 지났구나, 하고……. 우후후. 왠지 조금 신기한 느낌이 들어."

그 후 라피나는 책상 위에 슬쩍 엉덩이를 올렸다. 조금 예의에 어긋나는 그 행동이 라피나답지 않아서 미아는 놀랐다.

"사실은 매년 이날에는 여기에 왔어. 몸을 정결히 하고 성의를 입기 전에 기합을 넣기 위해서. 미아 님은 모를 수도 있지만, 성야제의 의식은 꽤 긴장되거든."

"그렇군요. 고생이 많으십니다."

"하지만 올해는 조금 달라. 당연히 긴장은 하지만, 그 후에 다함께 파티를 한다고 생각하면 왠지 즐거운 거 있지……."

그러더니 라피나는 천진난만한 어린아이 같은 미소를 지으며 말했다.

"그럼 나는 가야겠다. 오늘 밤의 냄비 요리 파티, 기대하고 있을게."

학생회실에서 나가는 라피나를 배웅한 뒤 미아는 작게 중얼거렸다.

"오늘 밤…… 그렇, 죠……."

대체 무슨 일이 일어날지…… 지금은 모른다. 하지만 냄비 요리 파티가 있다. 소중한 동료들과 보내는 즐거운 시간이 기다리고 있다. 게다가 오늘 밤의 냄비 요리에는 버섯이 들어간다.

대단히 맛있는 버섯 요리다! 끝내주게 맛있는 버섯 요리다!! 환상적으로 맛있는 버섯 요리란 말이다!!!

──괜찮아요. 어떠한 유혹이 온다고 해도 제가 세인트 노엘 섬에서 나가는 일은 없어요.

그 후 미아도 학생회실에서 나왔다.

【성야제 당일, 열 번의 종소리(AM 10:00)】

"앗, 미아 님!"

축하연 회장인 그랜드 홀 앞을 지나가던 때였다.

미아를 부르는 목소리가 들렸다.

시선을 돌리자, 그곳에는 라냐 타하리프 페르쟝의 모습이 있었다.

"아, 라냐 양. 안녕하세요……."

미아는 친근한 미소를 지으며 라냐에게 걸어갔다. 그러자 그 눈에 들어온 것은……

"어머나! 무척 맛있어 보여요."

탁자 위에 늘어놓은 과자들이었다. 페르쟝의 위신을 건 품목에 미아는 자기도 모르게 입술을 축였다.

지난번 일의 반성도 겸한 것인지, 먹을 것 주위에는 베이르가의 경비가 감시자로서 자리하며 엄중한 시선을 보내고 있기 때문에 슬쩍 집어먹지는 못할 것 같지만…….

"아아, 무척 맛있어 보여요……."

"후후후. 꼭 먹으러 와 주세요. 미아 님, 기다리고 있겠습니다."

미아는 그 권유에 미소 지으며 애매한 대답만을 돌려주었다.

"후후후, 라냐 양. 매번 감사합니다. 페르쟝의 먹거리에는 늘 신세 지고 있어요. 그래요……. 최대한 올 수 있도록 노력할게요."

왜 이렇게 대답하냐고? 왜냐하면…….

──오늘 밤에는 버섯 냄비 요리를 먹을 예정이니까요……. 먹을 만큼 배가 빌까요……?

자신의 위장을 걱정하는 미아였다.

아무튼 오늘은 극상으로 맛있는 버섯 냄비 요리를 먹을 테니까!!!!
불안해질 법도 했다.

그걸 물끄러미 바라보고 있던 라냐는 갑자기 탁자 위에 놓여 있던 컵케이크를 하나 들더니 숟가락과 함께 미아에게 건넸다.

"미아 님, 이것을."

"어머? 이건……."

"시식용입니다. 드세요."

"? 네, 네에. 감사합니다?"

고개를 갸웃거리면서도 미아는 라냐가 준 컵케이크를 입에 넣었다.

"흡! 이건!"

"어떠신가요?"

"입 안에서 살살 녹는 감칠맛……, 이 진한 단맛은…… 혹시, 이건 감로 밤인가요?"

"네. 페르쟝에서 개발한 마론 스위트 케이크랍니다."

"아아, 역시나……. 이 짙은 단맛은 밤에서 나오는 거였군요. 우후후, 오랜만에 먹었는데 무척 맛있었어요."

미아는 컵을 라냐에게 돌려주며 말했다.

……참고로 이렇게 들어보면 한 입만 먹어보고 돌려준 것처럼 느낄지도 모르지만, 이 대화가 오가는 사이에 미아는 컵 안에 든 케이크를 깨끗하게 비웠다.

숟가락을 이용해 한 톨도 남김없이 삭삭 잘 긁어먹었다. 무척이나 깔끔하게 먹는 미아였다.

"이대로 가면 페르쟝은 안녕하겠어요. 오늘 밤의 축하연도 분명 성황을 이룰 거예요."

그렇게 말하며 웃는 미아였지만……, 라냐는 웃지 않았다.

그저 미아를 물끄러미 응시하며 입을 열었다.

"저기, 맛있는 것은 더 많이 있습니다. 미아 님. 저 말고도 다른 사람들도 실력을 발휘해서 맛있는 것을 마련해두었어요. 그러니까……."

라나는 필사적으로 말했다.

"반드시 먹으러 와 주세요. 미아 님께서 기운을 차리시길 바라며 맛있는 것을 많이 준비했으니까요."

마치 그렇게 약속하지 않으면 미아가 어딘가로 가 버린다고 생각하는 것처럼…….

"네, 알겠습니다. 그렇게까지 말씀하신다면……."

미아는 버섯 냄비 요리를 먹을 때 조금 자중하기로 결심했다.

──게다가 디저트 배는 따로 있다는 유명한 격언도 있으니까, 괜찮을 거예요.

【성야제 당일, 제2, 네 번의 종소리(PM 4:00)】

학원 내를 한 바퀴 돌아본 다음 자신의 방에서 얌전히 쉬고 있었더니 불현듯 노크 소리가 들렸다.

손님을 맞으러 나간 안느는 바로 난처해하는 얼굴로 돌아왔다.

"미아 님, 죄송합니다. 잠시 자리를 비워도 괜찮을까요?"

"딱히 상관은 없는데요. 무슨 일인가요?"

"그게…… 오늘 밤 축하연 준비에 일손이 부족하다면서 도와달라는 부탁을 받았거든요……."

"아아, 오늘은 특별한 날이니까 그럴 수 있겠네요. 흐음……. 그런 일이라면 문제없습니다. 우리 제국의 위신을 걸고 제대로 실력을 발휘하고 오세요."

안느는 순간 불안해하는 표정을 지었다.

"네, 알겠습니다. 하지만, 저기…… 미아 님."

그리고는 무언가 하고 싶은 말이 있는 듯했지만…….

"네? 무슨 일 있나요?"

미아의 질문에 작게 고개를 저었다.

"아뇨, 아무것도 아닙니다. 그럼 다녀오겠습니다, 미아 님."

"네……. 아, 그래요. 그리고 만약 어딘가에서 벨을 보면 방으로 돌아오라고 전해주겠어요? 어쩐지 오늘은 아침부터 보지 못한 것 같아서요……."

벨은 미아보다 한 학년 아래다. 방에서 나가면 밤이 될 때까지 얼굴을 볼 일이 없는 날도 흔하다. 하지만…… 어째서일까. 오늘은 그게 조금 마음에 걸렸다.

"벨 님 말씀이세요?"

안느는 의아해하는 표정을 지었다가 바로 고개를 끄덕였다.

"알겠습니다. 그럼 다녀오겠습니다."

그렇게 안느가 나가는 걸 지켜본 뒤 미아는 벨의 침대로 총총 걸어갔다.

그 아래에 숨겨둔 성녀 미아 황녀전을 꺼내 다시금 내용을 확인하기 위해서다.

──아마 기록은 바뀌지 않았을 것 같지만요……. 마지막에 한 번 더 황녀전을 확인…… 어라?

그때였다.

작은 노크 소리가 들렸다.

"흐음? 누굴까요? 안느가 돌아온 건…… 아닐 텐데요……."

미아는 고개를 갸웃거리며 문으로 걸어갔다.

무방비하게 그 문을 열려고 한 미아였으나, 문득 문 아래쪽을 통해 방 안으로 들어온 한 장의 종이로 시선이 갔다.

거기에 적혀있는 것은…….

당신의 소중한 동생, 미아벨 님은 우리가 데리고 있습니다.

미아벨 님의 목숨을 구하고 싶다면 반드시 혼자서 지정한 장소로 와 주세요.

그런 문장으로 시작하는 협박장이었다.

"아, 아아…….."

미아는 힘이 빠진 듯한 목소리를 흘렸다.

"그래요, 그런…… 거였군요."

성녀전에 적힌 내용이 전부 이어졌다.

"제가 밤에 섬 밖으로 빠져나가는 건, 이런 이유가…….."

협박장에는 섬에서 나오기 위해 회유해둔 상인, 지정한 장소에 갈 때 탈 말 등 상세한 지시가 적혀있었다.

산테리가 구축한 경비 상황을 사전에 들었던 미아는 알고 있다.

이 섬은 들어오는 건 어려워도 나가는 건 비교적 쉬운 편이다. 특히 여느 때보다 사람의 출입이 많은 성야제 시기에는 나가는 사람까지 엄밀하게 확인할 수 있을 만큼 인력이 남아돌지 않는다. 그렇기 때문에…….

"섬 안에서 암살하는 건 어려울 테지만, 섬에서 밖으로 불러내는 건 쉽다는 거죠……."

물론 유괴하는 건 간단한 일이 아니다. 아무리 그래도 그런 일을 도와주는 상인의 출입은 허락하지 않을 것이다. 하지만 그게 귀족의 일탈이라면……?

예를 들어 밤바람을 쐬고 싶으니까 잠시 말을 타고 나갔다 오겠다고…… 철없이 떼를 쓰는 거라면……?

노엘리쥬 호수 부근은 치안도 안정적이고 위험한 동물도 거의 없는, 비교적 안전한 장소다. 그곳으로 놀러 가는 정도라면…… 위험은 적지 않을까?

그렇게 생각하는 사람이 있어도 이상하지 않다.

그건 말 그대로 아슬아슬한 경계선. 금화와 맞바꿔 저지를 수 있는 위험의 한계다.

"음모에 가담하는 사람은 없어도, 세인트 노엘에 다니는 귀족 자제의 억지에 맞춰주는 정도라면 해줄 수 있는 사람도 있을지도 모르죠……."

상인이란 그런 법이다. 돈과 타협만 한다면 자신이 위험해진다고 해도 팔아치운다.

그리고 그 정도의 각오로 협력한 사람이 막상 자기 때문에 암살이 일어났다는 걸 깨닫는다면…… 아마도 침묵할 것이다.

그래서 황녀전에는 미아가 억지를 부려서 밖에 나갔다고 적혀 있었다. 미리 말을 맞춰놓은 것이다.

미아는 섬에서 나가는 루트를 하나하나 확인하고 검토한 뒤 한숨을 쉬었다.

확실히 이렇게 하면 거의 모든 사람의 이목을 끄는 일 없이 섬에서 나갈 수 있다.

아무런 장해도 없다. 그렇다면…….

"문제는 제가 벨의 목숨을 아끼는가, 그렇지 않은가. 그것 하나네요."

다른 변명은 불가능하다. 실현할 수 없다는 핑계는 통하지 않는다.

벨을 버릴 것이냐, 아닐 것이냐. 오직 그것뿐이다.

"말도 안 되는 소리. 이런 협박에 응할 리가 없잖아요."

미아는 중얼거리듯이 말했다.

"이래서는 죽으러 가는 것이나 마찬가지…… 아니지, 확실하게 죽으러 가는 거고요."

적은 황녀전의 내용을 모른다.

이대로 가면 확실하게 죽는다는 걸 미아가 안다는 사실을…… 모른다.

"가면 틀림없이 죽을 거고, 심지어 황녀전에 벨의 이야기가 적혀있지 않은 걸 보면 어차피 제가 가도 죽여버릴 테죠."

미아는 고개를 절레절레 내저으며 드레스를 벗었다.

"애초에 제가 죽으면 벨은 존재하지 않는 게 되어버리지 않을까요? 그런데 간다는 건 정말 어리석은 짓이에요. 자, 의식용 옷으로 갈아입고……."

그렇게 말하면서 미아가 집어 든 것은 승마용의, 움직이기 쉬운 옷이었다.

"……참 어리석어요……."

미아는 눈을 감았다.

벨의 얼굴이 떠올랐다. 이 세계를 꿈만 같은 세계라고, 꿈을 꾸는 거라고. 그러니까 언제 눈을 떠도 괜찮도록 있는 힘껏 즐기는 거라고……. 그렇게 말하며 웃었던 손녀의 얼굴이다.

그런 벨에게 미아는 말했다.

『당신이 존경하는 할머니가 절대로 꿈이 끝나지 않게 하겠어요.』

그렇게.

"어리석은 짓, 개죽음……. 으으윽. 하지만 여기서 가지 않는다면 꿈자리가 아주아주 뒤숭숭해질 거예요……."

게다가……. 미아의 뇌리에 일말의 불안이 스쳤다.

만약 이대로 자신이 가지 않고 침묵했을 경우 어떻게 될까?

살아남을 수는 있을 것이다. 하지만…… 그 경우 암살자는 여전히 이 학원에 있게 된다.

즉 언제 누구에게 죽을지 모르는 상황이다.

게다가 적이 '미아가 벨을 버렸다'는 걸 공표하지 않을 리 없다.

그리고 만약 공표했을 경우, 미아는 주위의 신뢰를 잃는다. 특히 충신 안느의 실망은 어마어마할 것이 분명하다.

그렇게 되었을 때, 바로 암살당한다면 그나마 나을지도 모른다. 경우에 따라서는 계속 바늘방석에 앉은 채로 살아야만 하니까.

──그리고……, 아벨을 무슨 낯으로 봐야 할지……. 손녀를 버리다니요.

한편 구하러 갔을 때는 어떻게 될까.

물론 미아는 죽는다. 아무리 미아라고 해도 이 상황에서 벨을 구하고 살아남을 수 있다는 생각은 하지 않았다.

하지만 거기에는 한 가지 희망이 남는다.

그렇다. 죽고 난 뒤 다시 과거로 돌아갈 가능성이다.

——그게 그렇게 여러 번 일어날 것 같지는 않지만, 만약 한 번 더 그 일이 일어난다면…….

꿀꺽. 미아의 목이 울렸다.

——간다는 선택지는 충분히 고려할 만해요. 적의 정보를 얻을 수가 있으니까요…….

미아가 혈혈단신으로 온다면 적은 방심해서 모습을 드러낼 것이다. 그렇게 정보를 얻고 죽어서 과거로 역행한다.

벨을 구하는 길은 그것밖에 없다고, 미아는 확신했다.

요컨대 이 유괴극이 일어나기 전에 막아야만 하는 것이다.

"그렇다면……. 으으, 어쩔 수 없죠."

옷을 다 갈아입은 미아는 조용히 숨을 내쉬었다.

"한 번 더 죽어서 과거로 돌아가는 것 말고는 방법이…… 없어요."

미아는 자신을 가장 우선시하는 사람이다.

따라서 단두대에서 도망치기 위해 외국으로 도망치는 것도 궁리했었다.

하지만 단두대에서 죽는 운명을 회피한 그날……. 미아의 목표는 살짝 바뀌었다.

지금 미아의 목표는 자신이 행복해지는 것……. 그리고 그 목표를 오점 하나 없이 달성하기 위해서 이런 생각을 했다.

자신만이 아니라 주위 사람들도 행복해졌으면 한다고.

생각해 보면 그것은 아주아주 거만한 소원이다. 자신만이 아니라 주위 사람들의 운명마저 비틀어버리는 오만한 바람이다.

……그런 건 알 바 아니었다!

미아는 거만하고 오만하고 제멋대로인 황녀님이니까.

"협박장에는 혼자 오라고 적혀있죠. 그렇다면 누군가에게 도움을 요청하지는 못하겠네요……."

적이 어디에서 보고 있을지 모르는 상황. 자칫 미아가 호위를 데리고 간다면 벨을 죽이는 것만이 아니라 모습을 드러내지 않을 수도 있다. 정보를 얻지 못하는 사태는 피해야 한다.

"……하지만 한 명과 한 마리로 가는 건…… 금지하지 않았어요."

미아는 씨익 입꼬리를 당겨 웃고는 마구간으로 향했다.

생각하기에 따라서는 지난가을, 가장 오랜 시간을 함께한 파트너 곁으로.

"뭐, 죽는 건 확실할지도 모르지만요……. 최대한 발버둥 쳐 보겠어요. 순순히 죽어줄 거라고 생각한다면 크나큰 착각이라고요, 혼돈의 뱀."

이렇게 미아 할머니는 손녀를 구출하기 위한 전장으로 향했다.

미아는 모른다. 그렇게 각오한 순간, 황녀전의 내용이 어떻게 바뀌었는지를…….

그녀가 내디딘 한 걸음은 마치 작은 나비의 날갯짓과도 같았다.

하지만 그 날갯짓이 만들어낸 작은 바람은 돌고 돌아 별의 반대편에서는 거대한 태풍을 일으킨다……. 그 무형의 소용돌이 한복판에 지금 막 휘말리려 한다는 사실을, 미아만이 아니라 뱀도 알리가 없었다.

제26화 은화 두 닢짜리 충성

【성야제 당일, 일곱 번의 종소리(AM 7:00)】

시간은 조금 거슬러 올라간다.

"안녕히 주무셨어요, 벨 님."

"앗, 린샤 씨. 안녕히 주무셨어요."

성야제 당일 아침. 벨은 한눈에 봐도 즐거워하는 표정을 짓고 있었다.

――뭐, 어린아이가 성야제 날에 신이 나는 건 당연한 일인가.

그런 생각을 하면서도 자꾸만 웃음이 나오는 린샤였다.

린샤에게는 여동생이 없지만, 벨을 보면 왠지 여동생이 생긴 것 같은 기분이 들었다.

――그나저나 이 아이는 미아 님과 대체 무슨 관계인 걸까?

미아의 말로는 이복동생이라고 했지만……. 아무리 그래도 신 빙성이 떨어진다고 생각하는 린샤였다.

――하지만 이목구비는 미아 님과 좀 닮았고, 무언가 사정이 있는 먼 친척이라는 느낌일까?

아무튼 손이 많이 가지 않는 아이기 때문에 린샤에게는 무척 다행이었다. 옷을 갈아입는 것도 목욕하는 것도, 고귀한 사람이 라면 종자에게 시키는 게 당연한 일도 벨은 혼자서 다 하기 때문 이다.

──게다가 나쁜 아이는 아니야. 뭐, 신세를 진 사람에게 돈을
주고 다니는 건 좀 그렇지만…….

　　린샤는 그 방식은 영 좋아할 수 없었다.

　　즉물적인 가치를 지닌 돈으로 사례하는 것.

　　그건 상대방의 호의를 그 자리에서 청산하는 행위이다.

　　사람은 서로 호의를 주고받고, 친절하게 대하면서 교류를 쌓아
가는 법. 자신에게 잘 대해준 사람에게는 자신 또한 잘 대해주는
것으로 갚으면 된다. 친절에는 친절을, 사랑에는 사랑을 돌려준
다. 친구든, 가족이든, 동료든, 좋은 주종이든……. 린샤는 그런
법이라고 생각해왔다.

　　하지만 돈을 줘 버리면 어떻게 될까.

　　관계는 거기서 끊어진다. 돈을 주는 사람과, 거기에 맞는 대가
를 제공한 사람. 거기서 끝인 드라이한 관계가 생길 뿐이다. 그건
인연을 맺는 방향으로 이어지지 않는 게 아닐까. 린샤는 그렇게
생각했다.

　　하지만 그 이상으로 린샤의 마음에 걸리는 것은…….

　　──이 아이는 언제 자신이 사라져도 괜찮도록, 갚을 수 있을
때 갚으려는 것 같은 느낌이 들어. 언제 관계가 끊어져도 상대방
이 손해를 보지 않도록…… 그런 식으로 교류하는 것처럼 보여.

　　그것은 계산이 깔끔한 삶의 방식이라 말할 수 있을지도 모른다.
확실히, 오늘 만난 사람과 내일 또 만날 수 있는지는 알 수 없는
법이다. 그래서 제대로 사례할 수 있을 때 사례한다. 무척이나 공
평한 삶일지도 모른다. 하지만.

──이 아이의 경우에는 왠지 체념이 섞여 있는 느낌이 든단 말이지. 자기는 언제 죽어도 괜찮다고 생각하는 듯한, 그런 버석버석한 구석이…….

린샤는 그게 조금 마음에 들지 않았다. 어린아이는 순수하게 내일을 믿으며 살아야 한다. 적어도 이 세인트 노엘 섬에서는 그게 허락되어야 하는데…….

──뭐, 됐어. 만약 나와 헤어질 때 돈을 주려고 하면 바로 돌려주고선 인사는 말로 하는 거라고 혼내줄 거니까. 그러면 되는 거라고, 마지막에 가르쳐줄 거니까.

무심결에 그런 생각을 하게 되는 린샤였다.

【성야제 당일, 여덟 번의 종소리(AM 8:00)】

"안녕, 벨."

식당에서 벨이 아침을 먹고 있을 때였다.

어느새 나타난 건지 벨의 뒤에 슈트리나 에트와 옐로문이 서 있었다.

그 얼굴을 본 린샤는 작은 위화감을 느꼈다.

──늘 붙임성 있게 웃고 다니는데, 어쩐지 오늘은 미소가 조금 딱딱한 것 같아…….

"? 무슨 일 있어요? 리나. 왠지 기운이 없는 것 같은데요…….."

아무래도 벨도 같은 의문을 느낀 모양이었다. 고개를 갸웃거리며 슈트리나를 바라보았다.

"그렇지 않아. 그보다, 이걸 봐, 벨."

그렇게 말하더니 슈트리나는 목에 걸고 있던 무언가를 벨에게 보여주었다.

"성야제라서 목에 걸어봤어. 어때?"

그것은 예전에 벨이 만들어준 작은 말 모양의 부적, '트로이야'였다.

"아, 달아줬군요. 우후후, 기뻐요."

생글생글 웃는 벨. 그런 벨에게 슈트리나가 말했다.

"그래서 말인데, 이 트로이야의 보답으로 오늘 점심때 잠시 밖으로 산책하러 가지 않을래?"

"네? 밖이요?"

"응. 맞아. 지난번에 숲에서 피크닉한 게 즐거웠으니까. 또 같이 놀러 가면 즐거울 것 같아서. 어차피 촛불 미사까지는 할 일이 아무것도 없고."

"좋긴 한데, 또 숲에 갈 거예요? 못 들어가지 않나요……?"

"후후후, 독버섯이 자라는 쪽에는 그렇지. 하지만 입구 근처의 공터에는 들어갈 수 있어. 얼마 전에 다녀왔거든."

그러더니 슈트리나는 가련한 미소를 지었다.

"그 예쁜 공터에 들어갈 수 있어. 무척 멋지지?"

"으음, 알겠습니다. 갈게요. 에헤헤, 조금 기대돼요."

벨도 기쁘다는 듯 웃었다.

그 대화를 듣고…… 어째서일까. 린샤는 불길한 예감을 받았다.

아니, 어쩌면 예전부터 불길한 예감을 느꼈던 건지도 모른다.

왜냐하면 린샤는 슈트리나의 말투에 섞인 것을 아주 잘 알고 있기 때문이었다.

그것은 그녀의 오빠, 선동가 란베일이 누군가를 속이려고 할 때와 은근히 닮은 말투였으니까…….

무의식이 울리는 경종에 따르듯이 린샤가 입을 열었다.

"그럼 벨 님. 저도 동행하겠습니다."

견제하듯이 슈트리나와 그녀의 종자인 바르바라를 보았다.

"마침 다행입니다. 저는 점심때부터 잠시 볼 일이 있었으니까요."

그러자 바르바라는 맥이 빠질 정도로 선뜻 대답한 뒤, 린샤를 향해 깊이 머리를 숙였다.

"아무쪼록 슈트리나 아가씨를 잘 부탁드립니다."

【성야제 당일, 제2, 한 번의 종소리(PM 1:00)】

점심을 먹은 뒤 벨과 슈트리나는 린샤를 데리고 숲에 와 있었다.

그녀가 말한 대로 숲의 입구에는 감시가 서 있지 않아 세 사람은 아무런 문제도 없이 공터까지 올 수 있었다.

지난번에도 왔던 공터지만, 이미 계절은 겨울. 굳이 따지라면 삭막한 느낌이 드는 광경이었다.

——사람이 없어서 그렇게 느끼는 것일 수도 있고. 거리는 오늘 있는 축제로 아주 떠들썩했으니……. 아무리 축제라고 해도 이런 곳에는 아무도 오지 않을 테니까.

"으음, 지난번에 왔을 때와는 다르게 좀 쓸쓸하네."

슈트리나는 주위를 둘러본 뒤 작게 한숨을 쉬었다.

"아쉬워라. 벨, 조금 더 깊은 곳에 가 보자."

"어? 깊은 곳이요? 하지만 병사에게 들키면 혼나지 않을까요?"

"괜찮아. 딱히 나쁜 짓을 하는 것도 아니잖아."

그렇게 말한 슈트리나는 벨의 손을 잡아끌었다. 벨은 주저했지만, 이윽고 포기한 건지 웃으면서 슈트리나와 함께 달려갔다.

두 아이의 천진난만한 모습에 린샤는 작게 안도의 숨을 내쉬었다.

——역시 아이들은 저런 표정을 지어야 해.

그런 생각을 하며 린샤는 두 사람에게 말을 걸었다.

"벨 님, 슈트리나 님. 너무 멀리 가지 않으시는 게…… 앗!"

……직후. 쾅! 하고 묵직한 충격이 머리를 울렸다.

동시에 무릎에서 힘이 빠져 몸이 무너졌다.

"……아……, ……."

비명을 지를 새조차 없이 린샤의 의식은 급속도로 어둠에 빠져들었다.

"앗! 린샤 씨!"

저 멀리서 벨의 목소리가 들렸다.

"……벨, 님…… 도망……."

힘을 쥐어짜서 뱉은 목소리는 희미하기만 할 뿐……. 그래서 벨에게는 닿지 않았다.

"린샤 씨를 죽이는 건 용서 못 해요!"

결국 다음에 들린 목소리는 지극히 가까운 곳…… 머리 바로 위에서 들렸다.

예리하면서도 고고한 목소리……. 지금까지 린샤가 들은 적이 없는 벨의 목소리다.

그런 벨을 비웃는 듯한 소리가 들렸다. 노년을 맞은 여성의 목소리. 이 목소리는…….

"아하하, 용서하지 못한다니. 마치 진짜 황녀님 같군요. 그 말을 들을 것 같습니까? 황녀님의 명령처럼 제가 당신의 말을 따라 아무것도 하지 않고 물러날 것이라고?"

쿡쿡. 목구멍 속에서 웃는 듯한 소리. 그러더니 그 목소리가 말을 이었다.

"참으로 하잘것없어라. 그러한 짓을 해서 우리에게 어떤 이득이 있다는 겁니까?"

끈적하게 휘감는 듯한 목소리. 반면 벨은 맑고 청아한 목소리로 말했다.

"……만약 린샤 씨를 죽이지 않는다면…… 얌전히 따라가겠습니다. 저를 이 자리에서 죽이는 게 목적은 아니잖아요? 당신은 저를 미아 언니의 인질로 삼으려는 것 아닌가요?"

"……어라? 보기와 달리 머리가 좋구나, 벨 님은."

"여기서 린샤 씨를 죽이면 저는 마구잡이로 저항할 거예요. 아니면 기절시켜서 끌고 가려고요? 그건 그거대로 고생할 텐데요……."

"후후후, 아아. 정말 끔찍할 정도로 머리를 굴리는구나. 의외야. 확실히 그래, 처음 계획대로라면 재울 예정이었지만……, 당신이 협력해준다면 쉽게 나갈 수 있을 테지."

잠시 침묵이 흐르고…….

"좋습니다. 마무리는 짓지 않고 내버려 두도록 하죠. 물론, 결과적으로 죽을 수는 있겠지만……. 저 상처로는 움직이기는커녕 도움을 부르러 가지도 못할 테니까요. 억지로 움직이면 괜히 더 괴로울 테고, 어쩌면 숨을 확실히 끊어주는 게 자비가 아닌지. 그런 생각도 듭니다만……. 아아, 그나저나 그 사람도 불쌍하군요. 당신과 엮이지 않았다면 이런 일은 겪지 않았을 텐데……."

목소리는 마치 벨에게 채찍을 휘두르듯 이어졌다. 하지만 우선 거래는 성공한 모양이었다.

불현듯 옆에 벨이 쪼그려 앉는 듯한 기척이 느껴졌다.

"……린샤 씨, 지금까지 신세 많이 졌어요."

그렇게 말하고는 린샤의 목깃에 무언가를 몰래 넣었다. 이 감촉……. 린샤는 차가운 금속의 감촉이 느껴지는 그것의 정체를 바로 알 수 있었다.

그건 은화 두 닢이었다.

"지금의 저는…… 이것 말고는 보답하지 못해요. 죄송합니다. 이런 일을 겪게 해서 죄송합니다. 부디 무사하세요."

그리고는 발소리가 멀어지는 것에 따라 린샤의 의식도 멀어져 갔다…….

"……장난……, ……하냐고."

얼마나 의식을 잃고 있었을까…….

린샤는 눈을 떴다.

눈을 뜨려고 했다가 얼굴을 찡그렸다. 머리에서 흘러내린 피가 굳어서 제대로 뜰 수 없었기 때문이다.

욱신거리는 머리. 몸도 비틀비틀. 자연스럽게 휘청거리며 곧바로 그 자리에 쓰러졌다.

일어나려고 했다가 몇 번이고 실패하고, 걸으려고 했다가 몇 번이고 넘어졌다.

그래, 확실히 움직이면 상처가 더 악화할 것 같았다. 이 정도라면 쓰러진 채로 누군가가 오는 걸 기다리는 게 좋을지도 모른다. 독버섯을 감시하는 병사가 교대하러 올 때 발견될 가능성도 크게 낮지는 않을 테니까.

하지만……, 그래도…….

린샤는 앞으로 걸어갔다.

몸을 질질 끌어가면서.

비틀비틀, 나무에 기대면서.

그 뱃속에서 끓어오르는…… 분노가 등을 떠밀듯이…….

"보답…… 하고 싶으면…… 더, 다른, 방법으로 하라고……. 은화로 보답? 이딴, 걸…… 갖고 싶어서, 내가…… 당신을, 돌본…… 게, 아니야……."

빙글빙글 흔들리는 의식을 어떻게든 유지하기 위해서 필사적으로 화를 냈다.

벨에게……. 그리고 그 이상으로, 그녀를 지키지 못한 자기 자신에게…….

"내, 가 옆에, 있으면서…… 이런, 일이……."

벨을 지키는 게 자신의 역할이라고 생각했는데, 반대로 벨이 그녀를 지켰다.

이런 식으로, 은화로 보답을 하게 만든 것이…… 그럴 수밖에 없는 상황을 허락해버린 것이 화가 나서 견딜 수 없었다.

하지만 그때. 린샤는 얄궂다는 듯한 미소를 지었다.

"하하, 하지만. 그래……. 은화 두 닢의 가치, 라……. 확실히, 유괴를, 허락해버린, 나니까, 이 정도가…… 딱 맞을, 지도……."

까득. 이를 악물면서 린샤는 결코 발을 멈추지 않았다.

그것은 충성. 그녀 나름대로 벨을 위하는 마음.

"내 충성은 은화 두 닢짜리……. 그렇다면……, 은화 두 닢에 걸맞게, 일을…… 해야지."

질질질. 린샤는 기어가듯이 숲속을 걸어갔다.

세인트 노엘 학원에 있는 동료들에게 소식을 전달하기 위해서…….

제27화 애마와 함께……

【성야제 당일, 제2, 네 번의 종소리에서 시간이 꽤 지났을 때
(PM 4:40)】

협박장에 적힌 장소는 노엘리쥬 호숫가에서 조금 떨어진 곳에
있었다.

"초원지대를 빠져나간 뒤에 나오는, 지금은 아무도 살지 않는
마을. 참으로 수상한 장소네요……."

세인트 노엘에서 떨어진 장소로 불러내 방해가 들어오지 않도
록 할 생각인 거겠지만…….

"지도를 봤을 때 제법 떨어진 거리니까……. 역시 말이 필요하
겠어요."

가을 승마 대회를 보고 미아가 말을 탈 수 있다는 것까지 계산
에 넣은 계획인 모양이었다.

사람들의 눈에 띄지 않고 미아를 데려가려면 어떻게 해야 하는가?
답은 간단하다. 유괴당하는 본인이 직접 오게 만들면 된다.

상대방이 평범한 귀족 영애일 경우에는 마차를 준비해야만 하
기 때문에 발각될 위험성이 커지지만, 미아는 말을 탈 줄 안다.

세인트 노엘에서 떨어진 장소라고 해도 불러내기 쉽다는 뜻이다.

"당연히 저쪽에서 말도 준비해두었을 테지만, 그렇게까지 다
맞춰줄 필요도 없죠."

세인트 노엘 학원의 마구간을 방문한 미아는 곧바로 황람이 있는 오두막으로 향했다.

"황람, 있나요?"

안으로 들어가자마자 바로 미아를 발견한 황람이 코를 꿈틀거렸다.

순간적으로 긴장하는 미아였지만, 다행히 황람은 재채기를 하지 않았다.

"어머, 별일이네요……. 영락없이 또 재채기를 날릴 줄 알았는데요……."

그렇게 중얼거리며 황람에게 걸어간 미아는 슬그머니 황람의 몸에 마구를 얹었다. 언제든 자기 혼자서 말을 타고 도망칠 수 있도록 이런 준비작업은 잘 알고 있었다.

혼자서 승마 준비를 할 줄 아는 점도 마롱이 높이 평가하는 부분이었지만 그런 사정은 조금도 모르는 미아였다.

'뭐야. 바람이라도 쐬러 가게?' 하는 얼굴로 힐긋 쳐다보는 황람. 그 눈을 물끄러미 바라본 뒤 미아는 머리를 숙였다.

"황람……. 면목 없지만…… 당신의 힘을 빌리고 싶어요……. 힘이라고 해야 할까……, 경우에 따라서는 목숨까지…… 지만요."

만약 자신이 죽어버렸을 때 황람이 살아 돌아올 수 있을지는 불명이다. 의외로 낙마한 자신을 버리고 냉큼 혼자 도망칠지도 모르지만……. 어쩐지 이 말은 기수를 버리는 짓은 하지 않을 것 같은, 그런 의리는 있을 것 같은…… 그런 느낌이 들었다.

그렇기 때문에 미아는 황람의 목을 쓰다듬으며 말했다. 말이

통하는지는 모르지만, 성실하게, 정중하게 부탁했다.

"있잖아요, 황람. 지금의 저는 달리 의지할 수 있는 게 없답니다. 그러니까 특별히 부탁드릴게요……. 저와 함께 와 줄 수 있을까요?"

그런 황녀의 부탁을 받은 황람은…… 푸르릉…… 하고 크게 콧김을 뿜고는 입꼬리를 히죽 올렸다.

마치 미아의 말을 이해하는 것처럼…….

내가 있다면 그런 함정에서도 도망치게 해주겠다고 말하는 것처럼…….

"그래요……. 후후, 든든하네요. 황람. 그리고 화양, 정말 미안하지만 황람을 빌릴게요."

그 말에 화양은 고요한 지성이 느껴지는 눈동자로 바라볼 뿐이었다.

미아는 황람을 끌고 항구로 향했다.

돌아보는 사람은 없었다. 그렇지 않아도 축제로 인파가 많다. 당연히 짐을 나르는 말을 끌고 다니는 상인도 적지 않았다.

그래도 들키면 큰일이라며 살금살금 이동하는 미아. 조금 수상한 모습이었다…….

머지않아 그녀는 항구에 도착했다.

지정된 배는 바로 찾을 수 있었다. 그리 큰 배는 아니지만……황람을 태우기에는 충분한 크기였다.

"당신이 섬 바깥까지 데려다주는 상인인가요?"

미아는 배 앞에 서 있는 남자에게 말을 걸었다.

한눈에 봐도 상인이라는 티가 나는 중년의 남자는 서글서글한 미소를 짓고 있었으나…….

"네, 그렇습니다만……. 저기, 그 말은 뭐죠?"

미아가 데려온 황람을 보고 표정이 살짝 어두워졌다.

"당연히 타려고 데려온 말이죠. 제 애마랍니다."

그렇게 말하자 상인은 갑자기 당황했다.

"아니, 곤란합니다. 황녀 전하를 밖으로 데려가는 것도 위험한데……. 게다가 말은 저쪽에서 준비해놨다고 하던데요?"

"어머, 그분은 분명 제가 평범한 말을 탈 줄 안다고 생각하고 있나 보네요. 하지만 승마는 어렵잖아요? 저는 제가 타던 말밖에 타지 못한답니다."

그렇게 말한 미아는 황람에게 시선을 주었다.

분위기를 파악한 건지 황람은 조용하고 우아한 말의 모습을 보이고 있었다.

"아뇨. 하지만 아무리 그래도 말을 운반하는 건……."

"가능하죠? 불가능하다고 하진 않겠죠? 뭣하면 돈을 추가로 요구해도 상관없습니다. 당신에게 제안한 사람에게, 금화 한 주머니를 더 달라고 요구하세요."

자연스럽게 적을 괴롭히는 것도 빼놓지 않았다. 남의 금화로 교섭 상대를 후려치는 스타일이다.

……둔기를 이용한 협박이라고 말할 수 있을지도 모른다.

"하지만 저에게 지시를 내리는 건가요? 당신, 그게 어떤 것인지 알고 하는 거겠죠? 모르시나? 저는 라피나 님과도 가까운 사이인데요?"

한층 위협했다.

신나게, 대제국의 황녀로서 억지를 부리며 후려 팼다.

애초에 음모에 가담한 상인에게 발휘해줄 자비심은 지니고 있지 않은 미아였다.

"자, 어떻게 할 건가요? 금화를 얻기는커녕 라피나 님께 고자질 당하는 것, 말과 함께 저를 데려다주는 것. 어느 쪽을 선택할 거죠?"

이리하여 미아는 황람과 함께 세인트 노엘 섬을 뒤로했다.

자신의 조금 수상한 행동을 누군가가 보고 있다는 사실을 깨닫지 못한 채……

제28화 시작의 충신과 새로운 친구

성야제 준비를 도와달라는 부탁을 받은 안느는 열심히 성당으로 가져가야 하는 짐을 나르고 있었다.

──빨리 끝내고 미아 님께 돌아가야 해……. 그나저나…… 성야제 당일에 이렇게 일거리가 많다니…….

기본적으로 안느는 미아의 종자이자 티어문 제국의 메이드이다. 베이르가 공국의 관할인 세인트 노엘 학원의 일에 동원되는 일은 거의 없었다.

──오늘은 성야제니까 일손이 부족한 건 이해하지만…….

미아를 비롯한 학생회의 수배는 안느가 봐도 꼼꼼하고 세심했다. 이런 식으로 급하게 사람을 불러냈다는 점에서 안느는 작은 위화감을 느꼈다. 심지어…….

"아아, 정말 운이 없다니까. 왜 성야제 당일에도 이런 일을 해야만 하는 거야. 저기, 너 그거 알아? 성당에 놓아두었던 촛대며 이런저런 도구들을 누군가가 망가트려서 이렇게 급하게 운반하게 되었나 봐."

같이 작업하던 메이드에게 이런 이야기를 듣고 다니 한층 더 불안을 느꼈다.

──성당의 물건을 부수다니……. 그런 사람이 교내에 있다니…….

그렇게 생각하자 미아가 걱정되었다.

──아무튼 서둘러 날라야지…….

안느의 발걸음이 더 빨라졌을 때였다. 문득 시선을 향한 곳에서…….

"어라? 미아 님?"

안느는 주인의 모습을 발견했다.

어딘가 심각한 표정으로 기숙사에서 나온 미아는 그대로 마구간이 있는 방향으로 걸어갔다.

"미아 님……. 무슨 일이시지……?"

딱히 안느는 미아와 종일 붙어있는 건 아니다. 안느가 일 때문에 바쁠 때는 학우와 놀러 가는 일도 없지 않다.

세인트 노엘 섬은 그만큼 안전이 확보된 장소이기 때문이다.

게다가 미아는 대국의 황녀치고는 드물게도 혼자 물건을 고르고 살 수 있는 서민파다. 안느는 미아가 자기 몰래 혼자 슬쩍 간식을 사러 가는 것도 잘 알고 있었다. 아직은 잔소리가 필요할 정도로 자주 나가는 게 아니기 때문에 못 본 척하고 있지만.

아무튼. 그렇기 때문에 미아가 혼자 마을에 놀러 간다고 해도 그렇게까지 신경 쓸 필요는 없을지도 모른다. 무언가 소소하게 사고 싶은 게 있어서 혼자 나가는 것뿐일지도 모른다.

하지만…… 왠지 마음에 걸렸다.

"게다가 왜 승마용 옷을 입으셨지……?"

확실히 미아가 향한 곳은 마구간 쪽이다. 그런 의미에서는 이상하지 않지만…….

이제 곧 성야제의 저녁때 거행되는 촛불 미사가 시작되는 시간이다. 학생은 교복으로 갈아입고 성당에 가야 한다. 그런데 미아의 행동은 명백하게 이상했다.

"이 시간에 멀리 바람 쐬러 가실 리도 없는데……."

성당으로 향하면서도 안느의 가슴에 불길한 예감이 끓어올랐다.

끝끝내 위험한 곳에 안느를 데려가겠다고는 약속하지 않았던 미아.

미아가 자신을 두고 혼자 멀리 가 버릴 것 같은…… 그런 예감이 머리를 스쳤다.

"그럴 리…… 없, 겠지……?"

냉정하게 생각하면……, 그럴 리 없다. 그럴 터이다.

하지만 지난 며칠간 미아의 분위기는 어딘가 이상했다. 어제도 갑자기 감사 인사를 들었다.

성야제 때에는 평소 신세 진 사람들에게 고맙다고 인사하는 관습이 있다. 그래서 그 행동도 이상하진 않을 텐데…… 그런데.

"미아 님……."

불안이 솟아올라 안느의 마음을 순식간에 검은빛으로 물들였다.

빠른 걸음으로 성당에 간 안느는 그곳에 짐을 내려놓은 후 바로 마구간을 향해 달려갔다.

"미아 님……."

중얼거리듯이 입 밖으로 나온 목소리. 그것은 이내.

"미아 님, 어디 계세요? 미아 님!"

비통한 외침으로 바뀌었다.

"완전히 늦어졌네."

그날의 활 연습을 마친 티오나는 기숙사로 서둘렀다.

"이대로면 촛불 미사에 지각할지도 몰라. 조금 서두르자."

"네, 알았습니다."

고개를 끄덕인 리오라가 문득 멈춰 섰다.

"왜 그래? 리오라."

"목소리가……."

"어?"

"목소리, 들려요."

리오라는 주위를 두리번두리번 둘러보았다.

"저쪽이요."

그리고는 달려 나갔다.

"잠깐, 리오라? 왜 그래?"

리오라의 심상치 않은 분위기를 알아차린 티오나도 뒤를 쫓아갔다. 얼마 지나지 않아 두 사람은 학원 밖으로 뛰쳐나가려는 안느의 모습을 발견했다.

"안느 양? 이런 곳에서 뭘 하는 건가요?"

"티오나 님! 리오라 씨."

이쪽으로 달려온 안느를 본 티오나의 몸이 긴장으로 딱딱해졌다.

안느의 얼굴이 하얗게 질려있고, 그 눈동자에는 희미하게 눈물이 맺혀 있었기 때문이다.

"미아 님을 보지 못하셨어요? 이쪽 방향으로 오신 것 같은데…….
말을 데리고 계실 거예요……."

그 말투에도 여유가 전혀 없었다.

그걸 본 티오나의 가슴에 초조함의 불씨가 퍼졌다.

미아와 대화해둘 걸 그랬다는 꿈속에서의 후회……. 한 번은 진화한 줄 알았던 감정이 다시 불타올랐다.

서두를 일이 아니다. 이 성야제가 끝나고…… 그 후에 천천히 이야기를 나누면 된다고…….

정 급하면 오늘 밤 학생회에서 여는 냄비 요리 파티에서 이야기하면 된다고……. 냉정한 이성이 타일렀다.

하지만 그걸 크게 상회하는 초조함이 티오나를 움직였다.

"안느 양, 저도 같이 찾겠습니다. 리오라, 너는 라피나 님…… 은 바쁘시겠지. 아벨 왕자님이나 시온 왕자님, 키스우드 씨, 아무튼 누구든 괜찮아. 도와줄 수 있을 법한 사람을 불러와 줘."

"알았어요. 티오나 님, 조심하세요."

리오라는 고개를 끄덕인 후 재빠르게 달려갔다.

그 후 티오나는 다시금 안느 쪽을 돌아보았다.

"저희도 가요. 안느 양."

그리고는 빠르게 걸어 나갔다.

연습할 때 사용한 화살통과 활을 두고 가는 것도 잊고서…….

제29화 슈트리나를 믿는 자(순수)

성 베이르가 공국의 반둘 마을. 벨이 끌려온 곳은 저녁노을로 물든 텅 빈 마을이었다.

무너진 집들이 즐비한 광경은 벨의 뇌리에 과거 자신이 있던 장소를 떠올리게 했다.

그것은 행복한 꿈의 끝을 예감하게 하기에는 충분했다.

마을 중앙에는 조금 트인 장소가 있었다. 아무래도 마을 사람들이 집회 등에 사용하는 광장인 모양이다.

광장에는 복면을 쓴 남자가 혼자 서 있었다. 그리고 그의 발치에는 늑대가 얌전히 누워있었다.

——저건…… 커다란 개인가? 하지만 개가 저렇게 무섭게 생겼던가……?

벨이 고개를 갸웃거리고 있을 때였다.

"후후, 약속대로 얌전히 따라와 주셔서 감사합니다. 벨 님. 덕분에 이렇게 무사히 목적지에 도착할 수 있었군요."

벨의 뒤에서 걷고 있던 바르바라가 만족스러워하는 목소리로 말했다. 그 말에 벨은 숲에 두고 온 린샤를 떠올렸다.

"린샤 씨, 괜찮을까……."

작게 중얼거리는 벨. 그 말을 들은 바르바라가 의외라는 표정을 지었다.

"어라, 걱정됩니까? 그 종자가? 이제 다시는 만날 수 없으니 상관없는 일 아닙니까?"

그 물음에 벨은 작게 고개를 저었다.

"아뇨, 설령 다시는 만나지 못한다고 해도 걱정되는 건 걱정됩니다. 그건 사람으로서 당연한 일이 아닌가요?"

자신에게 충성을 바친 사람에게 예를 다하라고. 벨의 스승, 루드비히는 그렇게 가르쳤다.

게다가…….

──미아 언니도 분명 그랬을 테니까요…….

흔들림 없는 그 대답에 바르바라는 못마땅하다는 듯 얼굴을 일그러뜨렸다.

"그렇습니까. 후후, 정말 당신은 고귀한 신분 같군요."

싱긋 웃은 바르바라가 벨의 뺨으로 손을 뻗었다. 어딘가 가학적인 빛을 머금은 그 눈동자에서 벨은 먹이를 노리는 뱀을 연상했다.

"고고하고, 올바르고……. 정말 끔찍하기도 해라."

쿵. 어깨에 충격이 퍼졌다. 바르바라가 떠밀었다는 것을 깨달았을 때는 이미 엉덩방아를 찧은 뒤였다. 손이 뒤로 묶여있었기 때문에 균형을 잡고 버티지 못했다.

"꼴사납군요. 이 세계의 질서의 은혜를 받은 고귀하신 분인데, 정말이지 꼴사납습니다. 아아, 아니면 당신은 가짜 황녀님이었던가요?"

심술궂은 미소를 지은 바르바라가 다가왔다. 그대로 벨을 향해 손을 들어 올렸을 때…….

"그만해, 바르바라."

"아, 리나……."

마치 벨을 보호하듯이 슈트리나가 한 걸음 앞으로 나섰다. 바르바라를 똑바로 올려다보며 노려보았다.

"벨에게 거칠게 굴지 마."

"어머? 슈트리나 아가씨……."

바르바라는 의아해하는 얼굴로 고개를 기울였다.

"아직 친구 놀이를 계속하실 생각이십니까? 아니……."

그리고는 입가를 눌렀다. 한껏 끌어올린 입꼬리에서 쿡쿡 웃음소리가 흘러나왔다.

"설마 계속할 수 있다고 생각하십니까? **이런 짓**을 해놓고……?"

그 말에 슈트리나의 어깨가 흠칫 떨렸다.

바르바라는 무표정한 얼굴을 슈트리나에게 바싹 들이댔다. 두 눈을 크게 뜨고…… 흡사 괴물 같은 얼굴로 슈트리나를 찬찬히 응시한 뒤……. 그 귓가에 입을 가져가서…….

"뭐, 미아 황녀 전하가 오실 때까지는 시간이 있을 테니 심심풀이에는 적당할지도 모르겠습니다. 게다가 아가씨는 친구라고 해도 죽일 수 있는 어엿한 뱀이라고, 이 바르바라는 믿고 있답니다. 그러니 어떠한 놀이를 하시든 상관없습니다."

그리고는 과장되게 손뼉을 짝 쳤다.

"아, 그래. 그렇다면 저희는 자리를 비워드리겠습니다. 두 분만 있게 해드리죠."

"어……?"

"미아 황녀 전하를 어떻게 죽일지 상의해야 하고, 슈트리나 아가씨께서도 친구와 나눌 이야기가 많이 있으실 테죠. 이것으로 마지막이니까요. 친한 친구와 실컷 대화하시고, 그 후에 아가씨께서 손수 죽이시면 되겠습니다. 무척이나 좋은 기념이 되겠군요."

"아……, 잠…… 깐."

떠나가는 바르바라를 향해 슈트리나가 손을 뻗었다. 하지만 그 손이 무언가를 잡는 일은 없었다.

바르바라는 늑대를 데리고 있는 남자에게 가더니 두세 마디 대화를 나눈 후 저쪽으로 가버렸다.

광장에는 벨과 슈트리나만이 남았다.

벨은 마치 버려진 강아지처럼 어쩔 줄 모르는 표정을 짓는 슈트리나와 멀어지는 바르바라를 바라보았다.

――저 사람…… 굉장히 짜증 나는 사람이에요.

벨의 뺨이 통통하게 부풀어 올랐다.

――아마 이렇게 하는 게 더 리나의 마음을 아프게 할 수 있으니까……, 단둘이 둔 거야……. 리나를 괴롭히기 위해서…….

그것을 알았기 때문에…… 벨은 일부러 평범한 말투로 슈트리나에게 말했다.

"어쩐지 좀 추워졌어요."

그리고는 광장 중앙에 있는 모닥불로 걸어갔다. 타닥타닥 불꽃이 튀는 모닥불을 본 뒤 슈트리나를 돌아보았다.

"에헤헤. 성야제의 모닥불을 보고 싶었는데. 예정이 바뀌었네요."

벨은 밝게 웃었다. 지금까지와 달라진 게 없는, 천진한 미소를.

그런 벨을 본 슈트리나는 놀란 듯이 눈을 크게 떴다가…….

"응……, 그, 래…….."

작게 고개를 끄덕였다. 그 후 그녀 또한 여느 때와 달라진 게 없는 가련한 미소를 지으며 말했다.

"벨. 차라도 마실래? 뜨거운 물 끓여올까?"

"아, 그거 좋네요. 헤헤, 그러고 보면 피크닉하러 온 거였죠."

벨은 절절하게 말한 뒤 하늘을 올려다보았다.

"달이 예쁘게 떠 있어요……. 밤에 하는 피크닉도 의외로 재미있을지도 모르겠네요."

잠시 밤하늘을 멍하니 바라본 후 벨은 슈트리나를 보았다.

"? 리나……?"

어느새 다가온 건지 슈트리나가 바로 옆에 서 있었다. 그 손에 작은 날붙이를 들고…….

"움직이지 마. 팔이 묶인 채로는 차를 마실 수 없잖아."

생긋 웃은 슈트리나는 벨의 팔을 단단히 묶고 있던 밧줄을 잘라냈다.

"아하하, 감사합니다. 실은 조금 쓸려서 아팠거든요. 역시 리나예요."

팔을 문지르면서 웃는 벨에게 슈트리나는 작게 고개를 끄덕여 보였다.

"그거 다행이야. 물이 끓을 때까지 잠시 이야기할까?"

슈트리나는 모닥불 근처에 앉은 후 들고 있던 칼을 땅바닥으로 휙 내던졌다.

"리나, 그런 곳에 나이프를 두면 위험해요."

주의를 주는 벨이었지만…… 슈트리나는 그걸 주우려 하지 않았다.

어쩔 수 없이 벨은 그것을 주워 슈트리나에게 내밀려고 했다. 그러자…….

"있잖아, 벨. 리나는 친구인 벨에게 기회를 주려고 해. 그 나이프, 써도 괜찮아."

"……네?"

벨은 어리둥절한 얼굴로 눈을 깜빡였다.

"저기……, 이걸 쓴다니. 어디에요?"

"그래, 예를 들면……."

슈트리나는 요사스러운 눈빛으로 바라보더니 벨의 손을 두 손으로 잡았다. 그대로 칼날을 자신의 목에 가져갔다.

"리나를 인질로 잡고 여기에서 도망친다거나……?"

툭. 실이 끊어진 인형처럼 고개를 옆으로 꺾는 슈트리나를 본 벨은 깜짝 놀란 얼굴로 딱딱하게 굳어버렸다.

"저기, 농담이에요?"

"진심인데? 가능성은 낮지만, 이대로 손을 놓고 있는 것보다는 낫지 않을까? 아니면 아예 그걸로 리나를 죽인다거나……. 당신의 종자에게 심한 짓을 해버렸으니까. 그 정도는 당해도 불만 없어……."

눈을 위로 치뜨고 벨을 올려다본 슈트리나가 미소 지었다.

"어쨌거나 이대로 아무것도 하지 않는 것보다는 나을 것 같은데."

"으음……."

벨은 자신의 손에 들린 나이프와 슈트리나를 번갈아 쳐다본 후…… 손을 베이지 않도록 조심하면서 칼날 쪽을 잡았다.

그리고는 손잡이가 슈트리나 쪽을 향하도록 돌렸다.

"안 할래요."

"어라, 어째서? 벨, 미아 님께서 그러셨잖아? 소중한 것은 쉽게 놓으면 안 된다고. 그런데 그렇게 간단하게 포기해도 괜찮아? 이대로면 벨은 미아 님이 오셔도 오지 않으셔도 죽을 텐데."

가능성이 낮다고 해도 그것은 벨이 살 수 있는 유일한 수단이었다. 그걸 버린다는 건, 완전히 포기했다는 말이 아닌가? 슈트리나는 그렇게 묻고 있었다.

하지만…… 벨은 눈을 감은 채로 작게 고개를 내저었다.

"딱히 포기한 건 아니에요."

얼버무리는 것도, 억지도 일절 포함되지 않은 그 말은 더없이 순수한 발언이었다.

벨은 자신이 아직 포기하지 않았다는 걸 안다.

소중한 것을 붙잡고 절대 놓지 않도록……. 손바닥을 꽉 움켜쥐고 있다는 것을…… 제대로 알고 있었다.

"그렇다면 왜 그 무기를 들지 않는 거야? 리나를 인질로 삼으면 도망칠 수 있을지도 모르는데……."

"하지만 그러면 리나를 되찾지 못할 거예요."

"뭐…………?"

벨의 말을 들은 슈트리나는 얼어붙었다.

"되찾는다고……?"

어리둥절해서 고개를 갸웃거리는 슈트리나의 눈동자를 바라보며 벨이 말했다.

"계속 생각하고 있어요. 소중한 것을 붙잡고 놓지 않도록······. 리나는 제 친구니까요. 어떻게 해야 되찾을 수 있을지, 계속 생각하는 중이에요······. 하지만 도무지 그 방법이 떠오르지 않아요. 에헤헤. 저는 별로 똑똑하지 않으니까, 미아 언니처럼 잘 되진 않네요."

벨의 말에 슈트리나에게서 표정이 사라졌다.

"친구······? 저기, 벨. 상황을, 이해하지 못한 거야? 리나는 당신에게 접근하기 위해 친구인 척을 한 것뿐인데?"

"아뇨, 그건 거짓말이에요."

"어째서? 왜 그렇게 단언할 수 있는 거야?"

벨은 슈트리나를 바라본 채로 그 가슴을 향해 손을 뻗었다. 거기에는······.

"그야 리나는 제가 준 부적을 아직 갖고 있잖아요."

그 목에는······ 벨이 선물한 작은 말 모양의 부적, 트로이야가······ 아직도 목걸이로서 걸려있었다.

"······고작 그런 걸로? 벨, 이런 건 당신을 속이기 위한 수단에 불과해."

일그러진, 억지웃음을 짓는 슈트리나. 하지만 무의식인 건지 그 손은 부적을 꽉 붙잡고 있었다. 마치 소중한 것을 놓지 않으려고 하는 사람처럼······.

"하지만 그래도 저는 기뻤으니까······."

벨은 그런 슈트리나에게 말을 걸었다.

그녀의 마음에 닿을 수 있도록……. 소중한 것을 되찾으려 하는 것처럼…….

"기뻤어요. 리나에게, 처음 사귄 친구에게…… 제가 만든 것을 선물했다는 게. 그걸 리나가 소중히 여기면서 몸에 달아준 게, 아주…… 아주 기뻤어요. 그러니까……."

벨은 슈트리나의 손을 두 손으로 부드럽게 감쌌다.

"놓지 않도록 단단히 붙잡기로 했어요. 제 소중한 친구를…… 저는 절대 놓지 않을 거예요."

그 말에 슈트리나는 순간적으로 울음을 터트릴 듯한 얼굴이 되었다. 하지만……, 그 표정도 곧바로 사라졌다.

뒤에 남은 것은 여느 때와 같은, 누구에게나 사랑받을 가련한 미소였다. 가면처럼, 타인을 멀리하는 완벽한 미소였다.

"있잖아, 벨……. 리나는 벨을 죽이려고 해. 알겠니? 리나는 친구도 죽일 수 있어. 뱀으로서 당신도, 그리고 미아 님도……."

그런 슈트리나에게 벨은 장난기 어린 미소를 돌려주었다.

"에헤헤. 그럼 여기에서 친구인 리나에게 제 비밀을 가르쳐드릴게요."

과장되게 목소리를 죽인 벨이 속삭이듯 말했다.

"사실 저는…… 살해당할 뻔한 적이 있어요. 아니, 이 꿈에서 깨어나면 낯설고 무서운 아저씨들이 저를 죽이게 되어있어요."

"어……?"

"그러니까 뭐 괜찮지 않나, 하고……. 리나에게 무기를 들이대서 살아남는 것보다…… 친구인 리나에게 죽는 게……. 포기하지 않고, 소중한 것을 꽉 붙잡은 채로 죽는 게 더 낫지 않나 해요. 게다가…….”

거기서 벨은 처음으로 난처해하는 표정을 짓고는…….

“아마 미아 할머니는 쉽게 죽지 않을 거라고 생각하고요……. 아무튼 제국의 예지니까요.”

그리고는 어딘가 자랑스러워하는 얼굴로 가슴을 폈다.

제30화 슈트리나를 믿는 자(버섯)

배에서 내린 미아는 주위에 깔린 깊은 어둠에 작게 떨었다.

뒤를 돌아보자 횃불이 비추는 세인트 노엘 섬이 보였다. 방금
전까지 자신이 있었던, 빛으로 충만한 세계와 달리 이곳은 너무
나도 어두웠다.

그래도 달이 떠 있으니 그나마 다행인 건지도 모른다.

눈이 어둠에 적응하자 주위 모습도 점점 보이기 시작했다.

"이 정도라면 어떻게든 갈 수 있겠어요……. 저기, 당신. 잠시
물어보고 싶은 게 있는데요. 이 반둘 마을이라는 곳은 어느 쪽에
있나요?"

"반둘 마을 말씀이십니까? 거기라면 여기서부터 북쪽에 있는
초원을 가로지르면 나옵니다. 오래된 가도가 남아있지만 벌써 몇
년 전에 폐허가 된 마을이라 아무것도 없는데요? ……아, 하지만
밀회에는 최적인 장소일지도 모르겠군요."

그렇게 말한 상인은 히죽히죽 웃었다. 아무래도 그렇고 그런
상상을 한 모양이었다. 그래서 종자를 데려오지 않았는데도 의심
하지 않았다는 걸 깨달은 미아는 무심코 감탄했다.

철없는 황녀가 신분이 낮은 연인과 만나기 위해 종자도 대동하
지 않고 몰래 섬에서 빠져나간다. 그야말로 사랑에 눈이 먼 철부
지 황녀……. 그렇게 보려고 한다면 확실히 지금의 자신은 그렇
게 보일 것이다.

뭐, 그러거나 말거나 상관은 없지만……. 미아는 다시금 남자가 가리킨 방향을 보았다.

"가도를 따라가기만 하면 된다면, 헤매지 않고 갈 수 있겠네요."

"걱정되신다면 저기에 매어둔 말을 사용하시는 게 좋지 않겠습니까? 장소를 기억하고 있다고 하던데요."

남자가 손가락질한 방향에는 한 마리의 말이 매여 있었다.

그것은 미아의 눈에 다소 비실비실해 보이는 말이었다. 황람과 비교하면 훨씬 수준이 떨어졌다.

참고로 가을부터 미아는 황람, 화양, 석토 등 월토마를 계속 보아온 탓에 말 심미안이 약간 엄격해졌다.

말 마이스터가 되어가고 있는 미아였다.

"모처럼 말해줬지만 저는 제 말을 타고 가겠어요."

미아는 고개를 저으며 말했다.

──흠, 나쁜 말은 아닐 테지만 황람이 더 빠를 것 같아요. 아마 만에 하나라도 제가 도망가지 못하도록, 도망가도 쉽게 잡을 수 있을 만큼 발이 느린 말을 준비해놓았겠지만…… 그 수법에는 안 넘어갑니다.

미아는 황람의 목을 한 번 쓰다듬은 뒤 그 등에 올라탔다. '끙차' 하는 기합 소리와 함께.

……다소 할머니라는 느낌이 넘쳐나는 행동이었지만……, 무언가 몸을 크게 움직일 때는 기합 소리도 중요하다. 자칫 허리나 무릎을 다칠지도 모르니까…….

결코 미아가 운동 부족이라 젊음을 잃어가고 있다거나 뭐 그런 게 아니다. 아니라면 아닌 거다!

그런 미아의 모습을 본 상인은 어깨를 움츠렸다.

"그러십니까. 그럼 조심해서 가십시오."

그리고는 발걸음을 돌려 배가 있는 곳으로 돌아갔다. 섬으로 건너간 동료 상인을 데리러 가는 건지……. 혹은 이번 일로 맛을 들여 또 학생이 섬 밖으로 나가는 걸 도와주는 건지도 모른다…….

밀회를 위해 섬에서 나가고 싶어 하는 학생은 의외로 많을 것 같으니…….

──만약 그렇다면 참 어리석은 짓이에요. 라피나 님께 들키면 설교를 들을 게 틀림없는데……. 사람은 자신이 뿌린 씨앗은 자신이 거두어야만 하니까요…….

그렇게 생각은 하면서도 딱히 주의를 줄 마음은 없었다. 그럴 여유도 없고, 어차피 자업자득인 법이다.

"그럼 가죠, 황람."

"히히히힝!"

황람의 우렁찬 울음소리가 초원을 향해 울려 퍼졌다.

상인의 말대로 잠시 이동하자 북쪽으로 향하는 가도가 있었다.

지상을 은은하게 비추는 달빛에 의지하며 미아는 가도를 따라 마을로 향했다.

"가도라고 해도 지금은 거의 안 쓰이는 것 같네요……."

앞으로 나쁜 짓을 하려는 상대이니 당연히 인기척이 없는 장소를 고를 테지만……. 그래도 혼자서 초원을 걷는 건 다소 마음이 불안해졌다.

"으으……. 이 근방은 안전하다고 들었지만 사실일까요? 맹수가 튀어나오면 암살당하기 전에 잡아먹힐지도…… 히이익……."

전방에 웅크리고 있는 어둠 속에서 무언가 흉포한 짐승이 숨어 있을 것 같아 별안간 두려움을 느끼는 미아였다.

자신을 태우고 오만하게 앞을 향하는 황람의 모습이 지금은 든든하다. 탄탄하고 힘찬 발걸음이, 초가을부터 계속 맞춰온 리듬이 미아의 마음을 아주 조금 차분하게 달래주었다.

"잘 부탁해요, 황람. 만약 무언가 짐승이 있다면 빠르게 도망치자고요."

"히히히힝."

울음소리와 함께 황람이 돌아보았다. 맡겨두라고 외치는 듯한 그 눈에 미아는 희미한 미소를 머금었다.

"그나저나 당신은 참 행복해 보이네요. 화양과는 잘 지내고 있나요?"

"히히힝."

"어머나, 그렇군요. 하지만 아이에게는 다정하게 대해줘야만 한답니다. 그리고 아빠라고 부르는 걸 강요해도 안 돼요. 미움받을 거예요."

미아는…… 결국 불안과 공포를 견디다 못해 말과 대화하기 시작했다!

기마 왕국의 마롱조차 하지 못하는 대단한 기술이다! 이러다 야만적인 인간에게 환멸을 느끼고 말의 나라로 여행을 떠나버리는 건 아닐지 걱정이 된다.

뭐, 그건 그렇다 치고…….

황람과 즐겁게 대담을 나누던 미아의 앞을 검은 그림자가 슥 가로질렀다!

"힉!"

깜짝 놀라 튀어 오르는 미아. 직후 황람이 달려나갈 뻔했으나, 곧바로 그 앞을 그림자가 가로막았다.

투루루루루……. 황람이 낮은 목소리로 울었다.

기본적으로 호전적이고 용감한 황람이지만, 무턱대고 뛰어드는 짓은 하지 않는다. 왜냐하면 그들 앞에 나타난 것은…….

"느, 늑대……?"

거대한 늑대였기 때문이다.

황람과 거의 비슷할 만큼 커다란 몸뚱이. 그 몸을 뒤덮는 근육이 힘차게 부풀어 올라 있었다.

달리기에 특화한 황람과는 전혀 다른 근육 구조. 그것은 말 그대로 먹이를 사냥하기 위한 몸이었다.

무시무시한 눈빛으로 쳐다보자 미아는 저도 모르게 떨…… 지는 않았다.

——어머? 이상하네요. 별로 무섭지 않은 듯한……. 이 정도면 디온 씨가 노려보는 게 훨씬 더 무서워요.

……그랬다. 자신을 죽인 장본인이자 제국 최강의 기사와 종종 얼굴을 맞대게 된 이후로 미아는 살기나 날카로운 시선 등에 내성이 생기고 말았다.

그것만이 아니라…….

──흐음, 애초에 이 늑대는 딱히 저희를 공격할 마음이 없는 것 같아요.

상대의 살기마저 어느 정도는 분간할 수 있게 되었다. 상대의 살기에 조금 깐깐해진, 살기 마이스터 미아였다!

뭐, 본인은 그리 기쁘지 않을 테지만…….

늑대는 미아의 얼굴을 일별하더니 몸을 빙글 돌려서 걷기 시작했다.

그것은 마치 미아를 안내하려는 듯한 동작이었다.

"설마 이 늑대, 적의 수하인 건가요……?"

황녀전의 서술이 뇌리에 떠올랐다. 자신이 늑대에게 잡아먹힌다는 그 내용이었다.

영락없이 적이 자신을 죽인 뒤에 그대로 시체를 버려둘 줄 알았는데, 아무래도 적은 늑대를 부려서 시체를 숨기려고 한 모양이었다.

"뭐, 어쨌거나 당장 공격하지는 않을 것 같으니……. 황람, 저 늑대를 따라가 보죠."

미아의 부름에 황람은 '히히히힝' 하는 울음소리를 돌려주었다.

늑대의 뒤를 따라가기를 잠시.

이윽고 미아의 눈앞에 으스스하고 황량한 마을이 모습을 드러냈다.

"여기가 반돌 마을……? 그렇다면……."

스러진 민가 저편, 마을의 중앙에 붉은 불꽃이 타오르고 있는 게 보였다.

"모닥불……. 저기에 벨이 있는 거군요……."

미아는 길게 한숨을 내쉰 뒤 황람의 등 위에서 내려왔다. 그 후 황람의 목을 쓰다듬으며 말했다.

"황람, 언제든지 도망칠 수 있도록 준비해주세요."

만약 그 기회가 온다면 말이지만……. 마음속으로 그런 말을 덧붙였다.

──뭐, 가장 큰 목적은 적의 정체를 간파하는 거니까요…….

"오오, 오셨습니까. 미아 황녀 전하."

불현듯 밤의 밑바닥에 울리는 듯한 목소리가 미아의 귀를 두드렸다. 황급히 시선을 돌리자…… 그곳에 서 있는 사람은.

"어서 오십시오. 와 주셔서 대단히 영광이옵니다……. 음? 그 말은 뭐죠?"

정중한 듯 무례하게 머리를 숙인 그 여성은, 미아가 아는 사람이었다…….

"바르바라…… 씨? 그렇다면……."

"후후후, 이쪽으로 오십시오. 아, 혼자서 와 주시고요."

"……늑대에게 제 말을 잡아먹게 시킬 생각은 아닐 테죠?"

"걱정하지 마십시오. 그 늑대는 **말은 절대로 잡아먹지 않도록** 훈련을 받았습니다."

미아는 마지못해 수긍한다는 듯 황람의 고삐를 놓았다.

"다녀오겠습니다, 황람. 무슨 일이 생기면 바로 도망쳐도 괜찮아요."

그렇게 지시한 후 다시금 모닥불이 있는 방향으로 향했다. 그
러자.

"아…………."

그곳에 서 있는 건 뒤로 팔이 묶인 벨과 늑대를 거느린 복면의
남자. 그리고…….

"그래요……, 리나 양이……."

벨의 옆에서 가련한 미소를 짓고 있는 슈트리나였다.

"평안하십니까, 미아 황녀 전하. 이렇게 먼 곳까지 걸음해 주셔
서 감사합니다."

스커트 자락을 살짝 들어 올린 슈트리나가 허리를 숙였다.

"아뇨, 모처럼 초대를 받았으니 무정하게 거부할 수도 없으니
까요."

그렇게 대답하면서도 미아의 뇌리에는 여름방학이 끝난 뒤 루
드비히와 나눈 대화가 떠올랐다.

──완전히 속아버렸어요……. 옐로문 공작가가 수상하다는
이야기를 들어놓고……. 실수했네요…….

치욕을 느끼면서도 미아는 아직 슈트리나를 나쁘게 생각하지
못하고 있었다.

어쩌면 무언가 사정이 있는 게 아닐까? 나쁜 녀석들이 시키는
대로 따라야만 하는 이유가 있는 게 아닐까? 그런 생각이 들었다.

──생각해 보면 화양이 망아지를 낳으려고 할 때도 리나 양에
게 도움을 받았죠. 그때도 리나 양이 없었다면 위험했고, 열심히

도와주었어요. 그런 사람이…… 이러한 악행에 손을 댈까요?

미련이 철철 넘쳐서 그런 생각을 하는 미아였다.

하지만 그 이상으로……

──무엇보다 버섯 애호가 중에 나쁜 사람은 없을 거예요…….
그렇다면 어떠한 사정이 있는 게 틀림없어요!

이것이다!

버섯 프린세스, 미아는 확신했다.

버섯을 좋아하는 사람 중에 나쁜 사람은 없다고……. 버섯에
그렇게 해박한 슈트리나가 나쁜 사람일 리 없다고.

참고로 바르바라는 버섯 채집 때 없었으니까 무관계하다. 이
자식은 악당이 틀림없다고 확신하는 미아였다.

──하지만 이건 문제네요……. 리나 양은 과연 믿을 수 있는
지, 아닌지…….

물론 무언가 사정이 있어서 벨의 유괴에 가담했다고 해도 무죄
라고는 할 수 없다. 하지만 그건 수정할 때는 큰 의미를 지닌다.

어쩌면 슈트리나는 아군으로 포섭할 수 있을지도 모르니까.

찰나의 고민. 그 후 미아는 방침을 정했다.

──여기서는 마지막까지 리나 양을 믿어보기로 하죠.

이유는 무척이나 단순하다.

──버섯 애호가 중에 나쁜 사람은 없어요. 반드시!

그렇다. 그것은 버섯 프린세스로서의 직감, 말하자면 버섯세스
이다. 그 직감에 따라 미아는 입을 열었다.

"리나 양, 당신은…… 무언가 사정이 있어서 이런 일을 하는 거죠."

미아는 단언했다.

무슨 일이 있어도, 끝까지 슈트리나를 믿겠다. 그렇게 결심한 미아는 슈트리나를 물끄러미 응시했다.

······만약 그녀가 뿌리부터 적이라고 한다면 그건 어쩔 수 없는 일이다. 어차피 여기서 죽을 거니까 어느 쪽이든 큰 차이는 없다.

미아의 각오는 데친 버섯처럼 단단했다! ──별로 단단하지 않았다는 뜻이다!

"······네?"

미아의 말에 슈트리나는 어리둥절한 얼굴로 눈을 깜빡였다. 그 표정이 당황으로 무너졌다.

"··········왜? 어째서 그런 말씀을 하시는 거죠? 미아 황녀 전하, 어째서, 당신마저 리나를······?"

"당연한 것 아닌가요. 리나 양이 그런 짓을 할 거라는 생각이 들지 않으니까요. 저는 당신을 믿습니다."

버섯 애호가 중에! 나쁜 사람은! 없다!

미아는 가슴속에 싹을 틔운 버섯 신념에 기반하여 당당하게 선언했다.

"리나 양, 대화해주실 수는 없나요? 당신은 억지로 가담하고 있는 것뿐이죠? 벨의 친구인 당신이 이런 짓을 할 리가 없잖아요."

"미아 언니······."

미아의 태도에 벨이 조금 기뻐하는 표정을 지었다.

"맞아요. 리나가 이런 짓을 한다니, 저도 이상하다고 생각했어요. 리나는 나쁜 사람에게 협박당하는 게 분명해요!"

벨은 바르바라를 노려보았다.

그 날카로운 시선을 받고도 바르바라는 지극히 침착한 태도로 어깨를 으쓱했다.

"아무것도 모른다는 건 참 행복한 일이군요……. 우후후, 아가씨께서 지금까지 무슨 일을 해오셨는지……."

"그만해! 바르바라."

얼굴을 일그러트린 슈트리나에게 기가 막힌다는 시선을 보낸 바르바라는 다시금 미아 쪽을 보았다.

"애초에 그런 것을 물어서 어떻게 하실 생각이십니까? 미아 황녀 전하. 당신은 여기에서 죽을 텐데……."

죽음을 선고한 것과 동시에 남자의 발치에 있던 늑대가 느릿느릿 몸을 일으켰다.

그걸 본 미아는 순간 숨을 삼키고…… 마음속으로 세 번 복창했다.

──디온 씨보다는 약해요. 디온 씨보다는 약해요. 디온 씨보다는…… 약해요!

그렇게 하자 신기하게도 두려움이 흐려진 기분이 들었다.

…………미아의 비장의 주문이었다.

눈꺼풀 뒤로 어이없어하며 어깨를 으쓱하는 디온의 얼굴이 떠오른 것도 같았다.

그건 그렇다 치고…….

──이 정도의 위기는 디온 알라이아가 목을 노리는 것에 비하면 무서워할 정도는 아니에요!

미아는 여유로운 미소를 지으며 바르바라 쪽을 보았다.

"어머, 그건 모르는 일이죠. 확실히 저는 여기에서 죽을지도 모르지만…… 그걸로 끝은 아니에요."

과거로 돌아가 반드시 이 궁궁이를 막아주겠다며 바르바라를 노려보았다.

"……패배를 인정하지 못하고 발버둥 치는 건 보기 흉합니다. 미아 황녀 전하."

"글쎄요. 과연 발버둥일까요?"

발버둥이다. 적어도 반 이상은.

아무튼 실제로는 다시 과거로 돌아갈 수 있다는 보장이 없기 때문이다.

그래도 가슴을 펴고 단언할 수 있을 만큼의 아수라장을 경험해 온 미아였다.

"……흥, 시간을 끌기라도 하는 건가……. 아니, 아니면……."

바르바라가 주저한 순간……, 미아의 시야가 새하얗게 물들었다!

그것은 별안간 주변을 가득 덮어버린 하얀 연기…….

"……흐어?!"

혼란에 빠져서 굳어버린 미아의 코에 희미하게 감도는 향기. 그것은 월형초의……, 입욕제의 향기였다.

직후 쿵, 하고 무언가가 미아에게 부딪혔다.

"우허억!"

비명을 지르는 미아는 그대로 땅바닥으로 쓰러졌다.

그렇게 반쯤 태클을 걸듯이 부딪혀온 사람은…….

"벨?!"

"미아 언니?!"

밧줄이 풀린 벨이었다.

제31화 어두운 밤에 찬연히 빛나는 미아 황녀!

그 순간…….

대량의 연기가 발생하는 순간을 벨은 바로 옆에서 목격했다.

그건 정말로 갑작스러운 일이었다.

바르바라의 의식이 다른 곳으로 쏠린 순간, 슈트리나가 모닥불 근처…… 차를 우리기 위해 끓여두었던 물이 있는 곳에 가서 무언가를 넣었다.

직후 짙고 하얀 연기가 인근에 폭발적으로 차올랐다.

시야를 가로막아 아무도 움직일 수 없게 되었을 때, 벨의 두 팔을 묶고 있던 밧줄이 툭 끊어졌다.

"어……?"

놀라서 뒤를 돌아보려고 한 벨이었지만 그 순간 등을 떠밀리는 바람에 균형이 무너졌다.

그대로 헛발질을 하듯이 앞으로 고꾸라졌고…….

그 등을 따라…….

"……잘 가, 벨. 건강해야 해."

연기 속에서 목소리가 들렸다.

"……어? 리, 나? 앗!"

힘차게 연기 속으로 굴러버린 벨은 다음 순간 누군가와 부딪혔다.

"우허억!"

조금 맥 빠지는 비명을 지른 그 사람은, 자신을 구하러 와 준 사람으로…….

"앗……, 미아 언니……?"

"무슨? 벨……?! 어째서……."

어안이 벙벙해져 있던 것도 잠시.

——기회가 왔어요! 도망치려면 지금이에요!

미아는 바로 움직였다. 전환이 빠른 게 미아의 장점이다.

"황람!"

지시할 여유는 없다. 그저 이름을 불렀을 뿐이다.

하지만 그런 미아의 부름에도 황람은 바로 반응했다.

연기를 돌파하며 달려온 황람 위로 훌쩍 올라탄 미아는 이어서 벨을 자신의 앞에 태웠다!

……미아의 머릿속에서는.

실제로는 끙차끙차 올라탄 뒤 아주아주 고생하며 벨을 끌어올렸지만……. 뭐, 그래도 긴급 상황에서 나온다는 괴력을 발휘한 덕분에 미아치고는 상당히 빨랐다…….

"하, 하지만 아직 리나가……."

연기 쪽으로 시선을 주는 벨에게 미아가 말했다.

"어차피 지금의 저희는 구할 수 없어요. 하지만……."

거기서 말을 끊은 후, 미아 또한 연기 쪽으로 시선을 주었다.

"반드시……, 네. 반드시 구하겠어요. 그러니 지금은 도망치죠!"

그렇게 미아는 황람에게 지시를 날렸다.

"자! 도망쳐요! 황람!"

미아의 인생에서 가장 큰, 목숨을 건 도주극의 막이 조용히 올라갔다.

황람은 미아의 호령에 달려나갔다. 갑작스러운 전력 질주다.

미아는 날려가지 않도록 앞에 태운 벨을 껴안듯이 붙잡고 몸을 숙였다.

연기 때문에 방향을 조금 잃긴 했지만……, 큰 문제는 아니었다. 왜냐하면…… 미아는 지난가을에 어떠한 오의를 습득했기 때문이다.

그렇다. 누워뜨기의 극의이다.

황람의 달리기에 몸을 맡기고 자신은 최대한 방해하지 않는 것.

요컨대 황람만 도망치는 방향을 알고 있다면…… 미아가 넋을 놓고 있어도 아무런 문제가 없는 셈이다.

이윽고 연기로 뒤덮인 지역을 빠져나왔다.

뒤를 돌아보자 **하얗게 빛나는** 연막이 마을 전체를 감싸듯이 퍼져있었다.

"저건…… 클로에가 가져온 입욕제군요……."

그러고 보면 티오나와 목욕하러 갔을 때 나중에 슈트리나가 들어왔다는 걸 떠올렸다.

──그 후에 클로에에게 나눠 받은 걸까요? 그렇다면 리나 양은 이렇게 될 것을 예상하고 처음부터 도와줄 생각이었다……?

순간 생각에 잠길 뻔한 미아였지만 바로 고개를 저었다.

"지금 생각해봐도 소용없는 일이에요. 아무튼 이렇게 궁지에서 벗어나게 되었으니, 사람들이 있는 곳으로 돌아간 후 구하러 가죠. 아, 하지만 섬에 돌아가려면 배가 필요하네요……. 그 상인은 이미 없을 텐데……. 그렇다면 내일 아침이 될 때까지 어둠 속에 숨어있는 게 좋으려나요? 달이 떠 있다고 해도 이렇게 어두우니 어디든 숨을 수 있을……, ……어라?"

그때 미아는 묘한 위화감을 깨달았다.

어쩐지 주위가 은근히 밝은 것 같은…….

달빛이 강해진 건가? 하고 하늘을 올려다보려고 한 미아는 그 직후에 깨달았다. 빛나는 건 자신들이었다!

정확하게 말하자면 미아와 벨만 빛나고 있었다. 황람은 딱히 빛나지 않았다.

흐릿하고 은은한 빛이 두 사람의 몸을 비추며, 마치 공중에 떠 있는 것처럼 보이기까지 했다. 말에 탄 두 사람의 모습은 흡사 어둠 속을 날아다니는 요정이었다. 만약 어디 사는 소설가가 목격했다면 유쾌하고 터무니없는 황녀전의 재료가 되어버릴 것 같았다.

그건 그렇다 치고…….

"이, 이건, 대체……?"

혼란스러워하던 미아는 그 직후 원인을 떠올렸다.

여담이지만 미아에게는 뇌세포를 활성화하는 몇 가지의 키워드가 존재한다. 단것과 버섯이 거기에 해당하는데, 그 외에도 하나 더……. 미아가 사랑하는 목욕 관련 키워드에도 미아의 두뇌는 예리하게 번뜩였다.

그리고…… 최근 목욕 관련 키워드라고 한다면……. 그렇다. 연기가 나는 입욕제. 그리고 이 향기는……, 월형초의 향기…….

"……월형초……, 달과 반딧불……? 엄청 빛날 것 같잖아요!"

그렇다……. 미아는 몰랐으나 그 이름의 유래……. 그것은 밤에 빛나는 풀이었다…….

그리고 그 성분이 들어간 입욕제에도 같은 성질이 있었다…….

밝은 곳에서는 드러나지 않는 묘하게 성가신 특징에 미아는 크게 당황했다.

"이거, 어두운 곳을 걸을 때는 편리할 테지만 몸을 숨기는 건 불가능하지 않나요……."

그런 생각을 하던 차에…… 미아는 보았다.

후방의, 희게 빛나는 연기를 뚫고…… 자신과 마찬가지로 은은하게 빛나는 무언가가 셋이나 뛰쳐나온 것을.

그 빛이 빛나는 실루엣. 그것은 어딜 봐도 말을 탄 남자와 두 마리의 거대한 늑대였다……!

"힉, 히이이익! 따라왔어요! 쫓아왔어요! 황람!"

미아가 뭐라 말하기도 전에 황람은 속력을 올렸다. 폭력적인 가속에 미아는 아래로 추락하지 않도록 필사적으로 매달렸다.

그렇게 미아는 바람이 되었다!

바람이 되었을 터…… 인데…….

뒤를 돌아본 미아는 비명을 질렀다.

"히이이익! 가, 가까워졌어요, 황람. 점점 뒤쪽에서 가까워지고 있어요!"

황람의 속도를 아는 미아에게는 믿기 힘든 일이었으나…… 남자가 탄 말이 점점 가까워지고 있었다. 마치 반투명한 망령 기사처럼…… 남자는 순식간에 거리를 좁혔다.

그것은 무시무시한 속도였다.

순간 미아와 벨, 두 사람의 무게로 황람이 느려진 게 아닌지 생각이 든 미아였지만…….

"아뇨, 제가 그렇게 무거울 리 없으니까요……. 황람이라면 여유로울 거예요."

바로 그 생각을 부정했다.

그 증거로 남자가 데려온 늑대들은 다소 뒤처지기 시작했다. 결코 황람이 느린 게 아니다. 적이 너무 빠른 거다!

"빠, 빠, 빨리! 황람, 더 서둘러주세요."

미아의 목소리에 황람은 그저 작게 콧김을 흘릴 뿐.

그것은 '시끄러워, 좀 닥쳐봐!'라고 말하는 듯한, 살짝 발끈해서 나는 콧김이었다.

달밤의 도주극은 이제 막 시작이었다.

제32화 가냘픈 운명의 실을 엮으며

　——저것은 월토마……. 기마 왕국에서 세인트 노엘 학원에 양도한 건가……. 제법 좋은 말이군……. 하지만…….

　전방으로 도망치는 미아 황녀와 그 말을 바라보며 늑대술사는 냉정하게 생각했다.

　조금 전 연기의 영향인 건지 흐릿하게 빛이 나는 덕분에 미아의 승마 자세가 잘 보였다.

　——미아 황녀의 승마법도 나쁘지 않아. 말에게 모든 것을 맡기고 있어…….

　승마에 익숙지 않은 소녀를 감싼 미아 황녀의 승마술도 나름대로 괜찮았다. 도저히 고귀한 신분의 영애로 보이지 않는 방식이긴 하지만…….

　——하지만 아쉽게도…… 나에게서 도망치기엔 부족하다.

　늑대술사는 냉정하게 자신이 탄 애마에게 말을 걸었다.

　"……가자. 영뢰(影雷)."

　그 지시에 대답하듯 검은 은빛 털을 지닌 말, 영뢰는 크게 울었다.

　그것을 신호로 영뢰의 속도가 더 빨라졌다. 부하인 늑대들을 버려두고 단숨에 미아를 향해 접근한 늑대술사는 한 손으로 검을 빼 들었다.

　밝게 빛나는 달빛을 반사한 칼날이 번뜩였다!

　"……그 목, 받아 가겠다."

"히이이이이이이익!"

비명을 지르는 미아까지 남은 거리는 대략 말 세 마리 정도.

그것을 알아차린 건지 미아를 태운 말이 속도를 올리며 다시 거리를 벌렸다. 동시에 콱! 하고 흙을 걷어차 후방으로 뿌렸다. 하지만…….

──제법 똑똑한 말인 모양이군.

늑대술사는 그것을 피하기 위해 일단 왼쪽 후방으로 이동해 미아에게서 거리를 두었다. 그 후 돌아 들어가듯 미아에게 다가가려다가…… 직후, 전방에 시선을 주었다.

──음……, 저건……?

어둠 속에 흐릿하게 보인 붉은 빛. 그것이 곡선을 그리며 다가오더니…….

"──!"

반사적으로 검을 휘둘렀다. 순간, 칼날에 무언가가 닿은 감촉과 함께 주위에 불꽃이 터졌다.

"불화살……?"

직후.

"미아 님!"

주위에 울려 퍼지는 소녀의 목소리.

늑대술사는 불화살이 날아온 방향을 뚫어져라 쳐다보았다. 약간이라고는 해도 자신의 몸에서 빛이 나기 때문에 은근히 보기 불편했지만……, 그래도 그의 눈은 말을 탄 두 개의 그림자를 포착했다.

아무래도 한 명이 말을 조종하고 다른 한 명이 활을 쏜 모양이었다.

——그렇군. 미아 황녀를 도우러 온 종자인 건가…….

세인트 노엘 섬에서 미아의 행방을 쫓았던 안느와 티오나는 곧바로 미아가 섬에서 나가는 배를 탔다는 정보를 입수했다.

다행히 마을을 오가는 사람들도 상인들도 미아를 잘 기억하고 있었기 때문이다.

말을 데리고 있는 세인트 노엘 학원의 학생이라는 게 인상적이었고, 무엇보다 안느가 인맥 만들기에 힘을 써온 덕분이기도 했다. 필사적인 안느의 도움 요청에 협력해주는 사람들이 적지 않았고……, 얼마 지나지 않아 두 사람은 미아가 섬에서 나갔다는 걸 알았다.

두 사람은 바로 자신들도 섬에서 나가기로 결의했다. 안느가 친하게 지내는 상인에게 부탁해서 기슭까지 배를 내어달라고 했다.

"……문제는 저편에 도착한 후에 어떻게 할 지네요."

티오나는 호수 저편에 펼쳐진 어둠을 향해 날카로운 시선을 보냈다.

두 사람의 얻은 정보는 미아가 섬을 나갔다는 부분까지다.

과연 사람들에게 물어 그 후의 정보를 얻을 수 있을까?

"잠깐 괜찮겠어? 안느."

심각한 얼굴로 상의하는 두 사람에게 상인이 말을 걸었다.

"본래대로라면 항구에 배를 대야 하지만, 섬에서 세인트 노엘 학원의 학생을 데리고 나온 거라면 소란이 일어날 것 같거든. 가능하다면 사람이 없는 곳에 내려주고 싶은데…….”

그 말은 두 사람의 절망에 박차를 가했다.

자신들과 마찬가지로 미아를 데리고 나간 상인 또한 인기척이 없는 곳에 미아를 내려주지 않았을까?

그렇다면 미아를 목격한 사람은 한 명도 없는 게 아닐까?

그때였다.

두 사람이 탄 배와 엇갈리듯이 한 척의 배가 세인트 노엘로 돌아가는 게 보였다.

“어라? 선객이 있었나.”

상인의 말에 두 사람은 얼굴을 마주 보았다.

“어쩌면…… 미아 님을 데리고 나간 배일지도……?”

반사적으로 선체의 후방으로 달려가 방금 엇갈린 배를 보았다. 아무리 급해도 호수 위에서 멈춰 세워 저쪽 배로 이동한 뒤 사정을 물어볼 수는 없었다. 하지만…….

“죄송합니다. 저 배가 온 방향에 배를 세워 주세요.”

안느도 티오나도 이미 알고 있었다. 미아가 심상치 않은 사태에 말려들었다는 사실을.

따라서 배에서 내린 장소에 가만히 머무르고 있지는 않으리라는 걸 머리로는 알고 있었다.

하지만 그 희망에 매달릴 수밖에 없었다.

“미아 님……. 제발.”

안느의 절실한 기도는…… 닿지 않았다.

배가 멈춰선 호숫가에는 찾는 이의 모습이 없었으니까…….

절망에 눈앞이 새카맣게 물들어갔다. 그래도 포기하지 않고 어떻게든 주위를 찾아보았으나…… 상인에게서 받은 횃불이 다 타버렸을 무렵, 안느의 눈에서는 뚝, 뚝 눈물이 흘러내렸다.

"미아 님……. 대체, 어디에……."

훌쩍훌쩍 흐느끼는 안느. 그때였다.

"안느 양! 저기!"

티오나가 소리쳤다. 눈가를 슥슥 훔쳐서 눈물로 일그러진 시야를 맑게 한 안느는 티오나가 가리키는 쪽으로 시선을 주고는…….

"말……?"

나무에 매여 있는 말을 발견했다.

"어째서 이런 곳에 말이……?"

찰나의 망설임. 하지만 안느는 바로 결의했다.

"티오나 님, 제 뒤에 타 주세요."

"네……?"

그날……. 미아는 렘노 왕국에 안느를 데려가지 않았다.

어떤 때라도 미아의 곁에 있고 싶다고 강하게 소망했는데도 따라갈 수 없었다.

말을 탈 줄 몰랐으니까…….

그날의 후회를 양식으로 안느는 노력했다.

말을 탈 수 있게 되도록.

이번에야말로…… 미아 곁에 설 수 있도록.

그런 그녀의 눈앞에 한 마리의 말이 나타났다.

아마도 미아가 위기에 빠져있을 지금 이 순간, 눈앞에 말이 있다. 그렇다면 달리 할 일은 없다.

"미아 님께서는 늘 말을 타실 때는 말에 몸을 맡기셨어. 그러니까, 나도……."

안느의 승마 교본은 미아다.

말에게 모든 것을 맡기는 오의 '누워뜨기 승마'가 안느가 이상으로 여기는 승마법이다.

……무언가 틀린 것 같은 느낌이 안 드는 것도 아니지만…….

아무튼 안느는 결심했다. 미아를, 소중한 주군의 행동을 모방하겠다고.

"서둘러주세요, 티오나 님."

"네, 알겠습니다."

티오나도 각오를 굳힌 건지 안느의 뒤에 탔다.

그것을 확인한 안느는 말을 움직였다.

어디로 가는지는 모른다. 하지만 말이 이끄는 대로…… 그 몸을 맡겼다.

그 말이 혼돈의 뱀이 준비한…… 미아를 약속 장소로 데려가기 위한 말이라는 것도 모른 채.

"안느 양! 저쪽!"

안느의 뒤에서 말을 타고 가기를 잠시. 티오나는 그것을 발견했다.

전방에 나타난 은은한 빛……. 순간 달의 요정으로 착각할 법한 그 환상적인 빛이 이쪽으로 오고 있다는 것을.

열심히 눈에 힘을 주자 그게 말을 탄 인간이라는 게 보였다.

그리고.

"히이이이이이익!"

멀리서 들리는 소녀의 비명. 그것은……, 그 목소리는!

"미아 님!"

안느의 중얼거림을 듣고 확신했다. 저건 자신들이 찾는 인물이다.

그리고 동시에.

"공격받는 거야?"

미아의 비명에 여유가 사라져 있다는 것도.

──미아 님께서 저렇게 비실비실한 비명을 지르시다니, 보통 일이 아니야!

티오나는 확신했다. 지금 미아는 생명의 위기에 처해 있다고.

……사실 미아는 꽤 자주 비실비실한 비명이며 맥 빠지는 비명을 지르곤 하지만…… 티오나 안에서는 늘 반듯하고 냉정침착한 미아였다.

"안느 양, 미아 님을 엄호하겠습니다.

그렇게 말한 티오나는 등에 매고 있던 화살통에서 화살을 꺼냈다.

연습용 화살에 끄트머리를 태울 수 있도록 가공한 불화살이었다.

새로 받은 햇불을 써서 불을 붙이자 붉은 불꽃이 붙었다.

──역시 **리오라야**. 솜씨가 좋아…….

마음속으로 중얼거린 티오나는 화살을 겨눴다.

렘노 왕국의 혁명 사건에서 한이 맺힌 사람은 안느만이 아니었다.

티오나 또한 마음속 깊은 곳에 회한을 안은 사람이었다.

"아무것도, 못했어⋯⋯."

모처럼 미아와 동행했는데 아무런 도움도 되지 못했다.

그 후회로 인해 티오나는 활을 연습하기 시작했다. 싸울 수 있는 힘을 원하며⋯⋯ 아니, 미아의 도움이 될 수 있는 힘을 원하며⋯⋯.

티오나의 눈이 가늘어졌다.

전방에서 흔들리는 두 개의 빛.

흐릿한 빛은 둘 다 똑같이 보여서⋯⋯ 어느 쪽이 습격자고 어느 쪽이 미아인지 알 수 없었다. 만에 하나라도 미아에게 맞힐 수는 없다.

자연스럽게 활을 든 손이 긴장으로 떨렸다.

──어느 쪽이 미아 님인 거지? 나는⋯⋯ 제대로 활을 쏠 수 있을까?

그때⋯⋯ 불현듯, 한쪽의 빛이 옆으로 크게 움직였다. 그 위치에서 돌아 들어가듯이 다른 쪽으로 접근하고⋯⋯ 그것이 보였다.

쏟아지는 달빛. 지상을 향해 내려온 그 한줄기가 한순간 강렬한 빛을 번뜩이는 것이⋯⋯.

그 빛 속에 한순간 보인 것. 그 차갑게 빛나는 것은⋯⋯.

"저건⋯⋯, 검!"

그것은 적이 거머쥔 검이 달을 반사해낸 빛.

──미아 님께서 검을 들고 싸우실 리가 없어! 게다가 지금이라면 미아 님과도 조금 떨어져 있어! 이 각도라면!

티오나는 확신을 담아 매끄러운 동작으로 불화살을 쏘았다.

그것은 두 소녀의 마음이 이뤄낸 결실.

안느 혼자서는 말을 타고 달려갈 수 있어도 아무것도 하지 못했으리라.

티오나는 승마도 할 줄 알고 활도 다룰 줄 알지만, 말을 탄 채로 활을 쏘지는 못했으리라.

따라서…… 그것은 두 사람의 노력이 만들어낸 결실이었다.

그것이 지금 이 순간, 이때. 생명의 위기에 처한 미아와 늦지 않게 만나게 해주었다.

불화살은 붉은빛이 되어 곡선을 그리듯이 적을 향해 날아갔다.

──미숙해. 이 정도로 나를 맞히려 하다니…….

불화살은 처음 한 발 말고는 쏘는 족족 머리 위로 지나갔다. 조준도 너무나 조잡하고, 무엇보다 궤도가 잘 보이는 불화살이라는 게 치명적이라 할 수 있었다. 이래서는 설령 명중하는 궤도로 날아온다고 해도 쉽게 쳐낼 수 있다.

화공을 할 생각이라면 모를까, 일부러 화살의 궤도가 잘 보이도록 불을 붙인다는 건 어리석음의 극치다.

──만에 하나라도 미아 황녀에게 맞지 않도록 일부러 보이기 쉽게 한 건가……?

그래도 평범한 적이었다면 견제가 되었을지도 모르지만, 제국 최강의 기사 디온 알라이아의 칼을 쳐낸 바 있는 늑대술사는 무시해버려도 아무런 문제가 없었다.

——아니, 아무리 막을 수 있다고 해도 이렇게 계속 쏘아대면 아무래도 귀찮은가. 애초에 만약 황녀에 맞기라도 하면 어떻게 할 생각이지?

베테랑 전사인 늑대술사이기 때문에 쳐낼 수 있는 것이다. 앞서 날려가는 미아에게는 도저히 불가능한 재주다.

——곧 목을 쳐버릴 상대에게는 무용한 걱정인가…….

그런 생각을 하며 늑대술사는 말의 속도를 올렸다.

순식간에 미아의 모습이 가까워졌다. 검을 휘둘러 그 가녀린 목을 향해 칼날을 내리치려 한 바로 그때……!

"맞춰!"

앞쪽에서 궁수가 크게 소리쳤다.

그 외침을 들은 늑대술사의 뇌리에 의문이 스쳤다.

맞춘다고? 무엇을?

앞에 앉아 말을 부리는 소녀에게 한 말일까? 하지만, 그렇다면 무엇을 어떻게 맞추라는 뜻일까? 혹은 미아 황녀에게 한 말인 걸까? 그렇다고 해도 무엇을 맞추라는 것인지.

위화감. 직후, 전방에서 다시 불화살이 날아왔다.

살짝 포물선을 그리는 불화살의 궤도. 붉게 빛나는 화살이 똑바로 날아왔다.

거리가 가까워졌기 때문인지 조준은 정확했다. 어쩔 수 없이 검으로 그것을 쳐내려다가…… 그의 귀가 이변을 포착했다.

화살이 바람을 가르는 소리.

그 숫자는……, ……둘!

찰나, 늑대술사는 몸을 크게 쓰러트렸다. 그 어깨로 완전히 다른 각도에서 날아온 화살이 스쳤다.

——큭…… 날카로워. 궁수가 한 명 더 있었나…….

늑대술사는 간신히 상대의 노림수를 눈치챘다.

"쯧. 빗나갔어요."

어두운 초원에 서 있는 작은 인영.

저격수, 리오라 룰루는 아쉽다는 듯 혀를 찼다.

"다음은, 맞춰요."

그렇게 두 번째 화살을 활에 걸었다.

티오나의 명령으로 도우미를 부르러 간 그녀가 여기에 있는 건 작은 사정이 있었다.

간단하게 말하자면 그녀는…… 티오나가 걱정되었다.

안느에게서 심상치 않은 기색을 알아차린 리오라는 주군의 몸을 염려하여 자신에게 주어진 명령을 **최소한도로** 수행한 뒤 바로 티오나의 뒤를 쫓아왔다.

그렇게 그녀가 항구에 도착한 것과 거의 동시에 한 척의 배가 나타났다.

부수입을 벌기 위해 다시 돌아온, 미아 유괴에 가담한 그 상인이었다.

"짐이 없으면 들어오는 심사도 간단해지고, 학생을 슬쩍 섬 밖으로 데려가기만 해도 금화를 받을 수 있다니 짭짤한 벌이라니까."

그렇게 흐뭇해하던 그였으나…… 곧바로 자신의 악행의 대가를 거두게 되었다.

안느와 티오나에게 협력한 마을 사람들에게 붙잡힌 상인이 멍석말이를 당할 뻔한 타이밍에 마침 리오라가 도착했고……. 안느와 티오나보다 신속하게 행동할 수 있었던 리오라는 초원을 가로지르는 도중에 두 사람을 따라잡았다.

게다가 상인에게서 어느 정도 사정을 들은 리오라는 만약 전투가 일어날 때를 대비하여 간이 불화살을 제작. 화살촉을 뭉개서 만에 하나 미아에게 맞아도 죽지 않는 상처로 끝나는 화살을 만들었다.

물론 맞으면 무지막지 아플 테지만, 박히지만 않으면 된다는 정신이었다.

와일드함이 매력 포인트인 리오라다.

그 후 그녀는 티오나에게 역할을 주었다.

새 횃불과 불화살을 건네서…… 그걸 써서 적의 시선을 끌고 견제하기, 그리고 무엇보다 적의 주위를 밝혀서 리오라가 노리기 쉽게 만들어준다는 역할을.

티오나의 실력은 나쁘지 않지만, 만약 미아에게 활을 쏘게 되면 큰일이다. 따라서 적에게 치명상을 줄 법한 공격은 자신이 담당하겠다는 작전이었다.

사실 리오라라고 해도 만에 하나 정도는 미아를 쏴버릴 가능성을 부정할 수 없지만……. 그래도 티오나보다는 적은 확률이니까…….

"미아 황녀 전하, 맞으면, 죄송해요…….."

……미아의 목숨은 의외로 풍전등화일지도 모른다.

"히이이이익!"

전방에서 잇달아 날아오는 불화살을 보고 미아는 비명을 질렀다.

"위, 위험해요! 황람, 피해요! 히이익! 이러다 맞겠어요! 벨, 머리를 푹 숙이고 있어야 해요!"

불화살은 상당히 떨어진 곳에서 쏘고 있었지만, 쌩쌩 날아오는 화살에 미아의 소심한 심장이 비명을 질러댔다.

한편 벨은 계속 고개를 푹 숙이고 있었다.

미아와는 달리 예전에도 비슷한 경험을 해본 벨은 이 정도로는 동요하지 않는다. 오히려 그녀는…….

"리나…….."

그 자리에 남겨두고 온 친구가 걱정이었다.

그것에만 신경이 쏠리는 바람에 머리 위를 날아다니는 화살도, 추격자도.

"히이이익! 주, 죽겠어요! 확실하게 죽겠어요!"

할머니의 꼴사나운 비명도 그녀의 귀에는 들리지 않았다. 이렇게 벨 안에서 멋진 할머니의 인상은 지켜졌다. 잘 됐구나, 미아.

아무튼. 끄아아악 비명을 질러댄 미아였지만, 간신히 이 불화살은 안 맞을 것 같다는 사실을 깨닫고 냉정함을 되찾았다. 그렇게 다시금 뒤를 돌아보고…… 경악했다.

추격자가 탄 말이 예상했던 것보다 더 뒤에 있었기 때문이다.

"어라? 혹시…… 불화살에 겁을 먹고 속도를 늦춘 건가요?"

……리오라의 저격에는 전혀 눈치채지 못한 미아였다.

"흐흥. 불화살과 이렇게 떨어져 있으면 맞을 리가 없는데, 참한심하군요!"

조금 전까지 자신이 보이던 추태는 잊고 득의양양하게 웃는 미아. 불리한 건 말끔하게 잊을 수 있는 편리한 뇌 구조를 지녔다.

──어쩌면 이거, 잘 도망칠 수 있는 거 아닐까요?

그렇게 방심하려던 순간이었다.

쿵! 바로 옆에서 충격이 가해졌다.

"앗……."

"흐아아아아아아악!"

비명과 함께 미아와 벨은 초원 위로 내동댕이쳐졌다.

미아는 데굴데굴 땅바닥 위를 구르면서 보았다.

황람에게 몸통 박치기를 가한 거대한 그림자……. 그것이 느릿느릿 자신들을 향해 다가오고 있다는 것을…….

──앗, 아아, 늑대에 대해 완전히 잊고 있었어요…….

늑대술사와 마찬가지로 미아 또한 불화살에 정신이 팔려서 속도가 느려졌다. 그래서 따라잡은 늑대가 기습을 가한 것이다.

단지 그 뿐인 일……. 그리고…….

"각오하도록……."

늑대 뒤로, 말에서 내린 늑대술사가 걸어오는 게 보였다.

──아, 아아……. 역시 저는 여기까지인 거군요…….

그가 들어 올린 칼날을 멍하니 바라보며…… 미아는 생각했다.

──뭐, 뭐어. 범인은 알았으니까요. 다음에는 잘할 수 있을 거예요. 물론 다음이 있다면…… 말이지만요…….

남자가 다가오기까지 앞으로 다섯 걸음, 네 걸음…….

이윽고 천천히 멈춰선 늑대술사는 검을 내리그었다.

미아는 눈을 질끈 감고 마음속으로 '부디 별로 안 아프게 해주세요……!'라는 기도를 바쳤다. 하지만…….

아픔은 찾아오지 않았고, 대신 날카로운 금속 소리만이 들렸다…….

"…………미안하지만 그녀는 소중한 사람이거든. 나에게도, 다른 사람들에게도……. 그러니까…… 미아에게는 손가락 하나 대지 못하게 하겠어."

리오라 룰루가 수행한 최소한의 지시…….

학원에 돌아간 그녀가 가장 먼저 발견한 도우미는…….

"아, 아벨!"

감격에 겨운 미아의 목소리에 아벨 렘노는 조금 쑥스러워하는 표정을 지었다.

"아아, 아벨! 아벨이 와 주었어요!"

높게 울려 퍼지는 미아의 태평한 환호성을 뒤로…… 아벨은 남자에게서 시선을 떼지 못했다.

피부에 소름이 돋았다…….

긴장으로 손바닥에 땀이 축축하게 묻어나왔다.

눈앞에 있는 남자의 빈틈없는 자세, 전신에서 흘러나오는 짙은 살기……. 아벨에게는 렘노 왕국의 호걸, 강철창 베르나르도 바질이나 제국 최강의 기사 디온 알라이아와도 필적하는 것처럼 느껴졌다.

──이 남자, 무시무시한 실력자야……. 게다가…….

남자에게서 주의를 돌리지 않도록 조심하면서 아벨은 주위를 살폈다. 그러자 조금씩 거리를 좁혀오는 늑대들의 모습이 보였다.

──늑대가 골치야……. 어떻게든 처리해야……, 응?

그때, 문득 미아의 뒤로 황람이 걸어오는 게 보였다. 거친 콧김을 흘리면서 늑대들을 노려보고 있다.

게다가 그 옆에는 아벨이 타고 온 화양도 마치 미아를 지키듯이 몸으로 가리고 있었다.

──든든하지만, 아무리 그래도 늑대와 말은…….

그렇게 생각한 아벨이었으나, 신기하게도 늑대들은 말을 보자 그곳에서 발을 멈추고 말았다.

"이건…………, 아, 그렇군."

그 모습을 보고 아벨은 이해했다.

말은 곧 재산이다.

전장을 달리는 준마는 한 마리당 천금의 가치를 지닌다. 아마 적의 늑대들은 말을 공격하지 않도록 길들여져 있는 것이리라.

"그렇다면……, 우선 늑대를 신경 쓸 필요는 없다는 건가. 미아, 황람과 화양에게서 떨어지지 마."

"네, 알겠습니다! ……어, 어라? 황람, 왠지 코를 벌름거리는 것 같은데……, 으허억!"

푸헤엣취! 황람의 요란한 재채기 소리와, 그 직후에 미아가 풀썩 나뒹구는 소리가 들렸지만…… 아벨에겐 그쪽에 신경 쓸 여유는 없었다.

다시금 그는 눈앞의 남자에게 시선을 돌렸다.

"잘 훈련된 늑대라서 다행이야. 남은 건 널 쓰러뜨리면 되는 거지."

"아벨……, 렘노 왕국의 제2왕자…… 인가."

복면의 남자는 의미심장하게 중얼거린 후 아벨을 보았다.

"저런, 나를 알고 있어? 그거 영광인데."

눈앞의 남자를 노려본 채 아벨은 검을 위로 들어 올렸다.

사실…… 상황은 그리 좋지 않았다. 눈앞에는 제국 최강의 디온 알라이아와 동격인 암살자가 있고 공격해오지 않는다고 해도 늑대도 옆에서 노리고 있다.

목숨을 버릴 각오로 시간을 끌면 해결되는 상황도 아니다.

적을 물리치고 활로를 열어야만 하는 상황이다.

──내가…… 할 수 있을까?

한순간, 가슴속에서 피어오르려던 불안…….

"후우……."

아벨은 그것을 심호흡과 함께 삼켰다. 그리고.

"간다!"

해야만 하는 일은 단순하다. 그렇다면 오직 그것을 수행할 뿐.

아벨은 크게 땅을 박찼다.

지면을 파고들 기세의 강한 발차기. 동시에 검을 휘둘렀다.

훈련에 훈련을 거듭한, 그가 가장 신뢰할 수 있는 내려치기.

흐릿한 검날은 그저 달빛의 반사로 인한 잔광을 남기고 필살의 참격이 된다.

그것은 마치 달의 물방울이 흘러내린 듯한 아름다운 베기.

천재, 시온 솔 선크랜드조차 반응할 수 있었을지 의심스러운 매끄러운 일격…… 이었으나…….

카앙. 묵직한 소리가 울렸다.

찰나의 시간 후 달빛 아래 드러난 광경은 힘겨루기에 들어간 아벨과 남자의 모습이었다.

──큭, 이렇게 쉽게 받아낼 줄이야…….

혼신의 일격이 막히자 분해서 혀를 차는 아벨. 그런 그에게 복면의 남자는 차갑게 말했다.

"훌륭한 일격이었지만, 나를 치기에는 부족하군."

직후, 이번에는 남자가 검을 날렸다.

아벨은 간발의 차이로 검을 막아냈지만 공격은 끝나지 않았다. 매서운 폭풍 같은 연속 공격에 아벨은 방어만이 고작이었다.

──큭. 역시, 강해.

공격을 채 다 막아내지 못해 몸에 작은 상처가 늘어갔다. 달빛 아래에서 선혈의 물방울이 흩어졌다.

"큭, 아직이다!"

그래도 아벨은 꺾이지 않았다.

자신이 지키는 게 무엇인지, 그는 잘 알고 있었다.

이런 곳에서 그녀를 잃을 수는 없다.

포기할 수는 없다!

가슴에 품은 신념은 강고하고, 결코 부러지지 않았다. ……하지만…….

카드드드득. 무언가가 부서지는 듯한 불길한 소리가 들렸다.

직후, 아벨은 당황하며 적과 거리를 벌렸다. 자신의 검에 시선을 내리고…… 침통하게 얼굴을 일그러트렸다.

"그런 검으로 나를 상대하려 하다니, 어리석군……."

낮게 비웃는 듯한 목소리로 복면의 남자가 말했다.

아벨이 가져온 검……. 그것은 연습용으로 날을 무디게 만들어 놓은 것이었다. 강도도 실전에 버틸 수 있을 법한 물건이 아니었다.

세인트 노엘 섬에서 무기 종류는 지극히 엄중한 관리에 놓인다. 꺼내는 허락을 받으려면 시간이 걸린다.

하지만 그럴 시간이 없었다. 그랬다간 제때 올 수 없었다.

리오라에게서 미아의 이변을 들은 아벨은 훈련용의 검을 들고 유일하게 황람을 따라잡을 수 있는 말, 화양과 함께 구출하러 달려왔다.

무작정 속도부터 우선했기 때문에 리오라도 아벨도 늦지 않았지만……. 그렇게 속도만을 우선했기 때문에 늑대술사를 물리치기에는 준비가 부족했다.

미래를 닫아버리는 단단한 문은 여전히 열리지 않았다. 그것을 비틀어 열기 위해서는 또 하나의 운명의 실에 기댈 필요가 있었다.

또 하나의 운명의 실── 은화 두 닢짜리 충성은 이 결전의 황야에, 세인트 노엘 학원 최강의 전력을 소환하기에 이르렀다.

그것은…….

"아벨! 받아!"

별안간 목소리가 울려 퍼졌다. 동시에 복면의 남자가 검을 횡으로 그었다.

아벨은 펄쩍 뛰어올라 그 공격을 피한 뒤 공중에서 힘껏 팔을 뻗었다.

마치 빨려 들어가듯 그 손에 한 자루의 검이 안착했다.

"고마워, 시온."

아벨은 그렇게 말하며 허공에서 검을 뽑았다.

달빛을 받아 검게 빛나는 그것은 잘 단련된 강철.

수천의 적을 무찌르기 위해 제련된 실전용 검이다.

검을 두 손으로 잡은 아벨은 온 힘을 다해 휘둘렀다.

카앙. 무거운 금속 소리.

더없이 강력한 일격을 검으로 받아낸 남자는 작게 신음하며 뒤로 물러났다.

"팔이 얼얼하지 않나? 그의 일격은 무거우니까."

천천히 걸어온 사람은 산뜻한 미소를 지은 소년이었다.

시온 솔 선크랜드. 검술 천재는 조용히, 우아하게 제 검을 빼들었다.

그리고는 문득 황람 옆에 있는 미아의 모습을 보았다. 참으로 처참한 모습이었다.

축축하게 젖은 옷, 얼굴, 머리카락에는 거무튀튀한 진흙이 묻어있었다.

"내 동료에게 무례한 짓을 저지른 대가를 받을 각오는……, 되어있을 테지."

그 눈동자에 고요한 분노를 태우며 시온은 말했다.

……참고로 미아가 엉망인 것은 물론 말에서 떨어졌기 때문이기도 하나……, 그보다도 황람의 재채기를 뒤집어쓰고 바닥을 굴러서 진흙투성이가 되어버렸다는 점이 더 컸지만…….

그런 사정은 알 리가 없는 시온이었다.

제33화 고생 많은 키스우드, 휘둘리다!

──제법 위험했어.

시온과 함께 달려온 키스우드는 주위 상황을 살피며 생각했다.

바싹 붙어있는 미아와 벨. 두 사람을 지키듯이 서 있는 두 마리의 말.

그리고 그 주변을 적의 수하인 듯한 두 마리의 늑대가 빈틈을 노리듯이 돌고 있었다.

──간발의 차이로 늦지 않았다고 해야 하나. 어휴…….

조금 전의 아슬아슬한 상황을 떠올린 키스우드는 무심코 안도의 한숨을 흘렸다.

시온의 의향에 따라 학원 내를 순찰하던 그는 뒷문 근처에서 피투성이가 된 린샤를 발견했다.

의무실에 데려가기 직전, 그녀는 슈트리나와 바르바라가 벨을 유괴했다는 사실을 전하고 그대로 의식을 잃어버렸다.

위급 사태에 서둘러 그 소식을 시온에게 전달하고 미아를 비롯한 다른 사람들을 찾았지만, 관계자는 대부분 행방불명이라는 상황. 심지어 미아의 방에는 협박장이 나뒹굴고 있는 형국이었다.

시온의 곁으로 돌아가 이미 검을 준비해놓은 그와 합류. 곧바로 섬에서 나왔다.

원래 린샤의 이야기를 통해서도 이미 상당한 긴급사태가 일어났다는 건 알고 있었다. 따라서 그들의 행동은 누구보다도 망설임이 없었다.

그래도 아슬아슬했다는 사실에 키스우드의 등골이 서늘해졌다.

——미아 황녀 전하를 잃어버리면 채 가늠조차 할 수 없을 만큼 큰 손실이야. 늦지 않아서 다행이다.

그런 생각을 하고 있을 때…….

"키스우드, 늑대는 맡긴다. 가능하다면 배제해서 탈출로를 열어줘."

시온의 명령에 키스우드는 무심코 쓴웃음을 지었다.

"우와……. 무모한 명령은 일상다반사라고는 해도…… 이 정도로 심한 건 없었는데."

반사적으로 투덜거렸다.

적은 거대한 늑대 두 마리다. 보통 사람이었다면 겁을 먹었을 테지만…….

——애초에 저쪽은 저쪽대로 벅찰 것 같으니까. 여기서는 내가 힘낼 수밖에 없나.

키스우드는 조금 전 아벨의 혼신의 일격이 막히는 것을 냉정하게 지켜보았다.

아벨의 일격은 키스우드조차 우습게 볼 수 없는 위력을 지니고 있다. 정면에서 제대로 들어가면 검이 부러질 테고, 팔에 대미지가 남는다. 애초에 반응한 것 자체가 대단한 실력이다.

그럼에도 불구하고 그걸 간단히 받아냈다는 점에서 적의 실력은 결코 만만하지 않다.

——시온 전하도 저 복면남을 쓰러트리는 건 어렵다고 보고 계

시는 거겠지. 어휴……, 어쩔 수 없구나. 빨리 늑대를 처리하고 탈출 루트를 열기로 할까.

늑대라고 해도 어차피 짐승이다. 저쪽의 실력자를 쓰러트리는 것보다는 어느 정도 쉬울 것이라고 생각하며 검을 뽑았을 때…….

"으엇!"

별안간 늑대가 달려들어 황급히 피했다. 그러자 키스우드의 움직임을 파악하고 있었던 것처럼 회피한 곳에는 입을 크게 벌린 늑대가!

"큭!"

도망칠 수 없다는 찰나의 판단. 키스우드는 회피도 방어도 버렸다.

노리는 것은 목. 바로 아래에서 목을 찌르는 자세.

──물린 순간에 꿰뚫으면 타격은 최소한일 거야. 이 공방으로 우선 한 마리를 처리할 수 있는 건 커.

반쯤 희생을 각오한 공격은 실현되지 않았다.

늑대가 키스우드의 눈을 본 직후 멈춰서더니 후방으로 물러났기 때문이다.

"무슨?!"

저도 모르게 경악을 터트리는 키스우드.

땅에 착지한 늑대가 후방으로 두세 번 더 물러났다.

그 지면에 화살이 푹, 푹 꽂혔다.

이어서 다른 한 마리 쪽으로 화려하게 불타오르는 불화살이 날아갔지만, 늑대는 그것을 무서워하지 않고 냉정하게 명중할만한 화살만 피해갔다.

　──아군 중에 궁수가 있었나. 그건 다행이지만…….

　늑대는 화살도 두려워하지 않고 키스우드에게 주의를 기울이고 있었다. 그 시점에서 키스우드는 이해했다.

　──화살을 어렵지 않게 피하는 것만이 아니라, 내 의도를 간파하고 물러났어. 평범한 늑대가 아니야. 싸우는 법을 상당히 철저히 가르쳐놨어……. 그래, 그래서 말을 공격하지 않은 건가…….

　그 움직임은 마치 전사와도 같았다.

　검을 든 인간과의 전투를 숙지하는 것 같은 움직임……. 키스우드는 인식을 고쳐야만 했다.

　즉, 자신이 상대하는 건 평범한 거대 늑대가 아니다.

　늑대처럼 민첩하고 힘도 강한 전사라고.

　──이걸 물리치는 건 지극히 어렵겠어……. 그렇다면…….

　키스우드는 검을 겨누면서 시온에게 말했다.

　"시온 전하. 이 늑대, 평범한 늑대가 아닌 모양이라 쓰러트리는 건 좀 힘들 것 같습니다. 시간을 끄는 걸로 전환해도 괜찮을까요?"

　"……그래. 알았어. 확실히 억지로 탈출을 꾀할 필요는 없지. 그럼, 잠시 시간을 벌도록 할까."

　시온의 대답을 듣고 키스우드는 내심 웃었다.

　──찰떡같이 알아들으셨습니다, 전하. 그럼 이제…… **잘 넘어와주면** 좋겠는데…….

　그 순간 '크르릉' 하는 울음소리가 들렸다.

　"이런. 기다리게 해서 미안하다."

다시금 늑대와 마주 본 키스우드는 어깨를 으쓱했다.

"하지만 시간을 끄는 것만으로도 목숨을 걸어야겠는데……. 어휴. 아, 배가 살살 아픈 것 같아……."

그들의 대화를 듣고 벨이 환호성을 질렀다.

"미아 언니! 천칭왕이 구하러 와줬어요! 대단해요!"

동경의 대상 시온 솔 선크랜드가 구하러 와 주었다. 기분이 하늘을 찌를 법도 했다.

"게다가 아벨 할아버지도!"

잊지 않고 늦게나마 할아버지도 챙기는 벨!

……아벨 할아버지는 울어도 된다.

아무튼 지원군의 도착에 벨은 단숨에 기운을 차렸다.

"이렇게 되면…… 어쩌면……."

슈트리나를 구하러 갈 수 있을지도 모른다고…… 생각했기 때문이다.

……참고로 미아와는 달리 벨은 낙마할 때 진흙이 조금 묻었을 뿐, 비교적 평범한 차림새였다.

황람이 코를 꿈틀거리는 것을 보고 재빠르게 피한 덕분에 재난에서 회피할 수 있었기 때문이다.

자기 몸은 알아서 잘 챙기는 벨이었다.

"가라! 천칭왕! 어서요, 미아 언니도 함께!"

주먹을 불끈 들어 올리고 응원하는 손녀의 반짝반짝 빛나는 모습.

"힘내라……, 두 분 다, 힘내세요……."

그 모습을 본 진흙투성이 아가씨 미아는 감정이 담기지 않은 응원을 보냈다.

——으, 으으. 왜 이렇게 된 거죠…….

매번 있는 일이라고는 하나 황람의 재채기를 뒤집어쓰면 은근히 시무룩해지는 미아였다.

——뭐, 뭐어, 그래도 황람 덕분에 여기까지 도망쳤고…… 불평하면 안 되겠죠. 게다가 잘 생각해 보면…… 아벨이 구하러 와 주었는걸요. 든든히 응원해야만 해요…….

미아는 옆에서 주먹을 휘두르며 응원하는 벨을 보며 생각했다.

——하지만…… 가능하다면 좀 더 멀쩡한 모습으로 응원하고 싶었어요……. 흑흑, 레이디를 구하러 온 신사라니 무척이나 벅차오르는 장면인데……. 으으, 축축해요…….

그런 생각을 하면서도 미아는 마음을 다잡았다.

——아니죠, 이러면 안 돼요. 그래도 제가 이 자리의 히로인이라는 건 변하지 않잖아요. 역시, 여기서는 제대로 응원해야만 해요!

미아는 뺨을 짝짝 두들긴 뒤 크게 소리쳤다.

"힘내세요, 두 분!"

그런…… 미아의 히로인 같기도 하고 아닌 것 같기도 한 응원을 뒤로 아벨이 달려들었다.

"하아압!"

특기 공격인 상단 내려치기. 다시 반복되는 똑같은 공격에 복면의 남자는 기가 막혀 했다.

"어리석은……."

작게 중얼거리며 옆으로 몸을 피하려고 했다.

그렇다. 아무리 위력이 강하다고 한들, 계속해서 같은 기술을 보여주면 대응하기도 쉽다. 상대가 일류 전사라면 더욱 그러하다.

그리고 그런 건 아벨도 알고 있다. 그럼에도 그걸 사용한 이유는 명백했다.

그게 필살의 일격이 될 수 있음을 알기 때문이다.

"어리석다고……. 그건 어느 쪽일까?"

아벨은 웃었다. 적의 방심을.

다음 순간, 복면의 남자는 눈을 부릅떴다.

"윽……."

날아온 일격. 그것은 명백하게 조금 전보다 빠르고 강했다.

남자의 복면 가장자리가 찢겨나가 하늘을 날았다.

지금까지와는 비교할 수 없는, 말도 안 되는 위력. 그것은 수비를 모조리 버린 일격이었다.

적이 피해버린 뒤를 일절 생각하지 않고 모든 힘을 다 쏟아부은 일격이다.

피해버린 적에게 반격을 받으면 당연히 아벨은 대처할 방도가 없고……. 따라서 쉽게 시전할 수 없는 강력한 공격이었다.

그럼에도…… 아벨은 그 기술을 사용했다. 그 이유는…….

"조금 부주의하지 않나? 아벨."

아벨에게 생긴 빈틈을 지워버리듯 시온이 파고들었다.

그 눈앞에서 반격을 노리고 있었을 복면의 남자가 혀를 차며 후퇴했다.

그걸 본 아벨은 희미하게 웃었다.

"네가 있으니까⋯⋯. 시온. 전력으로 가도록 할게."

그 말에는 설령 자신이 빈틈을 드러낸다고 해도 시온이 보조해 줄 것이라는 신뢰와는 별개로, 또 다른 의미가 있었다.

그것은 만약 자신이 쓰러진다고 해도 시온이 있다는 뜻.

조금 전까지는 아벨이 쓰러진다는 건 미아의 죽음으로 직결되는 사태였다. 하지만 지금은 다르다. 그렇다면 여기서는 무리해서라도 훗날 미아를 위험에 빠트릴 가능성이 있는 적을 쓰러트려 놓자고⋯⋯ 아벨은 그렇게 생각했다.

그런 아벨에게 시온은.

"아벨⋯⋯. 만약 네 목숨을 희생해서라도 적을 쓰러트리겠다고 생각하는 거라면⋯⋯ 물러나 있어."

날카로운 얼굴로 말했다.

"⋯⋯⋯⋯⋯어라? 이상하네요⋯⋯."

협력해서 싸우는 두 명의 왕자.

그들이 자신을 위해 목숨을 걸고 싸우고 있다는 사실에⋯⋯ 미아는 살짝 유열에 잠겨 있었다.

──우후후. 왠지 조금 기분이 좋아요⋯⋯.

진지한 얼굴로 싸우는 아벨. 그것만이 아니라 그 시온마저 자신을 위해 싸우고 있다.

기분은 완전히 로맨스물의 여주인공이다.

……생명의 위기가 조금 멀어진 덕분에 미아는 평소의 자신을 되찾아가고 있었다. 간단히 말해서……, 약간 우쭐해져 있었다.

하지만 그런 좋은 기분도 오래 가지 않았다.

"이상해요……."

불현듯 위화감을 깨달은 미아는 고개를 갸웃거렸다. 그런 그녀의 눈앞에서…….

"조금 부주의하지 않나? 아벨."

"네가 있으니까. 시온."

그런 아름다운 우정이 펼쳐지고 있었다.

참으로 감동적인 두 왕자 사이의 우정. 그것을 멍하니 바라보며…… 미아는 생각했다.

──어라? 저, 이 장면의 주인공 아니었나요……?

두 사람은 자신을 위해 싸우는 중일 텐데……. 그런데도 어째서일까. 가슴에 맴도는 묘한 소외감은…….

방금 전까지는 레이디인 자신을 운명의 신사 두 명이 구하러 왔다는, 열정적인 장면이었는데……. 지금 눈앞에서 전개되는 것은 뜨거운 우정 이야기다.

미아가 끼어들 자리가 어디에도 없었다!

──그, 그러고 보면 전에도 이런 일이 있었던 것 같은데요……. 아, 그래요! 분명 그 샌드위치를 만들었을 때예요!

미아의 뇌리에 소외당했을 때의 기억이 되살아났다.

이거 분발해서 한 번 더 히로인 자리를 되찾을 필요가 있군요!

라는 생각을 하려던 미아는 문득 자신의 차림새를 떠올렸다.

황람의 재채기와 진흙으로 추레하고 더러워진 모습을…….

──아아, 그렇군요……. 역시 이런 모습으로는 히로인이라고 부를 수 없겠어요…….

미아는 자신의 몸을 내려다보고 아주아주 서글픈 표정을 지었다.

"아벨……. 만약 네 목숨을 희생해서라도 적을 쓰러트리겠다고 생각하는 거라면…… 물러나 있어."

말을 마친 시온은 적의 칼날을 제압했다.

힘겨루기 상태로 끌고 가 단숨에 아벨에게서 적을 멀리 떼어놓았다.

"무슨 뜻이야? 그건……."

아벨은 검을 다시 거머쥐었다. 언제든지 공격에 가담할 수 있는 자세. 하지만 시온이 그것을 허락하지 않았다.

"목적을 착각하지 마. 우리가 지금 해야 할 일은 눈앞의 적을 쓰러트리는 게 아니다. 전원 살아서 세인트 노엘로 귀환하는 것이지."

"하지만, 이 녀석은……."

"보라고, 미아의 얼굴을……."

그 말에 아벨은 처음으로 정신을 차렸다.

조금 전까지 응원을 던지던 미아가 조용해졌다는 사실을.

고개를 숙인 채 당장에라도 눈물을 흘릴 것처럼 슬픈 표정을 짓고 있다는 사실을…….

"그녀가 왜 슬퍼하는 건지 알겠어? 네가 자신의 목숨을 경시했기 때문이다!"

그 지적은 아벨의 가슴에 깊게 꽂혔다.

상황을 이용하기 위해 누군가의 목숨을 희생한다……. 미아는 결코 그런 짓을 하는 인간이 아니었다. 오히려 그녀는 목숨이 헛되게 스러지는 걸 무엇보다 싫어하는 인간이다.

"미아가 무엇을 기뻐할지 잘 생각하도록 해. 만약 네 싸움이 그녀를 슬프게 하는 게 아니라고 생각한다면, 함께 서 줘."

말을 마치자마자 시온은 복면의 남자에게서 떨어졌다. 그런 줄 알았더니 즉시 공격으로 넘어갔다.

그 의표를 찌르는 움직임, 날카롭게 파고드는 공격에 복면의 남자가 순간적으로 움츠러들었지만 곧바로 반격.

칼날이 서로를 깎아 먹는 소리가 달밤에 울려 퍼졌다.

──그런가……. 나는 자칫 미아를 슬프게 만들 뻔했나…….

아벨은 미아를 향해 시선을 주었다. 그러자 미아가 조금 기쁘다는 듯 미소 짓는 게 보였다.

──분노에 사로잡혀 주위가 보이지 않았어……. 시온에게 고마워해야겠는데.

크게 숨을 내쉰 아벨이 소리높여 외쳤다.

"아벨 렘노, 간다!"

……참고로 굳이 말할 필요도 없겠지만, 미아는 검술 마이스터…… 가 아니다. 아벨이 어떤 마음으로 싸우고 있는지는 조금도 몰랐다. 애초에 아벨의 기술 자체가 보이지 않을 때도 많았지만…….

그 점을 지적하는 사람은 이 자리에 없었다.

아벨과 시온의 연계 공격은 훌륭했다.

검술 훈련을 함께 하는 사람끼리 서로의 움직임은 잘 파악하고 있다.

하지만 그 이상으로 두 사람의 궁합이 좋았다.

아벨의 검은 호쾌하고 한결같다.

그 위력은 우습게 볼 수 없을 만큼 강하지만, 융통성이 부족한 면이 있다.

상대방에게 맞출 생각은 없고, 그저 그 위력으로 상대방의 전술째로 부숴버린다. 그런 단순한 검술이다.

따라서 적에게 간파당하기 쉽다는 걸 부정할 수 없지만……. 그것은 아군에게도 마찬가지다.

그리고 검술 천재, 시온 솔 선크랜드의 검은 변화무쌍. 아벨의 검을 보완하듯 움직이는 건 어렵지 않은 일이었다.

일격필살의 아벨이 무너트리고, 그로 인해 발생한 빈틈을 시온이 찌른다.

그 연계는 매섭고 강력했다.

"음……."

늑대술사도 그것을 인정하지 않을 수 없었다.

물론 공격이 들어가지 않는 건 아니었다.

늑대술사와 두 왕자 사이에는 그만큼 실력 차이가 있었다. 두 번, 세 번 검을 맞댈 때마다 늑대술사의 공격은 왕자들에게 상처를 주었다.

……하지만 만신창이가 되면서도 두 왕자의 연계는 무너지지 않았다.

이대로 계속하면 두 사람을 죽일 수는 있겠지만 시간이 많이 걸린다.

본래대로라면 늑대들을 불러들이고 싶었으나 정작 늑대들은 시온의 종자에게 발이 묶여있었다.

"……물러날 때인가."

늑대술사는 밤하늘을 올려다보았다.

별이 가득한 하늘에서 새벽의 기운을 감지한 그는 작게 혀를 찼다. 격전 한복판에서도 그는 조금 전 시온과 종자의 대화를 똑똑히 들었기 때문이다.

──시간을 끈다는 건, 지원군이 있다는 거겠지…….

그도 당연하다. 여하간 제국의 황녀를 암살하는 계획을 꾸몄으니까. 철저한 추격자를 보냈으리라는 건 상상하기 어렵지 않다.

그렇다면 여기서 시간을 들였다가 잡힐 수 없다.

"……물러난다."

늑대들에게 말을 걸었다. 그러자 그걸 들은 아벨이 다시 공격을 날렸다.

카앙. 금속이 울리는 소리가 나며 검과 검이 맞부닥쳤다.

"순순히 도망가게 둘 줄 알고?"

칼날 너머로 묻는 아벨에 늑대술사가 코웃음을 쳤다.

"……막아보겠나? 렘노 왕국의 제2 왕자. 딱히 상관은 없지만,

그때는 팔 하나쯤은 각오하도록."

아벨의 배를 힘껏 걷어차서 거리를 벌린 늑대술사가 발걸음을 돌렸다.

그 옆으로 어디서 나타난 건지 그의 애마가 다가왔다. 자연스러운 동작으로 그 등에 올라탄 그를 공격하는 자는 없었다.

공격하지 않았다…… 기 보다는, 하지 못했다는 게 정확하다.

아벨과 시온은 늑대술사가 말을 타고 떠나가는 뒷모습을 바라본 뒤 그 자리에 주저앉았다.

"하아……. 드디어 물러났나…… 윽……."

남자가 완전히 떠나자 시온은 한숨 돌렸다. 그 움직임에 상처가 쑤신 건지 얼굴을 살짝 찡그렸다.

"강적이었어……. 디온 경과 좋은 승부가 되지 않을까? 아, 참고로 지원군은 정말 부른 거야?"

마찬가지로 상처에서 번지는 통증에 얼굴을 찌푸린 아벨이 물었다. 대답은 반쯤 예상하고 있었지만…….

"당연히 거짓말이지. 그럴 시간은 없었으니까……. 지금부터 세인트 노엘로 돌아가서 바로 추격부대를 편성해야겠어."

시온은 어깨를 으쓱하며 말했다.

"두 분 다 괜찮으세요?"

그때였다.

미아가 멀리서 달려오는 게 보였다. 그 뒤에는 유괴당했다는 벨에 말을 탄 안느와 티오나, 심지어 활을 등에 매고 달려오는 리오라의 모습도 있었다.

　그런 소녀들을 보며 두 사람은 쓴웃음을 지었다.

　"그렇게 엉망이 되셨는데 뭘 웃으시는 겁니까? 시온 전하."

　바로 옆에서 마찬가지로 상처투성이가 된 키스우드가 기가 막힌다는 얼굴로 말했다. 늑대의 이빨에 당한 건지 옷이 군데군데 찢어져서 피가 묻어나와 있었다. 참으로 처참했다.

　하지만…….

　"아니, 뭐. 이 정도면 우리 황녀님께서 아슬아슬하게 만족하실 만한 마무리가 아니었나 싶어서. 그렇지? 아벨."

　그렇게 두 왕자들은 천진한 미소를 지었다.

제34화 바르바라, 미아의 노림수를 간파 하다! (……간파?)

늑대술사가 돌아온 것은 하늘이 희게 물들기 시작했을 때였다.

"실패했다. 도망쳤어."

귀환하자마자 간단하게 보고하는 늑대술사에게 바르바라는 깊은 한숨을 내쉬었다.

"아아, 이런……. 역시 그렇게 되었습니까……."

그리고는 우두커니 서 있던 슈트리나에게 걸어가더니 그 앳된 얼굴을 때렸다.

"앗……."

찰싹, 건조한 소리가 났다. 균형이 무너져서 쓰러질 뻔한 슈트리나의 팔을 붙잡은 바르바라가 그 몸을 끌어당겼다.

"징글징글한…… 반푼이가……."

그리고는 한 번 더 뺨을 때리려다가…….

"너무 여유를 부릴 수는 없다. 추격자가 올 테니까."

"……추격자? 그야 올 테지만……. 혹시 누군가가 그렇다고 말한 겁니까?"

"아니……, 시간을 끈다고 말했으니까……."

"시간을 끈다……. 녀석들이 그렇게 말했다는 건 유도일 가능성이 큽니다……. 전투밖에 능력이 없는 자의 어리석은 판단이군요."

내뱉듯이 말한 바르바라가 슈트리나의 어깨를 밀었다.

그 기세에 슈트리나는 그 자리에 엉덩방아를 찧었다. 얻어맞은 뺨은 보기에도 아플 정도로 붉게 물들어 있었다.

"정말이지, 참 어리석은 짓을 해주셨습니다. 슈트리나 님."

비웃으며 내려다보는 바르바라에게 슈트리나는 대답하지 않았다.

"그래……. 다행이다…… 벨, 무사히 도망쳤구나……."

그저 작은 목소리로 중얼거릴 뿐이었다.

"아아, 정말로 어리석어……. 아가씨, 제국의 예지의 말에 고스란히 넘어가셨군요."

"음? 무슨 뜻이지?"

늑대술사가 끼어들었다. 그런 그에게 바르바라는 기가 막힌다는 듯 대답했다.

"모르겠습니까? 미아 황녀는…… 아가씨의 양심에 압박을 준 겁니다."

"양심에 압박?"

"네, 그래요. 조금 전 황녀가 말했었죠? 아가씨를 믿는다고. 하지만 이 상황에서 자신을 함정에 빠트린 자를 누가 믿겠습니까. 그건 황녀의 전략. 그자는 무조건적인 신뢰를 줘서 아가씨가 양심의 가책에 견디지 못하도록 만든 겁니다. 이 무능한 것의 약한 마음을 간파한 거죠……."

"아니야……, 바르바라. 그분은 리나를 믿어주셨어……. 순수하게, 리나를, 윽!"

바르바라는 슈트리나의 뺨을 콱 움켜쥐더니 얼굴을 바싹 들이댔다.

실 끊어진 인형처럼 끌려온 슈트리나를 가만히 노려보며 한숨을 쉬었다.

"저런……. 적당한 지점에서 포기해야 했군요. 모처럼 제가 뱀으로서 단련해드렸는데. 진짜 뱀이라면 그러한 것쯤은 당연히 무시하는 법입니다. 하지만 이 아가씨 같은 반푼이면 영향을 받아버리는 거겠죠…… 통탄스러워라. 통탄스럽구나. 아아…… 그래."

바르바라는 무언가를 떠올렸다는 듯 미소 지었다.

"혹시 조금 전의 연기……. 그 방식을 가르쳐준 사람이 미아 황녀 전하 아닙니까?

"…………."

침묵하는 슈트리나를 본 바르바라는 고개를 절레절레 내저었다.

"그렇다면…… 그 제국의 예지는 자신을 도망치게 해주었다는 공적으로 이번에 아가씨가 저지른 죄를 용서하고…… 그런 은혜를 베풂으로써 옐로문 공작가를 수중에 넣으려고 한 것이겠군요. 아가씨와 마찬가지로 옐로문 공작도 어중간한 반푼이. 미아 황녀 전하의 말재간에 쉽게 놀아날 겁니다."

바르바라의 말에 늑대술사의 눈이 가늘어졌다.

"그래서 그 소녀를 어떻게 할 생각이지? 죽여서 늑대에게 먹일 건가? 본보기 삼아 시체를 효수하는 방법도 있지만……. 어쨌거나 배신자에게는 죽음을 줘야만 한다."

검에 손을 댄 늑대술사에게 바르바라는 천천히 고개를 저었다.

"싸움밖에 재주가 없는 당신은 모르겠지만…… 그건 그리 좋은 방법이 아닙니다."

"어째서? 본보기로 죽이는 게 좋지 않나? 그 자들에게 충격을 줄 수 있을 텐데……."

"당신, 조금 전 미아 황녀의 말을 못 들은 겁니까? 자신이 죽어도 끝나지 않는다는 듯한 말을 했던 것을……."

늑대술사는 고개를 모로 살짝 기울였다.

"확실히 그런 말을 했었지……. 그건 단순히 허세를 부린 게 아닌가?"

그 질문에 바르바라는 고개를 저었다.

"참으로 어리석은 판단이군요. 그럴 리가 없지 않습니까. 티어문 제국에서 자라날 혁명의 싹을 뽑아버리고 렘노 왕국의 혁명마저 저지한 그 제국의 예지가 그러한 짓을 할 리 없습니다."

자신만만하게 단언하는 바르바라.

"그럼 무슨 의미가 있었던 거지?"

"현명한 자는 죽음의 방식을 아는 법. 그리고 왕 중에는 때로 제 죽음마저 계략의 일부로 넣어버리는 자가 있습니다. 아마도 그 제국의 예지는 자신이 죽음을 피할 수 없다는 걸 알고, 그것마저 이용해서 무언가를 해내려 하였겠죠. 가장 간단하게 생각할 수 있는 것은 자신을 상징으로 삼아 동료의 결속을 강화한다. 혹은 반(反) 혼돈의 뱀 파에 공세를 강하게 한다……. 어쨌거나 미아 황녀는 자신이 죽어도 자신의 의지는 죽지 않는다고 확신한 겁니다."

득의양양하게 설명한 뒤, 바르바라는 슈트리나의 가녀린 손목을 움켜쥐었다.

"으윽……."

손톱이 어린 살갗에 파고들었다. 슈트리나의 얼굴이 아주 조금 일그러졌다.

"그리고 자신의 죽음마저 이용하려는 자가 남의 죽음을 이용하지 않을 리 없습니다. 이 아가씨의 죽음 역시 분명 유효하게 활용할 테죠……. 모르겠습니까? 우리의 손으로 죽여버리면 그 복수심을 이용당할 겁니다."

바르바라는 슈트리나에게 얼굴을 들이대고 그 눈동자를 똑바로 바라보았다.

"옐로문 공작은 딸을 몹시 귀애하고 있으니, 죽이면 복수심이 어마어마할 테죠. 제국의 예지가 그것을 놓칠 리 없습니다. 옐로문 파벌을 장악하기에 이보다 더 좋은 재료는 없지 않겠습니까."

"그럼 어떻게 하겠다는 거지? 이대로 데려가서 암살자로 키운다고 할 생각인가?"

의아해하는 늑대술사에게 바르바라는 어이없다는 듯 한숨을 쉬었다.

"불가능할 겁니다. 친구도 죽이지 못하는 자에게 암살자 같은 건 애초에……. 이번처럼 중요한 순간에 일을 망쳐버릴 게 분명하죠."

그대로 슈트리나를 휙 내던진 뒤 바르바라가 말했다.

"그래도 아직은 쓸만한 구석이 있습니다. 이 아이를 이용해서 미아 루나 티어문과 그 동료들의 인연에 상처를 낼 수도 있겠죠."

히죽 입꼬리를 끌어올린 바르바라가 슈트리나를 보았다.

"배신자에게는 죽음을. 그것은 당연한 일이고, 그 죽음도 잘 이용해야만 합니다. 뭐, 우선은 추격자가 오기 전에 도망칩시다. 준비에는 시간이 들어가니까요…….”

　하지만…… 그런 바르바라의 꿍꿍이는 빠르게도 무너지게 된다.
　그들의 예상보다 훨씬 일찍, 그리고 지극히 적절하게 수배되어 있던 추격자 때문에.
　베이르가에서 북쪽으로. 선크랜드 왕국 국경으로 도망치려고 한 그들의 앞을 선크랜드 국왕의 기마대가 가로막았다.
　마치 그들의 도주로를 예상하고 있었던 것처럼 배치된 병사들이 그들을 몰아세웠다.
　사실 그것은 세인트 노엘로 돌아간 미아 일행이 수배한 게 아니었다.
　미아의 오른팔 안느…… 가 아니라 반대쪽 팔……. 즉 미아의 왼팔, 루드비히가 수배한 병사였다.
　안전지대로 탈출하는 길이 막혀버린 바르바라는 재미있다는 양 미소 지었다.
　“이걸로 우리를 몰아세웠다고 생각하는 겁니까……. 미아 루나 티어문.”
　선크랜드의 추격자는 우수했다. 늑대술사 한 명만이라면 모를까, 전투력이 없는 자신과 슈트리나를 데리고 가는 건 불가능하다. 그렇게 판단한 바르바라는 한 가지 결단을 내렸다.
　“이렇게 된 이상 어쩔 수 없나……. 그렇다면…… 나의 목숨을 걸고 뱀과 적대하는 자들의 인연에 균열을 만들어놓도록 하죠.”

그렇게 늑대술사와 헤어진 바르바라와 슈트리나가 향한 곳…….

그곳은 지리적인 이점이 있기 때문에 유일하게 탈출할 수 있는 장소.

옐로문 공작령이었다.

바르바라는 몰랐다.

그 탈출이 가능했던 장소…… 그 방향의 포위망을 일부러 얇게 해 두었다는 사실을…….

그리고 미아는 몰랐다.

자신의 오른팔만이 아니라 왼팔도 뒤에서 몹시 성실하게 일을 수행하고 있었다는 사실을.

이리하여 음모의 밤은 조용히 밝아갔다.

제35화 미아 황녀, 행복(?)한 목욕 타임

"후우……."

세인트 노엘 학원으로 돌아온 미아가 가장 먼저 한 일은…… 당연히 목욕하는 것이었다!

혹시나 해서 하는 말이지만, 딱히 슈트리나를 잊어버린 건 아니었다. 추격부대의 의뢰는 남성진이 담당했다. 축축해진 모습을 본 세 명의 신사들이 목욕이라도 하며 푹 쉬라고 권해주었기 때문이다.

뭐, 애초에 부대를 편성하거나 그걸 지휘하는 건 미아가 하지 못하는 영역이니…… 있어봤자 방해만 될 뿐이었다…….

그렇게 미아로서는 바라마지 않은 전개가 되었으므로 뒷일은 그들에게 맡기고 바로 목욕탕으로 향했다.

참고로 벨에게도 같이 가자고 했지만 슈트리나가 걱정된다면서 남성진을 따라갔다. 지금쯤 라피나에게 상의하러 갔을 것이다.

그런고로…… 미아는 혼자서 목욕하러 왔다.

목욕탕에 들어간 순간 수증기가 몸을 뭉클하게 감쌌다.

"아아……, 마음이 편안해져요……. 어라?"

그 순간 미아는 깨달았다.

목욕물에서 감도는 좋은 향기……. 그것은.

"프린세스 로즈의 향기…… 로군요. 무척 좋은 향이지만……
으음? 누군가가 입욕제를 넣은 걸까요?"

이때…… 미아의 머리는 완전히 방심하고 있었다. 절체절명의 위기에서 빠져나와 마음이 풀어지는 바람에, 미아의 위기감지능력을 완전히 마비시키고 말았다.

그렇다. 미아는 눈치채야만 했다.

프린세스 로즈, 이 꽃이 심어진 화원에 대해……. 세인트 노엘의 비밀의 화원과 그 주인에 대해……. 지금 그 사람과 단둘이 만나버렸을 경우 어떤 일이 벌어질지를…… 생각해야만 했다…….

하지만…… 이때의 미아가 떠올린 것은 전혀 다른 일이었다.

"입욕제……. 그러고 보면 예전에 리나 양이 가져와 주었죠……."

승마 연습으로 피곤해진 자신을 염려하며 특제 입욕제를 가져다준 친절한 소녀를 떠올렸다.

아까는 연기가 나오는 입욕제를 써서 생명의 위기에서 구해주기도 했다. 그녀에게는 은혜를 입었다.

"그건…… 바르바라 씨가 주범이고 리나 양은 협박당했는데, 직전에 배신해서 구해주었다……. 그런 거겠죠."

미아는 그렇게 추리했다. 분명 바르바라의 행동을 알아차린 슈트리나가 클로에에게서 연기가 나는 입욕제를 받아둔 뒤 무슨 일이 있을 때를 위해 준비해두었던 것이라고.

"그녀에게는 빚을 졌어요. 반드시 갚아야만 하겠네요……. 벨을 위해서도 구해야 해요."

손녀의 친구는 어떻게든 구해주고 싶었다.

"힘내야겠어요……."

미아는 그렇게 중얼거리며 몸을 씻기 시작했다.

여느 때라면 씻는 것을 도와주는 안느가 근처에서 대기하고 있을 테지만, 지금은 갈아입을 옷을 가지러 방에 갔기 때문에 미아 혼자였다.

거품을 낸 보디소프를 몸에 꼼꼼히 바르던 도중, 미아는 불현듯 깨달았다.

"……어라? 이상하네요……. 위팔이 조금 물렁물렁한 듯한……."

조금 전 황람이 적이 탄 말에 쉽게 따라잡힌 일이 뇌리를 스쳤다. 동시에 최근 이어졌던 찰나주의적 식생활이 머릿속을 지나갔고…….

"……착각이겠죠. 네. 제가 토실해졌다니. 그럴 리가 없어요. 그럴 리가 없다고요. 정말로 그럴 리 없어요!"

썩 중요하지도 않은 것을 세 번 구시렁거리는 미아였으나…….

그녀는 깨달아야만 했다…….

슈트리나와의 추억, 황람을 탔을 때의 일, 찰나주의적 식습관의 기억……. 그렇게 차례차례 과거의 일이 떠오르는 현상이 무엇인지…….

그것은 그, 죽기 직전에 보게 된다는 그것과 아주 흡사하다는 걸 깨달아야만 했다.

즉…… 그것을 보게 될 정도로 자신에게 압도적인 위기가 닥쳤다는 사실을…….

불현듯 목욕탕의 문이 드르륵 열리는 소리가 들렸다.

마침 타이밍 좋게도 머리카락에 묻은 샴푸를 씻어낸 미아는 길게 숨을 내쉬면서 그쪽으로 시선을 돌렸다.

영락없이 안느가 온 줄 알았기 때문이다……. 완벽한 방심이었다.

예상과 달리 미아의 눈에 들어온 인물은 안느가 아니었다. 그곳에 서 있던 뜻밖의 사람……, 그 사람은!

"어머나, 미아 님. 안녕……."

생긋. 부드러운 미소를 짓는 소녀…… 라피나 오르카 베이르가였다!

"아, 라피나 님. 안녕하세요."

하지만 그 사실을 목격하고도 미아는 얼이 빠져있었다.

──지금까지 의식 때문에 바쁘셨나 보네요. 그 후에 아벨 일행이 추격부대를 상담하러 갔을 테니…… 베이르가 공작 영애라는 지위도 고생이 많아요…….

그런 생각을 하며 미아는 머리카락을 감기 시작한 라피나를 뒤로하고 욕조로 향했다.

입욕제에서 나는 좋은 향기에 가슴이 두근두근 뛰는 걸 느끼면서 단숨에 뜨거운 물 속으로 들어갔다.

"어흐……."

살짝 노인네 같은 소리를 내면서 미아는 욕조 안에서 길게 기지개를 켰다.

──아아……. 정말 기분이 좋아요. 뭉쳤던 몸이 풀어지는 게 뭐라 말할 수 없는 쾌감이라니까요……. 우후후, 역시 목욕은 최고예요!

몹시 만족스러워하는 미아에게 불현듯 목소리가 날아왔다.

"어때? 특별한 입욕제인데, 마음에 들었어?"

"네, 무척 근사해요. 이건 라피나 님께서 넣으신 건가요?"

"그래. 후후, 그건 피곤할 때 효과가 좋아. 몸에서 피로를 풀어 주지……."

그 목소리를 들은 순간…… 어째서일까? 미아의 등을 타고 갑작스러운 오한이 올라왔다.

뜨끈뜨끈한 물속에 몸을 담그고 있는데도…… 어째서일까. 부들부들 떨렸다.

——어라? 지금 이건……?

의문을 느낄 새도 없이 라피나의 목소리가 따라왔다.

"왠지 오늘은…… 아주 피곤한 것 같으니까, 특별히 준비하게 했어…… 미아 님."

머리카락을 다 감은 건지 라피나가 천천히 미아 쪽으로 고개를 돌렸다.

"섬 밖에서 많은 일이 있었다고 하던데……. 목숨을 건 모험이었다나……."

그렇게 말하며…… 생긋 미소 짓는 라피나를 보고 미아의 몸이 주체할 수 없이 떨렸다.

——어, 어라? 호, 혹시…… 라피나 님, 화나신 건가요?

미아는 그제야 깨달았다. 자신의 압도적인 위기 상황……. 어째서인지 화가 난 라피나와 욕실에 단둘이 있다는 사실을!

이윽고…… 몸을 다 씻은 라피나가 느릿느릿 일어났다.

차박, 차박. 욕조를 향해 걸어오는 그 모습은 마치 분노한 사자와도 같았다!

──히이익! 트, 틀림없어요. 라피나 님, 무지무지 화나셨어요!

미아의 뇌가 단숨에 회전하기 시작했다.

대체 라피나가 왜 이렇게 화가 난 걸까?!

찰나의 숙고. 그 후 미아는 퍼뜩 깨달았다.

──마, 맞아요! 냄비 요리 파티! 라피나 님, 오늘의 파티를 기대하고 계셨어요!

미아는 라피나가 오늘 밤 학생회에서 기획한 냄비 요리 파티에 대해 아주 기대된다는 듯 말했던 것을 떠올렸다.

분명 그게 사라지는 바람에 머리끝까지 분노가 치민 것이다. ……미아의 추리가 번뜩였다.

솔직히 자신이 잘못해서 그렇게 된 건 아닌데…… 하는 생각이 안 드는 것도 아니었지만, 그건 그거고…….

분노한 사람 앞에서는 논리로 설득해봤자 소용이 없는 법이다.

──뭐, 냄비 요리 파티가 날아갔으면 냉정함을 잃을 정도로 화가 나도 어쩔 수 없죠. 무척 맛있는 요리인걸요. 흐음, 아마도 라피나 님께서는 저와 마찬가지로 사실은 식도락을 즐기는 사람이었나 봐요!

그렇게 미아는 라피나의 옆구리를 힐끗 훔쳐보았다……!

"…………!"

왠지 날씬했다!

──이상하네요……. 만약 라피나 님께서 식도락가라면 저와 비슷하게 좀 더…….

미아는 자신의 옆구리살을 잡아본 뒤 작게 고개를 저었다.

세상의 부당함을 한탄하듯 길게 한숨을 한 번. 그 후 생각을 되돌렸다.

　──아아, 실수했어요. 저는 이런 곳에서 태평하게 목욕하고 있을 때가 아니었는데……. 다른 사람들과 함께 라피나 님을 만나서 사과해야만 했어요!

　하지만 그것도 이미 늦어버렸다. 심지어 둘만 있는 공간에서 마주치고 말았다는 최악의 타이밍이었다.

　──아뇨, 아니죠. 타이밍이 나쁜 게 아니라, 의도적인 거예요. 입욕제를 준비해놓았다고 했으니까요. 즉 저는 라피나 님의 함정에 고스란히 걸려버린…… 히익!

　그때 물이 풍덩 흔들리는 소리가 들렸다.

　쭈뼛쭈뼛 그쪽으로 시선을 돌리자, 지금 막 라피나가 욕조에 몸을 담그고 있었다.

　"후우……. 확실히 좋은 향기네. 왠지 차분해져…… 마음이."

　작게 숨을 뱉은 뒤 몸을 쭉 늘리는 라피나.

　──그, 그건 즉, 입욕제로 진정시켜야만 할 정도로 라피나 님의 분노가 격렬하다는 뜻인 거 아닌가요……?

　찰랑찰랑 수면이 떨릴 정도로 오들오들 겁을 먹은 미아였다.

　"그, 그럼, 저는, 슬슬……."

　그렇게 미아는 재빨리 도망을 시도했다. 뒷일은 모르겠다. 아무튼 분노한 라피나와 단둘이 목욕하는 상태만큼은 피해야 한다는 판단에서 나온 행동이었다. 하지만…….

　"어라? 미아 님, 아직 괜찮지 않아? 조금 더 푹 담그도록 해."

스윽 뻗어온 라피나의 손이 미아의 손목을 붙잡았다. 그리고는 라피나가 쿡쿡 웃으면서 말했다.

"친구와 함께 즐겁게 목욕하는 거니까 그렇게 서두를 필요 없지 않아? 아니면……."

불현듯 라피나의 몸이 방향을 틀었다. 미아 쪽을 똑바로 보고는 살짝, 눈을 치뜨며 미아를 올려다보고는…….

"아니면, 저기…… 미아 님. 나는 미아 님의 친구가 아니었던 거야?"

그렇게 물어보는 라피나는——, 이미 웃고 있지 않았다!

물끄러미 바라보는 눈동자는…… 명백하게 노려보고 있다!

"아, 아니요오, 그, 그건, 절대 그렇지 않습니다. 라피나 님은 소중한 친구예요."

미아는 허둥지둥 욕조 안에 다시 몸을 넣었다.

등에서 식은땀을 줄줄 흘리면서…….

"그래? 나는 영락없이 미아 님에게 버려진 줄 알았는데."

목을 갸우뚱 기울이는 라피나에게 미아는 필사적으로 주장했다!

"그, 그렇지 않습니다. 라피나 님께서는 저의 소중한 친구예요!"

"그렇다면…… 왜……, 왜 아무 말도 하지 않고 위험한 곳에 가버린 거야?"

그때 미아는 깨달았다. 물끄러미 바라보는 라피나의 눈동자. 그 눈동자가 살짝 젖어있다는 사실을…….

"네? 저기, 라피나, 님……?"

"미아 님이 말했잖아. 혼자서 전부 짊어지지 말라고……. 그래놓고…… 너무해. 얼마나 걱정한 줄 아는 거야?"

그렇게 말하는 라피나의 목소리는 떨리고 있었다.

……미아는 혼란에 빠졌다!

혼자서 짊어지지 말라는 소릴 했던가? 무심코 의문을 느꼈다.

어떻게 잘 떠넘길 수만 있다면 전부 짊어지게 하고, 자기는 놀고 싶어 하는 미아이기 때문이다.

하지만…… 당연히 그런 말은 입 밖에 내지 않았다.

각성한 미아의 위기감지능력이 경고하고 있다. 여기서 괜한 소릴 하면 위험하다고.

──우, 우선 말을 맞춰두는 게 좋겠네요. 걱정해준 건 사실인 모양이고요…….

고개를 주억거린 뒤 미아는 입을 열었다.

"이번 일은 무척 죄송하게 생각해요. 어쩔 수 없었다고 하지만…… 걱정을 끼쳐서…….."

라피나는 그런 미아를 빤히 바라보았으나……. 이윽고 작게 고개를 저었다.

"알아. 미아 님은 나쁘지 않다는 걸……. 벨 양을 구하기 위해…… 미아 님은 혼자 갈 수밖에 없었지. 그건 알아……. 하지만 적어도 한 마디라도 상담해줬으면 했어……. 최근 당신이 고민하고 있다는 건 알았으니까. 그런데 나는 아무것도 하지 못했어. 그게 너무 속상해."

라피나는 작게 한숨을 쉰 뒤 말했다.

"라피나 님……."

미아는 무심코 감동하고 말았다. 라피냐가 자신을 이 정도로 걱정해준다는 게 기뻤으니까…….

"벨 양에게도 조금이지만 이야기를 들었어. 불안했지? 자신을 암살하려는 자가 있다는 걸 알았을 때는……."

"아…… 그랬죠. 무척 불안했어요……."

최근 고민했던 이유를 알아주었다! 그게 너무 기뻐서 미아의 눈동자가 촉촉하게 젖어 들었다. ……하지만…….

"하지만 아무에게도 말하지 않았지. 슈트리나 양을 되찾기 위해."

"…………응?"

미아는 어쩐지 분위기가 심상치 않아진 것을…… 깨달았다.

──되찾기 위해? 으음……? 무슨 소리죠?

고개를 갸웃거리는 미아였지만 라피냐는 멈추지 않았다.

"여기서 그 연기가 나는 입욕제를 뿌려 슈트리나 양에게 기회를 준 거야. 성공할지 실패할지가 아니라. 그녀에게 개심할 기회만이라도 주려고 했어. 그래서 일부러 적의 암살 계획에 넘어가주는 위험한 짓을 한 거지?"

"…………흐어?"

이게 대체 뭔 소리여. 고개를 갸웃거리는 미아에게 라피냐는 쓸쓸한 미소를 지었다.

"당신의…… 그 선량하고 누군가를 구하기 위해서라면 목숨을 거는 자세는 무척 대단하지만……. 그래야 내 친구라는 걸 알지만…… 그래도, 역시 아무 말도 하지 않고 당신 혼자서 가게 한 것이 속상했어. 상담을 받아도 아무것도 하지 못했을 테지만……

그래도 속상했어…….”

그렇게 라피나는 살며시 눈을 감고 말했다.

“그러니까…… 이건 그냥 투정이야. 미안해, 미아 님. 당신이 무사히 돌아와 주어서 무척 기뻐.”

“라피나 님…….”

미아는 그런 라피나를 보고……, 우선 안도했다.

──다행이다! 라피나 님, 화나신 게 아니었어요!

“미아 님. 나 노력할게. 당신 옆에 나란히 설 수 있을 법한, 언제든지 상담하고 싶어지는, 그런 사람이 될 수 있도록.”

라피나는 미소 지었다.

미아는…… 어째서일까. 막연한 불안이 가슴을 스쳤다.

왠지…… 어마어마한 오해를 당한 것 같은……. 자신에게 거는 기대치가 무지막지하게 올라가 버린 듯한, 그런 느낌이 드는데 착각인 걸까?

불안해하는 표정이 된 미아에게 라피나는 고개를 크게 끄덕여 보였다.

“뒷일은 우리에게 맡기고 오늘은 푹 쉬도록 해. 지금 모니카 양이 움직이고 있으니까…… 안심해도 돼.”

“네, 네에……. 그럼, 그 말씀대로 하겠습니다.”

미아는 거기서 깊이 생각하는 걸 멈췄다.

아무튼 위기는 면했으니까.

──뭐, 신경 써봤자 부질없죠.

목욕하고 나온 미아는 따끈따끈해진 몸으로 침대에 누워 꼬박 하루 동안 잠들었다.

……너무 많이 잔다.

제36화 미아 팬데믹! ~모니카, 무시무시한 사실을 깨닫다!~

"실례합니다, 미아 황녀 전하……."

멀리서 노크 소리, 이어서 자신을 부르는 목소리를 들은 미아는 천천히 눈을 떴다.

"응……, 으응?"

눈을 비비며 주위를 둘러보았다.

여느 때와 같은 제 방의 광경에…… 미아는 위화감을 느꼈다.

──어라? 이상하네요……. 평상시라면 안느가 손님을 맞으러 나갈 텐데…….

그렇게 생각하며 몸을 일으킨 미아는 발견했다.

자신의 침대 옆……. 바닥에 웅크리고 잠든 안느의 모습을.

"어머나……."

새근새근 잠든 안느를 본 미아는 자꾸만 웃음이 새어 나오는 걸 느꼈다.

──어젯밤에는 절 구하러 달려와 주었으니까…… 분명 피로가 쌓였을 테죠.

참고로 미아는 착각하고 있지만…… 하루를 꼬박 자버린 후 아침이 왔다. 즉 미아가 공격을 받은 건 그저께 심야에서 어제 새벽에 걸친 일이었다.

사라져버린 하루 동안 안느는 당연하게도 열심히 일했으나…….

시공을 뛰어넘는 황녀, 미아는 그런 것은 알 도리가 없었다.

"그나저나…… 대체 무슨 일이죠?"

평상시엔 제대로 침대에서 자는 안느이다. 그런데 이런 식으로 침대 아래쪽 바닥에서 잠들다니…….

고개를 갸웃거리는 미아였으나…… 바로 답을 내렸다.

"혹시…… 또 제가 혼자 사라져버릴지도 모른다고 생각한 걸까요……."

그래서 옷도 갈아입지 않고 이런 식으로 미아의 곁에서 잠들어버린 게 아닐까…….

"흐음……."

미아는 생각했다.

기본적으로 미아는 긴급사태를 대비해 혼자서 뭐든 할 수 있도록 해두었다. 당연히 드레스로 갈아입는 것쯤은 식은 죽 먹기였지만…….

그리고 여느 때였다면 안느가 지쳐서 잠들어있다면 억지로 깨우지 않고 혼자 갈아입은 뒤 바로 손님을 맞으러 나갔을 테지만…….

──말을 하지 않고 가버렸다간 혼날 것 같아요.

판단을 마친 미아는 안느의 어깨를 흔들었다.

오늘은 배려를 담아 어리광을 발휘하기로 한 미아였다.

그렇게 졸음이 꽉 찬 눈을 한 안느의 시중을 받아 옷을 갈아입은 미아는 문 앞에서 기다리던 인물을 맞았다.

미아를 찾아온 사람은 라피나가 전령으로 보낸 메이드, 모니카였다.

"라피나 님께서 조찬에 초대하셨습니다. 만약 괜찮으시다면……."

"어머나……, 조찬……."

문득 미아는 배를 문질렀다.

"흐음……. 마침 배가 고프던 참이었어요. 하지만 오늘 아침은 왠지 유독 배가 많이 고프네요……."

꼬르륵. 오랫동안 꿀잠을 잔 미아에게 항의하듯 배 속의 밥벌레가 울부짖었다.

조찬장은 세인트 노엘 학원의 비밀의 화원이었다.

"어머나, 왔구나. 미아 님."

"평안하셨나요, 라피나 님. 초대해주셔서 감사합니다."

스커트 자락을 사뿐히 들어 올려 인사한 뒤 미아는 주위를 둘러보았다. 그 자리에 모인 사람은 미아를 구하러 달려와 준 아벨, 시온, 티오나, 키스우드, 리오라 그리고 벨이었다.

그 면면을 보고 미아는 살짝 경계했다.

──이 사람들끼리 모여서 조찬이라는 건 필연적으로 대화할 내용도 정해져 있겠네요.

그런 생각은 했지만…… 그것도 식사가 나올 때까지였다.

──흐음, 뭐……. 아무튼 배를 채워야죠. 하지만 어째서일까요? 배가 너무너무 고파요…….

바로 테이블 위에 놓여있던 빵에 손을 뻗었다.

따끈한 빵을 두 쪽으로 잘랐다. 파사삭 하고 갈라지는 맛있는 소리에 이어 김이 솔솔 올라오자 고소한 냄새가 혀를 간질었다.

식욕을 자극하는 냄새에 미아는 무심코 침을 꿀꺽 삼켰다.

한입 사이즈로 뜯은 빵을 입 안에 넣자 바삭바삭한 표면 안쪽으로 부드럽게 구워진 빵이 입 안에서 녹아내렸다.

──아아, 솜씨가 좋군요. 참으로 좋아요. 역시 세인트 노엘. 라피나 님의 조찬회. 빵 하나로도 이렇게 제 마음에 감동을 줄 줄이야…….

꼬박 하루 동안 아무것도 먹지 못했기 때문에 평소보다 다섯 배는 더 맛있게 느끼는 미아였다.

그 후 눈앞에 있던 진한 벌꿀잼을 빵에 듬뿍 바르기 시작하는 미아. 달착지근한 빵을 먹고 아삭아삭하며 신선한 샐러드, 채소와 훈제 고기를 진하게 끓여낸 수프를 한 입. 마무리로 달콤한 과일을 입에 넣었을 때 라피나가 입을 열었다.

"그럼…… 본론으로 들어갈까……. 오늘 여러분을 모이게 한 것은 다름 아닌 성야제 날의 사건에 대해 할 이야기가 있기 때문입니다. 모니카 양."

라피나의 부름을 받은 모니카가 한 걸음 앞으로 나왔다.

작게 머리를 숙인 뒤 그녀가 말했다.

"먼저 린샤 씨는 다행히 상처가 크지 않았습니다. 치료를 받은 다음 날부터 평범하게 생활할 수 있게 되었습니다."

"아, 저 오늘 아침에 병문안 다녀왔어요. 건강해 보여서 다행이었어요……."

벨이 방긋 웃으면서 말한 뒤 작게 고개를 숙였다.

"린샤 씨만이라도, 무사해서…… 다행이에요."

"벨……."

그 순간 미아는 깨달았다. 벨의 앞에 놓여있는 음식은 전혀 손을 댄 흔적 없이 남아있다는 것을…….

자기 옆에 있던 벌꿀잼의 병을 살며시 벨의 앞으로 밀어준 미아가 말했다.

"아직 포기하기에는 일러요. 리나 양을 구출할 수 없다고 정해진 건 아니니까요. 지금은 먹어서 기운을 내세요."

"미아, 언니……."

벨은 흠칫 얼굴을 들고 미아 쪽을 바라보더니…….

"저기, 죄송합니다……. 아침에 린샤 씨를 보러 갔을 때 병문안 선물로 받은 페르쟝산 과일을 잔뜩 얻어먹었기 때문에 배가 불러서요……. 에헤헤, 페르쟝 베리라는 게 무척 맛있었어요."

"…………벨."

미아는 눈앞의 손녀가 자신의 피를 이었다는 사실을 생생하게 느꼈다.

——음, 역시 아침에는 단 것이 좋죠.

……아무래도 둘 다 식욕에는 아무런 문제도 없는 모양이었다.

"이야기를 되돌리겠습니다. 미아 황녀 전하의 암살을 꾀한 슈트리나 에트와 옐로문 및 그 종자인 바르바라와 늑대를 데리고 있는 암살자. 이 세 사람의 족적은…… 아무래도 선크랜드 방면으로 도주를 시도한 모양입니다. 그곳에서 경계하고 있던 선크랜드의 기병대와 조우했다는 정보가 들어왔습니다."

"흐음. 우리나라로⋯⋯. 하지만 경계하던 기병대라니, 어떻게 된 거지⋯⋯."

의아해하는 얼굴로 중얼거리는 시온에게 모니카는 작게 웃어 보였다.

"실은 늑대를 부리는 암살자에 대해서는 사전에 루드비히 씨에게서 연락을 받았습니다."

──어머, 루드비히가요?

그 말에 미아는 생각해냈다.

──아, 그러고 보면 루드비히에게서 그런 보고를 받은 것 같아요⋯⋯. 제국 내에서 목숨이 노려졌다고 했던가요.

뇌리에 루드비히의 고지식한 글자가 되살아났다.

분명 그 편지에는 늑대를 부리는 암살자에 대해서도 적혀 있었다는 걸 새삼스럽게 떠올린 미아였다.

아무튼 가을 이후로 미아는 성야제의 암살사건에 정신이 팔려 있었기 때문에 세세한 곳까지 신경을 쓸 여유가 없었다.

──아아, 실수했네요. 만약 적이 늑대를 부린다는 걸 알았다면 미끼로 쓸 고기라도 가져갔을 텐데⋯⋯.

미아의 머릿속에 적의 늑대를 고깃덩어리로 농락하는 자신의 모습이 떠올랐다.

『자요, 갑니다! 제대로 받아먹으세요!』

뭐 그런⋯⋯, 무척이나 즐거운 망상이었다!

"그리고 성야제 전날, 루드비히 씨에게서 긴급 연락을 받았습니다. 그 늑대를 부리는 암살자가 베이르가 공국을 경유하여 선크랜드 왕국의 변경지역으로 향하고 있다고.”

“흐음……. 그쪽에 대해서는 듣지 못했습니다. 루드비히에겐 옐로문 공작가와 혼돈의 뱀 사이의 관계를 파헤치게 했으니, 그 일환에서 나온 행동이라면 제가 뭐라고 할 일도 아니지만요…….”

“그러십니까. 아마도 몹시 긴급한 사안이었기 때문일 겁니다. 저희에게 온 것은 전서구를 사용한 지극히 간단한 서간이었습니다. 도망 경로와 병사의 배치에 관련된 것으로…….”

티어문 제국과 베이르가 공국은 그렇게 멀리 떨어져 있지 않다. 하지만 통상 미아가 하는 것처럼 편지를 말로 나르게 하는 방식으로는 며칠 단위의 시간이 필요해진다. 반면 전서구를 사용한 연락이라면 단시간에 정보를 주고받을 수 있다.

따라서 미아에게 보고가 오지 않은 것도 어쩔 수 없는 일……. 모니카는 그렇게 말하고 싶은 모양이었다.

실제로 미아는 루드비히의 행동에 제한을 건 적이 없다.

스스로에게 ‘훌륭한 예스맨이 되어라’라고 당부한 미아에게 루드비히는 이상적인 가신이었다. 뭐라고 할 리가 없다! 미아의 대답은 ‘예스’ 아니면 ‘좋아요!’ 밖에 없다.

──아아, 그나저나 여느 때처럼 루드비히에게 맡겨두면 문제 없겠네요. 이 안정감. 역시 대단해요.

미아는 만족스러워하는 미소를 지었다.

──역시, 대단해. 미아 황녀 전하는…….

모니카는 보고하면서 감탄하고 있었다.

보통 똑똑한 권력자일수록 부하의 행동을 정확하게 파악해두고 싶어 한다. 따라서 부하의 독단행동은 싫어하곤 한다.

그럼에도 미아의 저 흡족한 얼굴이라니. 부하를 신뢰하는 것과 동시에 만약 실수했다고 해도 자신이 만회할 수 있다는 절대적인 자신감이 없으면 불가능하다.

모니카는 다시금 미아를 보면서 설명을 이어갔다.

"루드비히 씨에게서 소식을 듣고 본국에 연락했습니다."

선크랜드 왕국의 첩보 기관 '바람 까마귀'는 렘노 왕국에서 일어난 사건 이후 표면적으로는 활동하지 않는 조직이 되었다. 백아를 없애고 한창 조직 재편 중이라고 하지만……. 뭐, 그건 그거고…….

최소한의 대원들은 당연히 움직이고 있고, 긴급사태에도 대처할 수 있도록 준비한다.

모니카도 바람 까마귀의 대원이 받으리라 기대하고 연락을 보냈는데, 그 움직임이 참 신속했다.

자세한 사정을 묻지도 않고 즉시 대응할 수 있는 기병을 동원해준 것이다.

"루드비히 씨의 지시에 따라 잠복을 했고, 작전은 성공. 적을 함정에 빠트릴 수 있었습니다."

"네? 그렇다면……!"

벨이 기대에 찬 눈으로 바라보았다. 하지만 모니카는 작게 고개를 내저었다.

"아쉽게도 체포하지는 못했습니다. 늑대술사 쪽은 포위망을 쑥

빠져나가 어딘가로 모습을 감추었고, 옐로문 공작 영애 및 하수인인 바르바라를 태운 마차는 베이르가 방면으로 방향 전환. 그후 티어문 제국의 옐로문 공작령으로 향했다고 합니다."

"본가로 돌아갔다고……? 하지만 그렇게 어리석은 짓을 할까?"

의문을 표하는 아벨에게 모니카가 미소 지었다.

"루드비히 씨의 지시를 기반으로 유도했습니다. 완전하게 포위해버리면 일부러 위험하니, 일부러 제국으로 가는 탈출로의 포위를 얇게 했습니다."

모니카의 말에 아벨은 고개를 끄덕였다.

"그런가. 확실히 그 남자를 죽음으로 몰아넣는 건 피하고 싶은 일이야."

"네. 죽음을 각오한 병사는 무시무시한 힘을 발휘하는 법……. 그 암살자가 실력자라면 부주의하게 몰아넣는 건 위험합니다. 애초에 경계하던 기병들로는 몰아넣지도 못했던 모양입니다만……."

그래도 의미는 있었다.

늑대술사 한 명만이었다면 돌파할 수 있을 정도의 포위망. 그게 이번에는 공을 거뒀다.

적을 둘로 나눈 데다 되찾고 싶은 인물…… 슈트리나를 손이 닿는 범위까지 끌어들일 수 있었기 때문이다.

거기까지 생각한 모니카는 무시무시한 사실을 알아차렸다.

──이거……, 그때와 똑같아. 렘노 왕국 때와…….

과거 렘노 왕국에서 백아의 그레이엄 밑에 있던 모니카는 알고 있다.

백아의 계획을 족족 파괴하고 어느 사이엔가 자신에게 유리한 결과를 움켜쥔 제국의 예지를…….

예를 들어……. 만약 이번 암살미수 사건이 일어나지 않았을 경우, 루드비히가 보낸 지시는 실패였던 게 된다. 제국에서 온 암살자는 포위망을 쉽사리 돌파하고 도망쳤으리라.

하지만…… 그렇게 되지 않았다. 미아는 원하는 결과를 제대로 손에 넣었다.

어쩌면 미아는…… 모든 것을 계산한 게 아닐까……. 모니카는 저절로 그런 생각이 들었다.

물론 냉정하게 생각하면 말이 안 되는 일이다. 어떻게 해야 그럴 수 있는지 모니카는 짐작도 가지 않았다.

하지만 눈앞에 있는 사실을 조합하면…… 꼭 그렇게 보이는 것 또한 사실이다.

최근 불안해 보이던 미아. 그 모습에서 그녀는 자신의 암살계획에 대해 눈치채고 있었음을 알 수 있다.

그리고 공중목욕탕에서의 일. 슈트리나에게 연기가 나는 입욕제를 자연스럽게 보여주었던 걸 보면 그녀가 용의자를 짐작하고 있었다는 것도 알 수 있다. 또 용의자를 알았는데도 불구하고 그들의 계획을 저지하지 않은 건 슈트리나를 위해서다.

슈트리나에게 회개할 기회를 주고 돌아오게 하고 싶어서.

그리고…… 실제로 미아는 제국에서 멀리 있는 땅으로 끌려갈 뻔한 슈트리나를 제국 내의, 손이 닿는 위치에서 멈추게 했다.

미아와 벨을 구했다는, 참회의 뜻도 확인해놓고.

『분명 미아 언니는 리나를 구하기 위해 행동했던 게 틀림없어요!』

모니카는 자신만만하게 말하던 벨의 발언을 부정할 마음이 들지 않았다.

──이걸 전부 우연으로 여기는 게 더 어려워…….

모니카는 조심조심 미아 쪽을 보았다.

"……미아 황녀 전하, 대체 어디까지 계산하신 겁니까?"

그 질문에 미아는 대답하지 않고, 그저 조금 난처해하는 미소를 지을 뿐이었다.

──나중에 라피나 님께서 생각을 여쭤봐야지……. 어쩌면 나보다 미아 님의 행동을 냉정하게 보고 계실지도 모르니까.

……이후, 라피나에게 이야기를 들은 모니카는 미아에게 한층 더 단단한 경외심을 품게 되었지만…….

뭐, 아무래도 상관없는 이야기이다.

제37화 지적하는 사람이 없는 세계

성야제가 끝나면 세인트 노엘 학원은 겨울방학에 들어간다.

매년 미아는 성야제가 끝나고 열흘 뒤에는 제도로 귀환, 그 후 자신의 탄신제에 출석하는 게 기본 일정이었다.

하지만 올해는…… 여느 때보다 조금 일찍 귀환하게 되었다.

해야만 하는 일이…… 있기 때문이다.

세인트 노엘에서 나온 미아 일행이 향한 곳은 제도 루나티어가 아니라 루돌폰 변경백령이었다.

베이르가 공국의 남부를 지나 제국으로 들어오는 그 루트는 과거 제국혁명이 발발했을 때 선크랜드에서 온 군대가 침공한 것과 같은 루트였다. 그곳에서부터 비밀리에 옐로문 공작령으로 향했다.

——제가 궁지에 몰렸던 진군 루트를 반대로 써먹는다는 건 참 통쾌하네요.

이전 시간축에서 미아를 함정에 빠트린 혼돈의 뱀을 같은 진격 루트를 써서 몰아세우는 셈이다. 미아에게는 참으로 유쾌상쾌한 행군이었다.

물론 미아는 군사적인 것은 요만큼도 모르지만…….

정해의 숲을 우회해서 단숨에 북상. 별다른 문제도 없이 옐로문 공작령의 영도 근처에 있는 마을에 도착했다.

그곳에서 루드비히 및 황녀전속 근위대와 합류하기로 했다.

마을 입구에서는 도열한 황녀전속 근위대와 루드비히의 모습이 있었다.

"미아 님, 무사히 귀환하신 것을 진심으로 감축드립니다."

마차에서 내리자 루드비히가 한쪽 무릎을 꿇고 맞아주었다. 그대로 얼굴을 들려 하지 않는 루드비히에게 미아는 고개를 갸웃거렸다.

"네, 지금 막 돌아왔습니다만……. 으음, 왜 그러는 거죠?"

그렇게 물어봐도 루드비히는 가만히 아래를 본 채 움직이지 않았다. 이윽고 그 입에서 묵직한 말이 흘러나왔다.

"이번 일은 완벽한 저의 실수입니다."

"네……? 실수?"

"그 암살자가 베이르가를 지나갈 것을 예측해놓고서 고스란히 미아 님을 위험에 처하게 만들다니……."

어깨를 축 떨구고 어딘가 의기소침한 모습을 보이는 루드비히……. 그걸 본 미아의 눈이 휘둥그레졌다.

──어머나! 세상에! 그 루드비히가……, 침울해졌어요! 별일이 다 있군요.

무심코 빤히 관찰하고 말았다.

이전 시간축에서는 실컷 잔소리를 퍼부어댔던 루드비히다. 시무룩해 하는 모습이 어쩐지 신선하게 느껴지는 미아였다.

──그렇지만 계속 이대로 있으면 곤란해요. 앞으로 올 대기근에 루드비히의 힘은 없어서는 안 되는 중요한 요소니까요…….

미아는 고개를 한 번 끄덕인 후 루드비히에게 따스하게 말을 걸었다.

"얼굴을 들어주겠어요? 루드비히. 딱히 당신의 책임이 아니랍니다. 예측하지 못하는 사태는 언제든지 일어나는 법. 이렇게 저는 상처 하나 없이 돌아왔으니까, 문제없어요."

"하지만……."

미아는 여전히 일어설 기색이 없는 루드비히의 팔을 끌어당기며 부드럽게 얼굴을 들게 했다.

"안타깝게도 머뭇거리고 있을 시간은 없습니다. 빨리 리나 양을 구출해야죠. 마차에 타서 상황을 가르쳐주겠어요?"

루드비히는 미아의 얼굴을 바라본 후 작게 숨을 내쉬었다.

"이렇게 만회할 기회를 주셔서 감사합니다."

다시 머리를 숙이는 루드비히에게 미아는 고개를 저었다.

"만회 같은 건 필요 없어요. 자, 서두르죠."

마차에 탄 루드비히는 새삼 그 안에 타고 있는 사람들의 얼굴을 보았다.

시온 왕자와 그의 종자 키스우드, 그리고 아벨 왕자와는 면식이 있다.

여기에 한 명 더…….

"처음 뵙습니다, 루드비히 휴이트 씨. 미아 황녀 전하께 이야기를 들었습니다."

온화한 미소를 짓는 메이드……, 모니카 부엔디아였다.

"처음 뵙겠습니다, 모니카 양. 이번 일에서는 신세 졌습니다."

루드비히도 작게 웃으며 대답했다.

한차례 마차 안의 사람들에게 인사한 후, 루드비히는 다시금 표정을 가다듬었다.

"그럼 바로 본론으로 들어가겠습니다. 슈트리나 공작 영애와 그 종자인 바르바라는 이미 공작저에 돌아가 있습니다."

그 말을 듣고 사람들의 얼굴에 긴장이 퍼졌다.

"루드비히 경, 그건 아직 저택 안에 머무르고 있다는 뜻인가?"

아벨의 질문에 말없이 고개를 끄덕인 루드비히가 입을 열었다.

"어제 옐로문 저택에 도착했다는 보고가 들어왔습니다."

"함정을 파고 우리를 기다리고 있다는 건가……."

심각한 얼굴이 된 아벨이 팔짱을 꼈다.

"영락없이 자포자기하여 병사라도 일으킬 줄 알았는데……."

바르바라가 슈트리나를 데리고 옐로문 공작령에 돌아온 시점에서 그들이 할 수 있는 선택지는 한정적이다. 사대공작가의 한 축, 옐로문 공작의 이름을 이용해 대규모의 병사를 모아 제국을 내전으로 몰아넣는 것. 혹은 식구 전체가 외국으로 달아나 모습을 숨기는 것…….

"나는 오히려 어딘가로 행방을 감출 줄 알았어. 아무리 사대공작가라고 해도 현재 상황에서 제국에 반기를 들어봤자 무언가 할 수 있는 건 없을 테니까. 대의명분도 없다면 병사들도 수긍하지 못하겠지. 무익한 병력 소모를 낳기보다는 몸을 숨기고 다시 모략을 짜는 게 유의미하지 않을까 했는데……."

거기까지 말한 시온이 입을 다물었다.

뱀은 정체를 알 수 없기 때문에 두려운 존재다. 어디에 숨어있을지 모르니까 무섭고, 뭉쳐 있지 않으니까 한두 명을 처리해봤자 의미가 없다는 것도 성가신 점이다.

하지만…… 정체가 드러나면 그 개인은 썩 위협적이지 않다.

그것은 말하자면 해충 떼 같은 것이다. 집단 전부를 구제하는 건 어렵지만, 한 마리 한 마리는 그렇게 큰 위협이 아니다.

"그럼에도 불구하고 저택에 틀어박혀서 나오지 않는 점을 보면, 역시 함정일 가능성이 높은가……."

사실 문제가 복잡한 건 미아도 마찬가지였다.

본래대로라면 자신의 목숨이 노려졌음을 황제에게 밝히고 제국군을 움직이면 끝날 일이다. 아무리 함정을 파 놓았어도 군대를 동원해 저택을 통째로 공격한다면 삽시간에 무너진다.

하지만 그 경우 주도자인 옐로문 공작가 일족은 처형당하고, 바르바라 또한 처형을 면치 못할 것이다. 그래서는 곤란하다.

——그렇게 되면 리나 양을 구할 수 없어요.

뒤쪽 마차에 타고 있는 벨을 떠올렸다.

벨을 위해서도 슈트리나는 꼭 무사해야 했다.

——게다가 설령 군을 움직인다고 하면 그 움직임에 호응해 옐로문 공작도 병사를 일으킬지도 모르죠.

그러면 당연히 승리는 변하지 않을 테지만, 미아가 원하지 않는 미래가 기다리고 있다.

공작이 죽고 영지가 혼란에 빠지거나, 영지민이 죽고 국토가 전화에 휩싸이면 그만큼 훗날의 전투가 힘들어진다.

훗날의 전투…… 그것은 즉, 대기근과의 싸움이다.

결국 미아에게 이번 일은 전초전에 불과하다.

대기근과 싸울 때 최대한 유리한 상황을 갖추기 위한 한 걸음이다.

그렇다면 적어도 군대를 대대적으로 움직일 수는 없다. 소규모 국지전으로 끝낼 필요가 있다.

기껏해야 미아가 자유롭게 움직일 수 있는 건 황녀전속 근위대와 디온 정도이니…….

──뭐, 그래도 디온 씨가 있으면 군대 하나를 움직이는 것이나 마찬가지예요. 그 분은 뭐라고 해야 하나, 좀 그러니까…….

그런 생각에 미아의 눈빛이 아련해졌을 때였다.

"안심해주십시오. 장해는 전부 이쪽에서 제거할 것입니다."

루드비히가 조용한, 그러나 단호한 말투로 말했다.

"이미 황녀전속 근위대가 국내에 있는 뱀의 구성원을 포박하기 위해 움직이고 있습니다."

그 말을 듣고 주위에 있던 사람들은 다들 숨을 삼켰다. 사람들 사이에 숨어있는 뱀을 끌어내는 것이 얼마나 힘든 일인지……. 모르는 사람은 딱 한 명밖에 없었기 때문이다.

대체 어떻게 한 거지? 궁금하지 않은 사람 또한 없었다. ……한 명을 빼고.

그렇게 모든 이의 흥미로 가득한 시선을 받은 미아는…….

"그렇군요. 참 든든한 말이에요."

놀랍게도 무시! 자세히 물어보지 않고, 그저 칭찬하는 말만 던졌다.

하지만 거기에 끼어드는 사람은 없었다.

루드비히는 자신을 신뢰하기 때문에 자세한 수법을 물어보지 않았다고 받아들였다.

　미아가 루드비히라면 할 수 있다고 믿고서 이렇게 하라고 명령하면, 루드비히는 그 신뢰에 부응하기 위해 그 명령을 수행했을 뿐.

　따라서 루드비히는 굳이 세세하게 설명하지 않는다.

　듣고 있던 사람 중에는 이미 미아가 전부 파악하고 있다고 여긴 사람도 있었다. 루드비히는 이미 미아에게서 면밀한 지시를 받았다. 그래서 미아는 굳이 물어볼 필요가 없다고.

　하지만 사실 미아는…….

　──뭐야, 의외로 뱀을 찾아내는 게 간단한가 보네요. 그러고 보면 중앙 정교회의 성전을 낭독해주면 모습을 드러낸다는 이야기가 있었죠. 후후, 실은 쉬운 녀석들일지도 모르겠어요. 다음에 저도 해볼까요?

　이런 식으로 신나게 얕잡아보고 있었지만…….

　그걸 지적하는 사람은 이 자리엔 한 명도 없었다.

제38화 슈트리나의 귀향

시간은 조금 거슬러 올라간다.

바르바라가 슈트리나를 데리고 옐로문 공작저에 도착한 것은 밤이 깊은 시각이었다.

정원에서 생각에 잠겨 있던 로렌츠는 갑작스러운 딸의 귀환에 허둥지둥 마중 나왔다.

"대체 무슨 일이 있었던 거니? 이건⋯⋯."

저택에 들어온 것은 슈트리나와 바르바라, 그리고 세 명의 남자들이었다.

완전무장을 갖춘 남자들은 다들 같은 가면으로 얼굴을 가리고 있었다. 눈 부분에 특징적인 뱀 무늬가 그려진 가면을 쓴 남자들의 모습은 로렌츠도 본 적이 있다.

질서의 파괴자⋯⋯ 혼돈의 뱀에 심취한 자들. 그것을 위해서라면 목숨을 거는 것조차 아쉬워하지 않는 자들.

늑대술사와는 또 조금 다른, 어둡고 퇴폐적인 분위기가 감도는 남자들을 본 로렌츠는 얼굴을 찌푸렸다. 그런 자들에게 둘러싸여 있는 딸의 모습을 보고⋯⋯ 그의 표정이 한층 더 날카로워졌다.

기운 없이 서 있는 슈트리나. 그 모습은 구깃구깃해진 교복 차림이었다.

강행군이었기 때문인지 조금 꾀죄죄해졌지만⋯⋯ 크게 다친 곳은 없어 보였다. 그럼에도 로렌츠의 눈에는 슈트리나가 당장에라도 쓰러지는 게 아닌지 걱정이 될 만큼 처참해 보였다.

고개를 떨군 채 얼굴을 들려고 하지 않는, 그 피폐해진 모습을 보고 저도 모르게 달려가려고 한 로렌츠였으나…… 직후에 코끝에 검이 들이닥치는 바람에 멈춰 섰다.

"무, 무슨……."

"이 아가씨는 어리석게도 우리 뱀을 배신했습니다, 주인님."

그렇게 바르바라는 슈트리나의 등을 밀었다. 슈트리나는 저항도 하지 않고, 마치 실이 끊어진 인형처럼 그 자리에 풀썩 주저앉았다.

"자, 아가씨. 주인님께 사죄하시는 게 어떻습니까. 아가씨의 어리석은 행동 때문에 주인님께도 대단히 큰 폐를 끼쳤지 않습니까. 어떻게 책임질 생각이시죠?"

그 말에 슈트리나의 어깨가 움찔 떨렸다. 그리고는 로렌츠 쪽을 올려다보았다.

"죄송합니다. 리나는…… 하찮은 우정을 우선하는 바람에 미아 황녀가 도망치는 것에 협력하고 말았습니다."

뚝, 뚝. 잿빛 눈동자에서 눈물이 흘러내렸다.

"쓰, 쓸모없는 딸이라서…… 면목이 없습니다."

"리나……. 일어나렴. 대체 무슨 일이……."

그때 슈트리나의 어깨에 손을 툭 올려놓은 바르바라가 말했다.

"아가씨께서 주저하시는 바람에 미아 황녀 암살에 실패했습니다."

"무슨! 미아 황녀 전하의, 암살이라고?!"

경악하며 눈을 부릅뜨는 로렌츠를 향해 바르바라는 한숨을 쉬었다.

"참으로 어리석은 짓을 하셨죠. 미아 황녀에게 칼을 들이댄 이상 결코 목격자를 살려놓아서는 안 되었는데……. 그런 것도 모르고 시시한 우정에 정신이 팔려서……. 아아, 어쩜 이렇게 어리석은지. 뱀을 따라 옐로문가의 일원으로서 한때의 번영을 누렸으면 좋았을 것을……."

농락하듯이 슈트리나의 머리카락을 헤집는 바르바라에게 로렌츠가 초조해하는 음색으로 말했다.

"그, 그래. 하지만 실패한 건 어쩔 수 없지. 그럼 서둘러 탈출 준비를……."

"으음……? 탈출, 말씀이십니까?"

작게 고개를 기울이는 바르바라를 보고 로렌츠가 언성을 높였다.

"당연하지 않나. 설마 제국을 상대로 전쟁을 벌이는 말은 아니겠지?"

그 말에 바르바라는 작게 고개를 저었다.

"당연하신 말씀입니다. 간단히 제압당하고 끝날 테지요. 승부도 되지 않을 겁니다."

정예 사병단을 거느린 레드문 공작가조차 단독으로 제국군과 싸우지는 못할 것이다. 하물며 옐로문 파는 오합지졸. 소극적으로 무리 지어 있을 뿐인 자도 적지 않다.

승산이 없는 전투에 몸을 던질 리가 없었다.

"그렇다면……."

"하지만 도망쳐서 어떻게 하실 겁니까? 주인님. 당신이나 이,

글러 먹은 아가씨……."

그렇게 말한 바르바라는 슈트리나의 머리카락을 움켜쥐었다. 거칠게 머리채를 끌어당기자 슈트리나가 아파하며 신음을 흘렸다.

"……아, 윽."

눈을 꾹 감는 슈트리나에게 바르바라가 얼굴을 들이댔다.

"애초에 도망쳐봤자 무슨 도움이 된다는 말씀이시죠? 암살하는 법을 가르쳐서 한 번 더 미아 황녀의 목숨을 노리기라도 하시겠다?"

슈트리나를 휙 내동댕이친 뒤 바르바라가 어깨를 으쓱했다.

"안타깝게도 이 아가씨는 뱀은 되지 못할 겁니다. 우정 같은 쓸데없는 감정에 마음을 빼앗겨버린 반푼이니까요."

"그렇다면 서, 설마 이 저택에서 요격할 생각인가?"

"글쎄요……. 과연 우리의 칼이 닿겠습니까? 최강의 패인 늑대술사를 물리친 미아 황녀에게? 적어도 이자들로는 불가능할 테죠."

바르바라는 자신이 데려온 남자들을 보고 고개를 저었다.

"주인님께서는 짐작 가는 이가 있으십니까? 그 밉살맞은 디온 알라이아를 물리칠 수 있는 사람……."

"그건……."

"보세요. 가능성이 희박하지 않습니까."

바르바라는 우아하게 웃었다.

"작은 벌레는 사자의 배 속에 들어가고서야 사자를 괴롭힐 수 있습니다. 정면으로 맞서봤자 짓밟혀서 죽을 뿐이잖아요?"

로렌츠 쪽으로 고개를 돌린 바르바라가 말을 이었다.

"당신들은 독충이 아닙니까. 가장 오래된 충신, 옐로문. 그렇다면 짓밟힌다는 개죽음을 택하면 안 됩니다. 독충은 독충답게, 화려하게 잡아먹힙시다. 그리고 그 독으로 저 예지(叡智)에게 오점을 남기면 되는 겁니다. 그것이야말로 뱀에 도움이 될 수 있는 방법인 거죠."

그리고는 바르바라의 입가에 부드러운 미소가 번졌다.

"자…… 그럼 준비합시다. 주인님도, 아가씨도. 그 제국의 예지를 맞이하는 겁니다. 제대로 된 옷차림으로 맞지 않으면 실례가 아닙니까. 아무쪼록 평화롭고 고운 옷차림으로 맞이한 후 깊은 고뇌에 빠지게 만듭시다. ……음?"

문득 바르바라가 고개를 기울였다.

"그런데 주인님. 비셋은 어디에 간 겁니까?"

"아, 아아. 비셋에겐 볼일이 있어 밖에 보냈는데……."

"저런, 후후후. 마침내 집사에게도 버려지고 말았습니까. 불쌍하신 주인님. 하지만 안심하시길. 이 바르바라는, 그리고 뱀은 마지막 순간까지 당신 곁에 있겠습니다."

제39화 자의적 단죄군주 미아, 이곳에 강림…… 하지 않았다

"도착했습니다. 가시죠, 황녀 전하."

미아 일행을 태운 마차는 지극히 평범하게 영도 《포레존》에 들어갔다.

영도에 들어갈 때 경비병이 불러세우긴 했으나 그것 말고는 아무런 방해도 없이 일행은 도시의 중심, 옐로문 공작저에 도착했다.

"영락없이 무언가 훼방을 놓을 줄 알았는데, 그것조차 없다니……."

"느낌이 안 좋아. 점점 더 함정을 쳐 놓았을 것 같은 분위기가 들어."

그렇게 경계를 늦추지 않는 두 명의 왕자들.

그걸 보고 미아도 조금 불안해졌다.

──흐음……. 확실히 불길한 느낌은 들어요……. 하지만 뒤숭숭한 장소에 반드시 나타나는 그 분은 없는 건가요?

주위를 둘러보고 있었더니…….

"디온 씨에게는 다른 임무를 맡겼습니다."

루드비히가 말했다.

"어머, 그랬군요. 흐음……."

솔직히 디온 없이 옐로문 공작을 찾아가는 건 다소 불안했지만…….

"헤헷, 뭐 디온 대장이 없으면 불안해지는 마음도 이해하지만 요. 저희가 단단히 지켜드릴 테니까 믿으셔도 좋습니다."

중간에 합류한 황녀전속 근위대의 대장 바노스가 호쾌하게 웃었다.

"……그랬죠. 네, 여러분을 믿겠습니다."

미아는 작게 고개를 끄덕였다. 그 후 바로 덧붙이듯이 말했다.

"하지만 자신의 목숨을 함부로 다루면 안 됩니다. 설령 저를 위해 서라고 해도 목숨을 쉽게 내던지는 짓은 하지 말아주었으면 해요."

그렇게 말하며 미아가 떠올리는 것은 붉은 머리카락의 공작 영애였다.

──이분이 저를 위해 죽어버리기라도 했다간 루비 공녀가 무 시무시하게 화낼 것 같으니까……. 그건 피하고 싶어요.

"알고 있습니다. 미아 황녀 전하의 병사 중에 목숨을 헛되게 버 리려는 놈은 한 명도 없고말고요."

그렇게 말하며 웃는 바노스였으나, 미아는 약간 불안을 숨기지 못했다.

──으음. 바노스 씨는 딱 제 방패가 되어서 죽어버릴 것 같은 타입이란 말이죠. 이럴 때 디온 씨가 있다면 혼자서 신나게 날뛴 뒤에 태연한 얼굴로 돌아올 텐데요.

한숨을 쉬며 공작저 쪽으로 시선을 돌렸다. 그러자 타이밍 좋 게도 사람이 나오는 게 보였다.

"어머……!"

미아는 저도 모르게 눈을 의심했다. 왜냐하면 나타난 사람은…….

"잘 오셨습니다. 미아 황녀 전하. 주인님과 슈트리나 아가씨가 기다리고 계십니다."

정중한 듯 오만하게 머리를 숙인 그 사람은 옐로문 공작가의 메이드…… 바르바라였다.

두 명의 왕자들이 일제히 검에 손을 올렸다.

"잘도 뻔뻔하게 나올 수 있었군."

가시 박힌 말이 날아가도 바르바라는 딱히 신경 쓰는 기색 없이 미소 지었다.

"왕자 전하, 만약 슈트리나 아가씨를 무사히 돌려주길 바라신다면 여기서부터는 부디 절도를 지켜 행동해주시길 부탁드립니다."

"무기를 버리라는 말을 하고 싶은 건가?"

시온의 날카로운 시선을 받아도 바르바라는 차분하게 고개를 저었다.

"그럴 리가요. 왕족께 그러한 요청은 드릴 수 없습니다. 검을 휴대하신 채로 들어오십시오. 검을 지니는 것은 왕의 특권. 자신이 원하는 대로 반항하는 자를 베어 죽이는 것이 왕족이라는 존재 아닙니까?"

무시하듯이 웃는 바르바라를 시온이 조용히 마주 바라보았다.

"왕이 검을 휘두르는 건 악을 상대할 때뿐이다. 너 같은 자 말이지."

"오오, 그러하십니까. 역시 정의와 공정을 중시하시는 시온 전하. 그렇다면, 후후후. 저도 악당답게 말씀드리도록 할까요. 그 검을 쉽사리 빼 들지 않으시는 게 좋습니다. 슈트리나 아가씨를 상처 없이 되찾고 싶으시다면 말이죠."

시온에게 끈적끈적하게 휘감기는 듯한 시선을 보내더니, 그대로 아벨, 키스우드를 바라본 후 바라바라가 말했다.

"그럼 들어오십시오. 아무쪼록 우리 옐로문 공작가의 손님에 걸맞게 절도 있는 태도를 보여주시기를 빕니다."

더없이 정중하게, 하지만 구석구석 조소를 흘리면서 바르바라는 발걸음을 돌렸다.

선뜻 저택 안으로 들여보내는 적의 반응에 곤혹스러워하면서도 미아 일행은 그 뒤를 쫓아갔다.

저택 안은 대귀족의 저택에 어울리지 않게 소박한 구조였다. 넓은 복도에는 누구의 것인지 알 수 없는 초상화가 무수히 많이 걸려있었다.

──왠지 좀, 수수한 아저씨의 그림이 많네요……. 정말 심심한 그림들이에요.

그런 생각을 하고 있었더니 미아의 시선을 알아차린 건지 바르바라가 입을 열었다.

"역대 옐로문 가의 가주님입니다. 티어문 제국을 뒤에서 지탱해온, 저주받은 핏줄들이지요."

"흐음, 그렇군요……. 그래요."

미아는 고개를 주억거렸다.

──확실히 냉혹해 보이는 사람이 많아요!

그러면서 이런 생각을 했다.

……영향받기 쉬운 타입이다.

이윽고 복도가 끝에 넓은 정원이 보이기 시작했다.

식물이 가득 우거진 정원. 그 안쪽에는…….

"앗…… 저건."

가면을 쓴 세 명의 남자들, 그 앞에 무릎을 꿇고 목에 칼날이 들이대진 풍채 좋은 장년의 남자……, 그리고 한 명 더. 그 옆에 주저앉아있는 소녀는…….

"리나!"

벨이 소리쳤다.

그러자 고개를 숙이고 있던 소녀, 슈트리나가 천천히 얼굴을 들었다.

벨을 향해 얼굴을 돌리고 가련한 미소를 지었나 싶더니, 그 미소가 무너졌다.

"……벨."

당장에라도 울음을 터트릴 것 같은 표정이 된 슈트리나. 그런 소녀에게 천천히 걸어간 바르바라가 뒤를 돌아보고 말했다.

"그럼…… 시작하도록 할까요. 옐로문 공작가를 단죄하는 시간을……."

"단죄? 무슨 말을 하는 거죠? 그 두 사람을 어떻게 할 생각인데요?"

미아의 질문에 바르바라는 즐겁다는 양 미소 지었다.

"아무것도 안 합니다. 저는 말이죠."

"단죄라니. 참으로 뻔뻔한 소릴 하는군."

노려보는 아벨에게 바르바라는 어깨를 작게 으쓱했다.

"네, 이게 끝나면 당신들 마음대로, 처벌이든 뭐든 받도록 하겠습니다. 아벨 왕자님. 하지만 이 장소는 아쉽게도 저를 심판하기 위한 장소가 아닙니다."

그렇게 말한 바르바라는 슈트리나 뒤에 서더니 그 어깨에 손을 툭 올려놓았다.

"지금 이 자리에서 심판을 받는 것은 이 저주받은 옐로문가의 사람들입니다."

"저주받은, 옐로문가……."

미아는 조금 전 보았던 역대 가주들의 모습을 떠올렸다.

"미아 황녀 전하께서는 이미 알고 계실 테지만, 옐로문 공작가의 사람들은 제국 내에서 암약하며 무수히 많은 요인을 암살하고 수많은 귀족가를 멸문시켜왔습니다."

"그것은……! 큭……."

무언가 말을 하려던 로렌츠의 목으로 등 뒤에 서 있던 남자의 칼날이 파고들었다. 발언을 봉쇄하려는 것 같았으나……. 그 말을 이어받듯이 루드비히가 대신 입을 열었다.

"그건 티어문 제국에 방해가 되는 자들을 매장한 것뿐. 나라가 나라로서 성장해가는 과정에서는 권력투쟁을 피할 수 없지. 그렇다면 옐로문 공작가가 해온 일은 칭송을 받을 일은 아니라고 한들, 심판을 받을 일도 아니지 않나?"

루드비히는 안경을 고쳐 쓰면서 지적했다.

──그러고 보면 루드비히가 보낸 편지에 그런 의혹이 적혀있

었죠…….

미아가 그런 생각을 하는 사이에 바르바라는 난처하다는 듯 웃었죠.

"그렇군요. 나라를 성장시키기 위해서라면 그 죄는 허용될지도 모릅니다만……. 이 부녀는 뱀. 혼돈의 뱀의 뜻에 따라 몇 가지 암살을 행해왔습니다."

뺨에 손을 댄 바르바라가 말했다.

"예를 들면, 그래요. 광활한 농경지를 지닌 변경 귀족의 가주를 특제 독으로 살해하고 일가족을 뿔뿔이 흩어지게 한 뒤 그 땅을 옐로문 가의 것으로 삼거나……. 혹은, 우리 뱀의 목적을 알아차린 귀족을 독으로 묻어버린 적도 있었습니다. 아아……."

거기서 바르바라가 손뼉을 쳤다.

"그러고 보면 아가씨께서 친구에게 손을 댄 것도 이번이 처음은 아니었죠."

그 말을 들은 슈트리나는 잿빛 눈동자를 부릅떴다.

"하, 하지 마. 바르바라."

일어나려는 슈트리나를 근처에 있던 남자가 내리눌렀다.

그래도 슈트리나는 그 손을 뿌리치고는 비통하게 외쳤다.

"하지 마. 벨에게는 말하지 마."

그걸 본 바르바라는 가학적인 미소를 지으며 말했다.

"만인에게 호감을 사는 그 미소로 친해진 뒤 그 가족들에게 접근해서 독으로 죽인 적도 있었죠……. 친구 본인의 음료에 넣은 적도 있었던가요?"

"아······."

슈트리나는 그 자리에 비틀비틀 주저앉고는 두 손으로 귀를 틀어막았다.

더는 듣고 싶지 않다는 듯 고개를 작게 도리질했다.

"후후, 알고 계십니까? 옐로문 공작가는 독 지식에 아주 해박합니다. 주인님은 저로서는 도저히 **상대도 되지 않을 만큼 풍부한 독 지식을 지니고 계시지요.**"

그러더니 바르바라는 다시금 미아 일행에게로 몸을 돌렸다.

"자, 공정하고 정의를 중시하는 왕족 여러분. 보십시오. 여기에 심판을 받아야 하는 악이 있습니다. 그리고 제국의 예지, 미아 황녀 전하······. 자, 부디 이 악을 심판해주십시오."

"그건······."

"아니면 미아 황녀 전하. 설마하니 이 부녀를 용서할 생각이십니까?"

바르바라는 넘쳐흐를 듯한 미소를 지으며 말했다.

"뭐, 그것도 좋을 테지요. 왕족이든 황족이든, 사람 위에 서는 사람에게는 힘이 있으니까요. 올바른 호소를 짓밟는 것도 간단할 겁니다. 하지만 괜찮은 겁니까? 그렇게 해도······. 시온 전하?"

바르바라는 미아의 뒤에 서 있는 시온에게 시선을 보냈다.

"왕은 공정해야 한다. 선크랜드 왕가의 가훈 아닙니까? 권력을 지닌 자는 청렴하고 바르게 살아야만 한다. 그런데 고작 황녀와 친하다는 이유로 사면받는다는 사태를 당신은 눈감아주시는 겁니까?"

그 말에 시온은 울컥한 표정을 지었다. 그러거나 말거나 바르바라는 말을 이었다.

"성녀 라피나는 어떻게 생각할까요? 과거에 친구를 죽인 이 아가씨를, 친구의 가문을 무너트리는 일에 가담한 이 아가씨를, 친구의 부모를 죽이는 일에 협력한 이 아가씨를 무죄방면 하는 일을 그 성녀가 허용하겠습니까?"

그것이야말로 독뱀, 바르바라의 맹독이었다.

슈트리나와 옐로문을 '미아 본인의 손으로 단죄하게 만드는' 것.

혹은 '단죄하지 않는다는 판단을 내리게 하는' 것.

만약 미아가 두 사람에게 죄를 물었을 경우…… 그것은 정의로운 행동이라 할 수 있을 것이다.

하지만…… 그토록 사이가 좋았던 슈트리나를 죽이게 된다면 벨과의 관계는 악화될 테고, 다른 학생회 구성원도 미아에게 복잡한 기분을 품게 될 것이다.

그건 미아의 마음에 반드시 상처를 남기고 동료들과의 인연에 균열을 만들 터였다.

그럼 옐로문가를 용서했을 경우에는 어떻게 되는가.

정의와 공정을 중시하는 시온이나 신의 가르침을 설파하는 라피나는…… 이런 옐로문가를 심판하지 않는 것을 좋게 보지 않는다. 따라서 심판하지 않는다는 판단을 내린 미아와의 사이에 불화가 생길 것이다.

어쩌면 그건 작은 흠집일지도 모른다. 하찮은, 사소한 상처에 불과할지도 모른다. 하지만…… 틀림없는 흠집이고 상처다.

그리고…… 뱀은 그 틈을 놓치지 않는다.

설령 바르바라가 여기서 붙잡힌다고 해도 다른 혼돈의 뱀이 그 상처를 찌르고 파헤쳐서 미아의 동료들의 인연을 파괴할 것이다.

그것은 성야제의 독살 테러로 인해 성녀 라피나를 비난하고 질서를 파괴하는 성황제로서 뱀의 앞잡이로 만들어낸 것과 같은 흐름에서 나온 사고다. 죽여서 배제할 수 없다면 그 마음을 괴롭혀 망가트리면 된다. 질서의 파괴자로서 자신들의 앞잡이로 이용할 수 있을지도 모른다.

그것은 눈치채지 못하는 사이에 몸을 좀먹고, 파괴하고, 마침내 본체를 죽음에 이르게 하는 독.

그런 교활하기 짝이 없는 한 마리의 뱀을 앞에 두고 미아는…….

──조금 전부터 리나 양에게 무례가 지나친 것 아닌가요?

조금 화가 나 있었다…….

슈트리나를 괴롭히는 바르바라에게…….

그렇다. 미아는…… 눈앞에 쓰러져있는 사람을 보면 내버려 두지 못하는 성정이다.

바르바라가 무슨 소릴 하든 미아의 눈에 비친 슈트리나의 모습은 무시무시한 암살자가 아니었다. 힘없이 무릎을 꿇은 불쌍한 어린아이였다.

따라서 미아는 생각했다.

──아마 저 모습을 보면 리나 양도 좋아서 나쁜 짓을 했던 건 아닐 거예요…….

뭐니 뭐니 해도 슈트리나는 함께 버섯을 채집하러 간 동료다.

함께 말의 출산에 입회한 사이이기도 하다.

죽마고우 아닌 이마고우(茸馬故友)인 셈이다.

——리나 양 본인은 분명 그렇게까지 나쁜 사람이 아닐 거예요. 바르바라 씨에게 협박을 당해서 저지른 게 틀림없어요. 그렇다면 눈앞에서 괴롭힘을 당하던 아이를 구했을 뿐이라고 라피나 님을 설득할 수도 있지 않을까요?

그것은 상당히 막무가내인 핑계였지만…… 알 바 아니었다.

아무튼 지금 미아는 완전무결한 외부인이다.

판단을 조금 실수한다고 해도 가장 나쁜 건 바르바라고, 여차하면 옐로문 공작도 있다. 얼마든지 책임을 떠넘길 수 있다. 아무튼 완전한 외부인이니까!

흡, 하고 숨을 크게 내쉰 미아였다. 그렇다! 지금의 미아는 자의적 단죄군주 미아이다! 남의 일이니까 마음대로 떠들 수 있다.

——흐흥, 뭐라고 말을 하는 모양이지만 제가 걷어차 주겠어요!

의기양양한 단죄군주 미아가 지금 막 이곳에 강림하려던……
그때!

"기다려주십시오. 미아 황녀 전하."

별안간 로렌츠 에트와 옐로문이 입을 열었다.

……그리고 흐름이, 바뀌었다!

"저런. 괜히 끼어들지 말아 주시겠습니까? 주인님."

그렇게 말한 바르바라는 로렌츠의 목에 칼날을 들이댔다.

"모처럼 상처 없이 미아 황녀 전하께 심판을 받으려고 하는데, 방해하지 말아 주십시오."

그렇기 때문에 괜한 싸움을 하지 않고 여기까지 미아 일행을 불러들인 것이었다.

괜히 난전이 되어 그녀의 부하들이 로렌츠를 죽이기라도 했다간 의미가 없다. 중상을 입은 자에게 최후의 일격을 가해 편하게 해준다는 형태가 되어도 안 된다.

무탈하고 건강한 상태인 그들을, 별다른 일이 없다면 앞으로 수십 년 넘게 평범하게 살아갈 사람들을 미아의 손으로 처벌하게 만든다. 여기에 의미가 있는 것이다.

"하지만, 어쩔 수 없어요. 잠시 조용히 계시기에는 다소 혈기가 왕성하신 모양이니, 조금 빼 두는 게 좋을지도 모르겠군요."

그렇게 바르바라는 칼을 휘둘렀다.

"아버지!"

슈트리나의 비명이 울려 퍼지는 가운데 흉기는 로렌츠의 어깨로 날아가다…… 중간에 멈췄다.

"무슨?!"

경악하며 눈을 부릅뜨는 바르바라. 그 옆에는 초로의 남성이 서 있었다. 검은 집사복을 입었고 깔끔하게 정돈된 콧수염이 특징적인 남자, 그는…….

"문제가 많은 메이드로군요, 바르바라. 로렌츠 님께 이런 무례를 저지르다니……."

"어머나, 비셋. 영락없이 도망친 줄 알았는데, 어디에 갔던 겁니까?"

바르바라는 자신의 팔을 잡은 초로의 집사에게 이죽거리는 미소를 지었다.

"비셋⋯⋯?"

그 대화를 바라보던 시온이 중얼거리는 목소리가 들렸다.

"그 이름은⋯⋯ 어딘가에서."

단죄의 낫을 쳐들었던 미아는⋯⋯ 슬금슬금 낫을 내려놓았다.

대충 흐름이 바뀐 것을 알아차렸기 때문이다. 미아는 분위기를 파악할 줄 아는 유능한 여자다.

"로렌츠 님의 말씀을 가로막다니, 더없이 무례한 일 아닙니까. 조용히 해야 할 사람은 당신입니다, 바르바라."

바르바라의 손에서 칼을 빼앗은 뒤 비셋은 소리 없이 머리를 숙였다.

"늦어져서 죄송합니다, 로렌츠 님. 해충 구제에 다소 시간이 걸렸습니다."

그 후 그는 자신의 주인을 지키듯이 바르바라를, 그리고 세 남자들을 노려보았다.

그 모습을 본 바르바라는 작게 한숨을 쉬었다.

"흐응⋯⋯ 뭐, 좋습니다. 여기서 난동을 부려봤자 의미는 없으니. 이제 와서 할 말이 남아있을 것 같지도 않지만⋯⋯ 아무쪼록 추한 자기변호를 해보시죠."

그렇게 말하며 한 걸음 뒤로 물러났다.

그걸 본 로렌츠는 안도의 숨을 내쉬었다.

"그래. 그럼 사양하지 않고 말하도록 하지……. 미아 황녀 전하……."

로렌츠는 미아 쪽을 바라보았다.

반면 미아는 갑자기 화제가 날아오는 바람에 허둥지둥거렸다.

하지만 그건 그거. 아무리 미아라고 해도 적응이 된 덕분에 곧바로 무슨 일이 일어나도 괜찮도록 마음의 준비를 했다.

"무슨 일이죠? 옐로문 공작."

로렌츠는 미아의 눈을 똑바로 바라본 채…… 터무니없는 극약을 투하했다.

"조금 전 바르바라가 한 말은 전부 거짓입니다. 저도, 그리고 제 딸 슈트리나도 단 한 명의 인간도 해친 적이 없습니다."

"…………흐어?"

놀랍기 그지없는 커밍아웃에 그 자리에 있는 일동이 쥐죽은 듯 조용해졌다. 그런 찰나의 정적을 깨트린 것은 바르바라의 조소였다.

"무슨 말을 하나 했더니…… 시시껄렁한 헛소리를. 아무리 그래도 그 변명은 지나치게 무리가 있지 않습니까?"

기가 막힌다는 듯 말하는 바르바라. 이 말에는 미아도 동의했다.

──그건, 너무 무리가 심한 게 아닐까……?

그렇게 생각한 미아였지만…… 그 순간 눈치챘다!

자신의 충신 루드비히가…… 조용하다.

그, 이전 시간축에서 누구보다 예리하게 미아에게 지적하며 푹푹 찌르고 후벼댔던 그 망할 안경이…… 입을 다물고 있다.

아니, 아무런 의문도 없다는 듯한 평온한 얼굴로 상황이 흘러

가는 걸 지켜보고 있기까지 했다!

──이건……, 흐음…….

미아는 움직이려던 입을 다물고 팔짱을 꼈다. 상황을 지켜보겠다는 자세를 취하면서 앞으로 닥쳐올 파도에 대비했다.

그런 미아에게 아주 잠깐 시선을 주었던 로렌츠는 작게 숨을 내쉬고는…….

"아시다시피 저희 옐로문 공작가는 티어문 제국 건국 이후 이 제국의 발전을 방해하는 자들을 비밀리에 매장하는 책무를 지고 있었습니다. 초대 황제 폐하와 나눈 맹약에 따라……. 하지만 지난 수십 년 동안 제국은 안정기를 맞이했습니다. 게다가 현 황제 폐하 역시 온화하신 분. 암살 의뢰는 한 번도 온 적이 없습니다……."

"흠……."

미아는 작게 고개를 끄덕였다.

확실히 로렌츠가 하는 말은 그럴싸했다.

──온화한지 아닌지는 미묘하지만, 아바마마께서는 제 호감도에만 관심이 있는 분이니까요. 게다가 확실히 제가 아는 한 최근 제국은 전란과는 거리가 멀었어요.

그런 만큼 뒤에서는 귀족 간의 권력투쟁이 있었던 모양이지만……. 사대공작가 중 하나가 직접 움직여야만 할 법한, 국가의 적이라고 부를 수 있는 자는 존재하지 않았다.

"후후후, 더욱 악랄한 것 아닙니까. 시간이 남아도는 것 같기에 그만큼 뱀으로서 열심히 일하게 했으니까요."

로렌츠의 말을 들은 바르바라가 승리의 미소를 지었다.

"제국을 무너트리고 이 땅을 저주받은 땅으로 화하기 위해 지혜로운 자를 매장하고, 뱀에 등지는 자를 매장하지 않았습니까. 제국의 검으로서 암살을 거행한 것이라면 그 죄도 어쩌면 사면될 수 있을 테죠. 하지만 뱀의 앞잡이가 되어 저지른 건은······."

"나는······ 소심하거든. 바르바라. 미아 황녀 전하와는 달리······ 용기가 없으니까. 암살은 너무너무 무서웠어. 그래서······ 속였지. 너희들을."

"바보 같은 소리를. 졸렬한 자기변호도 여기까지 오면 예술이군요. 그러한 짓을 해서 무슨 의미가 있는 겁니까?"

고개를 내저으며 바르바라가 말했다.

"주인님이 겁쟁이라는 건 저도 부정하지 않습니다. 그렇기에 뱀을 배신하는 짓을 할 리가 없죠. 만약 오늘처럼 뱀에게 대항하는 자들이 있었다면 뱀이 시키는 대로 하지 않을 이유는 되었을 겁니다. 하지만 오늘 사태는 전부 제국의 예지, 미아 황녀가 있었기 때문에 만들어진 상황. 이런 상황이 될 것을 예상하고 암살 대상을 살려두다니, 비합리적입니다."

"어울리지 않는 소리를 하는구나. 바르바라, 조금만 생각하면 알 수 있잖아. 뱀에게서 암살 명령이 나온다는 건, 뱀에게는 방해되는 존재라는 뜻."

로렌츠는 강한 어조로 단언했다.

"그건 뒤집어 말하자면······ 뱀과 싸울 때 유익한 자들이라고도 할 수 있잖아? 우리의 동료로 삼아서 함께 뱀에 반기를 들어줄지도 모르지. 미래를 위해 살려둘 의미는 충분히 있을 거야."

바르바라는 로렌츠를 업신여기듯이 웃었다.

"그래도 말이 안 됩니다. 당신 주위의 신하는 전부 우리의 입김
이 닿은 자들뿐. 최근 옐로문과 협력관계를 맺은 바람 까마귀, 아
니, 백아의 대원들도 쳄에게 장악되어 있었습니다. 당신이 우리
몰래 행동하는 건 불가능해요. 고작 혼자서 그러한 대단한 일을
해냈다고? 표적이 죽은 것처럼 위장하여 어딘가 안전한 장소에
도망쳐 보냈다고? 무능하고 반푼이인 당신이 어떻게?"

날카로운 야유에 로렌츠는 힘없이 어깨를 움츠렸다.

"그래, 그 말이 맞아. 아쉽게도 나에게는 힘이 없어. 너희에게
거역할 힘도 없고, 딸을 슬프지 않게 해주지도 못했지. 분해……."

거기서 말을 끊은 뒤, 로렌츠는 부드러운 표정으로 바르바라를
바라보았다.

"하지만 너는 간과하고 말았구나. 그를…… 비셋을."

그때였다. 문득 떠올랐다는 듯이 루드비히가 입을 열었다.

"그러고 보면 시온 전하……, 여쭤보신 건에 대해 말씀드리는
것을 완전히 잊고 있었습니다."

"음? 여쭤본 건, 이라면……."

"이전 미아 님을 통해 전해 들은 용건 말입니다. 이아손, 루카
스, 맥스, 타나시스…… 그리고 비셋."

그 이름의 나열을 듣자 시온은 살짝 눈을 크게 떴다.

"……설마."

놀라는 시온에게 근처에 있던 모니카가 고개를 끄덕여 보였다.

"네……. 저 집사, 비셋 님은 과거 바람 까마귀에 속해있던 자…….

제국 내에 선크랜드의 첩보망을 구축한 전설적인 인물입니다."

그 말에 비셋은 조금 난처해하는 얼굴로 고개를 저었다.

"과장된 평가입니다. 게다가, 퍽 오래된 예전 이야기죠."

이름 없는 남자, 얼굴 없는 남자, 회색의 남자……. 지금 비셋이라 이름을 대고 있는 초로의 집사.

그와 만난 것은 로렌츠의, 그리고 옐로문 가의 운명을 크게 바꾸어놓았다.

행운도 편을 들어주었다.

그때까지 여러 번 있었던 뱀의 암살 지령……. 로렌츠는 그 지령이 오는 족족 슬렁슬렁 회피했었다.

그는 알고 있었다.

뱀은…… 사람의 마음의 틈을 찌른다. 약점을 찌른다. 상처를 찌른다.

사람의 마음을 조종하는 것은 뱀의 특기.

그리고 그의 아버지는, 할아버지는 살인으로 손을 더럽힌 것을 계속해서 이용당해왔다.

다른 것은 그렇다고 쳐도 살인만큼은 도저히 돌이킬 수 없다.

한 번이라도 손을 더럽힌다면 바로 뱀에게 사로잡혀 옴짝달싹도 못 하게 된다.

그러한 연쇄에 말려들고 싶지 않았고, 무엇보다 로렌츠는 사람을 죽이기 싫었다.

그는 아픈 것도 괴로운 것도 싫어하는 소심한 사람이었다.

처음 한 번을 저질러버리면 더는 돌이킬 수 없다.

그걸 통찰하고 있던 로렌츠는 교묘하게 회피해왔다.

하지만 슬슬 그것도 어려워졌을 때…… 뱀에게서 떨어진 명령이 바로 비셋의 살해였다.

당시 혼돈의 뱀은 선크랜드의 첩보부대, 바람 까마귀 내부에 자신들의 수하를 들여보내는 일에 성공했다.

바로 젬이다.

그런 그들에게 실력자인 비셋은 방해가 되었다.

동료의 배신으로 궁지에 빠져있던 비셋을 로렌츠가 죽였다고 위장한 뒤 살려냈다.

이후 비셋은 계속 집사로서 로렌츠를 모시고 있다.

애초에 실력이 대단한 첩보원이다. 뱀이라고 해봤자 어차피 아마추어인 바르바라와 동료들을 속이는 것은 쉬운 일이었다.

그렇게…… 로렌츠는 손에 넣었다.

요인을 비밀리에 외국으로 도망치게 하는 루트와, 유력한 협력자를…….

"첩보에서 현지 협력자는 보물이나 마찬가지. 따라서 그 정보는 동료에게조차 밝혀서는 안되는 법……. 그것이 저분의 가르침입니다. 그리고 실제로 비셋 님은 누구에게도 제국 내 협력자의 정보를 밝히지 않으셨습니다."

미아의 뒤에 있던 두 메이드 중 한 명이 보충 설명했다.

──저 사람이 바람 까마귀에 속해있던 모니카 양인가…….

로렌츠는 자신이 지닌 정보와 그 자리에 있는 인간을 맞춰보면서 고개를 끄덕였다.

"나 혼자서 할 수 있는 일은 아니었어. 암살 대상을 안전한 나라로 보내는 것도, 낭떠러지에서 마차와 함께 추락했다고 위장하는 것도, 나는 불가능했지. 모든 건 그의 힘이야."

"말도 안 돼……, 말도 안 됩니다."

바르바라는 혼란스러워하며 도리질했다. 하지만 부정은 못 할 것이다.

시체가 나오지 않는다면 살아 있어도 알 수 없다.

아마 외국에 몽타주를 보내지도 않았을 것이다. 왜냐하면 그럴 필요가 없었으니까. 자신들이 속고 있다고…… 상상도 못 했으니까.

"후후후, 속아줄 줄 아십니까……. 저는 시체를 직접 보았습니다. 주인님…… 당신의 특제 독으로 숨을 거둔 사람의 시체를……."

"내 특제 독이라……. 그런 것도 있었지. 나는 독에 해박하니까 말이야……. 바르바라…… 네가 **상대도 되지 않을** 정도로."

"아…… 아."

그 순간 무언가를 알아차린 건지 바르바라가 눈을 크게 부릅떴다.

그렇다. 그것은 조금만 생각하면 알 수 있는 일이다.

옐로문 공작은 식물에 해박하다. 약도 잘 알고 독도 잘 안다.

그것은 주지의 사실이었다.

하지만…… 만약 죽이기만 할 뿐이라면…… 그 지식은 어디까지 필요할까?

온갖 독에 정통하는 것이…… 암살자에게 필요한 소양일까?

……정답은 NO다. 만약 죽이기만 해도 된다면 수많은 종류를

알아둘 필요가 없다. 예를 들어 샐러맨더 드레이크처럼 상대를 단숨에 죽여버릴 수 있는 독을 몇 종류 알아두면 그만이지 않은가.

그럼…… 왜 순식간에 죽음에 이르게 하는 강력한 독을 알면서도 약한 독, 다양한 효과가 있는 독 지식까지 알아야만 했는가.

그것은, 살리기 위해서…….

독을 먹은 자에게 어떤 해독제를 줘야 하는지 알기 위해. 혹은 죽은 것처럼 보이게 하는 독을…… 알기 위해.

"왜 독을 좋아하는지 가르쳐주지. 네가 모르는 독을 사용해서 죽은 것처럼 위장할 수 있기 때문이야. 다른 암살법과는 달리 독은 너희를 속이기에 마침 적절했으니까."

사기꾼은…… 회심의 미소를 지었다.

물론 그의 노력은 헛된 저항으로 끝날 가능성도 있었다.

바르바라의 말대로 옐로문 파벌만으로는 싸울 수 없었다.

교활한 뱀이니 황제에게 무언가를 불어넣어 군대를 움직이게 할 수도 있었고, 비밀리에 로렌츠를 암살할 수도 있었다.

그래서 이 카드는 꺼내 들지 못하고 수중에서 헛되게 녹아버릴 가능성도 충분히 있었다. 하지만…… 무의미하지 않았다.

──미아 황녀 전하가 계시니까…….

조금 전 로렌츠는 미아를 가만히 관찰했다.

그녀가 소문대로 믿을 수 있는 인물인지…….

그런 그의 눈으로 보았을 때, 그녀는 화가 나 있었다.

슈트리나를 괴롭히는 바르바라를, 명확한 분노가 깃든 눈으로 노려보고 있었다.

적극적이든, 소극적이든 자신의 암살에 가담한 인간이 괴롭힘을 당하고 있다고 해서 분노하는 인간이 얼마나 있을까.

　꼴좋다며 웃는 게 사람의 마음이 아닐까?

　그럼에도 그녀는 슈트리나를 위해 뚜렷하게 화를 내주었다.

　——미아 황녀 전하는 슈트리나를 믿는다고 말씀하셨다고 들었어. 어쩌면 그걸로 이미 충분했던 건지도 몰라. 미아 황녀 전하께 전폭적인 신뢰를 맡기기에는…….

　그렇게 판단한 로렌츠는 드디어 자신의 비장의 카드를 전부 밝히기로 했다.

　로렌츠는 미아에게 시선을 보냈다.

　"미아 황녀 전하……. 이상이 제가 황녀 전하께 말씀드리고 싶었던 이야기입니다. 부디 판가름을 부탁드립니다."

　사태의 급격한 변화를 앞에 두고 미아는…….

　"…………허어?"

　입을 떡하니 벌릴 뿐이었다.

제40화 화룡점정. 황금의 심판자 미아, 강림하다

"허어……? 으, 으음, 흠흠. 그렇, 군요……?"

사태의 급변을 앞두고 미아는 어떻게든 표정을 수습했지만…….

──히이이이익!

속으로는 비명을 지르고 있었다.

그것은 생각지도 못한 방향에서 날아온 유탄이었다.

로렌츠의 폭로, 그것이 가져오는 패러다임 전환을 미아의 후각은 정확하게 감지했다.

그렇다. 지금 이 장소는 옐로문가를 심판하는 장소에서 바뀌어가고 있었다.

논의되는 건 로렌츠, 혹은 슈트리나의 개인적인 죄가 아니다. 왜냐하면 그들은 아무도 죽이지 않았고, 오히려 뱀의 손에서 요인들을 보호했기 때문이다.

칭찬을 받으면 모를까, 처벌을 받아야 하는 죄는 없다.

그럼 지금 논의되는 죄는 무엇인가……. 로렌츠가 묻는 것은 무엇인가.

그건…… 부모의 죄를 아이가 짊어져야 하는가? 라는 물음.

바꿔 말하자면 그가 문제로 삼은 것은 그들의 부모가 지은 죄, 선조의 죄, 저주받은 옐로문 공작가라는 '일족'의 죄이다.

그 허물을 자손인 로렌츠나 슈트리나가 짊어져야 하는가.

로렌츠는 미아에게 그것을 물어보고 있었다.

그리고…… 만약 선조의 죄로 이야기가 뻗어나간다면 난처해지는 인물이 있다.

그건…… 당연히 미아이다!

다름 아닌 미아의 선조가 바로 옐로문에게 죄를 저지르게 한 사람이자, 혼돈의 뱀을 따르도록 만든 인간이기 때문이다.

옐로문이 종범(從犯)이라면, 초대 황제는 주범(主犯)이다.

로렌츠와 슈트리나가 종범의 자손이라면 미아는 주범의 자손인 셈이니…….

이제 미아는 관련 없는 제삼자가 될 수 없다. 완벽한 관계자이다.

단죄군주라는 둥 룰루랄라 놀고 있을 여유는 없다.

──가, 강 건너에서 불구경이나 하고 있을 생각이었는데 왜 이렇게 된 거죠? 끄으응, 이것도 다 바보 같은 선조님 때문이에요!

초대 황제에게 한바탕 불평을 늘어놓으면서도 미아는 생각했다. 생각할 수밖에 없었다.

이로써 미아는 절대로 그들에게 중죄를 부과할 수 없게 되었다. 왜냐하면 미아 본인도 그 책임을 짊어져야만 하기 때문이다.

……아니, 아마도 그런 경솔한 짓을 했다간 뱀이 달라붙을 것이다.

옐로문에 준 벌을 미아 본인도 받아야 하는 게 아니냐면서 흔들어댈 것이 분명하다. 성가신 일이다.

그렇다면 그들에게 엄벌을 내릴 수는 없다. 뭐, 애초에 그럴 마음도 없었으니 그건 괜찮지만…….

오히려 문제는 반대 경우다. 즉 무죄방면이라고도 하기 어려운 상황이 되고 말았다.

솔직히 미아 본인은 선조의 죄 같은 건 상관없는 일이었다.

부모의 죄라는 소릴 들어봤자 알 바 아니었고, 슈트리나와 로렌츠에게도 그렇게 말하고 싶었지만…… 그걸 그대로 말할 수는 없게 되었다.

아무튼 이제는 미아도 관계자가 되었으니까.

상관없는 상대에게 하는 말이라면 모를까, 자신의 책임과도 관련이 있는 이 상황에서 간단하게 무죄라고는 할 수 없게 되었다. 왜냐하면 '미아는 자신이 벌을 받기 싫어서 그렇게 말했다'고 받아들여질 여지가 있기 때문이다.

……그리고 아마도 그런 경솔한 짓을 했다간 뱀이 달라붙을 것이다.

──그럴 게 틀림없어요!

조금 전 바르바라의 심술궂은 미소를 떠올리며 미아는 확신했다.

게다가…… 미아는 눈치채고 있었다. 자신의 뒤에 있는 일행이 미아에게 열렬한 시선을 보내고 있다는 사실을.

여기서 미아가 안이한 대답을 해버렸다간 분명 불만이 날아올 것이다.

따라서 신중하지 못한 말은 할 수 없다. 미아는 머리를 쥐어짜서 '누가 들어도 수긍할 수 있는 적당한 타협점'을 떠올려야만 했다.

──으, 으으윽……. 이거 난제예요. 너무 어려워요.

그래도 미아는 생각했다.

슈트리나와 로렌츠를 구하기 위해……. 그 이상으로, 무엇보다 자신에게 불똥이 튀지 않도록.

그렇게 지혜열로 머리가 어질어질해지기 시작했을 때…… 미아는 드디어 입을 열었다.

심판의 낫을 든 단죄황녀 미아가 다시금 강림했다!

"로렌츠 에트와 옐로문 공작……. 이야기는 잘 들었습니다."

그렇게 미아는 심판의 낫을 들어 올렸다. 높이 치켜든 그 거대한 칼날로…….

"그렇군요. 리나 양도 옐로문 공작도 자신의 손을 더럽힌 적은 없었다는 거죠……."

야금야금 무언가를 깎기 시작했다.

완성형인, 모든 이가 수긍할 수 있는 타협점을 찾으면서…… 야금야금, 야금야금 신중하게 이야기를 이어갔다. 그 모습은 마치 섬세한 조각을 깎아내는 예술가 같았다.

"설마 이런 헛소리를 진심으로 믿으신다는 겁니까? 미아 황녀 전하."

바르바라가 끼어들었지만 일단 무시하는 미아.

여기서 로렌츠가 거짓말을 할 의미는 별로 없다.

일시적으로 미아의 눈을 속인다고 해도 파멸을 뒤로 미룰 뿐. 오히려 괘씸죄가 추가되어 사태가 악화될 수도 있다.

따라서…….

"루드비히, 만약을 위해 비셋 씨에게서 정보를 받아 외국으로 도망치게 한 자들에게 연락을 해보세요."

"네. 이미 사자를 보냈습니다."

"그래요. 역시 준비가 철저하군요."

우선 주장의 진위는 보류다. 그러니 그 일은 일단 제쳐두기로 하고.

"만약 손을 더럽히지 않았다면 리나 양, 그리고 로렌츠 공에게는 아무런 죄가 없다고 생각합니다."

거기에 의문이 끼어들 여지는 없다. 문제는 그다음…… 그러니까.

"하지만 옐로문 공작에게는…… 그리고 옐로문가에게는 죄가 없다고 할 수 없겠죠."

실제로 이 가문의 공작으로 인해 몰락한 자들이 있다.

피해를 받은 사람들이 있다면 무죄방면을 내릴 수 없다.

"로렌츠 공에게는 옐로문 공작으로서, 가주로서 짊어져야 할 책임이 있다고 생각합니다. 그러니……."

미아는 한 번 거기서 말을 끊었다.

살며시 눈을 감고 자신이 지금부터 해야 할 말을 음미했다.

그것은 마치 완성을 앞둔 조각 작품을 보고 결과물을 확인하는 조각가 같았다.

그 후 미아는 다시금 단죄의 낫을 손에 들었다.

다들 수긍할 수 있는 형태를 향해 야금야금, 조금씩 조각을 재개했다.

"당신은 자신이 지닌 힘을 전부 활용하여 혼돈의 뱀의 해악을 받은 자들을 구하고, 이 옐로문가가 피해를 줬던 자들에게 속죄해야 합니다."

자신감 넘치는 얼굴로 말하는 미아…….

그것은 얼핏 들었을 때는 무언가 대단한 소리를 하는 것처럼 들리는 말이지만……. 사실 미아가 하는 소리는 '노력의 목표 지점'에 불과했다.

그렇다. 노력의 목표 지점……. 즉, 미아는 여지를 남겨둔 것이다.

'노력하긴 했는데 여기까지밖에 힘이 미치지 못했습니다……'라고 변명할 수 있는 여지를.

이렇게 하면 초대 황제의 헛발질을 비난하는 자가 나와도 문제가 없다. 최선을 다해 노력은 했지만 힘이 부족했습니다! 라고 도망칠 수 있다.

자신에게 불똥이 튀었을 때 최대한 피해를 줄일 수 있는 미아의 묘수였다.

여기에 더해…….

"그리고 그 속죄는…… 당신 대에서 제대로 끝맺도록 하세요. 딸인 리나 양에게까지 그 죄를 남겨서는 안 됩니다. 절대로!"

꼼꼼하게 덧붙였다! 강조했다!

만에 하나라도 자신에게까지 여파가 오지 않도록……. 만약 초대 황제의 죄가 자손에게까지 미친다고 해도 그건 부모 세대까지라고 선을 그어두어야 한다고.

자식에게까지 그 책임을 짊어지게 하지 말라고…….

야금야금, 야금야금. 심판의 낫으로 깎아낸 미아의 자기보신적 타협점은 지금 황금의 미아상이 되어 사람들 앞에 찬연히 모습을 드러내었다!

심판의 천칭을 오른손에, 지혜의 상징인 디저트를 왼손에 든 미아 황금상에 미아는 마지막 마무리를 더했다.

화룡점정. 그 눈동자에 영혼을 담기 위해 미아는 입을 열었다.

"지금까지 초대 황제…… 아니, 제 선조님께서 폐를 끼쳤습니다……. 하지만 이제는 오래된 맹약에 묶여있을 시대가 아니에요."

그렇게 미아는 낭랑하게 선언했다.

"당신들, 옐로문 공작과 맺었던 저주받은 맹약은 저 미아 루나 티어문이 파기하겠습니다!"

당당한 선언! 그리고 미아는 해냈다는 얼굴로 숨을 내쉬었다.

이로써 앞으로 만약 옐로문가가 무모한 짓을 저지른다고 해도 미아와는 아무런 관련이 없다. 무언가 암살에 엮인다고 해도 미아는 알 바 아니다.

——후우, 이걸로 일단 안심이네요…….

그렇게 안도의 한숨을 쉬는 미아에게 로렌츠는…… 감동에 젖어 촉촉해진 시선을 보내고 있었다!

제41화 이리하여 오래된 맹약은 바스러지니

"말도 안 돼……. 이런, 바보 같은, 무슨……. 이럴 수는 없습니다. 이런 말도 안 되는 일이. 이러한 결말이, 존재할 리가……."

바르바라가 증오로 일그러진 얼굴로 중얼거렸다. 땅 밑바닥에서 울리는 듯한 소름 끼치는 목소리였다.

그러더니 그녀는 원한이 담긴 눈으로 미아를 바라보더니, 이어서 로렌츠와 슈트리나 쪽을 노려보았다.

"징글징글한 제국의 예지, 미아 황녀……. 후후후, 그래. 훌륭한 대처입니다. 뒤에 있는 왕자들도 불만은 없는 것 같으니……. 하지만……."

불현듯 그 얼굴에 웃음이 퍼졌다.

"그렇게 뜻대로 되진 않을 겁니다. 이렇게 된 이상 구질구질한 배신자 옐로문의 목을 쳐서 조금이라도 충격을 드리도록 하죠."

바르바라의 말에 반응한 세 명의 남자들이 움직이기 시작했다.

위치상 미아 일행은 아무리 서둘러도 구하러 갈 수 없는 거리. 유일하게 곁에 있는 건 집사인 비셋 뿐이라는 상황.

살벌한 기색이 짙게 피어올랐다.

……하지만 미아는 걱정하지 않았다. 이미 승부가 정해져 있기 때문이었다. 즉…….

——아아, 역시. 흉흉한 분위기에 이끌려 나타났군요……. 억울하지만 아무래도 저분이 있으면 안심할 수 있어요.

미아의 눈동자는 바르바라와 가면 남자들의 후방에서 은밀하게 다가오는 사람의 모습을 보고 있었다.

그 사람, 제국 최강의 기사 디온 알라이아는 마치 장난을 꾸미는 소년 같은 미소를 지으면서 세 남자들을 순식간에 때려눕혔다.

그 후 아직 눈치를 채지 못한 바르바라의 등 뒤로 걸어가더니 어깻죽지에 칼날을 툭 올려놓았다.

그 광경을 본 미아는 떠올렸다.

──아아, 저거 무서웠죠. 언제 목이 떨어질지 몰라서…….

검으로 어깨를 툭 치는 것도, 단두대에서 목이 뎅겅 잘리는 것도 이미 경험해본 미아였다.

살짝 바르바라에게 동정심마저 일었다. 뭐, 그렇다고 디온을 막지는 않을 거지만…….

"……무슨?"

갑작스러운 사태에 상황을 파악하지 못한 바르바라에게 디온은 웃는 얼굴로 말했다.

"아하하, 포기할 줄을 모르네. 나와 싸운다는 선택지를 버린 김에 마지막까지 관철했다면 그들도 호되게 당하지 않을 수 있었을 텐데."

당황해서 주위를 둘러본 바르바라는 이미 혼절해 있는 동료들을 보고 이를 까득 깨물었다.

"큭, 어리석은……. 끔찍하구나……. 디온 알라이아, 제국의 개."

"아하하, 제국 최강의 개란 말이지. 그 이명도 나쁘지 않은데? 개에게 목을 물어뜯겨서 죽으라지."

그런 말을 하는 바람에 미아는 허둥지둥 제지했다.

"죽이지는 말아주세요. 무언가 유익한 정보를 끌어낼 수 있을지도 모르니 라피나 님께 인도하고 싶어요."

"변함없이 무르다니까, 우리 황녀님은."

디온은 어깨를 으쓱하면서도 바르바라의 팔을 구속했다.

그 광경을 뒤로 미아의 옆을 달려가는 사람이 있었다. 그건…….

"리나!"

모두 정리되었다고 본 건지 벨이 슈트리나 앞으로 쏜살같이 달려갔다.

벨은 그대로 슈트리나에게 달려들더니 힘껏 끌어안았다.

"리나! 리나!"

꽈아악. 벨에게 단단히 끌어안긴 슈트리나는 멍하니 허공을 바라보고 있었다.

사태의 급변에 따라가지 못한 건지, 마치 인형처럼 표정 하나 없이 그저 넋을 놓고 있던 슈트리나였지만…….

"……벨?"

이윽고 그 잿빛 눈동자에 흐릿하게 눈물막이 퍼지고……. 순식간에 차오르는 눈물은 보석 같은 구슬이 되어 뚝, 뚝, 앳된 뺨을 타고 흘러내렸다.

"벨……."

입술을 뻐끔뻐끔 움직이면서도 떨리는 목소리가 빚어내는 것은 오직 그 이름뿐.

소중한 친구의 이름뿐이었다…….

그러다 그 말조차 형태를 잃어버리고, 남은 것은 소녀의 오열.

"리나…… 괜찮아요. 저는, 여기에 있으니까요……. 계속 있을 거니까요."

벨은 그런 친구의 등을 부드럽게 문질러주었다.

"아아………… 끝난…… 건가?"

펑펑 우는 딸의 모습을 보고도 로렌츠는 자리에서 일어나지 못했다.

자신의 목숨을 노리던 칼날도 이제 없어졌으니, 그 행동을 저지하는 자는 아무도 없는데도……. 땅바닥에 주저앉은 채 일어서지 못했다.

사실 진정한 의미로 초대 황제와의 맹약을 끊어낼 수 있는 것은 현 황제밖에 없다.

로렌츠는 그걸 똑똑히 이해하고 있었고, 아마 미아도 알고 있으리라.

하지만 그럼에도 그녀가 그렇게 선언한 것에 의미가 있다.

——미아 황녀 전하의 그 말씀을 내세우면 설령 암살 지령이 온다고 해도 거절할 수 있어. 게다가 황제 폐하께선 미아 황녀 전하를 무척 총애하시지. 그러니 미아 황녀 전하께서 한 말씀이라면 분명 귀를 기울여주실 거야.

그래도…… 그는 아직 안심하지 못하고 있었다.

아무튼 건국 이후 계속 그들을 옭아매 왔던 사슬이니까.

자신이 태어난 순간부터 짊어져야 하는 의무로서 존재했던 저주다.

그게 이렇게나 쉽게…… 피 한 방울 흘리지 않고 끝났다는 것이 도저히 믿어지지 않아서…….

그저 로렌츠는 현실감이 없는 광경을 바라볼 수밖에 없었다.

"저주받아라, 옐로문. 언젠가 뱀이 너희들의 목을 물어뜯는 날이 올 것이야."

불현듯 들린 목소리……. 바르바라의, 고집스러운 저주의 말을 들은 순간…… 드디어 로렌츠의 가슴에 실감이 솟아났다.

그래. 자신들은 마침내…… 마침내.

"아아…… 바르바라……. 혼돈의 뱀을 체현하는 자여. 지금 나는 만감이 교차하는 기분으로 말할 수 있어."

그건…… 바르바라를 향하는 것 같으면서도 그녀를 향한 말이 아니었다.

그것은 그들 일족을 계속 옭아매온 혼돈의 뱀에게…… 혹은, 그들을 곤경에 빠뜨린 초대 황제에게…….

로렌츠는 개운한 얼굴로 말했다.

"꼴좋다, 혼돈의 뱀."

소리 높여, 밝은 목소리로…….

"꼴좋다, 빌어먹을 초대 황제!"

옐로문의 외침이 울려 퍼졌다.

이리하여…… 그들을 속박하던 오래된 맹약은 이곳에서 바스러졌다.

제국의 예지, 미아 루나 티어문.
초대 황제의 피를 이어받은 어린 황녀의 손에 의해.

물밀듯이 밀고 들어온 황녀전속 근위대가 옐로문 공작저를 제압했다.
그렇다고 해도 내부에 있던 뱀의 입김이 닿은 자들은 디온에게 당해서 기절. 머릿수 자체도 그리 많지 않아, 아마도 끝을 각오한 바르바라가 대부분 먼저 도망쳐 보낸 모양이었다.
"뱀에는 뱀의 논리가 있다……, 그런 걸까요."
영락없이 버리는 패로 써서라도 도망칠 줄 알았는데 조금 의외라고 느끼는 미아였다.
혼란도 진정되었을 무렵, 미아는 로렌츠의 방에 초대를 받았다.
"뱀에 관련이 있다고는 해도 제국의 내정과 깊게 엮인 이야기니까. 우리는 우선 사양하도록 하지."
시온의 말에 아벨도 동의했다.
"그래. 슈트리나 양과 벨 옆에도 누군가가 있는 게 좋을 테니까, 우리는 그쪽에 가 있을게."
그렇게 미아는 시온과 아벨, 키스우드, 모니카와 헤어졌다.
"흐음……, 그럼 같이 가는 건 안느와 루드비히와 디온 씨로군요."
두뇌 담당인 루드비히는 그렇다 쳐도 디온이 뒤에 서 있는 건 다소 불안한 미아였다. 그렇다고 호위를 데려가지 않을 수도 없으니…….
미아로서는 하다못해 안느에게 정신적 안정을 맡기고 싶었다.

그런 미아의 시선을 받은 안느는······.

"맡겨주세요, 미아 님. 제가 곁에 있겠습니다."

가슴을 크게 두드렸다.

아무래도 미아가 데려가 주는 게 기뻐서 의욕이 넘쳐나는 모양이었다.

그걸 본 미아는 쓴웃음을 지었다.

"네, 믿고 있을게요. 루드비히와 디온 씨도······ 부탁합니다. 안느가 무모한 짓을 저지를 것 같다면 꼭 막아주세요."

"아니! 미아 님, 너무하세요."

안느와 그렇게 시시콜콜한 이야기를 나누며 미아는 로렌츠의 방에 들어갔다.

"호오······."

들어가자마자 미아의 코가 벌름거렸다.

코끝을 간질이는 달콤하고 맛있는 향기. 그것은······.

──홍차, 그리고······ 과자······. 저 테이블 위에 있나 보군요······. 제 눈에 문제가 없다면 저건 틀림없이 페르쟝산 사과를 쓴 타르트예요······.

미아는 조용히 로렌츠의 얼굴을 보고 중얼거렸다.

"······흠······ 이 남자······, 유능하군요!"

미아는 순간적으로 상대의 힘을 간파했다! 바로 상대의······ 디저트 능력을······.

참으로 하찮은 능력이었다.

"여기까지 걸음하게 해서 죄송합니다. 미아 황녀 전하······. 하지만 이번 일에 대해…… 꼭 말씀드려야 할 일이 있어……."

자리에서 일어나 허리를 깊이 숙이는 로렌츠에게 미아는 고개를 저었다.

"형식적인 인사는 필요 없습니다. 저도 듣고 싶은 게 있었으니, 마침 잘 됐지요."

그렇게 말하면서도 미아의 눈동자에 비치는 것은 아직 희미하게 김이 올라올 정도로 갓 구워낸 타르트였다.

──저건 갓 구워서 따끈할 때가 맛있단 말이죠……. 아아, 빨리 먹고 싶어요.

꿀꺽 침을 삼키는 미아.

미아는 무언가에 쫓기듯이 냉큼 의자에 앉은 후 미소를 지으며 말했다.

"아, 그리고 먼저 말씀드리지만 리나 양이 저를 함정에 빠트리려 한 건도 불문에 부치겠습니다. 아바마마께 알려지면 후에 성가셔질 테니, 당신도 괜한 말은 하지 마세요. 아셨죠?"

자신이 생명의 위기에 처했다는 걸 알게 되었다간 무슨 일이 일어날지……. 쉽게 상상이 가는 미아였다.

정말로, 무지막지 귀찮은 일이 될 것이다. 그렇다면 일찌감치 가능성을 잘라두는 게 좋다. 무엇보다 지금은 타르트다. 몸이 타르트를 원하고 있다.

오늘의 미아는 그저 버섯 프린세스가 아니다. 스위트 프린세스 버섯 미아…… 스위트 프리셋 미아다!

산뜻하게 선언하는 미아에게 감동의 시선을 보내는 로렌츠는…….

"대단히 감사, 합니다……."

살짝 목소리를 떨면서 대답했다.

로렌츠와 미아는 테이블을 사이에 두고 마주 보는 자리에 앉았다. 그 눈앞에서 비셋이 타르트를 잘라 나누었다.

파삭한 소리를 내며 잘리는 타르트.

달콤한 버터의 향기. 거기에 사과의 싱그러운 냄새가 더해진 것이 따끈한 김을 타고 미아의 코를 간질였다.

입 안에 고이기 시작한 침을 꼴깍 삼키며…… 미아는 적당한 크기로 잘리는 타르트를 빤히 응시했다.

눈에 물리력이 있다면 구멍을 뚫어버릴 정도로 열렬하게, 열정적으로…… 바라보았다.

달콤한 것을 향한 갈망으로 인해 그 손은 희미하게 떨리고 있었다.

그걸 본 미아는 쓴웃음을 지었다.

──생각해 보니 베이르가에서 급하게 돌아오는 바람에 달콤한 것을 전혀 먹지 못했죠…….

심지어 조금 전에는 예기치 못한 두뇌 노동까지 해야만 했다.

미아의 체내 스위트 성분이 현재 고갈 위기에 처해 있다! 정말로 큰일이다.

달칵……. 눈앞에 타르트 조각을 올린 접시가 놓였다. 미아는 그것을 서둘러 입으로 가져갔다.

바삭바삭 씹히는 식감을 즐기며 우물우물 먹어 치웠다. 저도 모르게 얼굴이 잔뜩 풀려버릴 정도로 부드러운 단맛이 혀 위에서 퍼져나갔다. 자칫 조금 물릴 수 있는 그 진한 단맛을 마지막에 사과의 신맛이 씻어준다.

미아는 한입 먹기만 해도 극상의 순간을 맞이했다.

"으음! 역시 페르쟝의 과일은 최고예요!"

그리고는 자기도 모르게 활짝 웃으면서 그렇게 말했다.

그런 미아를 보고 집사인 비셋이 놀란 표정을 지었다.

"……저기, 괜찮으십니까? 독이 들었는지 확인도 안 하시고 드시다니……. 제가 드릴 말씀은 아니지만, 여기는 방금 전까지는 적의 소굴이지 않았습니까."

그 질문에 미아는 고개를 갸우뚱 기울였다.

"글쎄요. 무슨 말씀을 하는 건지? 독을 넣는다니…… 그러한 짓을 해서 무슨 의미가 있나요? 이렇게 맛있는 타르트를 망가트리면서까지 할 만한 일도 아닌 것 같은데요……."

그런 아까운 짓을 할 리가 없다고 단언하는 미아였다.

……지금의 미아는……, 단것 결핍증으로 인해 다소 냉정함을 잃어버린 상태였다.

솔직히 케이크 하나와 맞바꿔 성을 팔아버려도 상관없는 기분이었다.

케이크는 성보다도 귀중하다 모드다. 중증이다.

"하지만 놀랐어요. 당신이 예전에 바람 까마귀 소속이었다니……. 조금 전에 뱀을 속인 수완은 참 대단하더군요."

맛있는 타르트를 먹은 덕분에 몹시 흡족해하는 미아였다.

그런 미아의 칭찬에 비셋은 부드러운 미소를 지었다.

"황공합니다. 미아 황녀 전하……."

그때 루드비히가 말을 걸었다.

"죄송합니다. 미아 황녀 전하. 본래대로라면 옐로문 공작에게 연락을 받은 시점에서 알려드려야 했습니다. 하지만……."

"아뇨, 루드비히 경의 잘못이 아닙니다. 미아 황녀 전하. 제가 부탁했습니다. 미아 황녀 전하의 인품을 보기 위해……. 저희 옐로문가에게는 사활 문제였으니까요……. 시험하는 짓을 해서 면목이 없습니다."

깊이 머리를 숙이는 로렌츠. 그에 맞추듯이 루드비히도 머리를 숙였다.

"옐로문 공은 미아 님의 솔직한 내면을 보고 싶다고 그렇게 부탁하셨습니다. 자신들의 계획을 모르는 채 미아 황녀 전하가 편을 들어주실지 아닐지 알고 싶었던 겁니다. 그러니 옐로문 공의 신뢰를 얻기 위해서는 경솔한 보고를 드릴 수 없었습니다. 미아 님께서는 하나를 들으면 열의 정보를 얻고 백의 미래를 읽어내는 분이시니까요."

"흐음……. 뭐, 그런 것이라면 어쩔 수 없죠."

거들먹거리며 고개를 끄덕이는 미아. 칭찬받는 건 싫지 않았다.

실제로는 하나를 들으면 반의 정보를 얻고 달콤한 것을 찾게 되는 미아니까……, 솔직히 알려줬봤자……, 라는 구석도 있지만.

아무튼…….

"하지만 이제는 숨길 필요도 없어졌을 테죠. 로렌츠 에트와 옐로문 공작, 이야기를 들려주시겠어요……?"

로렌츠는 잠시 생각에 잠긴 뒤 고개를 크게 끄덕였다.

"……그럼 저희 옐로문 공작가와 초대 황제 폐하 사이에 맺은 맹약 이야기부터……."

로렌츠는 새삼 미아의 행동에 경악을 금치 못했다.

──독이 들어있을 가능성을…… 일절 고려하지 않은 건가……?

타르트를 선뜻 입에 넣고 활짝 웃으면서 맛있다고 하는 미아.

확실히 이 시점에서 자신들이 미아를 해칠 가능성은 한없이 낮다.

이 시점에서 미아 황녀를 적대하는 건 옐로문가의 파멸을 의미한다. 로렌츠만이 아니라 슈트리나 역시 무사할 수 없다.

합리적으로 생각하면 그것은 자명한 이치이다. 그렇기에 그녀는 아무런 의심도 없이 먹은 것일 테지만…….

──아니, 아니야…….

로렌츠의 눈은 놓치지 않았다.

미아의 손이 작게 떨리고 있었던 것을.

게다가 타르트를 자르는 비셋의 손을 아주 열심히 살펴보고 있었다는 것도.

──그래. 머리가 좋은 사람이라면 독이 들어갈 가능성을 고려하지 않을 리 없어. 확실히 가능성은 낮을지도 모르지만, 그래도 의심을 완전히 던질 수 없지. 그럴 수 있는 건 생각이 안일한 어리석은 사람뿐이야…….

미아는 독살 가능성을 제대로 염두에 두고 있었다. 그럼에도 독이 들었을 지도 모르는 타르트를 고의로 나서서 먹은 것이다.

공포를 삼키고 필요를 위해 먹은 것이다.

로렌츠를 신뢰한다는 걸 제대로 표명하기 위해.

——결코 만용이 아니야. 독을 먹는 위험과 우리 옐로문의 신뢰를 얻는 것, 두 개를 천칭에 달고…… 선택한 거야. 심지어 그전에는 슈트리나의 대역죄를 쾌히 눈감아주겠다고 말씀하셨지……. 아아, 이분은 정말…….

로렌츠는 짧게 눈을 감았다.

눈꺼풀 뒤로 불현듯 소년 시절 은사의 얼굴이 떠올랐다.

『무언가를 이루고 싶다면 지식을 쌓으렴. 설령 지금은 자신이 무엇을 이루고 싶은지 알 수 없다고 해도, 지식을 축적하는 걸 멈춰서는 안 돼. 무언가를 이루고 싶다고 바라는 날이 왔을 때를 위해 끊임없이 지식을 쌓고 흐름이 오는 걸 기다리는 거야. 알았지?』

눈을 떴다. 그러자 눈앞에 있는 어린 황녀 전하에게서 그 모습이 보인 듯한 기분이 들어…… 로렌츠의 가슴속에 그리운 감정이 치밀어올랐다.

작게 숨을 내쉰 뒤 그는 입을 열었다.

"그럼 저희 옐로문 공작가와 초대 황제 폐하 사이에 맺은 맹약 이야기부터……."

그렇게 그는 말하기 시작했다.

긴 세월에 걸쳐 옐로문 공작가를 옭아맸던 저주의 이야기를.

"초대 황제 폐하와 저희 옐로문 공작가의 선조는 원래 혈연관계였던 모양입니다. 그리고 두 사람은…… 이 세상에 절망했습니다. 그래서 세계를 파괴하려고 다짐했죠."

그것을 위한 반농 사상. 그것을 위한 티어문 제국.

그건 세계를 끌어들인 거대한 복수극.

"그 계획에서 옐로문 공작가에 부과된 역할은 두 개였습니다. 하나는 이미 황녀 전하께서도 아실 테지만, 제국 및 뱀에 적대하는 자를 비밀리에 배제하는 것. 그리고…… 다른 하나는…… 다음 황제가 되는 것."

"다음 황제……? 그건 무슨……."

고개를 갸웃거리는 미아에게 로렌츠가 어깨를 움츠렸다.

"말 그대로의 의미입니다. 즉, 기근과 혁명으로 인해 현 황실이 무너졌을 때 다음 왕조를 이어받을 것. 그렇게 되도록 배후공작을 해두는 것……. 그리고 다음 황제 혹은 국왕이 되어 다시 반농 사상 침투에 매진하는 것이 옐로문 공작가에 주어진 역할입니다. 다시 혁명이 일어나 무너질 그 날까지 나라를 이끌어가는 게 저희의 역할이자 보상이었습니다."

티어문, 초승달을 눈물로 물들이는 제국이라는 시스템은 자멸을 전제로 둔 구조를 취하고 있다.

반농 사상으로 농경지를 없애고, 기근으로 혁명을 불러들여 진흙탕 같은 내전, 살육으로 대지 전체를 저주한다. 그것도 그게 딱 한 번 이뤄지는 것도 아니다. 그걸 계속 반복하기 위한 시스템이다.

그렇기에 황실 다음으로 나라를 이끌어갈 자가 현명한 왕이어선 안되었다. 혁명을 일으키는 자는 어디까지나 단순한 질서의 파괴자여야만 하고, '다음에 올 새로운 질서를 위해 오래된 질서를 파괴하는 자'여서는 안 됐다.

따라서…….

"티어문 황실이 스러진 후, 옐로문 왕조가…… 그 왕조가 무너진 뒤에는 또 다른 질서의 파괴자가 지배자로서 군림한다. 그렇게 거듭 피를 흘리고 죽음을 쌓아 올려 대지를 더럽히는 것이 초대 황제가 만든 구조입니다."

"흐음……. 하지만 대체 왜 그러한 일에 계속 관여해온 거죠?"

미아가 의아해하는 얼굴로 물었다.

"황실이 여전히 초대 황제의 뜻을 이어받았다면 모를까, 저는 그러한 이야기를 들은 적이 없었어요. 아바마마…… 황제 폐하께서도 모르시지 않을까요?"

"네. 황실에서는 이미 몇 세대쯤 전에 초대 황제 폐하의 유지를 잊어버렸습니다. 하지만 저희 옐로문 공작가는 최초의 맹약을 희망으로 붙잡고 암약해왔습니다."

그것은 초대 황제가 건 저주였다.

다음 황제가 될 자는 사대공작가 중에서 가장 약하고 멸시당하는 가문이어야 한다. 그 지배체제에서 혜택을 받는 자라면 혁명을 일으키고 그 체제를 파괴하려는 생각을 하지 않으니까.

그렇게 옐로문 공작가는 사대공작가 중에서 가장 하찮은 가문으로 여겨졌고…… 시대를 거듭하며 그 대우에 느끼는 증오는, 굴욕은…… 이윽고 자신들이 지배자가 되는 미래에 대한 강한 갈망으로 변해갔다.

『약하고 멸시당하는 지금은 언젠가 올 번영을 위해. 이 제국이 멸망했을 때 우리들의 시대가 온다!』

그 마음에 매달리면 매달릴수록 뱀에게 한층 적극적으로 협력하게 되었다.

『우리의 아버지도, 어머니도, 조부모도, 선조도…… 다 이 운명을 버텨냈다. 그것은 미래에 올 번영을 위해. 다음 황제가 되기 위해. 지금까지 선조가 받은 굴욕을 무위로 돌릴 수는 없어.』

그것은 즉 물러날 때를 잡지 못했다는 뜻이기도 했다.

일족이 지금까지 견디고 참아온 것을 자신 대에서 망가트려도 괜찮을까?

부모가 가르치고 넘겨준 소원을…… 희망을…… 자신 대에서 짓밟을 수 있을까?

"그래도…… 저처럼 거친 일은 좋아하지 않는 가주도 없었던 건 아닌 듯합니다. 하지만 그런 자들도 뱀에게 잡혀있었죠. 한 번이라도 손에 피를 묻혀버리면 뱀은 그것을 써서 협박합니다. 단 한 번의 암살이 자신들을 구속하는 족쇄가 되고, 협박의 근거가 되죠. 그렇게 저항하는 데 지친 자들은 '언젠가 올 한때의 번영'만을 갈망하며 뱀의 괴뢰가 되었습니다."

그렇기 때문에…… 로렌츠는 암살에 관여하고 싶지 않았다.

"과연…… 그런 일이었군요……."

미아 옆에서 루드비히가 고개를 끄덕였다.

"하지만 용케 암살에 관여하지 않고 버티셨군요. 저였다면 빠르게 마음이 꺾여버렸을 겁니다."

어깨를 움츠리는 루드비히의 말을 듣고 로렌츠는 온화하게 웃었다.

"어떤 분께서 격려해주셨으니까. 루드비히 경. 그분이 나에게 말씀하셨지. 만약 무언가를 이루고 싶다면 지식을 쌓으라고. 쉬지 않고, 포기하지 않고 지식을 쌓고 흐름이 오는 것을 기다리라고."

소년 시절에 들었던 말……. 그것을 가슴에 품고 로렌츠는 지식을 연마해왔다.

그리고…… 흐름이 왔다.

"어머나, 그런 분이 계셨군요."

감탄하며 말하는 미아에게 로렌츠는 살며시 미소 지었다.

"네. 선대 황비님……. 미아 황녀 전하의 할머니이십니다."

"어머나, 제 할머니께서요……? 저는 만나 뵌 적이 없는데요……."

"모습이 조금 닮으셨습니다. 그분도…… 총명한 분이셨으니까요."

"흐음……, 저처럼 총명……."

미아는 고개를 끄덕인 뒤 묘한 얼굴로 말했다.

"꼭 한 번쯤 만나 뵙고 싶었네요……."

……자신이 총명하다는 건 일절 부정하지 않는, 조금 건방진 미아였다.

"그럼…… 이야기가 잠시 탈선했습니다. 아직 질문이 남아있지 않으십니까?"

"……아, 그랬죠."

로렌츠의 말에 미아는 자세를 살짝 바로 했다.

"혼돈의 뱀에 대해…… 당신이 아는 것을 전부 가르쳐주세요. 뱀은 어떠한 조직인지……."

"조직……, 말입니까."

작게 중얼거린 로렌츠는 짧게 생각에 잠겼다.

"어머? 무언가 이상한 말을 했나요?"

"글쎄요……. 혼돈의 뱀을 조직이라고 불러도 괜찮은지…… 저로서는 판단하기 어렵습니다……."

"흐음. 그렇다는 건 조직이 아니라는 건가요?"

고개를 갸웃거리는 미아에게 로렌츠가 고민하는 목소리로 말했다.

"네……. 그건 정의에 따라 다르다고 생각하지만……. 적어도 기존의 사교 집단처럼 정립되지 않은 무리라는 건 동의하실 겁니다. 각자 저마다 계획을 세우고 행동하며, 때로는 협력하지만 거기에는 서열이 없고 우열도 없습니다. 그저 다들 한가지 방향성을 갖고 움직이는……."

그리고는 로렌츠는 한숨을 한 번 쉬었다.

"따라서 저는 혼돈의 뱀을 하나의 덩어리가 아니라 하나의 흐름이라고…… 이해하고 있습니다."

"흐름……?"

"네. 역사 속에서 생겨난 하나의 흐름……. 질서를 파괴하고 세계를 혼돈에 빠트리는 흐름……."

미아는 머릿속으로 강을 떠올렸다. 강을 구성하는 물을 아무리 퍼 담아도 흐름을 막을 수는 없다. 만약 바르바라나 쳄이 물 한

방울에 불과하다면…… 그것은 헛수고에 불과한 건지도 모른다.

"추상적인 이야기가 되었군요. 구체적으로 풀어보자면…… 혼돈의 뱀을 구성하는 사람들은 주로 네 가지로 분류할 수 있을 겁니다."

그렇게 말한 로렌츠는 커다란 접시 위에 자기 앞에 놓여있던 과자를 올려놓았다. 위에 작은 과일이 올라간 둥근 쿠키다.

──어머나. 저런 게 있었던가요? 타르트에 정신이 팔려서 눈치채지 못했어요. 아아, 맛있어 보여라…….

진지한 이야기가 계속 이어지자 빠르게도 조금 전에 먹은 타르트의 당분을 모조리 써버린 미아였…… 아니, 그럴 리가 있나!

그건 제쳐놓고…….

"먼저 저처럼 협박 등으로 협력하게 된 소극적 협력자. 다음으로 혼돈의 뱀을 이용하여 이득을 얻으려는 자……, 적극적 협력자. 예를 들어 초대 황제 폐하는 제 견해로는 뱀의 교의에 공감한 건 아닐 겁니다. 뱀의 교의를 이용하여 자신의 목적을 달성하려고, 혹은 뱀과 자신의 목적이 일치했기 때문에 협력했다거나…….
여하간 뱀에게 적극적으로 협력하려는 자가 있습니다."

그렇게 로렌츠는 두 번째 쿠키를 올려놓았다.

"흐음……."

미아는 팔짱을 끼고 고개를 끄덕였다. 그 시선 끝에 있는 것은 로렌츠가 올려놓은 쿠키다.

이번에는 반죽을 엮어서 만든 메달처럼 생긴 쿠키였다.

──제법 실력이 좋은데요……. 옐로문가의 파티시에가 만든

걸까요?

………미아의 뇌가 단것을 갈구하고 있으니 어쩔 수 없다. 그래, 미아의 뇌가 잘못한 거다!

"그리고 뱀의 교의에 공감하여 주체적으로 행동하는, 소위 신자라고 불리는 자들이 있습니다. 바르바라가 데려온 남자들은 아마도 신자들이겠죠."

로렌츠는 세 번째 쿠키를 올려놓았다. 이번엔 전체에 하얀 가루를 뿌려서 마치 눈으로 데코레이션을 한 듯한 쿠키였다.

처음 보는 쿠키에 미아는 흥미진진해졌다!

──아아, 이러면 안 되는데요. 이야기에 집중해야지……. 으음, 신자, 그래요. 뱀의 신자 이야기였죠?

"그리고……."

로렌츠가 한번 말을 끊더니 마지막 쿠키를 집어 들었다.

그것은 잎사귀 모양을 한 큼직한 쿠키였다.

──어머나……. 저 쿠키…… 무척 멋져요. 눈으로 즐기고 혀로도 즐기게 해준다니, 장인의 귀감이네요……. 아, 맞아요. 말 모양의 쿠키도 혹시 만들 수 있지 않을까요? 혹은 버섯 모양……. 아아, 그래요. 버섯 아래 부분은 쿠키로 만들고, 위쪽의 머리 부분은 잼 같은 것으로 데코레이션하면…….

무언가 길게 히트 칠 것 같은 새로운 과자의 아이디어가 탄생하려던 그때, 미아는 붕붕 고개를 도리질했다.

──지금은 혼돈의 뱀 이야기가 먼저예요! 집중, 집중……. 그러니까, 뱀 모양의 쿠키가 뭐라고 했죠?

마음속으로 단것의 유혹과 싸움을 벌이는 미아를 두고 로렌츠
가 말했다.

"뱀의 교의, 즉 '땅을 기어가는 자의 서'를 가르치고 퍼트리는
자로 사도사(蛇道士)라고 불리는 자들이 있습니다."

로렌츠는 그 잎사귀 모양의 쿠키를 접시에 올려놓았다. 접시
위에 놓인 맛있어 보이는 네 개의 쿠키에 미아가 시선을 빼앗기
고 있을 때 그 눈앞에서 로렌츠가 쿠키를 덥석 잡고는 자신의 입
으로 쏙쏙 넣어버렸다.

쿠키를 우물우물 먹으며 맛있다는 듯 미소 짓는 로렌츠.

그는 찬찬히 음미하며 먹은 뒤 만족스러워하며 말했다.

"후후후. 역시 쿠키는 야금야금 먹으면 안 되죠. 이렇게 한꺼번
에 먹으면 무척 행복한 기분이 듭니다."

그 발언은 역시나 베테랑 토실리스트다웠다.

"……아앗."

미아는 슬픈 신음을 흘리고는 시무룩하게 어깨를 떨구고 입을
다물었다.

──흑흑. 저거 먹어보고 싶었는데요…….

"사도사……. 그게 뱀의 본체라고 생각해도 되겠습니까?"

미아가 생각에 잠겨 있다고 본 건지, 옆에서 루드비히가 말했다.

"아니, 그렇지는 않아. 루드비히 경. 본체는 어디까지나 사람들
의 밑바닥에 흐르는 것, 그 사람들을 하나로 묶어주고 있는 것이
라는 게 내 생각이야."

"그것은……?"

"그것이 바로…… 뱀의 성서……. 땅을 기어가는 자의 서야."

달칵…….

망연자실한 상태에 빠져있던 미아의 귀가 문득 한 소리를 포착했다.

그것은 책상 위에 접시가 놓이는 소리. 그쪽으로 시선을 주자…….

"아……."

조금 전 로렌츠가 먹었던 쿠키가 산더미처럼 쌓여있었다!

아무래도 비셋이 타르트를 다 먹은 미아의 접시를 물리고 대신 쿠키를 가져온 모양이었다.

──흐음……. 역시 수완가 집사! 유능한 남자예요!

바로 쿠키에 손을 뻗으려고 한 미아였으나……. 불현듯 루드비히, 그리로 로렌츠의 시선이 모여있다는 걸 깨달았다. 덤으로 뒤에서는 디온이 생글생글 웃으면서 미아에게 시선을 보내고 있다……. 생글생글 웃고 있을 텐데…… 그런데, 그 눈은…… 전혀 웃지 않았다!

──크, 큰일이에요. 지금은 태평하게 굴어도 되는 상황이 아닌 것 같아요.

미아는 작게 한숨을 쉰 다음 쿠키에서 시선을 도렸다.

──그래요……. 쿠키는 도망치지 않으니까요. 타이밍을 가늠해서 먹으면 되는 것뿐……. 지금은 그때가 아니에요.

그 후 미아는 다시금 로렌츠와의 대화를 떠올렸다. 와작와작…….

"……땅을 기어가는 자의 서."

그 이름은 들은 적이 있었다.

"라피나 님께서 말씀하셨어요. 젬이라는 남자가 사본을 갖고 있었던 그것이로군요……."

미아 본인은 실제로 읽어본 적이 없으나, 무언가 무시무시한 책이라고 느꼈던 걸 떠올렸다. 와작와작…….

"네, 확실히 사본이지만 그자는 그것을 갖고 있었습니다."

"하지만…… 그건 대체 어떤 서적인 거죠?"

미아의 질문에 로렌츠는 고개를 저었다.

"아쉽게도 저도 직접 본 적은 없습니다. 이전에 젬이 가져온 사본 '국가 붕괴'를 유일하게 보았을 뿐……."

그리고는 로렌츠가 쓴웃음을 지었다.

"아무래도 바르바라는 저를 그리 믿지 않았던 모양입니다. 실제로 이렇게 배신을 획책하고 있었으니, 그녀의 안목은 틀리지 않았던 셈이지만요……."

"그렇군요……. 아쉬운 일이에요……. 하지만 사람들을 하나로 묶어준다거나, 조종한다거나. 마치…… 마법 같네요. 설마 땅을 기어가는 자의 서는 마법서인 걸까요?"

그러고 보면 에리스의 원고에 그런 게 나온 것 같기도 하고……. 그런 생각을 하는 미아였다. 와작와작…….

"마법…… 말씀이십니까……."

로렌츠는 어리둥절한 듯 고개를 기우뚱하더니 작게 웃었다.

"어머, 왜 그러시죠?"

"아뇨, 황녀 전하의 입에서 마법이라는 단어를 듣는 건 다소 의외였으니까요…….”

그리고는 그는 표정을 가다듬고 말했다.

“하지만, 그렇군요. 확실히 마법이라는 건 절묘한 표현일지도 모릅니다. 그것은 마법처럼 사람들의 마음을 바꾸어놓는 것. 질서를 파괴하는 존재로, 읽은 이의 인생을 틀어놓습니다. 그 힘은 마법이라 불러도 지장이 없을지도 모르죠. 아, 그런 표정 짓지 마. 루드비히 경.”

로렌츠는 루드비히 쪽을 보며 쓴웃음을 지었다.

“딱히 내가 마법이라는 불가사의한 힘이 있다고 믿는 건 아니야. 그런 게 없어도 사람의 마음을 조종할 수 있다고 생각하고.”

“어머, 그런 게 가능한 건가요?”

반신반의하며 고개를 갸웃거리는 미아를 향해 로렌츠가 웃었다.

“그래요……. 예를 들면…… 미아 황녀 전하께서는 책을 읽으십니까?”

“네……? 책 말인가요? 그럭저럭 읽는 편이라고 보는데요…….”

미아는 최근의 독서 이력을 떠올렸다. 와작와작…….

“최근이라면 친구가 갖고 있던 연애소설을 즐겁게 읽은 적이 있었답니다.”

별안간 자신의 특기 분야에 대한 이야기가 되었기 때문에 미아의 입이 살짝 매끄러워졌다.

“특히 기사와 왕녀의 사랑 이야기가 참으로……. 호숫가 장면이 근사했는데요…….”

“후후후, 그렇군요. 그렇다면…… 그 책을 읽고 사랑을 해보고 싶다고 생각하셨습니까?"

"흐음…… 사랑이라고요? 글쎄요……. 확실히 그런 건 근사하다고 생각하지만……."

미아는 망상했다.

아벨과 함께 호숫가에 가서…… 달이 떠 있는 밤하늘을 올려다보며…….

알콩달콩 사랑을 이야기하는 핑크빛 공간을 망상해보고…….

──좋아요, 아주 좋아요! 참으로 좋네요!

미아는 책에 성대한 영향을 받고 있었다!

"그럼 만약에 말입니다……. 만약 읽은 사람은 다들 사랑하고 싶다고 생각하게 되는…… 그런 책이 있다면 그건 타인의 마음을 움직이는 '마법서'라고 할 수 있지 않겠습니까?"

"그건……."

미아는 무심코 생각에 잠겼다. 확실히 마음을 움직이는 것만이라면 그건…… 평범한 소설이어도 문제없을지도 모른다. 와작와작…….

그렇다. 연애에 한정하지 않아도 미아는 알고 있다.

그 절망적인 지하 감옥 속에서…… 자신의 마음을 조금 밝게 만들어주었던 이야기를.

에리스가 쓴 소설은 분명하게 미아의 마음에 영향을 주었고, 그저 절망에 빠져있을 뿐이었던 나날을 아주 조금 바꿔주었다.

"하지만 그건 실제로 현실을 바꾸는 힘은 아니지 않습니까. 마법이라는 건 다소 과장된 표현 같습니다만……."

그런 루드비히의 말에 로렌츠는 온화한 미소를 지으며 고개를 저었다.

"루드비히 경, 너는 조금 오해하고 있어. 아니, 너만이 아니야. 많은 지식인이 오해하지. 우리의 마음과 현실에서 일어나는 현상은 너희들 지식인이 생각하는 것보다 훨씬 관련이 깊어."

그렇게 로렌츠는 눈을 감았다.

"애초에 세계를 형성하는 것은 무엇인가. 그것은 사람이지. 사람이 마을을 만들고, 나라를 만들고, 문화를 만들고, 학문을 만들고……. 그러면 사람을 지배하는 건 무엇일까? 그건 마음이야. 혹은 그 사람이 지닌 가치관이고, 세계관이고, 신앙이야."

"즉…… 뱀의 교전인 '땅을 기어가는 자의 서'는 읽는 이의 마음에 '질서를 파괴하는 욕구'를 심는…… 그런 책이라고 말씀하시는 겁니까……."

문득 거기서 루드비히는 고개를 갸웃거렸다.

"아니, 하지만……. 그 젬이라는 남자가 갖고 있던 사본에는 분명 나라를 멸망시키기 위한 방법론이 적혀있지 않았나?"

라피나의 손에 회수된 교전의 사본은 어떻게 나라를 멸망시키는지, 그 실천을 위한 책이었다.

독자의 마음을 세뇌하는 종류의 내용은 아니었던 것 같은데? 그런 루드비히의 의문에 로렌츠는 크게 긍정했다.

"그래. 거기에 적혀있던 건 실제로 어떻게 행동하면 나라라는 질서를 파괴할 수 있는지…… 그 구체적인 방법이었지. 하지만 루드비히 경. 검을 내밀면서 증오하는 자를 죽이라고 부추기는 것과 아무것도 없이 죽이라고 말하는 것. 어느 쪽이 유효한 유혹일까?"

그저 애매하게 나라를 멸망시키라고 하는 것과 구체적인 방법을 제시하며 이렇게 멸망시키면 된다고 하는 것 중 어느 쪽이 유효한 유혹일까. 그건…… 생각할 필요도 없는 일이었다.

"그런 게…… 있는 거군요. 그래서, 그건 대체 어디에 있나요?"

"뱀의 가르침을 전하는 자, 사도사들은 늘 사본을 들고 다닌다고 들었습니다만 그건 땅을 기어가는 자의 서의 일부에 불과합니다. 또 고위 사도사들은 그 내용을 송두리째 암기하고 있다고도 하지만……. 그 원본이 어디에 있는지는 명확히 알지 못합니다."

그 대답에 낙담하는 미아였지만……. 로렌츠는 무거운 말투로 계속 이어나갔다.

"다만 중앙정교회에 성녀 라피나 님이 계시듯이 뱀들에게도 무녀라 불리는, 사도사를 통솔하는 자가 있다고 들은 적이 있습니다."

"뱀의, 무녀……?"

"네. 그리고 아마도…… 그 인물이 땅을 기어가는 자의 서의 본체를 갖고 있지 않을까……."

꿀꺽……. 군침을 삼키면서 미아는…… 살며시 근처에 있는 접시로 손을 뻗었다.

지금이 기회라고 생각한 건 아니다. 참지 못했을 뿐이다.

슬슬 하나 정도는 먹어도 괜찮은 타이밍일 터…….

하지만……, 그 손은 허공을 갈랐다.

——어, 어라? 이상하네요. 조금 전에 본 맛있어 보이는 쿠키는……?

의아해하며 시선을 그쪽으로 돌리자…….

"미아 님…… 너무 많이 드셨어요."

눈썹을 찡그린 안느가 물끄러미 쳐다보고 있었다.

"타르트에 쿠키를 다섯 개나……. 대화하시면서 계속 드셨잖아요."

"……네?"

'말도 안 돼……'라며 미아는 자신의 입가를 매만졌다.

입가에………… 쿠키 가루가 묻어있었다!

──이, 이게, 무슨, 어느새……?

"이 이상 드시면 살이 찔 거예요."

"하, 하지만…… 하지만……."

무의식중에 먹어버리는 바람에 조금도 맛을 느끼지 못한 미아
였다.

그 얼굴이 조금 서러워하는 기색을 띠었다. 그러자 눈앞에 쿠
키 하나가 불쑥 나타났다.

"정말이지, 미아 님……. 이게 마지막이에요."

난처해하는 미소를 짓는 안느를 향해 미아는 활짝 웃었다.

"아아, 역시 당신은 최고의 심복이에요. 안느!"

……참으로 일상적인 풍경이었다.

이리하여 오래된 맹약을 파기한 미아는 옐로문 저택을 뒤로했다.

낡은 사슬에서 해방된 미아가 어디로 흘러가는지, 지금은 아직
아무도 모른다.

제3부 달과 별들의 새로운 맹약 II 완, 제3부 조금만 더 계속됩니다.

티어문
제국 이야기

TEARMOON
EMPIRE
STORY

모르는 곳에서 발아한 씨앗

THE SEED SPROUTED IN UNKNOWN GROUND

대기근의 시대……. 그것은 지옥의 시대. 사람들의 양심이 숨을 거두고, 타인을 믿는 마음이 조롱당하는 악덕의 시대다.

이것은 그런 시대의 제국 어디서나 일어났던 수많은 비극 중 하나.

"하아, 하아….."

거친 숨을 뱉을 때마다 입속에 피 냄새가 가득해졌다.

찢겨나간 가죽 갑옷은 검붉게 물들었다. 그 주인의 목숨이 길지 않다는 것을 주장하는 것처럼 보였다.

등 뒤로 마차를 감싸면서 젊은 병사, 에른스트는 마음속으로 한탄했다.

어째서 이렇게 된 것인지……. 어디서 잘못된 건지.

"참 완고하구나, 너. 이런 나라에 대한 충성심 따위는 냉큼 버리면 그만인 것을."

조금 전까지 함께 마차를 지키던 남자가 말했다.

"그 마차에 있는 식량을 나누면 배불리 밥을 먹을 수 있어. 만약 전부 팔아치우면 놀면서 살 수도 있게 된다고. 그런데 성실하게 호위라니, 멍청한 짓이라고 생각하지 않아?"

그렇게 에른스트를 비웃었다.

"참나, 머리가 딱딱하게 굳었다니까."

"닥쳐……. 저열한, 비겁자 자식."

입 밖으로 나오는 것은 날카로운 비난. 하지만 말과는 다르게 그의 마음속에 있는 분노는 작았다.

자신도 그렇게 생각했기 때문이다.

이렇게 망해가는 나라에 충성을 바쳐봤자 의미는 없다고. 여기서 목숨을 바쳐봤자 아무런 보람도 없다고.

하지만…….

그는 손바닥에 묻은 피를 바지로 쓱쓱 닦은 후 창을 다시 잡았다. 싸울 의지를, 부러지지 않는 투지를, 배신자들에게 보여주듯이.

……어쩔 수 없지 않나. 그런 성격이니까.

이 식량을 기다리는 사람들이 있다는 게 떠오르고, 주어진 역할을 완수하지 않으면 도저히 마음이 개운해지지 않는다.

자신이 딱딱한 인간이라는 자각은 있다.

술은 그리 즐기지 않고, 내기도 하지 않는다. 여자에게 관심을 가진 적도 없다.

정조를 지켜야 하는 가족이 있는 남자냐면 그런 것도 아니다. 그에게는 아내도 자식도 없고, 부모도 이미 없다. 말하자면 혈혈단신이다. 마차를 훔쳐서 팔아치우고 신나게 놀면서 사는 게 현명한 방식일지도 모른다.

그렇다면 왜 이렇게나 완고하게, 목숨을 걸고 직무를 완수하려고 하는가. 그냥 성격이라는 이유밖에는 없다.

그는 그런 고지식한 성격이기 때문이다.

하지만…… 그게 무엇이 나쁘다는 말인가.

어떤 시대라고 한들 미덕은 미덕. 변하지 않는다.

설령 딱딱한 남자라고 비웃음을 당할지라도 자신에게 주어진 임무를 완수하려는, 그런 고지식한 긍지가 그의 내면에 분명히 존재했다.

그는 그 긍지를 가슴에 품고 창을 꼬나 들었다.

"이 마차는 기근이 일어난 마을에 전해주기 위한 마차다. 굶주린 아이들도 있을 거야. 순순히 도둑의 손에…… 앗."

하지만…… 그 고지식함에 정당한 보답이 돌아오기에는 이 시대는 너무나 잔혹했다. 그의 충성심에 대답한 것은 배신자들의 무자비한 공격이었다.

쏟아지는 통증. 베이고 찔릴 때마다 팔에서는 힘이 빠지고, 마침내 그는 땅바닥으로 쓰러졌다.

수적인 열세. 단 한 명의 도적을 쓰러뜨리지도 못하고 그의 목숨은 산화하였다.

하지만 그 고집은 결코 무의미하지 않았다.

그 단단한 의지는 몇몇 상인에게 도망갈 시간을 주었고, 그 목숨을 구하게 되었다.

그리고 그 상인들의 입을 통해 에른스트의 이름이 미아 황녀에게 전해졌다.

"수, 수송부대가…… 전멸했다고요?"

그 소식을 들었을 때, 미아는 경악했다. 그대로 비틀비틀 침대로 걸어가 쓰러지고 말았다.

"호, 호위병들은 어떻게 되었죠?"

"대부분 도적 측으로 배신했다고 합니다. 물론, 그들에게도 만족스럽게 급료를 주지 못하였으니 그것도 무리가 아니라고는 생각합니다만……."

루드비히의 표정도 어둡다.

그도 당연한 것이……. 타국과 교섭하여 간신히 수배해 긁어모은 식량이었기 때문이다. 그것만 있다면 몇몇 마을은 당분간 구제할 수 있는…… 그런 소중한 물자였다.

"큭. 제, 제국을 배신하다니……. 용서할 수 없는 일이에요! 그 자리에는 제국에 충성을 맹세한 충성스러운 병사는 없었던 건가요?"

"보고에 따르면 에른스트라는 젊은 병사 한 명이 성실하게 임무를 수행하려 했다고 합니다만……."

그 말을 듣고 미아는 조금 기분이 좋아졌다.

"어머나! 훌륭한 분이네요. 바로 그분에게 포상을 내려 주세요! 훈장이든, 승진이든……."

그렇게 신이 나서 이야기했지만…… 루드비히는 여전히 어두운 얼굴로 고개를 내저었다.

"안타깝게도 전투 중에 숨을 거두었습니다."

루드비히의 말에 미아는 조금 가라앉은 표정이 되었다.

"그래요……. 그럼 하다못해 그분의 가족에게……."

"아쉽게도 그자는 천애고아에 미혼이었습니다. 부모도 자식도, 아내도 없다고 합니다."

"그렇…… 군요."

미아는 입술을 깨물었다.

그것은 가혹한 시대에는 흔해 빠진 풍경이었다.

젊은 병사, 에른스트……. 그는 미아가 충성에 보답하지 못했던 사람 중 한 명이었다.

그렇게 시간은 과거로 흐르고…….

"아아, 오랜만이네요. 그 시절의 꿈은……."

침대 위에서 멍하니 눈을 뜬 미아는 작게 중얼거렸다.

문득 보자 침대 옆 책상에는 쓰다 만 편지가 놓여있었다. 그것은 황녀전속 근위대를 지휘하는 바노스에게 보낼 편지였다.

루비를 황녀전속 근위대에 보낸다는 내용을 적은 편지이지만…….

"이 편지가 원인이겠죠."

그 대기근의 시대……. 식량 수송은 수도 없는 방해를 받았다. 때로는 도적에게, 때로는 폭도로 변한 백성에게, 그리고 때로는 도적으로 변해버린 호위병에게.

그렇게 여러 번 믿음을 배신당한 미아는 절대적으로 믿을 수 있는 부대가 필요하다는 걸 느꼈다.

"신뢰할 수 있는 거라면 역시 근위부대지만……. 당시엔 제국의 경호만으로도 버거웠으니까요."

하지만 지금은 다르다.

미아는 자신의 손발이 되어 움직일 황녀전속 근위대를 거느리고 있다. 신용이라는 점에서도 아마 문제없을 것이다. 그 흉악한 기사, 디온 알라이아가 미아의 아군인 이상 과거의 부하들이 배신할 리 없다.

"하지만 그래도 역시 인력은 부족할 거예요. 레드문 공작가에서 어떻게 잘 병사를 빼 올 수 있다면 좋겠는데요⋯⋯."

그런 생각을 하다가 편지를 쓰던 도중에 잠들어버렸기 때문에 당시의 꿈을 꾸고 말았다.

"어쨌거나 루비 공녀와 공동으로 면밀한 계획을 세우고, 그러기 위한 훈련이 필요하겠어요⋯⋯."

그렇게 중얼거린 뒤 미아는 작게 고개를 갸웃거렸다.

"그나저나⋯⋯. 저도 참 부주의했네요. 그 충성스러운 병사의 존재를 지금 순간까지 잊고 있었다니⋯⋯."

직접 만난 적이 없었다는 게 원인이었으리라. 미아는 그 존재를 완전히 잊고 있었다.

"여하간 그 시대에 배신하지 않았던 분인걸요. 반드시 믿을 수 있을 거예요. 어디 보자, 그래서 이름이⋯⋯ 그 충성스러운 병사의 이름이⋯⋯ 뭐였죠?"

고개를 갸우뚱, 갸우뚱, 중얼중얼⋯⋯.

"으음, 아, 이, 우, 에⋯⋯ 에? 에가 수상하네요. 에, 뭐였죠? 에아, 에이, 에우, 에에⋯⋯."

그렇게 묘한 시간에 뇌를 활성화했기 때문에 잠을 이루지 못하는 밤을 경험하는 미아였다.

장소는 바뀌어, 레드문 공작령.

루비는 본가의 저택에서 아버지와 대면하고 있었다.

"루비가 황녀전속 근위대에?!"

"네, 그렇습니다. 아버지. 분명 기뻐해 주실 줄 알았습니다만."

얼굴을 찌푸리는 아버지를 향해 루비는 고개를 갸웃거렸다.

근위대는 엘리트다. 황녀전속 부대는 황제직속 부대보다는 다소 격이 떨어지지만……, 그래도 충분히 명예로운 자리일 터인데…….

"아니, 그건, 그렇지만…… 하지만 루비. 황녀전속 부대라고 하면 얼마 전에도 전선에 있던 백인대를 편입했다고 들었고, 질이 나쁜 인간이 모여 있다고 하니 말이다……."

"저런, 아버지답지 않으시군요. 용맹함은 문외한의 눈에는 때로 야만적으로 비치는 법. 미아 황녀 전하의 근위입니다. 설마 야만족 같은 자들이 될 수 있을 리 없지 않습니까. 설사 미아 황녀 전하께서 품위보다는 실력을 중시하여 부대를 편성하셨다 해도 저는 오히려 기쁩니다만……."

그렇게 시원스러운 미소를 짓는 딸을 본 레드문 공작은 무심코 쓴웃음을 지었다.

"그래. 확실히 강한 병사를 수집하는 레드문 가의 사람이 품위나 교양을 따지는 것도 이상한 이야기지. 좋다, 알았다. 그렇다면 당장에라도 정예병을 준비하마. 우리 레드문 가에서 파견한 자로서 부끄럽지 않을 만큼 실력이 뛰어난 자들을 파견하도록 하마."

그렇게 레드문 공작은 머지않아 루비의 측근으로서 20명의 여성 병사를 선발했다.

다들 레드문의 병사에 걸맞은 정예들이었다.

기본적으로 제국에는 여성 병사가 적다. 룰루 족처럼 기술에 특화한 자들은 몇몇 존재하지만, 대부분 우락부락한 남자들이다. 그럼에도 이렇게나 빠르게 실력 좋은 여성 병사를 마련할 수 있었던 것은 레드문 가의 힘을 증명한다고 할 수 있다.

그런 여성 병사들을 총괄하는 자는 루비와 오래전부터 교류가 있었던 기사였다. 그녀의 이름은 세리스라고 한다.

어지간한 기사들과 맞먹는 장신과 유연하고 탄탄한 몸을 지닌 강인한 여성이었다.

루비가 가르침을 받았을 정도로 그 전투기술은 상당한 경지에 이르러있다.

"하지만 설마 루비 아가씨께서 근위대에 들어가실 줄은 몰랐습니다."

"아하하, 나도 마찬가지야. 세리스, 인생이란 어떻게 될지 모르는 법이라니까. 설마 레드문 가의 공작 영애가 다른 자의 밑에 들어가다니."

어깨를 으쓱하는 루비를 보고 세리스는 눈썹을 찌푸렸다.

"설마 루비 아가씨. 이번 근위대 입대가 내키지 않으십니까? 그렇다면 제가 미아 님께 말씀을 드려보겠습니다."

"절대 그러지 마. 아니, 그보다 여전히 농담이 안 통하는구나. 세리스는."

어쩔 수 없다는 듯 고개를 절레절레 내젓는 루비를 향해 세리스는 볼멘소리를 냈다.

"아가씨의 농담은 이해하기 어렵습니다."

"그러면 안 된다니까. 너는 연애하는 남성이 없었던가?"

루비의 질문에 세리스는 쓴웃음을 지었다.

"네. 아쉽게도 저처럼 딱딱한 여자에게 관심을 갖는 괴짜는 잘 없는 모양입니다. 따라서 아가씨처럼 연애 경험이 풍부하지는 못합니다."

세리스 안의 루비는 세인트 노엘에서 화려한 생활을 보내는 사람이 되어있었다.

"……뭐, 뭐어, 음……. 많다고 좋은 것도 아니야. 연애라는 건."

묘하게 떨떠름한 표정이 되는 루비. 참고로 어린 시절의 첫사랑을 가슴속에 고이고이 간직해온 루비에겐 연애 경험이…… 없다!

"음, 역시 만남이 중요해. 황녀전속 근위대에도 많은 남자들이 있을 테니까, 분명 좋은 만남이 있을 거라고 보지만……. 그럴 때에는 역시 유연하게 가야겠지?"

그런 풋내 나는 이야기를 나누며 루비 일행은 황녀전속 근위대의 본부가 설치되어있는 제도의 한 곳을 찾아왔다.

그 건물이 보이기 시작한 바로 그 순간…….

"음? 저건……."

별안간 루비가 발을 멈췄다.

그 시선 끝에는 건물 안으로 들어가는 거구의 남자가 있었다. 두툼한 갑옷 같은 근육, 그리고 그 이상으로 전신에서 감도는 예리한 기척에 세리스의 등이 꼿꼿하게 세워졌다.

──저 남자…… 강해 보여.

역전의 병사만이 두르는 독특한 기척. 일종의 강자의 기척에 그녀는 희미하게 목을 울렸다.

──황녀전속 근위대에는 실력 좋은 백인대가 합류했다고 들었는데, 분명 그 병사일 거야……. 나 같은 건 순식간에 죽어버리겠지…….

그것을 느꼈기 때문에 루비도 발을 멈춘 게 틀림없다고…… 생각을 했는데…….

"바노스 님…….."

긴장으로 딱딱해진 루비의 목소리. 하지만 세리스는 그 목소리에 고개를 갸웃거렸다.

그 긴장은 상대방이 강하기 때문에 생긴 것이 아니었다. 루비의 목소리는 조금 들떠서, 평상시의 늠름함은 전혀 느껴지지 않았다. 그건, 그래……. 틀림없이 사랑에 빠진 목소리였다.

세리스는 조금 놀란 얼굴로 루비를 바라보았다.

──아가씨께서…… 별일이군.

그리고는 무심코 쓴웃음을 지으며 말했다.

"그럼 저는 여기서 기다리고 있겠습니다."

"뭐? 아니, 하지만……."

"황녀전속 근위대의 본부에서 무슨 일이 일어날 리도 없을 테니까요. 저는 다른 이들이 올 때까지 여기서 기다리도록 하겠습니다."

"그, 그래? 그렇다면……."

루비는 작게 고개를 갸웃거린 뒤 머리카락을 살짝 만진 후…….

"저기, 이, 이상한 곳은 없을까?"

참으로, 전형적으로, 사랑에 빠진 소녀의 모습을 보였다!

"글쎄요……."

그걸 저에게 물어보시는 겁니까? 하는 생각이 안 드는 것도 아니었지만, 그래도 성실하게 루비의 겉모습을 확인한 뒤…….

"네. 괜찮을 것 같습니다."

조금 자신이 없다는 듯 그렇게 말했다.

"그래……. 고맙다. 그럼 다녀올게."

루비는 서둘러 발걸음을 돌리더니 춤이라도 추는 것처럼 잔뜩 들뜬 발걸음으로 거한을 쫓아갔다.

그 뒷모습을 바라보며 세리스는 작게 고개를 저었다.

"의외야…… 그 아가씨께서……. 저런 남성이 취향이셨나…….
뭐, 하지만 옛날부터 덩치가 좋은 사람을 좋아하는 분이셨지."

그렇게 혼잣말을 하고 있을 때였다.

"저기, 죄송합니다. 당신도 황녀전속 근위대분이신가요?"

갑자기 뒤에서 누군가가 말을 걸었다. 하지만 당황하지는 않았다. 이미 발소리를 듣고 이쪽으로 다가오는 걸 알고 있었기 때문이다.

"……그럴 예정입니다. 당신은?"

뒤를 돌아보며 세리스는 그곳에 서 있는 인물을 관찰했다.

적당한 체격에 적당한 키, 자신과 또래거나 혹은 조금 연하인 청년이 그곳에 서 있었다. 조금 전에 본 남자와는 달리 역전의 병사라는 느낌은 아니다. 아니…….

──이제 갓 병사가 된 걸까……. 썩 강해 보이지는 않아…….

그렇게 다소 실례가 되는 평가를 내리고 있었더니 상대가 입을 열었다.

"아, 실례합니다. 저는 에른스트입니다. 오늘부터 여기 황녀전속 근위대에 배속되었습니다……. 그게, 어째서 불린 건지는 전혀 모르겠지만요……."

후세에 이름을 드높인 제국의 예지가 거느린 직속부대, 황녀전속 근위대는 제국군 중에는 드물게도 남녀 혼성 부대다.

그런 부대에는 어떤 꽃 날리는 소문이 있었다. 그것은 즉, 대원 간에 싹튼 사랑은 반드시 이뤄진다는 것.

그 소문의 유래에는 다양한 설이 있었다.

하나는 부대를 이끌던 거구의 대장에 얽힌 드라마틱한 연애가 기반이 되었다는 가설. 또 하나는 어떤 고지식한 병사의 연애가 기반이 되어 생겼다는 가설이다.

그것은 미아가 모르는 이야기. 미아가 뿌린 씨앗이 생각지도 못한 곳으로 떨어져서 싹을 틔우고 꽃을 피워낸, 그런 이야기였다.

티어문

Tearmoon Empire Story

제국 이야기

미아의 포식 일기

MEER'S
INSATIABLE APPETITE
DIARY

TEARMOON
EMPIRE STORY

11월 12일

오늘의 점심은 칼레니체라는 버섯이 들어간 크림 스튜였다.

여름의 뱃놀이 이후 어패류에 푹 빠져있다. 특히 조개의 맛이 대단하다. 노엘리쥬 호수는 호수 밑바닥이 부드러운 모래로 되어있는데, 그만큼 조개에서 흙내가 덜 난다고 한다.

입 안에 넣으면 부드럽게 녹는 조개와 진한 크림의 단맛이 절묘하다.

역시 세인트 노엘의 요리사는 실력이 좋다. 남은 소스까지 빵에 찍어서 깨끗하게 비웠다. 나이스!

추천 ☆☆☆☆☆

11월 15일

오늘의 저녁은 진한 치즈 그라탕이었다.

특이한 치즈를 사용했는데, 베이르가 버섯을 잘게 자른 것이 들어있는 치즈였다.

베이르가 버섯의 풍부한 향과 치즈의 산미가 나는 향, 그걸 뭉근히 구워낸 맛있는 향이 나는 그라탕은 향기의 삼중주. 진한 맛과 어우러져 말 그대로 최고였다. 베이르가 요리의 진면목을 맛본 듯한 기분이 든다.

추천 ☆☆☆ 치즈에 들어간 버섯이 조금 더 컸다면 만점이었다. 아쉬워라!

매번 그렇지만 다시 읽어보면 또다시 맛집 후기 같은 일기가 되어있네요⋯⋯. 이건 역시 저주라도 받은 걸지도⋯. 하지만 맛집 후기여도 별로 상관없겠네요. 성야제 날에 죽어버릴지도 모르는 몸인걸요.

오히려 앞으로는 성야제 까지 맛있는 것을 먹고 또 먹어서 일기장을 맛집 후기로 가득 채워주겠어요!

찰나의 쾌락을 모조리 맛볼 테니까요! 마지막 날이 올 때까지 세인트 노엘 섬에 있는 요리를 전부 다 먹어버리겠어요!

어차피 죽을지도 모르니까, 이 김에 평소에는 조금 아까워서 못 하던 것도 해봐야죠. 우후후. 맛있는 것을 한 입만 먹고 남기기. 이것이야말로 최상의 사치라니까요.

해주겠어요!

11월 17일

오늘은 마을로 나가 단골 디저트 가게에 갔다.

이 가게의 파티시에가 개발한 크레이프라는 과자는 최고의 디저트라고 생각한다.

메뉴를 보자 신상품이 있었다. 렘노 펌프킨으로 만든 푸딩이라고 한다. 펌프킨, 호박은 채소라고 생각했기 때문에 놀랐다.

주방장의 채소 디저트의 여파가 이런 곳에도 미친 걸까.

먹어보자 진한 단맛이 나면서 사르르 녹는 것이 아주 맛있었다.

추천 ☆☆☆☆ 너무 맛있어서 한 입만 먹고 남기지 못했다. 감점.

11월 22일

오늘은 요리사의 추천 요리로 다섯 종류의 버섯 모듬이라는 것을 발견. 예정을 변경해 주문했다.

반 정도 남기고 원래 먹으려던 것을 부탁할 생각이었지만 중간에 포기.

각각 다른 식감을 살린 근사한 요리였다. 도저히 남길 수 없다.

가까스로 한 입만 남겼지만, 다른 요리를 주문하진 못했다.

대신 주방의 직원에게서 식후의 케이크 서비스를 받았다.

이것도 맛있었다.

추천 ☆☆☆☆☆ 버섯을 좋아하는 사람은 꼭 먹어야 할 요리. 환상적인 맛!

11월 25일

　오늘은 벨과 리나 양을 불러 빵 파티를 열었다.

　안느의 제빵 기술이 향상된 느낌이 든다. 그리고 린샤 씨가 요리를 잘했다. 의외다…….

　배가 가득 찰 때까지 빵을 먹었다. 빵 만으로 배가 꽉 차는 건 아까운 것 같았지만, 재미있었으니까 됐다고 치자.

　남은 빵은 주방에 가져가서 수프로 만들어달라고 했다. 달걀과 치즈가 들어간 수프였는데 아주 맛있었다.

　하루를 다른 일에 써버리고 말았는데, 세인트 노엘의 요리를 전부 다 먹어볼 수 있을지 조금 불안해졌다.

　성야제가 점점 가까워지고 있네요.

　학생회에서 열 버섯 냄비 요리 파티는 기대되지만, 과연 무슨 일이 일어날지…….

후기

새해 복 많이 받으세요, 모치츠키입니다.

티어문 제국 이야기, 제6권을 읽어주셔서 감사합니다.

그리고 죄송합니다. 5권의 띠지에서 6권으로 3부 완결 같은 소리를 해놓았는데 완결이 안 났습니다! (눈물)

미아가 버섯 채집에서 너무 날뛰는 바람에 적당한 파트까지 못 갔습니다! 그런 고로 다음 권에서 제3부가 완결됩니다! 계속해서 읽어주시면 좋겠습니다.

정말, 미아가 여러모로 죄송합니다.

미아 : ······어쩐지 전부 제 잘못으로 돌리면 그만이라고 생각하는 거 아닌가요?

모치 : 아뇨, 그렇지 않습니다. 정말로요. 그보다 다음 7권 말인데, 의외로 요리 이야기가 많이 나오게 될 것 같습니다.

미아 : 노골적으로 화제를 틀어버렸네요. 하지만······ 요리라고요······?

모치 : 뭐, 사실 이번 이야기도 버섯 냄비 요리가 메인이었으니까, 요리 이야기라고 할 수도 있겠지만요······. 그나저나 알고 계세요? 사실 이 소설, 일각에선 읽다 보면 배가 고파진다고 화제인 모양입니다.

미아 : ······어머? 그렇군요. 음? 그건 설마, 제가 늘 맛있는 것

을 먹고 있다는 뜻이 되나요?

모치 : 아뇨, 그런 건 아니라고 봅니다. 그보다 다음 권의 요리 이야기 말인데요. 그 왜, 겨울 축제나 여름을 앞두고 열리는 축제나 뭐 그런 시기의 이야기가 다음 권에 수록되는 게 아닌가 하는…….

미아 : 아, 그랬었죠. 얼음과자로 만든 거대 눈조각을 먹기도 하고, 숲속에 있는 케이크 성을 먹기도 하고…… 몹시 즐거운 이야기였지 않았나요? 아아, 정말 기대되네요. 무척이나!

그런고로 먹고, 먹고, 춤추고, 먹고, 미아가 토실해지는 제7권. 즐겁게 기다려주셨으면 좋겠습니다.

주 : 참고로 이 차회 예고는 거의 다 날조입니다. 하지만 아주 조금 진짜입니다.

여기서부터는 감사 인사입니다.

Gilse님, 이번에도 멋진 그림을 그려주셔서 감사합니다. 즐거워 보이는 연하팀이 너무 귀엽습니다!

담당편집자 F님, 신세 많이 지고 있습니다.

가족에게, 늘 응원해줘서 감사합니다.

그리고 미아와 함께 계속 여행해주고 계시는 독자 여러분, 감사합니다.

그럼 또 7권에서 만날 수 있다면 좋겠습니다.

미아 버섯

흐흥

버섯은 종류가 참 다양하군요~!

그렇답니다. 문외한이 손을 대면 위험하니까 벌은 조심하세요!

미아 버섯......!

—이라고 이름을 붙여줄 거예요.

게다가 아직 아무도 본 적이 없는 전설의 버섯도 있을 거예요.

헉

그 이름은 미아 버섯.

미아 할머니 같은 버섯......

미아 버섯...... 분명 입에서 살살 녹는 맛일 게 틀림없어요.

뭉게 뭉게

기운찬 대답이군요, 벨.

저 꼭 보고 싶어요, 미아 버섯!

찾아냅시다, 미아 버섯!

꺅 꺅

티어문 제국 이야기 6권 구매해 주셔서 감사합니다!

もの みす

권말 보너스

만화판 제11화 후반 미리보기

COMICS TRIAL READING

TEARMOON

EMPIRE STORY

어머,

어머…….

혹시 아벨 왕자님,
쑥스러워하는
거예요?

미아는
우쭐대면서
아벨을
보았다.

우후후.
아벨 왕자님,
의외로
순진하시군요!

둘이 함께
말에 타면
로맨틱한 분위기가
조성되긴 하죠.

그래서…
아벨 왕자님이
긴장한다고 해도
이상하진 않아요.

미아 황녀.

눈을 떠 봐.

말 위에서
보는 풍경은
제법
운치가 좋아.

그......
그렇겠죠......

그럼......

쌔

아...

티어문
제국 이야기

TEARMOON
EMPIRE
STORY

운명의 만찬

이 시작된다!

페르쟝 농업국과 교섭!
어리바리 황녀가
여제로 가는
한 걸음을 내디딘다?!

TEARMOON EMPIRE STORY

티어문 제국 이야기 VII

기대해주세요

TEARMOON
EMPIRE STORY

모치츠키 노조무 지음

Gilse 일러스트

Tearmoon Teikoku Monogatari 6~Dantoudai kara hazimaru hime no gyakuten story~
by Nozomu Mochitsuki

Copyright © 2021 by Nozomu Mochitsuki
Original Japanese edition published by TO Books, Inc.
Korean translation rights arranged with TO Books, Inc.
Korean translation rights © 2021 by Somy Media, Inc.

티어문 제국 이야기 6 ~단두대에서 시작하는 황녀님의 전생 역전 스토리~

2022년 11월 30일 1판 2쇄 발행

저   자 모치츠키 노조무
일 러 스 트 Gilse
옮 긴 이 현노을
발 행 인 유재옥
본 부 장 조병권
담당편집 정영길
편 집 1 팀 김준규 김혜연 박소연
편 집 2 팀 정영길 조찬희 박치우 정지원
편 집 3 팀 오준영 곽혜민 이해빈
미   술 김보라 박민솔
라이츠담당 김정미 맹미영 이승희 이윤서
디 지 털 박상섭 김지연
발 행 처 ㈜소미미디어
인쇄제작처 코리아피앤피
등   록 제2015-000008호
주   소 서울 마포구 토정로 222, 403호(신수동, 한국출판콘텐츠센터)
판   매 ㈜소미미디어
마 케 팅 한민지 최정연 최원석 박종욱
물   류 허석용
전   화 편집부 (070)4164-3962, 3963 기획실 (02)567-3388
            판매 및 마케팅 (070)4165-6888, Fax (02)322-7665

ISBN 979-11-384-0190-6 04830
ISBN 979-11-6507-670-2 (세트)